HEYNE <

SATU RÄMÖ

HILDUR

DIE SPUR IM FJORD

KRIMINALROMAN

Aus dem Finnischen von
Gabriele Schrey-Vasara

WILHELM HEYNE VERLAG
MÜNCHEN

Die Originalausgabe *Hildur* erschien erstmals 2022
bei Werner Söderström Ltd (WSOY), Helsinki.

Die Übersetzung wurde gefördert von

FILI FINNISH LITERATURE EXCHANGE

FSC www.fsc.org MIX Papier | Fördert gute Waldnutzung FSC® C014496

Penguin Random House Verlagsgruppe FSC® N001967

Deutsche Erstausgabe 10/2023

Redaktion: Sibylle Klöcker
Umschlaggestaltung: www.buerosued.de
unter Verwendung von © mauritius images
(Tabor Chichakly/Alamy/Alamy Stock Photos)
und www.buerosued.de
Satz: Leingärtner, Nabburg
Druck und Bindung: GGP Media GmbH, Pößneck
Printed in Germany
ISBN: 978-3-453-42817-1

www.heyne.de

Mutter mein im Stall, Stall
lass die Sorgen all, all;
leih ich dir mein Tüchelein,
kannst du damit tanzen fein.

ALTES ISLÄNDISCHES VOLKSLIED

FRÜHER

SOMMER 1550 MOSFELLSHEIÐI

Sleipnir beschleunigte seine Schritte zu schnellem Tölt, sodass seine dicke braune Mähne wild hin und her schaukelte. Dem Pferd tropfte Schaum aus dem Maul, und seine schwarzen Augen glänzten vor Begeisterung über die Geschwindigkeit.

Haraldur, der auf dem Rücken des leichtfüßigen Rosses saß, sog die kühle Luft des Spätsommers durch die Nase ein. Er hielt die Zügel in der rechten Hand. Von seiner Linken führte eine Leine zu den Halftern der beiden Reservepferde. Das um die Taille gebundene Messer schlug im Takt des Tölts gegen seinen rechten Oberschenkel.

Beim Ausatmen stieß Haraldur durch seinen dichten, rotbraunen Bart hindurch ein tiefes, langes *Ooo* aus. Der Laut sollte das Pferd beruhigen, doch dessen Lust am Laufen wurde nicht einmal durch die Müdigkeit eingeschränkt.

Ein gutes Pferd will das Beste für seinen Reiter. Es will zeigen, was es kann. Haraldur wollte sein bestes Pferd nicht zur Erschöpfung treiben, denn vor ihnen lag noch die lange Hochebene von Mosfellsheiði.

Haraldur war drei Tage lang geritten. Er war mit drei Pferden von seinem Zuhause am Ufer von Fellsströnd am Breiðafjörður, dem Breiten Fjord, in Westisland gen Süden aufgebrochen. Er war unterwegs, um seinen Freund zu warnen. Ihm war zu Ohren gekommen, dass die Krieger eines verfeindeten Stammes planten, Njáll zu ermorden. Njáll war einer der wohlhabendsten Großbauern Südislands und sehr einflussreich. Geld und Macht lockten Feinde an, die Mittel und Wege finden würden, sich einen Anteil an seinem Besitz zu holen.

Njáll und Haraldur hatten sich schon als kleine Jungen kennengelernt und Freundschaft geschlossen, denn sie waren mütterlicherseits Cousins. Haraldur war sofort aufgebrochen, als er von der Gefahr erfuhr.

Die Abendsonne tauchte die Landschaft in leuchtendes Orange. Der Herbst kündigte sich an. Die Vögel zwitscherten nicht mehr wie in der sommerlichen Brunftzeit, und das grüne Gras der Wiesen färbte sich allmählich hellbraun. Kurz vor Sonnenuntergang und dem Anbruch der Dunkelheit erreichte Haraldur den letzten Rastplatz auf seiner langen Reise, das *sæluhús*, die Herberge auf der Hochebene Mosfellsheiði.

Er machte vor der niedrigen Torfhütte Halt und stieg ab. Dann gab er seinen Pferden Wasser und führte sie zum Ausruhen auf ein Feld, das von einem Steinwall umgeben war.

Haraldur öffnete die Tür der Herberge und betrat die niedrige Diele, die in schummriges Licht getaucht war. Er wollte sich möglichst bald hinlegen. Am nächsten Morgen würde er in aller Frühe weiterreiten. Njálls Hof am großen, mächtigen Fluss Ölfusá war nur noch eine halbe Tagesreise entfernt.

»Drei Pferde und ein Mann, für eine Nacht. Hier ist hoffentlich Platz?«, brummte Haraldur in seinen Bart und verlagerte das Gewicht von einem Bein aufs andere. Lange rote Haare umrahmten sein Gesicht mit dem kräftigen Kinn.

Auf dem Gang in der Mitte der Torfhütte erschien eine junge Frau in einem schafgrauen Lodenrock, die eine Öllampe in der Hand hielt. Das schwache Licht der Lampe ließ ihre grünen Augen noch intensiver leuchten.

»Da hinten ist der Schlafraum. Bezahlung am Morgen, und keine krummen Sachen«, sagte die Frau und warf mit einer schnellen Bewegung den Kopf zurück.

Una ging auf die dreißig zu und stammte aus dem Süden. Im Winter arbeitete sie als Magd auf einem Bauernhof am nächsten Fjord. Im Sommer kümmerte sie sich um die Gäste der Herberge, die sich auf dem Grund und Boden des Bauern befand. In diesem *sæluhús* übernachteten alle Reisenden, die zwischen dem Westen und dem Süden des Landes unterwegs waren.

Una betrachtete den gut aussehenden Neuankömmling lange. Viel länger, als es sich im Grunde ziemte, Gäste anzusehen.

»Hast du Hunger? Ich kann nachsehen, was es in der Kochstube gibt«, sagte sie.

Sie teilten sich einen Stockfisch und brachen Stücke von einem aus Seetang gebackenen Brot ab. Haraldur erzählte von den Pferden, die er bei sich hatte, und von seiner Schafwirtschaft am Breiten Fjord, in dem es so viele Inseln gab, dass sie noch niemand hatte zählen können. Una sagte, sie sei geschickt darin, Schafe zu scheren.

Im Allgemeinen ließ Una keine fremden Reisenden in ihr Bett, aber diesmal wollte sie eine Ausnahme machen. Haraldur wirkte anders. Besonders. Er sprach mit ihr wie mit einer Gleichrangigen. Er fragte Una nach ihrer Meinung, hörte ihr zu, ohne sie zu unterbrechen, und erzählte ihr von seinem Alltag.

Beim Aufbruch am nächsten Morgen fragte Haraldur Una, was sie sagen würde, wenn er auf dem Rückweg vorbeikäme und sie mitnähme.

»Wenn du rechtzeitig hier bist, komme ich vielleicht mit«, antwortete Una. Als Haraldur fortgeritten war, flocht sie sich die Haare. Die Sonnenstrahlen des Sommermorgens fielen durch das schmale Fenster und schienen das Zimmer in zwei Teile zu spalten. Una stellte sich in das Sonnenlicht, schloss die Augen und genoss die Wärme auf ihrem Gesicht.

Haraldur erreichte das Ufer des Ölfusá vor den Ganoven. Njáll freute sich über die Ankunft seines Freundes, und sie feierten ihr Wiedersehen bis spät in die Nacht. Bei seinem vertrauenswürdigen Nachbarn heuerte Njáll zwei kräftige Knechte an, die ihn rund um die Uhr schützen sollten. Als Haraldur aufbrach, gab Njáll ihm zum Dank einen kleinen Lederbeutel, der mit Klippen gefüllt war, mit Silber- und Kupfermünzen.

Die Klippen klirrten in Haraldurs Tasche, als er nach zwei Tagen zum *sæluhús* zurückritt.

Una packte ihre wenigen Sachen, schwang sich auf Haraldurs junge Stute und ritt mit dem gut aussehenden Mann gen Westen, zum Breiten Fjord mit seinen unzähligen Inseln.

Una und Haraldur hätten sich nie begegnen sollen, aber es geschah doch, und sie bekamen ungewöhnlich viele Kinder.

NOVEMBER 1994 ÍSAFJÖRÐUR

Durch das Wohnzimmerfenster sah man, wie der Wind auf dem Hof Schnee hin und her peitschte. Das Schneetreiben wurde stärker.

Lóas Bauch fühlte sich weich und warm an. Wie Seidenpapier, dachte Björk, als sie die schläfrige Katze mit ruhigen Bewegungen streichelte. Die Katze schnurrte leise. Das blinkende Signallicht eines vorbeifahrenden Schneepflugs warf einen orange-gelb leuchtenden Streifen in das Wohnzimmer. Das große Fahrzeug räumte den Schnee von der Straße und häufte ihn auf dem leeren Nachbargrundstück auf. Das Poltern und Knarren war bis ins Haus zu hören. Die Katze wurde wach, spreizte ihre Vorderpfoten auf dem Cordsofa, öffnete die Schlitzaugen einen Spaltbreit und sah ihre junge Pflegerin zufrieden an.

Es ärgerte Björk, dass sie keine eigene Katze haben konnte. Ihre Mutter war allergisch. Auch ein Hund kam nicht infrage. Pferde hatten sie zwar, aber die waren immer draußen und man konnte nicht auf dem Wohnzimmersofa mit ihnen spielen.

Björk hatte sich gefreut, als Jón, ein alter Bekannter ihrer Mutter, sie und ihre Schwester Rósa gebeten hatte, seine Katze zu hüten. Er musste in die Hauptstadt Reykjavík fahren, um sich eine neue Brille zu kaufen, denn in der Region Vestfirðir gab es keinen Augenarzt und nicht einmal ein Brillengeschäft. Die sechsstündige Fahrt in den Süden und zwei Nächte in einem billigen Hotel am Stadtrand von Reykjavík wären für die alte Katze nichts gewesen. Sie fühlte sich in der Tragetasche auf dem Rücksitz nicht wohl, sondern erbrach sich im Auto immer.

Björk und Rósa waren gleich nach der Schule zum Katzenhüten gekommen. Sie hatten Lóa zwei Dorschzungen gegeben und eine Portion Trockenfutter in den Napf gefüllt. Lóa war daran gewöhnt, die Klappe an der Haustür zu benutzen. Sie ging ein und aus, wie es ihr gefiel, und erledigte ihr Geschäft im Freien.

Björk brachte es nicht über sich, die schlummernde Katze zu verlassen. Sie war so weich und warm.

»Wir müssen jetzt wirklich gehen. Der Schulbus fährt gleich ab«, drängte Rósa ihre kleine Schwester.

»Ich kraule Lóa nur noch einen ganz kleinen Moment. Sie mag das so gern, guck nur, wie sie den Kopf auf meinen Schoß legt. Miez, miez.«

Die achtjährige Rósa stand mit ihrem roten My-Little-Pony-Rucksack in der Diele und trat unruhig von einem Bein aufs andere. Der Schulbus in ihr Heimatdorf auf der anderen Seite des Berges würde in fünf Minuten vor dem gelben Schulhaus abfahren und Rósa wusste, dass der Fahrer nicht auf Kinder wartete, die sich verspäteten. Björk war Erstklässlerin und hatte noch kein richtiges Zeitgefühl. Für sie waren fünf Minuten und eine Viertelstunde dasselbe. Rósa ging immerhin schon in die dritte Klasse.

Jón wohnte zum Glück gleich neben der Schule. Ihre Mutter hatte erzählt, dass er noch ein zweites Zuhause hatte, ein altes Sommerhaus weiter draußen auf dem Land. Auch Lóa fühlte sich dort wohler, weil sie ohne Angst vor vorbeifahrenden Autos über die Wiesen laufen konnte.

»Ich geh jedenfalls. Bleib hier, wenn du nicht nach Hause willst«, sagte Rósa und wandte sich zur Haustür. »Mama hat versprochen, heute Lummur zu backen, weißt du noch?«, versuchte sie ihre kleine Schwester mit sich zu locken.

Björk liebte Lummur. Die kleinen, aber herrlich dicken Pfannkuchen, am besten mit Sirup und Rhabarbergelee serviert, waren Björks Lieblingsspeise. Ihre Mutter gab ihnen obendrein die Form von Blumen und Herzen.

Björk stand langsam vom Sofa auf und streichelte die Katze noch einmal.

»Na gut. Ich geh nur noch schnell aufs Klo.«

Wenige Minuten später zog Rósa die Tür des Einfamilienhauses hinter sich zu und vergewisserte sich, dass das Schloss einschnappte, denn sonst hätte ein heftiger Windstoß die Tür aufdrücken und den Schnee ins Haus blasen können.

Die Mädchen sprangen über die Schneewehen, die sich auf dem Hof gebildet hatten. In den letzten zwei Tagen war mindestens ein halber Meter Schnee gefallen. Die beiden bewunderten die Formen der vom Wind gepeitschten Haufen und nahmen sich vor, auf dem Hügel hinter ihrem Elternhaus zu rodeln.

In dem Moment, als sie, die Schuhe voller Schnee, auf die Straße traten, rauschte der weiße Schulbus vorbei. Rósa lief ein Stück hinterher und winkte, aber ohne Erfolg. Der Fahrer hatte sie entweder nicht gesehen oder keine Lust gehabt anzuhalten.

»Aber wir müssen nach Hause. Was machen wir denn jetzt?«, fragte Björk verzagt. »Ich hab Schnee in den Schuhen. Mama sagt, man kriegt Schnupfen, wenn man mit nassen Füßen draußen rumläuft«, jammerte sie. Ihr stiegen Tränen in die Augen.

Rósa überlegte. Die Schule war geschlossen. Alle anderen Kinder waren nach Hause gegangen oder abgeholt worden. Den Bus hatten sie verpasst. Ihre Mutter fütterte um diese Zeit draußen die Pferde und würde frühestens in einer Stunde wieder im Haus sein. Ihr Vater war auf See. Sein Fischtrawler würde erst am Wochenende in den Hafen zurückkehren.

»Vielleicht können wir hier irgendwen besuchen«, schlug Björk vor.

»Mama ist bestimmt sauer, wenn sie bis hierher fahren und uns abholen muss«, meinte Rósa.

Björk hatte noch einen weiteren Vorschlag.

»Und was, wenn wir einfach zu Fuß gehen?«

Sie wusste, dass es verboten war, zu Fuß nach Hause zu gehen. Im Schneesturm konnte man sich verlaufen, und der tolle neue Tunnel war noch nicht eröffnet. Außerdem durfte man gar nicht zu Fuß durch den Tunnel gehen.

In den letzten Jahren war ein Tunnel durch den Berg zwischen den beiden Dörfern getrieben worden. Er war einige Kilometer lang und würde die Fahrt von einem Dorf ins andere verkürzen und sicherer machen. Bald würde man nicht mehr die steile, kurvenreiche Gebirgsstraße nehmen müssen, die vor allem in der Zeit der Winterstürme gefährlich war.

»Wir dürfen nicht zu Fuß in den Tunnel, und er ist noch gar nicht fertig«, wandte Rósa erschrocken ein.

»Ich hab gehört, wie Mama Papa erzählt hat, dass man jetzt schon durch den Berg kommt. Da ist schon eine Straße. Ganz bestimmt«, sagte Björk mit der Selbstsicherheit einer Sechsjährigen und sah ihre Schwester mit festem Blick an.

»Ja ... Wir müssen ja irgendwie nach Hause kommen. Und wenn der Tunnel noch nicht geöffnet ist, fahren da auch noch keine Autos«, überlegte Rósa.

»Aber ich hab im Dunkeln Angst, und im Tunnel ist es richtig dunkel«, fiel Björk ein, die sich nun doch zu fürchten begann.

»Wir gehen ganz leise, hintereinander«, machte Rósa ihr Mut. »Ich halte dich die ganze Zeit an der Hand und lasse dich erst los, wenn wir zu Hause sind. Wir können am Straßenrand entlanggehen. Denk an die Pfannkuchen.«

Björks Widerstand schmolz dahin, und sie fasste nach der Hand ihrer Schwester. Die Mädchen machten sich auf den Weg zum Tunnel.

Als sie auf der asphaltierten Straße zu der Tunnelöffnung in der Bergwand gingen, begann es wieder zu schneien. Es dämmerte bereits. Bald würde es draußen genauso dunkel sein wie im Tunnel.

»Da drinnen schneit es zum Glück nicht. Komm, jetzt gehen wir rein«, sagte Rósa und zog ihre kleine Schwester mit sich.

Rósa und Björk gingen Hand in Hand in den dunklen Tunnel hinein. Der rote Rucksack mit den Ponys darauf war das Letzte, was von den Mädchen zu sehen war. Dann verschwanden sie.

JETZT

1

OKTOBER 2019 ÍSAFJÖRÐUR

Das Meer stöhnte leise. Die Wellen kamen von weit her, aus Grönland. Ein Sturm in der Grönlandsee machte sich einige Tage später in der Dünung bemerkbar, die an die zerklüftete Küste im nordwestlichen Teil Islands schlug. Das Wasser verwandelte sich in weißen Schaum, wenn es auf das Ufergeröll traf. Es sprühte in die Öffnungen der Höhlen, die vor langer Zeit bei Vulkanausbrüchen entstanden waren.

Jeder Mensch musste von Zeit zu Zeit das Fundament berühren, das sein Leben aufrecht hielt. Für die Kriminalbeamtin Hildur Rúnarsdóttir war dieses Fundament das Surfen. Das Meer war unbeständig, und niemand konnte seine Bewegungen lückenlos vorhersehen. Das Wasser barg immer etwas Dunkles, Kaltes, ein Risiko, das sich nicht kalkulieren ließ und vor dem man sich deswegen in Acht nehmen musste. Das Spiel mit dieser Gefahr faszinierte Hildur, es war ihre Art zu leben.

Hildur wickelte den dicken Zopf, der ihr bis auf den Rücken reichte, zu einem festen Knoten im Nacken, damit die Neoprenkapuze eng anlag.

Sie schätzte die Wassertemperatur auf fünf Grad. Höchstens sechs. Der aus Neopren gefertigte Nassanzug bedeckte den ganzen Körper und war von der dicksten Sorte. Der Stoff der langen Hosenbeine und Ärmel war ein paar Millimeter dünner, denn Arme und Beine brauchten mehr Bewegungsfreiheit. Bei kaltem Wasser verwendete sie für das Surfen vorgesehene Handschuhe und Schuhe.

Der schwarze Anzug saß wie eine zweite Haut. Wenn er locker wäre, würde er zu viel Wasser durchlassen und der Körper würde zu sehr auskühlen. In einem zu engen Anzug wiederum war es schwierig, sich zu bewegen. Auf einem Surfbrett musste man wendig sein.

Durch die zerfledderten Wolken fiel das graue Licht des späten Oktobers. Im Winter gab es im Dorf überhaupt keinen Sonnenschein. Die hohen Berge, die es umgaben, verdeckten die Sonne vom November bis zum Februar. Bald würde das Sonnenlicht verschwinden, um erst im Spätwinter wieder zurückzukehren.

Hildur klemmte sich das grüne Brett unter den Arm und ging ins Wasser. Obwohl ihre Neoprenschuhe harte Gummisohlen hatten, spürte sie die spitzen vulkanischen Steine unter ihren Füßen. Nach einigen vorsichtigen Schritten legte sie sich bäuchlings auf das Brett und paddelte mit den Armen vom Ufer weg aufs offene Meer hinaus. Ihre muskulösen Arme pflügten rhythmisch durch das Wasser, ihr Atem beschleunigte sich.

Auf dem Meer kam man nur so weit, wie der Kopf es zuließ. Heute wollte Hildur möglichst weit hinaus. Die Wellen waren flach, aber lang. Typische Ausläufer eines Grönlandsturms. Gegen die Wellen anzupaddeln, zehrte an den Kräften. Gerade deshalb liebte sie es, im Meer zu kraulen. Indem sie Energie verbrauchte, schuf sie gewissermaßen neue Kraft in ihrem Kopf.

Das Brett glitt voran, und Hildurs Atem ging schwerer. Über ihr flog ein nachtschwarzer Rabe. Sie blickte kurz zu ihm auf. Das Meer rächte sich sofort. Nur ein einziger Atemzug mit erhobenem Gesicht, und schon hatte sie einen Schwall Meerwasser geschluckt und musste heftig husten.

Nachdem Hildur einige hundert Meter gepaddelt war, wendete sie das Brett und wartete auf die nächste Welle, auf der sie reiten wollte. Am Ufer war niemand zu sehen. Unter den rund zweitausend Dorfbewohnern gab es nicht viele Surfer. Heute gehörte das Meer ihr ganz allein.

Eine gute Stunde später ging Hildur mit dem Brett unter dem Arm zur Landspitze Arnarnes, wo sie ihren großen Geländewagen geparkt hatte. Das Surfen hatte ihr wieder einmal geholfen, vom Alltag abzuschalten. Am Vormittag hatte sie eine starke Beklemmung gefühlt. Sie war nicht mehr so quälend gewesen wie direkt nach dem Aufwachen, aber sie spürte, dass sie bald schlechte Nachrichten bekommen würde.

Hildur leitete bei der Nationalen Polizei Islands die Abteilung für vermisste Kinder in schwach besiedelten Gebieten und war Kriminalbeamtin im Polizeibezirk Ísafjörður. Die einzige Kriminalbeamtin im Gebiet der Westfjorde.

Als sie ihren Geländewagen erreichte, hörte sie ihr Handy klingeln. Sie zog die hautengen Surfhandschuhe aus, öffnete die Wagentür und griff nach dem blinkenden Telefon auf dem Vordersitz.

»Hildur«, meldete sie sich außer Atem. Sie wischte sich das Meerwasser von der Stirn und nahm die dicke Neoprenhaube ab.

Die Anruferin war Hildurs Chefin Elísabet Baldursdóttir, genannt Beta. Beta hatte einen dringenden Auftrag. Für Hildur kam der Anruf nicht überraschend.

»Ich komme. Bin schon unterwegs. Ich ziehe mich nur schnell zu Hause um.«

Die meisten Menschen waren zu guten Vorahnungen imstande. Das kam Hildur seltsam vor. Sie empfand es als gut, wenn sie nicht auf ein kommendes Ereignis zu warten brauchte. Dann passierten die Dinge einfach und der Alltag ging weiter. Sobald Hildur Erwartung spürte, stand etwas Schlimmes und Unangenehmes bevor.

Warten war nicht immer unangenehm gewesen. Als Kind hatte Hildur auf schöne Dinge gewartet. Sie hatte sich auf Weihnachten gefreut, auf die Geburtstage von Schulfreundinnen, auf lange

Ausritte am Wochenende und auf den ersten Schnee im Spätherbst. Als dann alles anders wurde, war es mit den positiven Erwartungen vorbei gewesen.

Hildur legte ein dickes Handtuch auf den Fahrersitz und nahm hinterm Steuer Platz. Sie ließ den Motor an und raste mit quietschenden Reifen ins Zentrum des Dorfes Ísafjörður, wo sich ihre Wohnung und ihr Arbeitsplatz befanden.

2

Der karierte Bezug des Sessels fühlte sich unter den Fingern des Jungen rau an. Im Wohnzimmer lag ein schmutziger hellbrauner Kunststoffteppichboden. Wenn die Sohlen seiner Vans-Sneakers ihn berührten, war ein ekelhaftes Knirschen zu hören.

Pétur zog die schwarze Wollmütze tiefer in die Stirn und versuchte sich zu entspannen, indem er den Blick auf das schwarze, quadratische IKEA-Regal an der gegenüberliegenden Wand heftete. In dem Regal herrschte das reine Chaos: Ein Durcheinander von Küchenkrepprollen, Werbeprospekten und leeren Pizzaschachteln. Daneben Kühe aus Porzellan und der Roman *Salka Valka* von Halldór Laxness. Über allem eine klebrige Schicht von altem Schmutz und Staub.

Pétur hatte Hunger. In den letzten zwei Tagen hatte er außer einem Erdbeerjoghurt, den er unterwegs an einer Tankstelle geklaut hatte, nichts gegessen. Trotzdem konnte er jetzt kaum an Essen denken. Dazu war er zu nervös.

Zum Glück hatte der junge Vertretungsarzt ihn am Straßenrand aufgelesen und bis nach Ísafjörður mitgenommen. Ein Pole, der erst seit Kurzem in Island lebte und die Sprache nicht beherrschte. Aber das hatte Pétur nicht gestört. Er konnte gut Englisch. In der Schule hatte er es nicht gelernt, er hatte die Schule ja nicht mal abgeschlossen, doch YouTube und Chatforen im Internet hatten ihm ausreichende

Sprachkenntnisse verschafft. Das Gespräch mit dem polnischen Arzt war ihm leichtgefallen. Er hatte Glück gehabt, bei einem Ausländer mitfahren zu können. Die Isländer hatten an jedem verdammten Fjord Cousins und Onkel. Deshalb war es immer riskant zu trampen.

Pétur rutschte im Sessel hin und her und warf einen verstohlenen Blick auf den Esstisch in der Mitte des Wohnzimmers. Am Tisch füllte Jón, der ein rotes, über dem Bauch zu enges Flanellhemd trug, Marihuana in den Kopf einer Wasserpfeife. Er hatte eine am Rand gesprungene Lesebrille aufgesetzt und musterte das Ergebnis seiner Arbeit. Die Falten auf seiner narbigen Stirn wurden noch tiefer, als er den Blick auf den Pfeifenkopf richtete.

»Ich hab schon eine ganze Weile gewartet. Du hast ja ziemlich lang gebraucht, um herzukommen. Wieso hat das so lange gedauert?«, fragte er und befestigte den Kopf am Rauchrohr. »Ich bin enttäuscht von dir«, fuhr er fort und stellte die Wasserpfeife samt Feuerzeug auf dem niedrigen Wohnzimmertisch vor Pétur ab. »Aber keine Sorge, mein Junge. Du bist ein guter Kerl. Uns fällt bestimmt etwas ein, was auch meine Laune verbessert, stimmt's?«

Jón setzte sich wieder auf seinen Stuhl, lehnte sich zurück und legte die Hände in den Nacken. Er starrte den Teenager im Sessel an und schien die Situation zu genießen. Sein stechender Blick brachte den Jungen schließlich doch zum Reden.

»Na ja. Es war verdammt schwierig, aus dem Wohnheim rauszukommen. Die Betreuer sind echt ausgefuchst.«

»Aber zum Glück sind wir noch ausgefuchster, oder?«, feixte Jón und deutete mit einem Nicken auf die Bong. Pétur griff sofort danach.

Er nahm die Pfeife routiniert auf den Schoß und machte einen tiefen Zug. Im Zimmer hörte man nur das leise Blubbern der Bong und Jóns beschleunigte Atemzüge. Endlich, dachte Pétur. Seine Lunge füllte sich mit Rauch, und sein Körper kam zur Ruhe. Das Jucken an den Armen ließ nach.

»Saug nur ordentlich an der Pfeife, in aller Ruhe, mein Junge. Davon wird man so richtig schön locker. Stimmt's?«

Jón starrte auf den Teenager an der Wasserpfeife und begann betont langsam seinen Gürtel aufzuschnallen.

3

Hildur hielt vor der Polizeistation im Dorf und trommelte auf das Lenkrad ihres Dienstwagens. Durch das Fenster des Škoda Octavia hatte man Ausblick auf den Parkplatz der Grillstube. Hildur beobachtete einen Mann mit zurückgegelten Haaren und einem dünnen Jackett, der gerade in seinen äußerst teuer aussehenden Range Rover stieg. Hildur wusste das Baujahr nicht genau zu bestimmen, schätzte aber, dass man für den Preis des Wagens hier im Dorf zwei kleine Reihenhäuser hätte kaufen können und danach noch genug Geld für ein paar Auslandsreisen übrig gehabt hätte. Dann verschmolz das schwarze Fahrzeug allmählich mit der grauen Landschaft, der Mann am Steuer wurde zu einem undeutlichen Fleck und verschwand schließlich ganz aus dem Blickfeld.

Hildur schaltete die Scheibenwischer ein. Sie glitten träge über die Windschutzscheibe. Jetzt kam der Regen also. Der kräftige Südwind, den die Wettervorhersage angekündigt hatte, brachte fast immer Regen, folglich würden die klaren Frosttage noch eine Weile auf sich warten lassen. In diesem Winkel der Erde war der Herbst lang und dunkel.

Hildur stellte das Radio an und wartete weiter auf ihre Chefin. Elísabet war die erste Vorgesetzte, die Hildur wirklich mochte. Beta war vor einigen Jahren von Reykjavík nach Ísafjörður gezogen. Ihr

Mann Óliver, der als Programmierer arbeitete, stammte von hier, vom Ufer des Fjords. Nach der Geburt ihrer Zwillinge hatte die Familie davon geträumt, in eine ruhige Landgemeinde zu ziehen, und als die Stelle des Polizeichefs frei wurde, hatte Beta sich beworben und die Stelle bekommen. Óliver arbeitete im Homeoffice für eine Firma in Reykjavík, und die Kinder gingen in die Kita im Dorf.

Beta war zwar karriereorientiert, stand aber trotzdem mit beiden Füßen fest auf dem Boden. Keine unnötigen Dramen, keine zu engen Beziehungen zu den örtlichen Entscheidungsträgern. Hildur wusste, dass Beta nicht einmal zu den wöchentlichen Versammlungen der Freimaurer ging. Das wäre andererseits auch gar nicht möglich gewesen, denn als Mitglieder waren nur Männer zugelassen. Als Beta ihre Stelle antrat, hatte sie allen klargemacht, dass sie die Polizeichefin des kleinen Polizeibezirks sein wollte und kein Interesse daran hatte, eine führende Stellung in der Polizeiorganisation der Hauptstadt anzustreben. Sie war nach Ísafjörður gekommen, um näher an den Menschen zu sein und praktische Polizeiarbeit zu leisten, wenn auch als Vorgesetzte.

Hildur dagegen hatte diesen Ort nicht gewählt, sondern der Ort hatte sie gewählt. Sie war in dieser entlegenen Gegend geboren.

Die gebirgigen Westfjorde lagen im Nordwesten Islands, weit weg von Städten, Ampeln und internationalen Flughäfen. Einer alten Volkssage zufolge hatten einstmals zwei Riesentrolle erbittert versucht, die Westfjorde von der Insel Island abzureißen. Kurz bevor sie es geschafft hatten, war jedoch die Sonne aufgegangen. Da Trolle keine Sonnenstrahlen vertragen, waren sie zu Bergen erstarrt und die Westfjorde blieben durch eine sieben Kilometer breite Landbrücke mit der Hauptinsel verbunden.

Zwei kurvenreiche Gebirgsstraßen verbanden die Westfjorde mit dem Rest Islands, doch auf ihnen herrschte wenig Verkehr. Die Westfjorde bildeten ein Fünftel der Gesamtfläche Islands, aber nur zwei Prozent der Bevölkerung lebten hier. Rund siebentausend

Kinder und Erwachsene. Fischer, Lehrer, Fernfahrer, Beschäftigte der Tourismusbranche und einige Polizistinnen und Polizisten.

Hildur sah sich um und seufzte. Der Regen prasselte immer heftiger auf die Scheibe. Wenn es hier regnete, dann regnete es richtig. Wenn es windig war, blies der Wind erbarmungslos über die Ebenen und heulte in den Fjorden. Island war weit weg vom Rest der Welt. Mehrere tausend Kilometer von Europa und den USA entfernt. Eine einsame, kleine, von Lavagestein und Gletschern bedeckte Insel mitten im kalten Meer. Und im entlegensten Teil dieser Insel hatte jemand eine Siedlung gegründet. Wie hatte irgendwer auf die Idee kommen können, hierherzuziehen, so weit weg von allem? Hildur trommelte auf das Lenkrad und grub in ihrem Gedächtnis.

Der erste Bewohner hatte wohl Helgi geheißen und norwegische Wurzeln gehabt. Vor ungefähr tausend Jahren hatte er in dieser Gegend einen leeren Fjord gesucht, an dem er sich mit seiner Familie niederlassen konnte. Helgi war an diesen Fjord gekommen, hatte festgestellt, dass er taugte, und im Uferwasser eine Harpune gefunden, die bei der Robbenjagd verwendet wurde. Er hatte dem Ort den Namen Skutulsfjörður, »Harpunenfjord«, gegeben und sich dort angesiedelt. Später wurde am Ufer noch eine Kirche gebaut und ein Handelsplatz gegründet, der Ísafjörður genannt wurde.

Helgi war Hildur von einem Kurs über die Geschichte der Besiedlung Islands in Erinnerung geblieben. Alte Sagen und die Vergangenheit der Menschen hatten sie immer fasziniert. Das erste dickere Buch, das sie selbst gelesen hatte, erzählte von dem Geächteten Fjalla-Eyvindur, der im 18. Jahrhundert in der Einöde Islands gelebt hatte. Sie hatte es im Grundschulalter im Bücherregal ihrer Eltern entdeckt und geradezu verschlungen. Auch heute noch las sie manchmal stundenlang Biografien oder alte Zeitungsartikel über bekannte Personen. Wenn sie im Sommer durch Island reiste, hielt sie bei jedem Heimatmuseum, das sie unterwegs entdeckte, und plagte das Personal mit Fragen. Die Vergangenheit war für sie wie eine stabile Wand, an die man sich lehnen konnte.

Hildur hatte an der Universität Geschichte studiert. Sie war im Gebiet der Westfjorde geboren und hatte als Kind mit ihren Schwestern und ihren Eltern dort gewohnt. Nach der Familientragödie war sie bei ihrer Tante untergekommen, die in derselben Gegend lebte. Sobald sie ihr Abitur in der Tasche hatte, war sie allein in die Hauptstadt Reykjavík gezogen, wo sie in einer kleinen Einzimmerwohnung im westlichen Teil der Innenstadt gewohnt hatte. Inzwischen zählte das Viertel zu den teuersten Wohngebieten der Stadt. In der Innenstadt von Reykjavík waren die Wohnungspreise derart angestiegen, dass sie sich mit ihrem Gehalt als Polizistin die ehemalige Studentenbude nicht mehr hätte leisten können.

Das Geschichtsstudium an der Universität hatte Spaß gemacht. Nach dem Examen hatte sie jedoch festgestellt, dass sie es zwar liebte, große gesellschaftliche Veränderungen und die Auswirkungen vergangener Ereignisse auf die Gegenwart zu analysieren, aber nicht das geringste Interesse an einer akademischen Laufbahn verspürte. Hildur hatte begonnen, sich nach praktischen Tätigkeiten zu sehnen. Verschwitzte Fitnesszentren und das Surfen auf den kalten Wellen des Meeres zogen sie stärker an als Hörsäle und die Aussicht auf eine Forscherkarriere.

Zum Surfen hatte Hildur durch ihren damaligen Freund gefunden. Die Wellen hatten sie buchstäblich mitgerissen. Der Gedanke, das Meer zu zähmen, fesselte sie. Sie war berauscht von der Vorstellung, für einen kurzen Augenblick ein Stück des Meeres zu beherrschen. Von nun an war sie gleich nach den Vorlesungen, an den Wochenenden und an allen Urlaubstagen zum Surfen gegangen.

Allmählich hatte der Rausch des physischen Trainings den Sieg über das Universitätsstudium davongetragen. Als Hildur begonnen hatte, Vorlesungen zu schwänzen, um zum Training zu gehen, war ihr klar geworden, dass sie auf den falschen Beruf zusteuerte.

In jenem Sommer hatte Hildur beschlossen, sich bei der Polizeischule zu bewerben. Schon am ersten Tag der Ausbildung hatte sie gewusst, dass sie die richtige Wahl getroffen hatte. Sie liebte das starke Gemeinschaftsgefühl und das harte physische Training.

Nach ihrem Abschluss war Hildur einige Jahre bei der Polizei im Hauptstadtgebiet tätig gewesen und hatte häufig mit dem Jugendschutz zusammengearbeitet. Wenn bei Straftaten Kinder oder in Schwierigkeiten geratene Jugendliche involviert waren, hatte sie als Kontaktperson der Polizei Verbindung zum Jugendschutz und zu Kinderpsychologen aufgenommen. Kindern zu helfen hatte ihr das Gefühl gegeben, etwas wirklich Sinnvolles zu tun. Vielleicht versuchte sie, wiedergutzumachen, was vor langer Zeit geschehen war. Sie hatte wohl gedacht, wenn sie es nicht einmal versuchen würde, wäre alles noch viel schwieriger.

Die Abteilung für vermisste Kinder, die in der Hauptstadt gegründet worden war, erhielt zusätzliche finanzielle Mittel, und man beschloss, das Modell auch in die isländischen Provinzen zu exportieren. Als im Polizeibezirk Ísafjörður eine Polizeikraft gesucht wurde, die einen Teil ihrer Arbeitszeit den Aufgaben der Abteilung für vermisste Kinder widmen sollte, wusste Hildur, dass ihre Chance gekommen war. Sie bewarb sich, bekam die Stelle und kehrte mit dem Surfbrett auf dem Autodach in ihre alte Heimat zurück. Das war nun bald zehn Jahre her. Der entspannte Alltag in der Landgemeinde gefiel ihr, und ganz besonders freute sie sich über die hervorragenden Surfbedingungen.

Hildur schreckte aus ihren Gedanken auf, als die Beifahrertür aufgerissen wurde. Die kleine, flinke Beta schlüpfte in den Wagen, schlug die Tür zu und seufzte tief. Der Regen hatte ihre Locken geplättet, aber an so etwas störte sie sich nicht.

»Na, was gibt's Neues?«, fragte Hildur.

»Wir fahren zur Fjallavegur. Beide Streifenwagen sind im Einsatz, fast eine Stunde von hier. Also erledigen wir die Sache selbst.«

Hildur nickte und wartete auf weitere Informationen.

»Ich habe einen Anruf vom Jugendheim im Süden bekommen. Ein fünfzehnjähriger Junge namens Pétur, der dort auf Drogenentzug war, ist heute Nacht ausgerissen. Sie haben den Verdacht, dass er nach Ísafjörður wollte, um an Stoff zu kommen.«

»Warum denn ausgerechnet hierher?«, wunderte sich Hildur und ließ den Motor an.

Das Dorf lag weit abseits, hier landete man nicht aus Zufall. Die Fahrt aus dem Hauptstadtgebiet dauerte Stunden.

»Péturs Handy war wegen irgendeines kleinen Vergehens für ein paar Tage beschlagnahmt worden, und in dieser Zeit hat ein alter Mann aus Ísafjörður mehrmals versucht, den Jungen über den Festnetzanschluss des Jugendheims zu erreichen. Die Betreuer haben sofort erraten, wer dieser Mann sein könnte.«

»Verflixt noch mal, ist er zu dem alten Wichser gegangen?« Hildur fuhr vom Parkplatz des Polizeigebäudes auf die Hauptstraße, die um das Dorf herumführte. Der Regen war stärker geworden, und Hildur schaltete die Scheibenwischer schneller, um freie Sicht zu haben.

Alle, die schon länger im Dorf wohnten, wussten von dem zwielichtigen Kerl, der am Ende der Fjallavegur wohnte. Der alleinstehende Jón Jónsson, der auf die siebzig zuging, war in den letzten zwanzig Jahren viele Male wegen Drogenbesitz und unsittlichem Verhalten verurteilt worden, hatte aber nur gut ein Jahr im Gefängnis gesessen. Zu dieser Strafe war er Anfang des 21. Jahrhunderts verurteilt worden. Damals hatte man ein halbes Kilo Haschisch in seinem Besitz gefunden. Danach war Jón nur noch mit Geldbußen belegt worden, obwohl er offensichtlich Problemjugendliche missbrauchte. Er versprach ihnen Drogen dafür, dass sie ihm beim Onanieren zusahen. Hildur hatte kein Verständnis für diese milden Urteile: Warum wurde man für Wirtschaftsverbrechen zu mehrjähriger Haft und Schadensersatz verurteilt, während man bei Verbrechen, die sich gegen einen anderen Menschen richteten, mit irgendeiner gemeinnützigen Arbeit davonkam?

»Wir waren doch im Sommer aus demselben Grund bei ihm. Kann man gegen den Mistkerl wirklich nichts ausrichten?«, schnaubte Hildur und umklammerte das Lenkrad fester, um die Wut zu zügeln, die in ihr loderte.

»Praktisch nicht. Die Jugendlichen gehen freiwillig zu ihm, weil er ihnen Stoff gibt. Sie bestreiten, dass er zudringlich wird, und es lässt sich auch nicht nachweisen. Also können wir Jón allenfalls wegen Besitz von Marihuana anklagen«, antwortete Beta, obwohl ihr bekannt war, dass Hildur über all das im Grunde gut Bescheid wusste.

Der Škoda passierte den Kreisverkehr und bog auf die Straße ab, die am Krankenhaus und der Bibliothek vorbei zu der Eigenheim- und Reihenhaussiedlung am Berg führte. Die Fjallavegur war die längste Straße in dem ruhigen Wohngebiet. Die langen weißen Reihenhäuser stammten aus den 1960ern. Die ältesten Holzhäuser waren schon vor dem Zweiten Weltkrieg und der Unabhängigkeit Islands gebaut worden.

Hildur fuhr Tempo dreißig und behielt die Umgebung im Auge. Die Dorfbewohner schätzten ihre Privatsphäre; an allen Fenstern zur Straßenseite waren die Vorhänge zugezogen. An einigen Fenstern waren Tafeln angebracht, die es im Supermarkt des Dorfes zu kaufen gab und auf denen peinliche Banalitäten standen. *Hier wohnt das Glück. Das Zuhause ist da, wo die Liebsten sind. Glück ist ein wundervolles Zuhause.* In fast jedem Garten stand ein großer Gasgrill, auf dem diejenigen, die den Nachbarn ihr Durchschnittsglück verkünden wollten, an den Wochenenden Lammfilets brieten. Die Besserverdiener hatten auch eigene Whirlpools für ihre Gärten gekauft.

Die Straße der Glücklichen setzte sich noch ein paar Kilometer fort. Nach den Eigenheimen und Reihenhäusern begann ein spärlicher bebautes Ferienhausgebiet. Im Lauf der Jahrzehnte war am Berghang eine Reihe von Sommerhäusern entstanden. Teils waren es einfache kleine Hütten, einige hatten aber auch große Gärten und überdachte Terrassen. In diesen Gebäuden durfte man nur von Anfang Mai bis Anfang November wohnen, denn wegen der nahen Berge und der schneereichen Winter gehörte das Gebiet zur Lawinengefahrzone. Selbst eine kleine Lawine konnte ein Haus leicht zerstören, weshalb es riskant war, sich im Winter dort aufzuhalten.

Hildur und Beta waren schon viele Male bei Jón gewesen. Jóns Taktik war immer dieselbe: Er freundete sich im Internet mit Problemjugendlichen an, versprach ihnen kostenlose Drogen und quartierte sie bei sich ein. Im Gegenzug entblößte er sich vor ihnen, wichste vor ihren Augen und fasste sie an. Viele Jugendliche, die mit Drogenproblemen kämpften, suchten bei Jón nicht nur Rauschgift, sondern auch Geborgenheit, denn sie hatten sonst niemanden.

Hildur hielt am Rand der Fjallavegur bei einem kleinen grünen Sommerhaus, an dem die Farbe abblätterte. Aus den schräg hängenden Regenrinnen lief das Wasser an der Wand entlang. Die Regenrinnen sahen aus, als wären sie seit einer Ewigkeit nicht mehr gesäubert worden.

Hildur öffnete das rostige Gartentor und ging mit Beta zur Vortreppe. Dort übernahm Beta die Führung. Sie klopfte mit der rechten Hand an die Tür. Niemand öffnete. Sie klopfte noch einmal, diesmal lauter. Keine Reaktion.

»In der Küche brennt Licht, und Jóns alter Suzuki steht auf dem Hof. Zu Fuß geht er nirgendwo hin. Er ist garantiert zu Hause«, sagte Hildur.

Sie sah, dass ein Fenster im Erdgeschoss offen stand, und steckte den Kopf hindurch.

»Aufmachen! Hier ist die Polizei. Wir wissen, dass du da bist und dass jemand bei dir ist. Du machst jetzt sofort die Tür auf oder wir nehmen deinen Suzuki mit aufs Revier. Du hast ihn ja nicht zur

Inspektion gebracht«, brüllte Hildur und schlug mit der flachen Hand gegen die Fensterscheibe.

Hildur benahm sich manchmal wie ein Schafzüchter, der seine Tiere aus den Bergen nach unten trieb, indem er wild mit den Armen fuchtelte und aus vollem Hals brüllte. Eine effektive Methode, wenn es darum ging, eine Schafherde in die gewünschte Richtung zu steuern, aber im Umgang mit Menschen hätte man vielleicht taktvoller sein können. Hildur hatte sich auf kriminalpolizeiliche Aufgaben spezialisiert, weil ihr die ständige Begegnung mit Menschen unangenehm war. Die obligatorischen Schichten bei der Schutzpolizei in den ersten Jahren ihrer Laufbahn hatte sie nur mit Mühe hinter sich gebracht. Es war nervenaufreibend gewesen, jeden Tag Menschen ins Röhrchen pusten zu lassen, zur Rede zu stellen oder sogar festzunehmen.

Bald rasselte es an der Tür und sie öffnete sich knarrend. Der Mann im Türspalt trug zerlumpte Klamotten, hatte eine Halbglatze und wirkte erschrocken. An der Stirn hatte er eine auffällig große Narbe. Man erzählte sich, dass Jón sie sich als Kind zugezogen hatte, als er gegen das Schaufenster der Bäckerei gelaufen war. Sein rotes Flanellhemd sah aus, als wäre es seit einem halben Jahr nicht mehr gewaschen worden. Die Jeans war nicht zugeknöpft. Ein miefiger Geruch drang aus der Wohnung.

»Jæjja Jón«, begann Hildur. *Jæjja* war ein ortsüblicher Ausdruck, dessen Bedeutung von der Situation abhing. Jetzt bedeutete er: kein Gequassel, kommen wir zur Sache. »Wir haben Grund zu der Annahme, dass der in Reykjavík ausgerissene Pétur sich hier aufhält«, fuhr Hildur fort und versuchte, über Jóns Schulter hinweg einen Blick in die halbdunkle Wohnung zu werfen. »Wir müssen wohl den Abschleppwagen bestellen«, erklärte sie mit einer Kopfbewegung zu dem Suzuki auf dem Hof. Dann sah sie Jón grimmig in die Augen.

Der alte Mann rieb sich die schweißbedeckte Glatze und blickte sich ratlos um. Über die Narbe an seiner Stirn lief ein Schweißtropfen. Er blickte an den Polizistinnen vorbei auf den Hof, wie um sich zu vergewissern, dass sein Auto noch dort stand. Dann kapitulierte er ächzend.

»Der Junge ist im Wohnzimmer. Aber ich halte ihn nicht gefangen. Er ist von ganz allein hergekommen und wollte nicht mehr weg.«

»Wie hätte es anders sein sollen«, erwiderte Hildur kühl und bat Jón, ihr Platz zu machen. »Sind noch andere da drinnen?«

»Nein, nein. Ihr nehmt mir doch das Auto nicht weg?«

Beta blieb mit Jón an der Haustür, während Hildur die dreckige Wohnung betrat. Am Ende des Flurs befand sich links ein kleines Schlafzimmer, rechts das Wohnzimmer. Hildur spähte durch den schmalen Türspalt hinein. In einem alten Sessel schnarchte ein Teenager, dessen Äußeres sich mit der Beschreibung des Fünfzehnjährigen deckte, die der Jugendschutz geschickt hatte: schlank, schwarze Haare, schwarze Kleidung, Nasenpiercing und Brille. Hildur ging zum Sessel und fasste den Jungen vorsichtig an der Schulter.

»He, kannst du aufstehen?« Sie versuchte den Jungen zu wecken. Er murmelte etwas Unverständliches, schien sich im Halbschlaf zu befinden.

»Du musst jetzt aufwachen«, sagte Hildur ein wenig lauter und gab ihm einen leichten Klaps auf die Wange.

Der Junge schrak hoch und schlug die Augen auf.

»Was zum Teufel!«, rief er erschrocken.

»Nein, ich bin nicht der Teufel. Ich bin Hildur Rúnarsdóttir von der Polizei Ísafjörður. Ich bin mit einer Kollegin hier, um dich zu holen, weil wir einen Anruf vom Jugendschutz bekommen haben. Ist alles in Ordnung? Hat Jón dir etwas angetan?«

Der trübe Blick des Jungen und der süßliche Geruch verrieten, dass Pétur high war. Die Wasserpfeife auf dem Tisch und deren leerer Kopf bestätigten den Eindruck.

»Ich hab mich nur kurz ausgeruht«, murmelte der Junge.

»Hat man dir Gewalt angetan?«, fragte Hildur.

»Nein, hat man nicht. Wie gesagt, ich hab mich hier nur kurz ausgeruht.«

Hildur musterte Pétur, der auf den ersten Blick in Ordnung zu sein schien. Es waren keine Anzeichen für Gewalt zu sehen und er war vollständig bekleidet. Sie führte Pétur nach draußen zu ihrem Wagen. Beta, die einen kleinen Beutel mit dunkelgrünen Haschischbrocken vom Wohnzimmertisch aufgesammelt hatte, folgte ihnen.

»Nehmt mir das Auto nicht weg«, rief Jón ihnen von der Tür aus nach.

»Diesmal nicht. Aber bring es schleunigst zur Inspektion«, entgegnete Hildur, konnte sich jedoch eine weitere Bemerkung nicht verkneifen. »Wenn du noch einmal Jugendliche herlockst, zerlege ich deinen Suzuki eigenhändig in seine Einzelteile und verteile die im ganzen Fjord«, drohte sie und bugsierte Pétur auf den Rücksitz des Polizeifahrzeugs.

Sie setzte sich ans Steuer. Jón murmelte noch etwas, was sie nicht mehr hörte.

»Weißt du was, Beta? Manchmal bin ich mir nicht sicher, ob wir bei der Müllabfuhr oder bei der Polizei arbeiten«, sagte sie und schnallte sich an. »Wir recyceln immer wieder dieselbe Scheiße. Du glaubst, du hättest irgendeine Sache erledigt, aber bei der nächsten Schicht landet sie wieder vor deinen Füßen.«

Beta nickte zustimmend.

»Das war bestimmt nicht der letzte Einsatz an dieser Adresse. Was glaubst du, wohin er im November zieht, wenn die Siedlung für den Winter geschlossen wird?«

»Es gibt kaum etwas, das mich weniger interessieren würde«, sagte Hildur und lenkte den Wagen in Richtung Dorfzentrum.

Jón würde später wegen Drogenbesitz zur Vernehmung vorgeladen werden, aber höchstens eine Geldstrafe bekommen.

»Du könntest Jón zusammen mit dem Finnen vernehmen. Er kommt morgen Nachmittag an«, sagte Beta.

»Okay. Wie heißt er noch gleich?«

»Jakob. Scheint ganz kompetent zu sein. Obwohl ich zugeben muss, dass ich nicht verstehe, wieso jemand im Austausch in unseren kleinen Ort will, wenn er genauso gut in Oslo oder Kopenhagen Erfahrungen sammeln könnte«, antwortete Beta und warf einen Blick auf die Rückbank. »Und du, junger Mann, wirst jetzt zum Drogentest gebracht und anschließend zurück in den Entzug. Der Jugendschutz organisiert deine Fahrt in den Süden, wenn wir fertig sind«, erklärte sie lächelnd.

Pétur erwiderte ihren Blick mit gleichgültiger Miene und zeigte Beta den Mittelfinger. Den Statistiken zufolge war der Drogenmissbrauch unter isländischen Jugendlichen in den letzten zwanzig Jahren zurückgegangen. Aber die Problemfälle waren ein Kapitel für sich. Sie konsumierten mehrere Substanzen gleichzeitig und bestellten wahllos im Internet, was gerade angeboten wurde. Gleichzeitig war die Zahl der Betreuungsplätze für Jugendliche radikal verringert worden. Angeblich musste gespart werden, weil das Geld nicht reichte. Es gab nicht genug Plätze für alle, die eine Entziehungskur gebraucht hätten. Einige derjenigen, die in Behandlung kamen, hielten nicht durch. Und in den Heimen gab es nicht genug Personal, um jeden Einzelnen rund um die Uhr zu überwachen.

»Es wäre toll, wenn du versuchen würdest, den Entzug durchzuziehen. So kann dein Leben wieder in Ordnung kommen. Sonst erwartet dich nämlich keine rosige Zukunft«, meinte Beta.

»Mir doch egal«, kam es vom Rücksitz.

Beta seufzte und trommelte mit den Fingern gegen die Fensterscheibe.

Draußen regnete es immer noch.

4

Nach Feierabend holte Hildur ihr Fahrrad aus dem Keller und setzte den Helm auf. Die Räder wurden nicht etwa im Fahrradkeller aufbewahrt, weil man Angst gehabt hätte, dass sie auf der Straße gestohlen würden. In einem so kleinen Dorf hätte ohnehin niemand gewagt, ein Rad zu stehlen, denn der Dieb wäre spätestens am nächsten Morgen überführt worden. In den Autos ließ man die Schlüssel stecken, und auch die Haustüren wurden nicht abgeschlossen. Die Dorfbewohner schienen zu glauben, dass in dieser Hinsicht nichts Überraschendes passieren konnte, weil jeder jeden kannte. Nein, die Fahrräder wurden vielmehr wegen des Wetters in den Keller gebracht. Im Spätherbst regnete und stürmte es viel. Der Nordwind vom Atlantik riss selbst ein solides Mountainbike auf die Straße, und dabei konnte mehr zerbrechen als nur die Vorderlampe. Je näher der Sommer rückte, desto seltener wurden die Stürme. Mitte Mai waren Schnee und Eis meist geschmolzen und der Wind hatte sich gelegt. Dann holte man Räder und Roller aus dem Keller und wagte es, sie über Nacht im Garten stehen zu lassen.

Hildur hatte eine geräumige Dreizimmerwohnung mit Balkon in einem großen Holzhaus direkt im alten Dorfzentrum, in der Nähe der Polizeistation. In der Wohnung am anderen Ende des Hauses wohnte Freysi Gunnarsson.

Freysi war ein Single Mitte dreißig. Er arbeitete als Sportlehrer an der örtlichen Schule, lief den Marathon in deutlich weniger als vier Stunden, rauchte allerdings wie ein Schlot. Freysi war vor zwei Jahren in die Nachbarwohnung gezogen, und im Lauf der Zeit waren Hildur und er sich nahegekommen. Zuerst joggten sie ab und zu gemeinsam. Später folgten Dehnübungen in seinem oder ihrem Wohnzimmer, und vom Wohnzimmer war es nicht weit bis ins Schlafzimmer. Sie trafen sich regelmäßig, doch als Paar konnte man sie nicht bezeichnen.

Nach der ersten gemeinsamen Nacht war Hildur erleichtert gewesen, als Freysi erklärt hatte, Zweierbeziehungen würden ihn nicht interessieren. Genau das hatte auch sie erhofft. Gelegentliches Beisammensein ohne Vereinbarungen, gemeinsames Konto und Rechenschaftspflicht. Praktischerweise wohnte Freysi im selben Haus, sodass der Weg von Tür zu Tür kurz war. Obwohl sie sich nur in ihren Wohnungen trafen, vermuteten beide, dass im Dorf alle von der unverbindlichen Beziehung zwischen der Polizistin und dem Sportlehrer wussten. Lass sie tuscheln, dachte Hildur und drehte ihr Rad in Fahrtrichtung.

Sie sah, dass Freysi zum Rauchen auf den Hof gekommen war, und winkte ihm zu.

»Hallo. Wie geht's dir heute?«, fragte Freysi, drückte seine Zigarette aus und brachte die Kippe in die Gemeinschaftsmülltonne auf dem Hof.

»Ich versuche den harten Arbeitstag zu vergessen und fahre zum Essen zu meiner Tante.«

»Eigentlich wollte ich dich fragen, ob du mit mir joggst, aber stimmt, heute ist ja Montag«, sagte Freysi und sah sie jungenhaft lächelnd an. Das Lächeln zauberte tiefe Grübchen auf seine Wangen.

»Ja, montags rufen mich die Würstchen meiner Tante. Aber wir können ja in den nächsten Tagen was unternehmen«, schlug Hildur vor, während sie sich auf den Sattel schwang.

Freysi pfiff hinter ihr her. Hildur warf einen Blick über die Schulter, lächelte und trat in die Pedale.

Sie nahm den Radweg, der sich am Rand des Fjords entlangschlängelte. An der innersten Bucht, rund zwei Kilometer vom Zentrum, lag das Neubaugebiet von Ísafjörður, wo Hildurs Tante sich ein großes Haus mit prächtigem Garten hatte bauen lassen.

Die funkelnagelneue Siedlung sprach Hildur nicht an, sie zog es vor, näher an ihrem Arbeitsplatz zu wohnen. Im alten Zentrum des Dorfs waren die Häuser und Gärten kleiner als am Dorfrand, aber die alten Holzhäuser schufen eine angenehm gemütliche Stimmung und alle Geschäfte und öffentlichen Dienstleistungen lagen nahe beieinander.

Hildur gab ein Handzeichen nach rechts und bog vom Radweg in die Wohnsiedlung ab. Die seit einigen Jahren pensionierte Gesangslehrerin Tinna Atladóttir verbrachte den größten Teil ihrer Zeit zu Hause mit Handarbeiten und Hörbüchern. Hildur wusste, dass ihre Tante sich hier, außerhalb des Zentrums und mitten im Grünen, restlos wohlfühlte.

Hildur klingelte nicht und klopfte auch nicht an, sondern ging aus alter Gewohnheit direkt ins Haus. Tinna hatte ihre Ankunft bereits mitbekommen und erwartete sie in der Diele. Sie nahm Hildur sofort in die Arme.

»Schön, dich zu sehen. Tut mir leid, dass ich mich ein bisschen verspätet habe. Ich musste länger arbeiten«, entschuldigte Hildur sich.

»Auf die Minute kommt es nicht an«, erwiderte Tinna und küsste Hildur zweimal auf die rechte Wange.

In Island war es üblich, Menschen, die einem nahestanden, mit einem leichten Wangenkuss zu begrüßen. Tinna gab jedoch statt einem Kuss immer zwei. Und sie begnügte sich nicht mit einer flüchtigen Berührung, sondern drückte ihrem Gegenüber ordentliche Schmatzer auf.

Hildur folgte Tinna in die große helle Küche und setzte sich an die Kochinsel. Tinna rührte die Soße um, die auf dem Herd blubberte.

Ein köstlicher Duft zog durch die Küche. Hildur schloss die Augen und entspannte sich. Einen Moment lang fühlte sie sich glücklich. Sie genoss die wöchentlichen Treffen mit ihrer Tante. Beim Tod ihrer Eltern war Hildur noch minderjährig gewesen und zu Tinna, der Schwester ihrer Mutter, gezogen. Sie hatte noch eine zweite Tante gehabt, die jedoch auf den Färöer-Inseln wohnte und zu der sie kein enges Verhältnis gehabt hatte. Tinna stand ihr dagegen sehr nah. Auch als Hildur in Reykjavík studierte, waren sie in Verbindung geblieben und hatten jeden Tag mindestens einmal miteinander telefoniert. Als Hildur vor zehn Jahren aus der Hauptstadt an ihren heimatlichen Fjord zurückgekehrt war, wurde das Band zwischen ihnen noch stärker. Tinna war Hildurs einzige lebende Verwandte. Sie waren die letzten ihrer Familie.

Tinna hatte Hildurs Lieblingsgericht zubereitet: in Butter gebratene, fettige Wurst aus Innereien namens Slátur, dazu helle Soße und Salzkartoffeln. Nun stellte sie die Töpfe auf den Tisch und überließ es Hildur, auf beide Teller ein großes Stück Wurst und viele Kartoffeln zu legen und das Ganze mit der herrlich dicken hellen Soße zu krönen.

Hildur biss in die graubraune Wurst und genoss den salzigen Geschmack. Fett tropfte ihr auf die Lippen. Sie wischte sich die Mundwinkel mit Küchenkrepp ab.

»Das ist so verdammt lecker«, sagte sie mit halb vollem Mund.

Die kross gebratene Wurst schmeckte nach Kindheit. Damals war Slátur die häufigste Alltagskost gewesen. Zu Hause hatten sie immer um sieben Uhr zu Abend gegessen. Wenn die Abendnachrichten im Radio anfingen, waren Hildur und ihre Schwestern mit roten Wangen und windzerzausten Haaren ins Haus gekommen und hatten sich auf die Holzbänke am Küchentisch gesetzt. Ihre

Mutter hatte den Topf auf den Tisch gestellt, wo schon das Roggenbrot bereit lag, und sich neben Vater an die andere Tischseite gesetzt. Das Beste war die Wurst, die der Vater nach der Schafschlachtung im Herbst selbst aus den Innereien zubereitete. Heutzutage machte kaum noch jemand die Wurst selbst. Man kaufte sie vakuumverpackt im Laden.

»Mein liebes Kind, du klingst ziemlich erschöpft. Mal ehrlich, wie fühlst du dich?«, fragte Tinna.

»Ganz normal. Ein anstrengender Arbeitstag.«

»Ja. Aber sonst? Ich weiß, dass diese Jahreszeit schwer für dich ist. Das war sie schon immer.« Tinna machte eine kurze Pause, bevor sie fortfuhr: »Es ist ja bald fünfundzwanzig Jahre her, seit die Mädchen verschwunden sind.«

Hildur zuckte zusammen. Ihre Tante hatte recht. Der Spätherbst war eine schwierige Zeit für sie. Sie erinnerte sich an das Verschwinden ihrer kleinen Schwestern, mochte aber nicht darüber reden. Sie erinnerte sich an die besorgten Anrufe bei den Nachbarn, an die kalt gewordenen Lummur-Pfannkuchen in der braunen Auflaufform und an die Polizisten, die irgendwann gekommen waren, aber nichts gesagt hatten.

»Tinna, ich schaffe es jetzt nicht, darüber zu reden«, sagte sie mit flehendem Unterton.

Reden half nicht, das wusste Hildur aus Erfahrung. Gerade im Spätherbst gingen ihr die damaligen Ereignisse besonders intensiv durch den Kopf. Darüber zu sprechen, verschärfte einen Teil der Erinnerungen und machte sie noch schmerzhafter. Andererseits hatten die Gespräche ihr keine Klarheit gebracht und ihr nicht geholfen, sich lückenlos an alles zu erinnern, was in jenem Herbst passiert war. Daher waren sie nutzlos. Sie führten nur dazu, dass die Beklemmung, die sie von Zeit zu Zeit empfand, noch schlimmer wurde.

Diese Beklemmung hatte Hildur schon als Kind verspürt. Sie

erinnerte sich nicht mehr, wie es war, ohne sie zu leben. Hildur hatte zu oft das Gefühl, zur falschen Zeit am falschen Ort zu sein. Allzu oft wusste sie zu viel, aber dennoch nicht genug. Sie war oft überall zugleich, aber immer nur zu einem kleinen Teil. In ihr steckte irgendetwas, das die falsche Größe hatte und sie aus dem Gleichgewicht brachte.

An jenem Tag, als ihre Schwestern verschwanden, hatte die einige Jahre ältere Hildur sich schon am Morgen ungewöhnlich schlapp gefühlt. Sie hatte es nicht einmal geschafft, aus dem Bett aufzustehen, geschweige denn, mit dem Rucksack in den Schulbus zu steigen. Als ihre kleinen Schwestern zur Schule fuhren, war sie zu Hause geblieben. Wenn sie bei ihnen gewesen wäre, wären sie vielleicht nicht verschwunden. Das hatte sie schon damals verstanden und seitdem mit dieser Last gelebt. Jedes Jahr um diese Zeit, um die Wende vom Oktober zum November, wuchs die Beklemmung an.

Hildur schluckte den letzten Bissen Wurst herunter, spülte mit hausgebrautem Leichtbier nach und blickte durch das Fenster nach draußen. Wenn es nicht so dunkel wäre, würde man den Berg und die unten an den Bergwänden errichteten Lawinenbarrieren sehen, die das Dorf schützten. Ein sympathischer Versuch der Menschen, das Unbeherrschbare irgendwie zu beherrschen.

Tinna legte ihre Hand auf Hildurs und wandte ihr das Gesicht zu.

»Hrafntinnas Erbe ist eine schwere Last. Es ist dir zugefallen, du hast es dir nicht ausgesucht.«

Noch ein Thema, das Hildur hasste. Ihre Tante meinte es gut, begriff aber nicht, dass ihre Worte die Bürde noch schwerer machten. Gerade jetzt hatte Hildur nicht die Kraft, sich eine Erklärung über das Familienerbe anzuhören.

»Ja. Aber das Thema geht im Moment über meine Kräfte.«

Tinna tätschelte ihrer Nichte die Hand und forderte sie auf, noch ein Stück Wurst zu nehmen.

Hrafntinna, Tinnas *Amma* oder Großmutter mütterlicherseits, war zu ihrer Zeit die bekannteste Weissagerin Islands gewesen. Sie sah alles, sprach mit der Natur und die Natur mit ihr. Viele Isländer reisten von weither zu ihr an den Schwanenfjord und baten sie um Rat. Heutzutage galt es als Zeichen von Geisteskrankheit, mit dem verborgenen Volk zu sprechen, aber damals war es völlig normal. Heute fragte man einen Analytiker im dunklen Anzug nach den Prognosen für das kommende Jahr. Und die Analytiker wohnten nicht am Schwanenfjord, sondern in den Häusern am Meeresufer in Reykjavík.

Der alten Volksüberlieferung zufolge wurde die Gabe des Hellsehens vererbt, aber nicht an alle. Tinna war der Meinung, Hrafntinnas Gabe habe zwei Generationen übersprungen und sei auf Hildur übergegangen.

Dabei hatte sie sich jedoch abgeschwächt. Hildur wusste nie etwas Genaues über die Zukunft. Sie ahnte zwar im Voraus, dass bald etwas Schreckliches passieren würde, aber nicht was, wo und wann. Unmittelbar vor dem Ereignis wuchs die drückende Welle in ihrem Inneren, doch Hildur wusste nicht, woher sie kam, und konnte deshalb nichts tun. An jenem Morgen im schneereichen Winter vor fünfundzwanzig Jahren war die Welle außergewöhnlich groß gewesen. Als Hildur älter war, hatte Tinna ihr erklärt, ihre Beklemmung komme von ihrer seherischen Gabe. Hildur war sich nicht sicher, was sie glauben sollte.

Sie blickte immer noch nach draußen in die Dunkelheit. Der Fernseher im Wohnzimmer brachte eine Sendung über Inneneinrichtung. Tinna deckte den Tisch ab und nahm Hildur im Vorbeigehen kurz in den Arm.

»Du bist so mager geworden, Kind. Bald gleichst du einem hungrigen Eisbären. Du isst doch hoffentlich auch an den anderen Tagen, nicht nur montags?«, fragte sie besorgt und holte den Nachtisch aus dem Kühlschrank. Obstsalat mit Schlagsahne und fettreichem Joghurt.

»Doch, doch, ich esse regelmäßig. Aber ich trainiere ziemlich viel«, sagte Hildur und beschloss, das Thema zu wechseln. »Morgen bekomme ich einen neuen Kollegen. Ein finnischer Polizist landet am Nachmittag mit dem Flugzeug. Wir haben schlimmen Personalmangel, er kommt also genau richtig. Wir beide werden ein Team bilden.«

»Dann vergiss nicht, ihm zu erzählen, dass du Kobolde siehst, die dir künftige Ereignisse vorhersagen. Ausländer lieben solche Geschichten«, sagte Tinna schelmisch grinsend.

»Ja, das mache ich ganz bestimmt. Und ich werde ihm empfehlen, fermentierten Hai zu probieren. Eine schmackhafte, traditionelle Delikatesse, die alle Isländer essen«, erwiderte Hildur und lachte prustend.

An der Haustür schloss Tinna ihre Nichte fest in die Arme und drückte ihr eine blaue Plastikdose in die Hand.

»Ich hab dir die restliche Wurst eingepackt. Die kannst du zum Mittagessen in der Mikrowelle aufwärmen. Denk daran, dir ab und zu was Schönes zu gönnen. Geh ein bisschen öfter zu deinem Nachbarn«, sagte sie und kniff Hildur sanft in die Wange.

»Du hast es also auch schon gehört?«

»Dass zwischen euch etwas läuft, wissen doch alle. Eine Nachbarin hat mir erzählt, dass Freysi im Lehrerzimmer ständig gefragt wird, wann er sich mit seiner tollen Eroberung verlobt.«

»Tinna! Wir sind ja nicht mal fest zusammen. Wir, na ja, wir treffen uns nur ab und zu.«

»Ich weiß, ich weiß. Ihr müsst jetzt einfach alles Gute genießen, das ihr habt. Um das Gerede der anderen braucht ihr euch nicht zu kümmern«, sagte Tinna und umarmte ihre Nichte noch einmal.

Hildur trat hinaus ins Abenddunkel. Sie schaltete die Fahrradlampe ein, setzte den Helm auf und befestigte die Plastikdose mit einem Gummiband am Gepäckträger. Dank des Rückenwindes von Süden brauchte sie für die Fahrt ins Dorfzentrum nur zehn

Minuten. Wasser spritzte von den Reifen auf ihre Hosenbeine. Als sie fast zu Hause war, verwandelte sich der Regen allmählich in Schnee.

Hildurs Wohnung lag zwischen der Feuerwehrstation und dem Polizeirevier. Eine geschützte Lage, dachte sie bei sich. Auch das Krankenhaus war weniger als einen Kilometer entfernt. Ebenso die einzige Kneipe im Dorf.

Auf dem hell beleuchteten Turm der Feuerwehrstation bemerkte Hildur einen großen schwarzen Raben. In dem Dorf am Meer lebten viele Raben, der Anblick war an sich also nichts Besonderes. Der Vogel auf dem Dach, der Hildur anstarrte, wirkte jedoch ungewöhnlich groß. In der nordischen Mythologie übermittelten die Raben den Göttern Informationen und entschieden darüber, welche Krieger leben durften, welche starben und wer von den Toten ins Paradies gelangte, in den hellen Saal von Walhall. Der Rabe krächzte dreimal. Das bedeutete Tod.

5

Keine Angst, das ist ganz normal«, beruhigte die Flugbegleiterin Jakob, der die Armlehnen so fest umklammerte, dass seine Fingerknöchel weiß hervortraten. Auch sein Gesicht hatte alle Farbe verloren.

Im selben Moment sackte die Propellermaschine ein paar Meter ab. Jakob spürte einen unangenehmen, kalten Druck im Magen und stöhnte auf.

»O Gott. Stürzen wir ab?«, stieß er hervor und blickte der Flugbegleiterin, die sich auf den Platz für das Kabinenpersonal gesetzt hatte, in die Augen.

Jakob Johanson saß am Gang, aber da der Nebensitz leer war, konnte er durch das kleine ovale Fenster das Gebirge erblicken. Durch den dünnen Wolkenschleier schimmerte eine unbewohnt aussehende Hochebene, zwischen den Bergen flimmerten schmale Streifen des Meeres. Von oben sah die Fjordlandschaft drollig aus. Die Berggipfel waren platt, als hätte man ihnen mit einem großen Messer die Spitzen abgeschnitten. Es fiel Jakob allerdings schwer, die Landschaft zu genießen. Als die Maschine wiederholt ruckelte, umklammerte er die Lehnen noch fester.

Die Flugbegleiterin lächelte aufmunternd und schloss kurz die Augen. So verhielten sich Menschen, die sich ihrer Sache sicher waren. Ich weiß Bescheid, ich habe das schon oft erlebt, glauben Sie mir.

»Wir stürzen nicht ab. Diese Hüpfer sind ganz normal, sie treten jedes Mal auf, wenn die Maschine nach einer Gebirgskette die Flughöhe verringert.«

Hat sie *jedes Mal* gesagt?, dachte Jakob beunruhigt. Ist das immer so ein fürchterliches Schaukeln? Er wusste, dass die Propellermaschine diese Strecke das ganze Jahr über zweimal täglich flog. Man hatte ihn allerdings gewarnt, es könne Flugplanänderungen geben. Wegen schlechter Sicht oder starkem Wind mussten die Inlandflüge von Reykjavík nach Ísafjörður oft storniert werden.

Die Flugbegleiterin holte tief Luft und sagte beim Einatmen, das Flugwetter sei heute ungewöhnlich gut.

Jakob war diese seltsame Angewohnheit schon im Flughafenbus aufgefallen: Wenn die Menschen hier etwas sagten, das ihnen wichtig war, atmeten sie beim Sprechen tief ein. Vielleicht wollten sie ihren Worten dadurch mehr Gewicht verleihen, aber in Jakobs Ohren klang es, als befänden sich die Gesprächspartner in Lebensgefahr.

Auch er hatte jetzt das Gefühl, in Lebensgefahr zu schweben. Das Flugzeug begann wieder zu wackeln und legte sich auf die Seite. Jakob war am Morgen aus Finnland nach Island gekommen und hatte für die Weiterreise den Inlandflug gewählt. Mit dem Auto hätte die Fahrt in den hintersten Winkel der westlichen Fjorde Islands mehr als sechs Stunden gedauert, und er hatte keine Lust gehabt, ein Auto zu mieten. Zumal es hier so früh dunkel wurde.

»Wir landen in zehn Minuten. So lange können Sie die Landschaft bewundern«, sagte die Flugbegleiterin mit weicher Stimme und nickte zum Fenster hin.

»Das kann ich nicht. Ich warte nur darauf, dass es endlich überstanden ist.«

Jakob versuchte, freundlich zu lächeln, vermutete aber, dass er nur ein gequältes Grinsen zustande brachte.

»Bleiben Sie lange im Dorf?«, fragte die Flugbegleiterin. Offenbar bemühte sie sich, den Passagier von seiner Flugangst abzulenken.

»Mindestens ein halbes Jahr. Ich werde dort arbeiten.«

»Oho, den ganzen langen Winter über! Dann werden Sie diese Strecke noch oft fliegen, wenn Sie in der Hauptstadt zu tun haben.«

»Beim nächsten Mal fahre ich lieber mit dem Rad.«

Jakob hörte, dass die Frau ein Lachen unterdrückte. Er schaute sie zum ersten Mal etwas länger an und befand, dass sie eigentlich ziemlich umwerfend aussah. Die Frau war ungefähr so groß wie er selbst. Dichte blonde Haare, dunkle Augen und ein breites Lächeln, bei dem sich unter den Augen kleine Grübchen bildeten. Die Frau strahlte Selbstsicherheit und Erfahrung aus, vielleicht auch Härte. Das mochte an ihrer straffen Haltung liegen. Sie saß auf ihrem Sitz wie auf einem Thron.

Das Flugzeug hatte eine Weile nicht gezittert. Jakob entspannte sich ein wenig.

»Wo werden Sie arbeiten?«, fragte die Flugbegleiterin.

»Ich bin Polizist. Ich habe in Finnland die Ausbildung gemacht und komme jetzt im Austausch hierher.«

»Nach Ísafjörður? Nicht einmal alle Isländer würden das Dorf auf der Landkarte finden. Wie sind Sie darauf gekommen?«

Jakob war sich nicht sicher, was er antworten sollte. Es waren nur noch einige Minuten bis zur Landung. Die Zeit war zu kurz, um alles zu erzählen, und das wollte er auch gar nicht tun. Die Scheidung, seine norwegische Ex-Frau Lena, die ihn daran hinderte, sein Kind zu sehen, und ihn bei allen verunglimpft hatte. Die Krise hatte Schlaflosigkeit ausgelöst, ihm die Lebensfreude genommen und dazu geführt, dass er vor Angst und Wut zitterte. Er hatte den Beruf und die Umgebung wechseln müssen, damit ihm nicht der Kopf platzte.

Jakob, der früher als Biologielehrer gearbeitet hatte, war auf die Polizeischule gegangen. Bis zum Abschluss fehlten ihm nur noch wenige Studienpunkte. An der Polizeischule hatte er von dem gesamtskandinavischen Austauschprogramm Nordcop gehört, in dessen Rahmen Studierende und Lehrkräfte der Polizeischulen im

Austausch in einem anderen Land arbeiten konnten. Jakob hatte nach Island gewollt. Im Fernsehen hatte er einen interessanten Dokumentarfilm über den äußersten Westen Islands gesehen, über die Westfjorde, deren Landschaft, Natur und Stille ihn beeindruckt hatten. Er wollte einen Ort der Ruhe, weite Wasserflächen. In eine Großstadt wie Stockholm oder Kopenhagen hätte er sich nicht einmal für das doppelte Gehalt locken lassen. Nach allem, was er durchgemacht hatte, sehnte er sich nach Ruhe und Abstand. Also hatte er bei der Polizeistation von Ísafjörður, dem größten Dorf der Westfjorde, nach einem Praktikumsplatz gefragt und sich über die schnelle Zusage gefreut.

Jakob holte tief Luft und verschränkte die Arme vor der Brust. Vielleicht sollte er der Flugbegleiterin lieber etwas Harmloses erzählen. Lügen wollte er nicht, aber er konnte ihr eine Teilwahrheit präsentieren. Damit würde er die Wahrheit nicht verfälschen, sondern nur eine bestimmte Perspektive wählen.

In der schlimmsten Phase der Krise, die auf die Scheidung und den Streit um das Sorgerecht gefolgt war, hatte er ein neues Hobby entdeckt. Er hatte in der Zeitung einen Bericht über die wohltuende Wirkung von Handarbeiten gelesen. Für den Artikel waren eine Hirnforscherin und ein Psychologe interviewt worden, die erklärten, Handarbeit wirke entspannend, verlangsame die Herzfrequenz und senke den Blutdruck. Jakob hatte beschlossen, es zu probieren. Er hatte schon alles Mögliche versucht: Schlafmittel, Bewegung an der frischen Luft, Meditation, Therapie und eine Selbsthilfegruppe für Opfer von Narzissten. Pulloverstricken konnte jedenfalls nichts schaden, hatte er sich gedacht. Zu der Zeit besuchte er schon die Polizeifachhochschule in Tampere. Dort war er in das erstbeste Handarbeitsgeschäft in der Ilmarinkatu gegangen und hatte gesagt, er wolle eine Anleitung, Wolle und Stricknadeln für einen Pullover kaufen. Er wusste, dass durchtrainierte, kräftige bärtige Männer nicht zur Stammkundschaft von Handarbeitsgeschäften gehörten, war aber freundlich bedient worden. Die Verkäuferin hatte ihn bei der Wahl der Wolle und der Nadeln beraten, ihm erklärt, wie man die Strickanleitungen las, und ihn auf gute Strickgruppen bei Facebook hingewiesen. Seitdem hatte Jakob seine Wolle immer in diesem Geschäft in Tampere gekauft.

Besonderen Gefallen hatte er an Islandpullovern gefunden. Der obere Teil des Pullovers, für den er schon bald die korrekte Bezeichnung Rundpasse gelernt hatte, machte das Stricken zu einer spannenden Herausforderung. Das isländische Lopi-Garn fühlte sich angenehm an und ließ sich leicht verarbeiten. Das Stricken half Jakob, den Stress zu regulieren und Enttäuschungen zu ertragen. Wenn er eine Masche verlor oder das Muster einen Fehler hatte, war das zunächst ärgerlich. Er löste das Gestrickte auf, korrigierte den Fehler und strickte weiter. Die Enttäuschung verwandelte sich in ein Erfolgserlebnis.

Außerdem war Stricken letzten Endes nicht viel anders als das Leben an sich: unvorhersehbar, manchmal auch chaotisch. Obwohl man selbst die Nadeln führte, alle Fäden in der Hand hatte und sich an die Anleitung hielt, war das Resultat nie sicher. Es konnte immer irgendetwas passieren. Manchmal war es besser, sich an die Anleitung zu halten, manchmal nicht. Man konnte nicht wissen, ob der Pullover gut wurde oder nicht, wenn man nicht erst einmal strickte und dann schaute, was man getan hatte. Man musste zuerst etwas tun, um beurteilen zu können, ob es gelungen war.

Die Erkenntnisse, die ihm beim Stricken kamen, gaben Jakob Selbstvertrauen. Er hätte nie erfahren, wie abscheulich seine Ex-Frau Lena sein konnte, wenn sie einander gar nicht erst kennengelernt hätten. Aber wenn sie sich nicht kennengelernt hätten, gäbe es Matias nicht. Und sein Sohn war doch das Wichtigste in seinem Leben, auch wenn sie unter den gegebenen Umständen keine Zeit miteinander verbringen konnten. Das tat zwar weh, machte Jakob aber nicht zum Versager.

Jakob lehnte den Kopf an die Nackenstütze und beschloss, über die Pullover zu sprechen.

»In meinem Leben hat sich die Gelegenheit zu einem Abenteuer ergeben. Ich stricke in meiner Freizeit Islandpullover, war aber noch nie in dieser Gegend der Welt. Jetzt hatte ich die Chance, Arbeit und Vergnügen zu verbinden, und da bin ich nun.«

Jakob merkte, dass die Flugbegleiterin seinen Pullover betrachtete. Er hatte ihn selbst gestrickt. Wer auch nur ein bisschen Ahnung hatte, erkannte das Muster: *Riddari*, vermutlich eins der beliebtesten Islandpullover-Modelle. Jakob hatte den *Riddari* vor einigen Jahren gestrickt. Inzwischen entwarf er die meisten seiner Pullover selbst. Das machte sein Hobby noch interessanter.

Die Flugbegleiterin strich sich über den Kopf und fuhr sich mit den Fingern durch die Haare, vom Ansatz bis zu den Spitzen.

»Soso, ein mysteriöser Pullovermann aus Finnland«, sagte sie, beugte sich zu Jakob vor und senkte die Stimme. »Wenn Sie die Sauna vermissen, im Dorfschwimmbad ist eine gute. Zeiten für Männer gibt es da mehrmals in der Woche.«

Jakob war sich sicher, dass die Frau ihm zugezwinkert hatte. Flirtete sie mit ihm? Sie wirkte reizvoll, aber Jakob hatte seit vielen Jahren mit niemandem mehr geflirtet. Er hatte geglaubt, die Zeiten wären vorüber. Aber vielleicht gehörte er doch noch nicht ganz zum alten Eisen.

»Gibt es gar keine gemischte Sauna?« Jakob grinste spitzbübisch.

»Das ist ein Kapitel für sich«, gab die Flugbegleiterin lächelnd zurück und ließ den Blick von Jakobs Augen nach unten wandern.

Das Flugzeug war nur noch ein paar hundert Meter über dem Boden. Es steuerte die innerste Bucht des Fjords an, machte über einer Wohnsiedlung einen scharfen Bogen und nahm schließlich Kurs auf die schmale Landebahn neben der Bergwand. Die Maschine schien viel zu weit nach links zu biegen. Durch das Fenster war nur noch das Meer zu sehen. Jakob spürte wieder Panik in sich aufsteigen.

»Zum Schluss muss der Pilot eine komplette Kehrtwendung machen. Wegen der Windrichtung muss die Maschine in nördlicher Richtung landen, zum offenen Meer hin. Deshalb kann man bei schlechter Sicht hier nicht landen, die Berge sind so nah. Aber jetzt ist die Sicht ja wirklich gut«, sagte die Flugbegleiterin.

Die Reifen berührten die Landebahn, und die Maschine bremste mit voller Kraft, sodass Jakob auf seinem Sitz nach vorn rutschte und seine Knie die Beine der ihm gegenübersitzenden Flugbegleiterin berührten.

»Ja, wirklich gut«, wiederholte er und jubelte innerlich. Er hatte die 35 Minuten in dieser Rappelkiste von Flugzeug überlebt.

Die Flugbegleiterin griff zum Mikrofon. Sie machte ihre Durchsage zuerst auf Isländisch, dann auf Englisch.

»Willkommen in Ísafjörður. Wir bitten Sie, angeschnallt auf Ihrem Sitz zu bleiben, bis das Anschnallzeichen erloschen ist.«

Dann öffnete sie die Tür vorne am Flugzeug, und eine kleine Treppe senkte sich auf den kalten Asphalt des Flugplatzes. Durch die offene Tür wehte der Wind herein. Die Passagiere zogen ihre Mäntel, Kopfbedeckungen und Handschuhe an und stiegen nacheinander aus. Jakob, der in der ersten Reihe saß, hatte seinen Mantel und seinen Rucksack im Gepäckfach verstaut, das er erst öffnen konnte, als sich der Gang geleert hatte.

»Man sieht sich«, sagte die Flugbegleiterin, als Jakob ausstieg. Er hätte die Wolle für seinen nächsten Pullover darauf verwetten können, dass die Frau ihm nachblickte, als er die Treppe hinunterstieg. Im Rücken spürte er eine angenehme Wärme.

Jakob folgte den anderen Passagieren zu dem kleinen, mit Wellblech verkleideten Terminal, das nur hundert Meter entfernt war.

Die rund zwanzig Passagiere versammelten sich an dem kurzen Gepäckband und warteten auf ihre Koffer. Nach einer Weile wurde eine Luke an der Wand geöffnet, und ein Mitarbeiter des Flughafens hob die Gepäckstücke auf das Band. Jakob griff nach seinem grauen

Kofferrucksack, der ihn schon damals begleitet hatte, als er per Interrail durch Europa gereist war und an der Touristeninformation im chaotischen Bahnhof von Budapest die Norwegerin Lena kennengelernt hatte. Da auch Lena allein unterwegs war, hatten sie sich bald zusammengetan und schließlich eine romantische Woche in Budapest verbracht. Sie waren an der Donau entlangspaziert, hatten Bäder besucht, in den alten Kellerlokalen auf der Pester Seite gesessen und sich verliebt. Es war wie in dem Film *Before Sunrise*, nur mit dem Unterschied, dass sie sich nicht in Wien befanden und sich am letzten Tag der Reise nicht getrennt hatten. Stattdessen waren sie gemeinsam nach Norwegen gefahren und später wegen Jakobs Beruf nach Finnland gezogen.

Jakob sah sich in dem winzigen Flughafen um. An der Wand der Wartehalle stand ein Ecksofa aus Leder, auf dem eine dunkelhaarige, streng wirkende Frau saß. Sie war ungefähr in seinem Alter und trug einen knöchellangen Wintermantel. In der Hand hielt sie ein DIN A4-Blatt, auf dem mit Filzstift *Jacob* geschrieben stand.

Jakob ging zu ihr, streckte ihr die Hand hin und stellte sich auf Englisch vor.

»Du willst bestimmt mich abholen. Ich bin Jakob. Jakob mit K.« Jakob war in Deutschland geboren, wo seine Familie aus beruflichen Gründen einige Jahre gewohnt hatte, als er klein war. Seine Eltern hatten ihm einen internationalen Namen geben wollen. Der kräftige Händedruck überraschte Jakob. Die Frau hatte seine Hand gepackt wie eine Gewichthebestange.

»Ich bin Hildur. Hildur mit H. Schön, dich kennenzulernen. Hattest du einen guten Flug?«

»Es war furchtbar, aber ich habe es überstanden.«

Hildur blickte zum Ausgang, zerknüllte das Papier und warf es in den nächsten Papierkorb.

»Ich bringe dich zu deiner Mietwohnung und zeige dir, wo die Polizeistation ist. Wir fangen gleich morgen früh mit der Arbeit an.«

Direkt zur Sache, ohne unnötigen Small Talk, dachte Jakob und nickte zustimmend. Hildur griff nach seiner Tasche und zog sie hinter sich her.

»Heute bist du mein Gast. Ab morgen musst du dein Gepäck selbst tragen.«

Durch die Glastüren gelangte man auf einen stürmischen Parkplatz, hinter dem sich hohe Berge mit flachen Gipfeln erhoben. Jakob blickte an ihnen hoch und dachte daran, dass er gerade eben im Propellerflugzeug über sie hinweggeflogen war.

Hildur warf das Gepäck in den Kofferraum des Polizeifahrzeugs und schlug die Klappe zu. Jakob setzte sich auf den Beifahrersitz des Škoda.

»Danke, dass du mich abholst. In so einem kleinen Ort gibt es sicher keine Taxis.«

»Doch, wir haben Taxis, genau zwei. Aber ich hol dich gern ab. Wir werden ja zusammen arbeiten. Ich wollte sehen, was für einen Mann sie uns geschickt haben«, antwortete Hildur und ließ den Motor an.

Plötzlich wurde neben ihnen laut gehupt. Jakob schrak auf und blickte durch das Seitenfenster. Die Flugbegleiterin saß am Steuer eines großen roten Toyota Land Cruiser und winkte ihm fröhlich lächelnd zu. Jakob winkte zurück. Dann gab die Flugbegleiterin Gas, und der Toyota raste vom Parkplatz auf die Straße zum Dorf. Dort fuhr sie hin, Guðrún Davíðsdóttir, die gute Fee der Lüfte.

Hildur sah Jakob fragend an.

»Wir haben uns im Flugzeug kennengelernt. Sie hat mir geholfen, an etwas anderes zu denken, als der Flug zu turbulent für mich wurde.«

Hildur lächelte breit.

»Darauf versteht Guðrún sich! Ich kenne sie gut, wir sind zusammen zur Schule gegangen. Sie arbeitet im Winter als Flugbegleiterin und als Aushilfe im Kindergarten. Im Sommer bietet sie Führungen für Kreuzfahrttouristen an und bringt sogar die aufgeblasensten Amerikaner dazu, brav in einer Reihe zu gehen.«

»Ziemlich viele Berufe«, meinte Jakob verwundert.

»So ist das Inselleben. Jeder macht so ungefähr alles«, sagte Hildur und setzte den Blinker. »Guðrún ist ziemlich, hm, verwegen. Aber sie hat auch eine weiche Seite, sie hat nämlich im Dorf ein eigenes Wollgeschäft.«

Was für ein Zufall, dachte Jakob und lehnte den Kopf an die Nackenstütze. Die Dunkelheit senkte sich allmählich über den Fjord. Jakob blickte durch die Windschutzscheibe. Das Dorf, das vor ihnen lag, sah klein aus, und es herrschte kaum Verkehr. Das warme, orange Licht der Straßenlaternen spiegelte sich im dunklen Meer. Der Anblick wirkte beruhigend. Jakob hatte das Gefühl, angekommen zu sein, zwar nicht ganz zu Hause, aber doch an einer Art Zwischenstation.

6

In der Schrift heißt es, dass der Faule im Herbst nicht pflügt, bei der Ernte kehrt er mit leeren Händen vom Feld zurück.

Jetzt ist Herbst, und ich habe gepflügt. Ich habe viel gepflügt. Mir tun die Arme weh. Ich setze mich auf einen Fels am Ufer und lasse meinen Blick eine Weile auf dem Meer ruhen. Trotz meiner Müdigkeit fühle ich mich leicht und voller Energie.

Endlich bin ich hier. Endlich ist die Zeit gekommen, den Plan zu verwirklichen, an dem ich seit meinem Verlust gefeilt habe. Den Plan, der mich auch in schwierigen Zeiten über Wasser gehalten hat.

Salomo errichtete seinen Tempel in sieben Jahren. Ich habe meinen Plan in sieben Jahren erstellt. So lange liegt ihr Dahinscheiden nun zurück.

Heute habe ich ein Rudel Schwertwale gesehen. So spät im Herbst sind Schwertwale in den Ufergewässern ein seltener Anblick. Deshalb wusste ich, dass heute der Tag ist, an dem ich den ersten Punkt meines Planes verwirkliche.

Ich rauchte eine Zigarette und beobachtete in aller Ruhe die Sprünge der Schwertwale. Die schwarz-weißen Tiere wirkten munter und freundlich, wie possierliche kleine Kreaturen, die sich im Zoo tummeln, aber das Äußere täuscht. Die Schwertwale sind Torpedos, die in Rudeln jagen. Sie sind Raubtiere, die gern mit ihren Opfern spielen. Manchmal greifen sie andere Wale an, und dann treiben sie ihr Spiel besonders lange und ausgiebig. Je größer das Säugetier, desto länger lässt der Tod auf sich warten.

Mein heutiges Opfer war ein großes, aber der Tod kam schnell. Nun, ich bin ja auch kein Raubtier und ich jage nicht im Rudel.

Meine guten Taten beweisen, dass ich auf dem richtigen Weg bin.

7

NOVEMBER 2019 ÍSAFJÖRÐUR

Beta öffnete den Kühlschrank im Pausenraum der Polizeistation. Im Gefrierfach sollte noch eine Tomate-Mozzarella-Pizza von Dr. Oetker liegen, die sie zum Mittagessen im Ofen aufbacken konnte. Als sie die Klappe des Gefrierfachs öffnete, zuckte sie zusammen. Sie starrte auf den Inhalt oder besser gesagt auf das Wenige, was im Fach zu sehen war, und schlug die Klappe wieder zu.

Verärgert ging sie an ihren Schreibtisch zurück und griff zum Telefon. In der kleinen Ortschaft musste die Polizeichefin neben den Ermittlungen und der Führungstätigkeit auch alle Routinearbeiten übernehmen, für die keiner der anderen Zeit hatte. Auf dem Land reichte das Budget nicht aus, um einen Assistenten einzustellen. Sie konnten sich ja nicht einmal einen Zellenwächter leisten. Wenn irgendein Krawallbruder über Nacht in die Zelle gesteckt wurde, musste jemand aus der normalen Belegschaft Überstunden machen.

Beta wählte die Nummer von Júlíus. Nach dem zweiten Klingelton meldete sich eine joviale Männerstimme. Beta nannte ihren Namen, obwohl sie wusste, dass Júlíus die Nummer erkannt hatte.

»Wir haben ein kleines Problem. Das Gefrierfach im Kühlschrank ist zugefroren. Es hat mindestens eine Tiefkühlpizza verschlungen. Der Kühlschrank hat in den letzten Tagen auch so seltsame Geräusche von sich gegeben. Du solltest ihn dir mal ansehen.«

Als Beta wieder auflegte, lächelte sie zufrieden.

Július Arason, der kommunale Hauswart, war gerade im Nachbardorf beschäftigt. Er versprach, gegen Ende der Woche vorbeizukommen und einen neuen Kühlschrank zu installieren.

Im Gebäude neben der Polizeistation gab es eine ganz passable Grillstube, aus der es gerade nach saftigen Knackwürstchen duftete. Beta hatte Hunger. Sie beschloss, sich zwei Hotdogs zu holen, mit Senf und allem, was dazugehörte. Eine kräftige Mahlzeit würde ihr helfen, die lange Schicht durchzuhalten.

Am Eingang begegneten ihr Hildur und ein Mann. Hildur machte die beiden miteinander bekannt. In Island verwendete man so gut wie nie den Nachnamen, alle stellten sich mit Vornamen vor.

»Elísabet, das ist Jakob aus Finnland. Er ist vorgestern angekommen. Jakob, das ist Elísabet Baldursdóttir, unsere Chefin.«

»Sehr erfreut«, sagte Jakob und streckte die Hand aus. Elísabet ergriff sie und begrüßte ihren neuen Mitarbeiter.

Sie musterte Jakob. Was sie sah, gefiel ihr. Der Mann wirkte genauso wie bei dem Interview per Videotelefonat. Ruhig, neugierig und nicht mehr ganz jung.

»Sag ruhig Beta zu mir. So nennen mich hier alle.«

Beta erklärte, sie hole sich Hotdogs aus der Grillstube, und bot an, auch den beiden etwas mitzubringen, aber sie hatten keinen Hunger.

»Wir unterhalten uns dann nachher«, sagte sie und eilte durch die Glastür nach draußen.

Hildur und Jakob betraten die Polizeistation. Von der Diele aus führte eine Treppe nach oben. Im Foyer der oberen Etage standen zwei kleine Sofas und ein Tisch, auf dem ein Stapel alte Illustrierte lag. Die hellgrauen Wände schmückten ein Bild des isländischen Präsidenten und eine gerahmte Landkarte Islands.

»Zum Ermittlungsteam gehören Beta und ich und jetzt auch du. Auf Streife gehen sieben junge Männer. Magnús und Ari haben vor zwei Jahren die Polizeischule abgeschlossen, Sigga ist schon seit mehreren Jahren Streifenbeamter und Tómas wird im nächsten Frühjahr mit der Ausbildung fertig. Dann gibt es noch Elín, Atli und Svenni, die keine Ausbildung haben. Das lässt sich nicht ändern.«

»Keine Ausbildung?« Jakob glaubte sich verhört zu haben.

»Genau. Geschulte Kräfte lassen sich so gut wie gar nicht aufs Land locken. Also müssen wir mit den Karten spielen, die wir haben. In jedem Zweierteam muss einer eine offizielle Polizeiausbildung haben, aber der andere kann zum Beispiel ein Lkw-Fahrer sein, der seinen Job in der Fischfabrik verloren hat.«

»Wie ist denn das möglich?« Jakob konnte seine Verwunderung nicht verbergen.

»Irgendwie geht das schon«, meinte Hildur achselzuckend.

Sie blieben vor der großen Landkarte stehen, auf der das Gebiet der Westfjorde mit roten Linien umgrenzt war.

»Eine ganze Menge Täler und Hügel«, sagte Jakob und strich sich den Bart.

Natürlich hatte er gewusst, dass er nicht gerade in eine florierende Metropolregion gekommen war. Die Westfjorde waren die am dünnsten besiedelte Gegend Islands, und die Entfernungen waren groß. Zwischen den Dörfern lagen zum Teil mehrere hundert Kilometer.

»Wir zehn Polizisten sind also in dieser Region für alles zuständig, auch für die Verkehrskontrolle?«

Hildur tippte mit dem Zeigefinger auf die gelben Stecknadeln, mit denen zwei Dörfer markiert waren.

»In diesen beiden Orten gibt es kleine Polizeireviere mit je vier Schutzpolizisten. Wenn jemand krank wird, leiht man sich gegenseitig Personal.«

Jakob betrachtete einige Ortsnamen am Ende des langen Fjords, die fast nur aus Konsonanten zu bestehen schienen, und kam zu dem Schluss, dass er wohl nicht so schnell lernen würde, sie richtig auszusprechen.

Vom Foyer in der oberen Etage ging ein schmaler, fensterloser Flur ab, an dem drei Zimmer lagen. Das erste war Betas Dienstzimmer, durch die zweite Tür gelangte man in den Pausenraum mit Küche und hinter der dritten befand sich ein kleines Konferenzzimmer. Der Flur endete in einem Großraumbüro, dessen Fenster nach Süden ging, mit Blick auf das Ende des Fjords und das Gebirge.

Hildur schaltete die Deckenlampen ein.

»Das ist unser Raum. Du kannst da sitzen, mir gegenüber. Wenn du eine Trennwand möchtest, können wir unten im Lager eine holen.«

Neben dem Holzschreibtisch standen ein Rollcontainer und ein mit Stoff bezogener Bürostuhl, der seine besten Tage hinter sich hatte.

»Klos, Duschen und Umkleideräume sind im Erdgeschoss, ebenso die Arrestzellen. In der Küche gibt es einen müffelnden Kühlschrank und einen Ofen, nebenan ist ein kleiner Imbiss, wo man von acht Uhr morgens bis elf Uhr abends gegrillte Speisen bekommt.«

»Alles klar«, sagte Jakob und setzte sich auf seinen Stuhl.

Gleich darauf stand Beta mit zwei dampfenden Hotdogs an der Tür.

»Ihr habt euch ja schon eingerichtet. Wollen wir uns lieber hier unterhalten? In meinem Dienstzimmer herrscht Chaos, außerdem ist es so klein, dass die Luft für drei Personen nicht lange reicht.« Beta setzte sich auf einen Hocker an der Wand. Der Geruch der heißen Würstchen zog durch den Raum.

»Holen wir uns erst Kaffee. Ich zeige dir, wie die Kaffeemaschine im Pausenraum funktioniert. Du trinkst doch Kaffee?«, fragte Hildur.

»Natürlich. Schwarz und mit Zucker, falls ihr welchen habt.«

Hildur schaltete die Kapselmaschine ein und ließ starken Kaffee in zwei Tassen laufen. Sie nahm die Zuckerdose aus dem Schrank, gab in die eine Tasse einen Teelöffel Zucker, dann einen zweiten und sah Jakob fragend an.

»Noch einen. Das ist mein einziges Laster«, sagte Jakob lächelnd.

Hildur schüttelte ungläubig den Kopf und reichte ihrem neuen Kollegen die rote Tasse.

»Hier ist dein Zucker mit Kaffee. Samfylkingin. Du bekommst die Sozi-Tasse. In diesem Schrank gibt es von jeder Partei und jedem Fußballverein eine.«

Im Büro begann Beta die praktischen Abläufe zu erklären.

»Hildur ist für die Dauer deines Austauschs deine Teampartnerin. Wenn ich es richtig verstanden habe, interessierst du dich besonders für die Tätigkeit der Abteilung für vermisste Kinder. Die wirst du zu einem gewissen Grad kennenlernen, und außerdem assistierst du bei anderen Ermittlungen. Eure Dienstsprache ist Englisch, und bei Einsätzen führt Hildur die Gespräche.«

»Klar.« Jakob nickte. Isländisch konnte er nicht, aber immerhin sprach er fließend Neunorwegisch. Das würde ihm helfen, die Landessprache zu lernen.

»Island hat immer enge Beziehungen zu den USA gehabt, daher können fast alle Englisch, aber nicht alle trauen sich, es zu sprechen. Das muss man akzeptieren. Wenn du irgendwelche Fragen hast, wende dich an mich oder an Hildur. Wir sind eine sehr kleine Polizeistation, die für ein ziemlich großes Gebiet zuständig ist. Wohnungseinbrüche und Autodiebstähle gibt es kaum, und Straftaten gegen das Leben passieren in Island sehr selten.«

»Klingt nach Mumintal«, meinte Jakob.

Die Frauen lächelten. Die finnischen Trollwesen Mumin, Hemule und Kleine My waren in Island allgemein bekannt.

»Es gibt nur ungefähr einen Mord pro Jahr, aber reichlich andere Probleme«, präzisierte Hildur und berichtete über Trunkenheit am Steuer, familiäre Gewalt, Fahren ohne Führerschein und Drogenkriminalität. Über all das, womit sie sich täglich beschäftigen mussten. Auch die Zahl der Sexualstraftaten war in den letzten Jahren erheblich gestiegen.

»So ist es bei uns in Finnland auch.«

Jakob erzählte, dass sexuelle Gewalt nicht unbedingt häufiger geworden war. Die Taten wurden allerdings inzwischen öfter angezeigt, und das schlug sich in den Statistiken nieder.

Das Muster war Hildur und Beta bekannt. Die Opfer wagten es heutzutage eher, über das zu sprechen, was man ihnen angetan hatte, und Anzeige zu erstatten. Island war in vielerlei Hinsicht ein Musterland der Gleichberechtigung: Die erste in freien Wahlen gewählte Staatspräsidentin der Welt war Isländerin, schon vor Jahren war ein Gesetz über Lohngleichheit der Geschlechter erlassen worden, und das isländische Elternzeitmodell brachte die Väter schon seit zwei Jahrzehnten dazu, bei ihren Babys zu Hause zu bleiben. Sexualverbrechen und Gewalt gegen Frauen waren jedoch im toten Winkel geblieben. Vor allem Verbrechen innerhalb der Familie wurden in aller Regel unter den Teppich gekehrt. Je einflussreicher der Täter, desto wahrscheinlicher war es, dass seine Taten nicht gemeldet wurden. Man vereinbarte untereinander, Stillschweigen zu bewahren. Das Opfer wurde unter Druck gesetzt. Die MeToo-Bewegung hatte ein wenig Licht auf die Ausmaße des Problems geworfen.

»Der Dreck kommt heute eher zum Vorschein«, meinte Hildur und trank ihren Kaffee aus.

Beta warf einen Blick auf die Uhr. Die nächste Videobesprechung würde bald beginnen, also musste sie Tempo machen.

»Du bekommst von uns Arbeitskleidung und die notwendige Ausrüstung, also Handschellen, Teleskopschlagstock und Pfefferspray. Hildur kann mit dir ins Lager im Erdgeschoss gehen und die Sachen holen.«

»Und die Dienstwaffe?«, erkundigte sich Jakob.

»Die Polizeikräfte tragen keine Feuerwaffe bei sich. Die Waffen liegen in verschlossenen Behältern in den Dienstwagen. Für ihren

Einsatz muss man den Vorgesetzten um Erlaubnis bitten. Aber da du in Island keine Polizeibefugnisse hast, darfst du keine Waffe verwenden«, erklärte Beta.

»Ach ja, natürlich«, sagte Jakob.

Er schien sich über die hiesige Waffenpolitik nicht zu wundern. Auch in Norwegen trug die Polizei ja keine Waffen. Man sprach zwar regelmäßig über die Dienstwaffen der Polizei, aber die Gesetzgebung war noch nicht verändert worden. Die Isländer waren keineswegs Waffengegner. Es gab sogar verhältnismäßig zahlreiche Waffen im Land, denn viele gingen in der Freizeit auf die Jagd.

Beta vermisste die Waffen nicht. Ihrer Erfahrung nach brauchte ein normaler isländischer Polizist beim Einsatz so gut wie nie eine Schusswaffe.

»Wenn wir mit einer bedrohlichen Situation konfrontiert werden, alarmieren wir ein bewaffnetes Sonderkommando aus Reykjavík. In den letzten zehn Jahren haben wir dessen Hilfe hier in den Westfjorden nur ein einziges Mal gebraucht.«

Jakob nickte zustimmend, öffnete seine lederne Schultertasche, holte sein Strickzeug heraus und begann die Fäden zu ordnen. Hildur und Beta starrten schweigend auf das perlgrau gemusterte Teil, aus dem offenbar ein Pullover entstehen sollte.

»Es stört euch hoffentlich nicht, wenn ich stricke, während wir reden?«

»Natürlich nicht. Ich wundere mich nur über dein Tempo. Du bist erst seit gut einem Tag in Island und hast den Pullover schon halb fertig«, stellte Beta fest und musterte das Bündchen prüfend. Es war verblüffend glatt. Das ist bestimmt nicht sein erster Pullover, dachte sie. Plötzlich bedauerte sie, dass sie in den letzten Jahren kaum Zeit gefunden hatte, zu stricken.

Jakob sah Beta an und griff dann zu den Nadeln.

»In Finnland gilt Stricken nicht unbedingt als Hobby für Männer, daher bin ich verwunderte Blicke gewöhnt. Stricken hilft mir, meine

Gedanken zu ordnen. Es ist ein gutes Gegengewicht zu allen Widrigkeiten des Lebens.«

Hildur beobachtete Jakobs geschickten Umgang mit der Wolle.

»Beta, vielleicht sollten wir beide auch anfangen zu stricken.«

»Sprich du nur für dich selbst, ich bin längst keine Anfängerin mehr. Ich würde stricken, wenn ich dazu käme, aber in letzter Zeit waren die Kinder oft krank, und mein Mann war andauernd auf Dienstreise«, erwiderte Beta und reckte sich. »Ich habe gleich eine Videobesprechung mit Reykjavík. Administrative Planung, einer der Vorzüge der Führungstätigkeit«, fügte sie hinzu, stand auf und ging in ihr Dienstzimmer.

Hildur und Jakob waren wieder zu zweit. Hildur betrachtete ihren neuen Kollegen. Was sie sah, gefiel ihr. Jakob schien ein netter Typ zu sein, mit dem man bestimmt gut auskam. Nicht zu engstirnig und auch kein selbstbewusster Muskelprotz. Vielleicht ein bisschen wortkarg, aber das konnte an der Sprachbarriere liegen. Sie unterhielten sich eine Weile über die Unterschiede zwischen den Polizeischulen in Finnland und Island. Dann begann Jakob, Infoblätter über die Tätigkeit der isländischen Polizei zu lesen, und Hildur konzentrierte sich auf Schreibtischarbeit. Im Zimmer waren nur noch das gleichmäßige Tippen auf der Computertastatur und das Klirren der Stricknadeln zu hören.

Nach einer Weile unterbrach Jakob die Stille.

»Sind das deine Kinder?«, fragte er, den Blick auf ein postkartengroßes Foto gerichtet, das zwei in Schneeanzüge gekleidete Mädchen mit Zöpfen zeigte. Hildur hatte es an der Pinnwand befestigt, die an der Wand neben ihrem Schreibtisch hing.

»Nein.«

Hildur starrte auf die Papiere auf ihrem Tisch und hoffte, dass keine weiteren Fragen kämen. Das Bild war eines der wenigen Fotos von den Mädchen, das sie im Nachlass ihrer Eltern gefunden hatte. Genau genommen war es das einzige. Da Hildur mehr Zeit bei der

Arbeit verbrachte als zu Hause, hatte sie es hier aufgehängt. Sie hatte vergessen, es in der Schublade zu verstecken, bevor ihr neuer Kollege eintraf. Jetzt verfluchte sie sich dafür, denn sie hatte nicht die Kraft, über die Sache zu reden.

»Sie sehen dir sehr ähnlich«, sagte Jakob und setzte einen neuen Faden an.

»Es sind meine Schwestern. Oder besser gesagt, waren«, antwortete Hildur leise.

Sie starrte stur auf ihre Papiere und gab Jakob damit zu verstehen, dass sie nicht weiter darüber sprechen wollte.

»Entschuldige, wenn ich zu neugierig war.«

Jakobs Miene veränderte sich, sein Blick wurde verschlossen. Hildur zuckte zusammen. Vielleicht war sie zu schroff gewesen. Jakob hatte seine Frage ja nicht böse gemeint. Er wollte sie kennenlernen und hatte an ihrer Wand das Foto gesehen. Ein für alle sichtbar aufgehängtes Foto war eine Einladung zu einem Gespräch über die abgebildeten Personen. Sie selbst hatte das Bild ja dort vergessen.

Hildur holte ein paar Mal tief Luft und überlegte, was sie sagen sollte. Am liebsten würde sie einfach Schweigen bewahren. Aber früher oder später würde Jakob es von anderen hören, und ein Teil der Geschichten über das Schicksal ihrer Schwestern war völlig frei erfunden. Vielleicht war es doch besser, wenn sie selbst davon erzählte, dann brauchte sie nicht nachträglich die Gerüchte zu korrigieren, die andere verbreiteten. Außerdem waren sie jetzt ein Team und mussten einander restlos vertrauen können.

»Ich wollte nicht unfreundlich sein. Die Sache ist ein bisschen … kompliziert.«

Jakob ließ sein Strickzeug sinken und sah Hildur schweigend an. Er gab ihr die Möglichkeit, mehr zu erzählen, drängte sie aber nicht.

»Die beiden sind meine kleinen Schwestern Björk und Rósa.«

Hildur erzählte, dass sie vor fünfundzwanzig Jahren verschwunden waren. Eines Tages waren sie nicht von der Schule nach Hause gekommen.

»Sie waren damals 6 und 8 Jahre alt. Das Foto wurde gerade in dem Winter gemacht, als …«

»Wie furchtbar. Das tut mir wirklich leid«, sagte Jakob aufrichtig betroffen. Seine starre Miene war weicher geworden, und sein Blick war wieder offen.

Hildur rieb sich die Schläfen.

»Es gab viele Vermutungen, aber niemand weiß, was passiert ist. Sie waren ganz normal in der Schule gewesen, aber am Nachmittag nicht in den Schulbus gestiegen.«

Das Schwierigste war nach wie vor die Ungewissheit. Niemand schien etwas zu wissen. Niemand hatte die Mädchen nach dem Schultag gesehen. Hildurs Eltern hatten sie gesucht, die Nachbarn, die Polizei und eine freiwillige Rettungsmannschaft ebenfalls, aber vergeblich. Man hatte keinen einzigen Hinweis gefunden.

»Es war, als hätten sie sich einfach in Luft aufgelöst«, sagte Hildur und stieß ein Geräusch aus, das sich anhörte, als würde ein Luftballon sich leeren.

»Sie waren verschwunden. Von einem Moment auf den anderen.«

Viele hatten vermutet, die Mädchen seien im Meer ertrunken oder hätten sich im Schneesturm in den Bergen verirrt. Man hatte jedoch keine Spuren gefunden.

»Meine Eltern sind nie darüber hinweggekommen. Sie sind ziemlich bald danach gestorben«, fuhr Hildur fort.

In den Tagen nach dem Verschwinden der Mädchen hatte Hildurs Mutter lange Zeit vor dem Spiegel verbracht und sich wie wild die Haare gebürstet. Hildur erinnerte sich, dass die Kopfhaut ihrer Mutter zu bluten begann. Nicht einmal die ausgefallenen Haare und das Blut im Waschbecken hatten sie dazu gebracht, mit dem Bürsten aufzuhören. Schließlich hatte sie sich die Haare kurzgeschnitten und begonnen, ein Kopftuch zu tragen.

»Meine Eltern hatten vor, das Haus zu verkaufen und in die Hauptstadt zu ziehen. Ich glaube nicht, dass sie dort glücklich geworden wären, aber hierzubleiben wäre auch nicht leicht gewesen.«

»Ja, manchmal ist es besser wegzugehen und sich eine ganz neue Umgebung zu suchen, um überleben zu können«, sagte Jakob und zog den Pullover auf der Rundnadel zurecht, um eine neue Reihe anzufangen.

Hildur starrte auf ihre Hände und machte eine kleine Pause, bevor sie fortfuhr.

»Sie sind nicht mehr dazu gekommen, den Umzug zu verwirklichen. Sie sind bei einem Verkehrsunfall gestorben, gut ein Jahr nach dem Verschwinden meiner Schwestern. Und jetzt untersuche ich Verkehrsdelikte und leite die Abteilung für vermisste Kinder hier auf dem Land. Ironisch, oder?«, sagte sie und fragte Jakob, ob er Kinder habe.

»Ich habe einen fünfjährigen Sohn. Er heißt Matias, aber er lebt jetzt in Norwegen«, antwortete Jakob.

»In Norwegen?«

»Das ist eine lange und sehr komplizierte Geschichte. Ich erzähle dir ein andermal davon, wenn das okay ist«, sagte Jakob. Sein Blick machte Hildur klar, dass sie jetzt besser nicht nachfragen sollte.

Sie unterhielten sich eine Weile über die Alltagsroutine in der Polizeistation, und Hildur informierte Jakob über die dringlichsten Fälle. Die Besitzer einer nahe gelegenen Fischfabrik standen im Verdacht, Schwarzarbeiter zu beschäftigen. Dort mussten sie eine Durchsuchung vornehmen und die Werkmeister und Arbeitskräfte befragen. Die Vernehmung von Jón aus der Fjallavegur stand bald an, und für die Sitzung des Verbandes der Schutzheime in der nächsten Woche musste ein Vortrag vorbereitet werden.

Zum Abschluss des Tages erklärte Hildur Jakob, wo sich das Heißwasser-Freibad des Dorfes befand, zeigte ihm auf der Karte einige Joggingpfade und erinnerte ihn daran, dass das Lebensmittelgeschäft im Dorfzentrum um 19 Uhr schloss.

Hildur verließ das Büro als Letzte. Sie schaltete die Kaffeemaschine aus und löschte die Lampen. Draußen war es jetzt, gegen fünf Uhr, schon stockdunkel. Sie ging bei der Grillstube vorbei, um Peperoni-Pizzen zu holen. Während der Wartezeit schickte sie eine Nachricht an Freysi, der sie zu sich einlud.

Zu Hause angekommen, stieg Hildur nicht die Treppe zu ihrer eigenen Wohnung hinauf, sondern ging um das Haus herum zum Eingang von Freysis Wohnung. Sie griff nach der Klinke, öffnete die Tür und betrat die Diele. Der Fußboden knarrte anheimelnd, wie es sich für alte Holzhäuser gehörte.

Freysi stand in einem dünnen weißen T-Shirt und einer engen Sporthose in der Diele und nahm die Pizzen in Empfang. Er sah lächelnd zu, wie Hildur ihren Parka mit der Pelzkapuze auszog und versuchte, ihn an der Garderobe unterzubringen.

»Der ersehnte Überraschungsbesuch der Kriminalbeamtin. Ich war gerade schon joggen, brauche heute also nicht mehr aus dem Haus.«

In den alten Häusern im Dorf hatten die meisten Wohnungen nur einen kleinen Flur. Bei Freysi war der winzige Raum zudem völlig vollgestopft, obwohl dort nur die Straßenbekleidung eines einzigen Menschen aufbewahrt wurde. Die Garderobe ächzte bedrohlich unter dem Mantelberg, als Hildur ihren Parka obenauf legte. Das Wandregal, das aus einem schwedischen Möbelgeschäft stammte, quoll über von Handschuhen, Mützen und Sportkleidung. Der Parka schien an seinem Platz zu bleiben, und Hildur trat vorsichtig von der Garderobe zurück.

»Vielleicht wäre hier eine gründliche Hausdurchsuchung nötig«, merkte sie an und drückte Freysis Arm.

»Wenn ich vorher mit dem Fräulein Kriminalbeamtin ringen dürfte.«

Freysi küsste Hildurs Nacken.

»Hör mal, zuallererst essen wir Pizza«, sagte Hildur und zog die Tür zwischen Diele und Wohnzimmer hinter sich zu.

In dieser Nacht schneite es ungewöhnlich stark. Am Morgen war der Winter da.

8

JULI 2019 HORNSTRANDIR

Die Sonne schien am wolkenlosen Himmel. Das friedlich plätschernde Meer sah aus wie ein Paillettenrock, der sich langsam bewegte. Es gab keine Wellen, keinen Wind, zu hören war nur das Zwitschern der Vögel. Die Temperatur war schon auf fünfzehn Grad gestiegen, obwohl erst Vormittag war. Lísa beschloss, Rast zu machen. Sie zog ihre dünne Windjacke aus und band sie an ihrem Wanderrucksack fest. Dann füllte sie ihre Trinkflasche in dem schmalen, aber reichlich Wasser führenden Bach und trank einen Schluck. Das eiskalte, frische Wasser lief langsam in ihren Magen.

Das Wetter war ungewöhnlich schön. Lísa spürte den Duft von Heu in ihrer Nase. Sie hörte den Gesang der kleinen Vögel. Ein solches Wetter wurde nicht umsonst »sahnige Brise« genannt. Es war beinahe zu schön, um wahr zu sein. Dies würde der wichtigste Sommer ihres Lebens sein.

In der vorigen Woche hatte sie erfahren, dass die Noten ihres Abiturzeugnisses für einen Studienplatz an der Medizinischen Fakultät der Universität in Reykjavík ausreichten. Sie würde Ärztin werden! Wenn alles gut ging und sie fleißig studierte, war sie vielleicht eines Tages Herzchirurgin. Die Vorstellung war unheimlich verlockend. Sie hatte den Brief über ihre Zulassung zum Studium so oft gelesen, dass sie ihn schon auswendig kannte.

Sie könnte all das sein, was auch die anderen waren. Sie könnte von all dem träumen, wovon auch andere in ihrem Alter träumten. Von einem guten Beruf, einem eigenen Zuhause, vielleicht auch von Kindern. Vor allem: Sie könnte genauso erfolgreich sein wie alle anderen.

Der Weg zu diesem Punkt war nicht leicht gewesen. Sie war sechzehn Jahre lang in einer Pflegefamilie auf einem Bauernhof im Nordosten Islands aufgewachsen. Ihren biologischen Eltern war sie nie begegnet. Sie war gleich nach ihrer Geburt in Obhut genommen worden.

Lísa war mit zwei anderen Kindern in Geborgenheit groß geworden. Die Pflegeeltern hatten sie genauso gut behandelt wie ihre leiblichen Kinder, aber sie hatte sich trotzdem manchmal als Außenseiterin gefühlt. Dieses Gefühl hatte sich verstärkt, je älter sie wurde. Allmählich hatte sie sich vom Rest der Familie entfernt. Immer seltener interessierte sie sich für dieselben Dinge wie die Kinder der Familie, sie hatte einen anderen Charakter und andere Interessen. Es gefiel ihr auch nicht mehr, auf dem Land zu leben und Kühe und Pferde zu versorgen. Sie wollte etwas anderes tun.

Nach dem Abschluss der Grundschule hatte Lísa sich gewünscht, die Oberstufe in Reykjavík besuchen zu dürfen. Das Zentrumsgymnasium in Reykjavík war eins der besten im ganzen Land. Viele, die den naturwissenschaftlichen Zweig besucht hatten, wurden zum Medizinstudium zugelassen. Das war auch Lísas Ziel gewesen. Zum Glück hatten die Eltern keine Einwände gegen ihren Umzug gehabt, sondern sie im Gegenteil tatkräftig unterstützt: Sie hatten ihr geholfen, ein Zimmer zur Untermiete zu finden und es zu möblieren. Obendrein hatten sie ihr sogar zwei Millionen Kronen gegeben, damit sie keinen Studienkredit aufzunehmen brauchte.

Lísa wurde den Gedanken nicht los, dass ihre Eltern sie nur zu gern gehen ließen. Als wären sie irgendwie erleichtert gewesen, dass Lísa schon so früh ausziehen wollte. Im ersten Jahr in der Oberstufe war sie zu Weihnachten und in den Osterferien nach Hause gefahren, aber dann waren die Besuche seltener geworden. Die Eltern hatten ihr bis zum 18. Lebensjahr Geld überwiesen und ab und zu gefragt, wie es ihr ging. Lísa hatte sie zuletzt an Weihnachten angerufen, danach aber nichts von ihnen gehört. Sie hätte nicht erklären können, warum es so gekommen war. Das Verhältnis war allmählich abgekühlt, und schließlich war die Verbindung einfach abgebrochen.

Lísa schüttelte die düsteren Gedanken ab. Sie hatte ja genau das bekommen, was sie wollte: einen Studienplatz an der Medizinischen Fakultät. Außerdem war das freundliche ältere Ehepaar, bei dem sie in Reykjavík zur Untermiete wohnte, ihr ans Herz gewachsen. Pétur und Margrét waren so etwas wie eine neue Familie für sie geworden. Die pensionierte Lehrerin Margrét hatte ihr bei der Vorbereitung für die Prüfungen in Chemie und Mathematik geholfen, und Pétur hatte sie ermutigt, sich in der Freizeit in der freien Natur zu bewegen. Er hatte auch diese Wanderung für sie organisiert, hatte die Bus- und Schiffsfahrkarten in das Naturschutzgebiet gekauft, die Unterkünfte reserviert und darauf geachtet, dass sie genug Kleidung und Proviant für die dreitägige Tour einpackte.

Von einem Ausflug in das Naturschutzgebiet Hornstrandir hatte sie schon lange geträumt. Ihre Bekannten aus dem Wanderverein hatten in den sozialen Medien tolle Fotos gepostet, von schroff zum Meer abfallenden Bergen, von Polarfüchsen, die am Ufer lebten, und von ausgedehnten Wiesen. Als sie die Zusage von der Universität bekam, hatte sie beschlossen, ihren Erfolg genau hier zu feiern. Sie holte einen kleinen Beutel mit getrocknetem Seewolf aus der Hosentasche und riss sich ein Stück ab. Das getrocknete weiße Fischfleisch war ein sättigender, proteinhaltiger Proviant und schmeckte gut.

Die heutige Wanderung hatte sie vom Sandstrand in Aðalvík über die Hochebene zum Tal Reyðardalur und von dort nach Hesteyri geführt. Die Wanderung war technisch leicht gewesen, denn der

Höhenunterschied betrug nur dreihundert Meter. Die höchsten Berge hatte Lísa umgangen. Dadurch war die Strecke einige Kilometer länger, aber sicherer. Wenn man allein wanderte, war es vernünftig, möglichst wenig Risiken einzugehen. Das hatte ihr auch Pétur eingeschärft.

Nach fünf Stunden Wandern und ein paar kurzen Essenspausen sah Lísa eine Hütte, die Péturs Beschreibung entsprach. Es war eine kleine, schwarz gestrichene Sommerhütte, in der jeweils einige Wanderer übernachten konnten.

Lísa zog ihre Wanderschuhe aus, bevor sie das Haus betrat. Sie legte die Einlegesohlen zum Lüften auf den Hof. Auch die Schuhe sollten eine Weile an der frischen Luft stehen. Lísa fasste nach dem hölzernen Türgriff und zog die Tür auf.

»Guten Tag«, grüßte sie mit fröhlicher Stimme und lauschte auf die Antwort. Sie bekam keine.

Lísa sah sich in der kleinen Diele um und entdeckte auf einem gelb lackierten Hocker eine handgeschriebene Notiz: »Bin auf der Hochebene und sammle Kräuter. Die Schlafplätze sind am Ende des Flurs hinter der rechten Tür. Fühlt euch wie zu Hause, ich komme spätestens am Abend zurück. Barzahlung. Im Topf ist Fischsuppe.«

Lísa ging durch den Flur zum Schlafraum. Sie packte ihren Schlafsack aus und legte ihn auf die untere Liege des linken Etagenbetts. Die Betten waren mit geblümten Laken bezogen. Erfreut stellte sie fest, dass auf den Betten Kissen lagen. Die gab es nicht in jeder Unterkunft. Sie packte nur das Notwendigste aus. Hier würden sicher noch andere übernachten. In dieser Gegend gab es nur wenige Hütten, die Schlafplätze anboten.

Der Fußboden der alten Hütte knarrte unter ihren Füßen. Der Duft der Fischsuppe füllte die kleine Küche. Lísa lief das Wasser im Mund zusammen. Suppenteller und Löffel lagen auf der Arbeitsfläche neben dem Herd bereit.

Lísa setzte sich mit dem dampfenden Suppenteller an den Küchentisch. Sie griff nach der delfinförmigen weißen Streudose und gab ein wenig Pfeffer auf ihre Suppe. Eine kleine Fliege surrte verzweifelt am Fenster herum. Sie versuchte sicher, aus dem Haus zu kommen. Lísa stand auf, öffnete das Fenster und scheuchte die Fliege hinaus. Sie freute sich, dass das Insekt freikam.

Ihr Blick heftete sich auf die Landschaft, die sich hinter dem Küchenfenster ausbreitete. Sanfte Wellen rollten auf den schwarzen Ufersand. Die Berge ragten vor dem tiefblauen Himmel auf. Lísas Glieder waren müde von der Wanderung, aber ihr Kopf war klar und munter. Und sie hatte einen fürchterlichen Hunger. Sie aß mit gutem Appetit. Wer auch immer die Suppe gekocht hatte, hatte nicht mit den Zutaten gegeizt. Sie enthielt große Fischbrocken, und die Möhren und Zwiebeln waren genau richtig gegart. Sie zerfielen nicht im Mund, sondern waren angenehm knackig. Die Suppe war mit Lorbeerblättern, Tomate und Salz gewürzt. Lísa nahm sich vor, sich für das Essen extra zu bedanken. Es war die köstlichste Suppe, die sie je gegessen hatte.

Es war ihre letzte Mahlzeit.

9

Zwei mittelgroße Dorsche liegen im Boot. Sie zappeln. Ich hebe das Ruder und schlage zuerst den größeren tot. Dann betrachte ich den kleineren Fisch. Seine Kiemen bewegen sich, das arme Ding versucht, sich noch am Leben zu halten. Ich schlage ihm fest in den Nacken. Man darf einen Fisch nicht zu lange auf den Tod warten lassen. Das Leid schadet der Qualität des Fleischs. Das soll an der Milchsäure liegen.

Ich lenke das Boot zum Ufer zurück. Was ich geschafft habe, gibt mir Kraft. Zwei Dorsche. Sie lassen sich leicht häuten, und Dorschfleisch ergibt ein gutes Fischragout. Aber vielleicht koche ich doch einen großen Topf Suppe.

Ich stelle den Motor ab und klappe ihn hoch. Das Boot schaukelt auf den Wellen, während es allmählich in Richtung Ufer gleitet. Zum Glück ist gerade Flut, so brauche ich nicht lange durch das Wasser zu waten.

Ich ziehe das Boot ans Ufer und binde es fest. Dann schneide ich den Fischen den Kopf ab und beobachte, wie das Blut ausläuft.

Ich betrachte die Fischsuppe, die auf dem Herd blubbert. Dann decke ich den Tisch mit einem Suppenteller, einem großen Löffel und einer dicken Scheibe Brot. Ich setze mich hin und konzentriere mich auf meine Mahlzeit.

Ich weiß, dass ich richtig handle. Die letzte Bestätigung bekam ich, als die Sonne am höchsten stand. Ich hatte mir den ganzen Herbst für die

Verwirklichung meines Plans freigehalten. Alles sollte jetzt geschehen, genau sieben Jahre nach ihrem Dahinscheiden, doch die höchste Macht griff ein und lenkte eine Beute völlig überraschend in mein Netz. Sie war ein so reizendes Mädchen. Ich konnte sie nicht verschonen. Auf keinen Fall.

Ein Fisch, den man selbst getötet hat, schmeckt am besten. Heutzutage habe ich Zeit, mich zu konzentrieren und in meinem eigenen Tempo zu essen. In dem Haus mit dem roten Dach haben die anderen den Befehl geführt. Dorthin gehe ich nicht mehr.

In der Schrift heißt es, die fleißige Hand wird herrschen, die aber lässig ist, muss Frondienst leisten.

Über mich herrscht niemand. Nimmermehr.

10

NOVEMBER 2019 · ÍSAFJÖRÐUR

Hildur wachte um sechs Uhr früh auf, ohne dass der Wecker geklingelt hätte. Auf ihrem Brustkorb lastete ein altbekannter, beklemmender Druck, wie eine schwere Bettdecke, die sich nicht wegschieben ließ. Sie war immer noch müde, doch ihr war klar, dass sie keinen Schlaf mehr finden würde. Ihr Kopf war wie benebelt und sie hatte den Geschmack von Eisen im Mund. Aus Erfahrung wusste sie, dass die einzige Chance, mit dem bevorstehenden Tag fertigzuwerden, darin bestand, sofort aufzustehen und irgendetwas zu tun, was ihren Körper in Anspruch nahm.

Sie fasste ihre dunklen Haare in einem Knoten zusammen und begann auf dem Baumwollteppich in Freysis Wohnzimmer mit Eigengewichtübungen. Zuerst fünf Minuten leichte Dehnübungen, dann ein Zirkeltraining: Zwanzig Liegestütze, zwanzig Kniebeugen, zwanzig Sit-ups und fünf Klimmzüge an der Stange, die Freysi im Türrahmen angebracht hatte.

Der Atem ging schneller, der Puls beschleunigte sich. Nach der vierten Runde lag Hildur verschwitzt auf dem Boden und wartete, bis ihre Atmung sich wieder beruhigte. Die schwere Bettdecke war zumindest vorübergehend verschwunden.

Hildur stand auf, schüttelte Arme und Beine aus und ging in die Küche. Sie machte Licht und schaltete das Radio ein, das auf dem Fensterbrett stand.

Im Nachrichtenkanal des Isländischen Rundfunks lief der Wetterbericht des meteorologischen Instituts. Die mit ruhiger Stimme verlesenen Wind-, Niederschlags- und Temperaturvorhersagen vermittelten das Gefühl, der anbrechende Tag sei beherrschbar. Als hätte der Sprecher mit seiner neutralen Stimme die Rahmenbedingungen dieses Tages verkündet und die Menschen aufgefordert, innerhalb dieses Rahmens zu tun, was sie wollten und konnten.

Jetzt ist der Winter also gekommen, dachte Hildur und zog den Vorhang am Küchenfenster auf. Der nächtliche Schneesturm hatte eine weiße Schicht auf der Scheibe hinterlassen, durch die man kaum nach draußen sehen konnte. Hildur trat nah an das Fenster heran und spähte durch die vereiste Scheibe auf die Straße. Die Autos, die dort parkten, waren mit einer fast einen halben Meter hohen weißen Schicht bedeckt.

Hildur wusste, dass der Vormittag für die Polizei hektisch werden würde. Jeder Winter begann nach dem gleichen Muster. An den ersten Wintermorgen vergaßen die Leute, ihr Tempo den Wetterbedingungen anzupassen. Am einzigen Kreisverkehr im Dorf gab es zahlreiche kleinere Unfälle, weil die zur Arbeit eilenden Fahrer versuchten, mit Sommertempo aus dem Kreis zu kurven. Auf den Parkplätzen bereitete das Wenden Probleme.

Hildur gab Kaffee in den Filter, füllte den Wassertank und schaltete die Maschine ein. Sie hörte, wie Freysi im Schlafzimmer am Kleiderschrank hantierte. Bald darauf kam er in die Küche, in dem schwarz-weiß gestreiften Bademantel, den Hildur ihm vor einigen Wochen zum Geburtstag geschenkt hatte.

Mein Geschenk gefällt ihm, dachte Hildur, während sie Kaffee in zwei Tassen goss.

»Bist du schon lange auf?«

Hildur reichte Freysi die eine Tasse und wischte sich mit dem Handrücken einen Schweißtropfen von der Augenbraue.

»Ich bin früh wach geworden und hab schon fleißig trainiert.«

Hildur erzählte niemandem von ihren Schlafschwierigkeiten oder von dem Druck, der sich ab und zu auf ihre Brust legte. Sie war gern mit Freysi zusammen, aber auch vor ihm wollte sie ihre Probleme nicht ausbreiten.

Probleme verschwanden nicht dadurch, dass man ständig auf ihnen herumritt. Auch die Therapie hatte ja nichts gebracht. Die Therapeutin in ihrem knöchellangen Strickmantel hatte Hildur nach ihren Kindheitserinnerungen ausgefragt. Hildur hatte es als frustrierend empfunden, alte Ereignisse aufzurollen, das beklemmende Gefühl war dabei nicht geschwunden, ganz im Gegenteil. Die Strickmantelfrau hatte Medikamente und eine Ernährungstherapie empfohlen, weil Hildurs sportliche Aktivitäten ihrer Meinung nach zwangsneurotische Züge aufwiesen. Daraufhin war Hildur mitten in der Sitzung aufgestanden und hatte erklärt, die Behandlung sei damit beendet. Von dem Geld, das sie dadurch sparte, hatte sie sich zwei neue Surfbretter gekauft.

Freysi ging mit der Kaffeetasse nach draußen, um eine Morgenzigarette zu rauchen. Es war Hildur unbegreiflich, wie er so sportlich sein und gleichzeitig so ungesund leben konnte. Er qualmte wie der Schornstein einer norwegischen Sommerhütte und joggte Dutzende Kilometer bei verblüffend niedrigem Puls. Freysi war auf andere Weise sonderbar als sie, aber trotzdem seltsam genug. Jemand, der sich in keine Schublade stecken ließ.

Hildur nahm Farinzucker und Schokomüsli aus dem Küchenschrank, dazu aus dem Kühlschrank Sauermilch und eine Flasche Lebertran, und setzte sich an den Küchentisch, um zu frühstücken. Sie mischte Müsli in die Sauermilch und streute Zucker darüber, um den Geschmack der joghurtartigen Milch zu mildern. Als die Müslischale leer war, füllte Hildur ihren Esslöffel mit Lýsi-Lebertran, der aus isländischen Fischen hergestellt wurde und den wegen der D-Vitamine und der Fettsäuren fast alle in Island einnahmen, vor allem im Winter, wenn die Sonne sich monatelang nicht blicken ließ. Heutzutage war der Lebertran viel besser als in ihrer Kindheit. Damals hatte die allmorgendliche Dosis ranzig geschmeckt und Sodbrennen verursacht.

Hildur schob einen dicken Papierstapel beiseite, der auf der Arbeitsfläche der Küche lag. Sie nahm an, dass es sich um Freysis Trainingsplan handelte. Neugierig sah sie sich die Papiere näher an, wurde aber aus den merkwürdigen Wörtern, die darauf standen, im ersten Moment nicht schlau. Die Ränder waren mit Anmerkungen vollgekritzelt. Hildur beugte sich vor und versuchte, die kleine Handschrift zu entziffern.

Plötzlich spürte sie einen Luftzug in den Haaren und eine kräftige Hand an ihrer Schulter. Instinktiv machte sie einen raschen Schritt zur Seite und stieß dabei aus Versehen die Müslischale auf den Boden.

»Verdammt!«, rief sie. Freysi stand lachend hinter ihr.

»Ich wollte dir einen Schreck einjagen, und das ist mir offensichtlich gelungen.«

Freysi war so leise in die Küche geschlichen, dass Hildur ihn nicht gehört hatte.

»Du hattest dich mit solcher Hingabe über die Papiere gebeugt, dass ich der Versuchung nicht widerstehen konnte.«

Hildur verzog den Mund und versuchte, die Beleidigte zu spielen, aber mit ihren schauspielerischen Fähigkeiten war es nicht weit her.

»Eines Tages bescherst du mir noch einen Herzinfarkt«, stöhnte sie und hob die Schüssel auf.

Zum Glück war sie nicht zerbrochen. Freysi nahm ein feuchtes Tuch aus dem Spülbecken und wischte die Sauermilchspritzer vom Laminatfußboden. Dann spülte er den Lappen aus und legte ihn auf den Rand der Spüle.

»Ich möchte dir etwas erzählen, was mit diesen Papieren zu tun hat.«

Hildur räumte Geschirr in die Spülmaschine und forderte Freysi mit einem Nicken auf, weiterzureden.

»Ich habe in letzter Zeit die Geschichte meiner Familie untersucht. Dabei bin ich auf ein paar Dinge gestoßen, über die ich gern mit dir sprechen würde.«

Der schmutzige Löffel wanderte gerade in den Besteckkorb, aber Hildur hielt vor Verblüffung in der Bewegung inne. Familienforschung klang ziemlich persönlich. Ihre Beziehung hatte ja noch nicht einmal eine Ebene erreicht, auf der man sich über seine Freunde und Eltern unterhielt, geschweige denn über entfernte Verwandte.

»Familienforschung ist ein klares Anzeichen dafür, dass man sich dem mittleren Alter nähert. Ganz so weit bin ich noch nicht.«

»Aber die Sache hat es in sich«, begann Freysi, verschränkte die Arme vor der Brust und lehnte sich an die Spüle. Allem Anschein nach hatte er vor, länger über das Thema zu sprechen.

In dem Moment klingelte Hildurs Diensthandy. Sie holte es aus der Tasche ihrer Strickjacke, die über der Stuhllehne hing. Am Handy war eine aufgeregte Stimme zu hören. Obwohl das, was ihre Chefin Beta erzählte, Hildur aufwühlte, bewahrte sie nach außen die Contenance. Hinter einer kühlen Profimiene konnte man sich gut verstecken. Hildur ging in die Diele und zog sich die Schuhe an.

»Ich bin in zehn Minuten da«, sagte sie und legte auf.

Freysi sah sie fragend an.

»Ich muss sofort los. Ein dringender Fall. Wir sehen uns später.«

Freysi spülte die Kaffeekanne aus und stellte sie zum Abtropfen auf das Geschirrtuch, das er auf die Arbeitsfläche gelegt hatte. Hildur schlüpfte in ihren Mantel, zog die Kapuze über den Kopf und winkte. Bevor Freysi noch etwas erwidern konnte, war sie schon verschwunden.

11

Hildur bog aus dem Kreisverkehr im Dorf auf die Hauptstraße ab, die sich am Fjord entlangschlängelte. Die Dorfbewohner nannten die Uferstraße Autobahn, weil sie nach Süden und zur Hauptstadt Reykjavík führte. Diese ländliche »Autobahn« führte jedoch durchs Siedlungsgebiet, weshalb man nicht mehr als fünfzig Stundenkilometer fahren durfte. Das Tempolimit außerhalb von Ortschaften lag in Island bei 90 Stundenkilometern, aber wer sich gut auskannte, fuhr überall dort schneller, wo es keine Kontrollen gab.

Der Tacho des Polizeifahrzeugs zeigte bereits hundertzehn. Hildur schaltete Sirene und Blaulicht ein. Sie liebte es, bei schwierigen Wetterverhältnissen zu fahren. Dann glich das Autofahren dem Surfen. Das Wichtigste war, schnell zu reagieren. Wenn man zu lange zauderte, verschlang einen die Welle oder eine vereiste Kurve schleuderte das Auto von der Straße.

»Magst du mir vielleicht erzählen, was los ist?«, fragte Jakob, der neben ihr saß und den Ellbogen locker an das Seitenfenster lehnte. »Ich bin zur Station gekommen, wie vereinbart, aber bevor ich auch nur den Mantel ausziehen konnte, bekam ich den Befehl, mit dir in irgendeinen Ort zu fahren, der mit U beginnt.«

Jakob betrachtete die Schneehaufen am Straßenrand. Er trug eine dicke Daunenjacke und hatte sich die braune Wollmütze mit den weißen Streifen tief über die Ohren gezogen. Hildur fand, dass er eher einem begeisterten Gletschertouristen ähnelte als einem Polizeipraktikanten.

Sie mochte Jakobs bodenständiges Wesen. Er begegnete der neuen Situation neugierig und ohne Befremden. Er hatte sich nicht über die örtlichen Sitten oder seine neue Umgebung gewundert, und bisher litt er auch nicht unter dem Touristensyndrom, erklärte den Einheimischen also nicht lang und breit irgendwelche Island-Beobachtungen, die er für interessant hielt. Hildur erinnerte sich an den dänischen Polizeipraktikanten, der vor einigen Jahren ihr Teampartner gewesen war. Der Typ war unglaublich anstrengend gewesen. Er hatte sich pausenlos darüber gewundert, wie klein das Dorf und wie groß die Entfernungen waren, und sich den ganzen Winter lang beklagt, weil man im örtlichen Alkoholgeschäft im November keinen Beaujolais Nouveau bekam. Jakob wirkte anders. Er war mit seiner Strickwolle angekommen, hatte sich die Steppjacke angezogen und war bereit, sich an die Arbeit zu machen. Er schien auf bemerkenswerte Art in sich selbst zu ruhen.

Hildur warf Jakob einen raschen Blick zu und lächelte.

»Nicht in einen Ort, der mit U beginnt, sondern nach Súðavík.«

Jakob schwieg.

»Wir sind auf dem Weg nach Súðavík. Das ist ein Dorf mit rund zweihundert Einwohnern am Ufer des nächsten Fjords. Die Fahrt dauert ungefähr eine Viertelstunde. Oder genau genommen zehn Minuten.«

Hildur beschleunigte wieder. Die Straße war hier gerade und frisch vom Schnee geräumt.

»Heute früh kam ein Anruf aus Nordisland, von der Polizei in Akureyri. Ein Sorgerechtsstreit.«

Sie schilderte ihrem Kollegen die Einzelheiten des Falls, die sie am Morgen gehört hatte. Die Eltern des fünfjährigen Jungen, um den es ging, wohnten in der Stadt Akureyri. Sie waren schon seit ein paar Jahren geschieden. Die Mutter hatte das Sorgerecht für das Kind. Der Vater, Örn, hatte Besuchsrecht, aber die Treffen waren nicht besonders gut verlaufen. Örn war nicht immer zur verabredeten Zeit gekommen, um seinen Sohn abzuholen, und wenn er doch kam, dehnte er die Besuchszeit aus, wie es ihm gefiel. Gelegentlich hatte er auch gedroht, er werde den Jungen nicht mehr zurückbringen.

Jakob hörte nachdenklich zu.

In der letzten Woche hatte Örn seine Drohung wahr gemacht. Er hatte das Kind nicht zur Mutter zurückgebracht. Örns Handy war ausgeschaltet, und keiner seiner Bekannten hatte ihn in den letzten Tagen gesehen. Die Mutter war natürlich außer sich vor Sorge.

»Eine schreckliche Situation«, sagte Jakob und wischte sich über die Stirn, auf die ein paar Schweißtropfen getreten waren. Im Auto war es heiß. Er schaltete die Sitzheizung aus.

Am Morgen hatte die Polizei in Akureyri einen Anruf von Örns Tante bekommen, die allein in einem großen Einfamilienhaus in Súðavík wohnte. Die alte Tante war in den frühen Morgenstunden vom Geräusch eines Autos geweckt worden und ans Fenster geschlichen, um nachzusehen, wer zu dieser ungewöhnlichen Zeit bei ihr vorfuhr. Ihr Neffe Örn war aus dem Auto gestiegen und hatte erzählt, er sei mit seinem Sohn auf einer Ferienreise. Er hatte das in eine Wolldecke gewickelte schlafende Kind auf das Sofa gelegt und vorgeschlagen, dass sie beide im Dorf blieben, bis der Schneesturm nachließ und sie ihre Reise fortsetzen konnten.

Die Tante wusste vom missratenen Leben und den Problemen ihres Neffen, hatte aber ohne weitere Fragen im Wohnzimmer ein Nachtlager zurechtgemacht und Tee gekocht. Nachdem Örn eingeschlafen war, war sie leise ins Erdgeschoss gegangen und hatte ihre Schwester, Örns Mutter, angerufen, die ihren Verdacht bestätigt hatte: Örn war keineswegs auf Urlaubsreise, sondern hatte das Kind ohne Erlaubnis mitgenommen.

Daraufhin hatte die Tante sofort bei der Polizei in Akureyri angerufen und mitgeteilt, wo sich das Kind und sein Vater aufhielten.

»Fahren wir beide allein dorthin?«, fragte Jakob.

»Ja. Wenigstens für den Anfang. In der Regel ist in solchen Fällen eine Polizeistreife dabei, aber die klärt im Moment einen Frontalzusammenstoß an der anderen Seite des Fjords und kann nicht gleich kommen. Wir gehen inzwischen schon mal ins Haus.«

Bei der Polizei auf dem Land erledigte jeder alle Aufgaben. Hildur ermittelte in Kriminalfällen, führte Vernehmungen durch und prüfte Indizien. Aber gelegentlich übernahm sie auch Alarmeinsätze. Vor allem, wenn Kinder involviert waren. Sie hatte in Reykjavík so eng mit dem Jugendschutz zusammengearbeitet, dass sie sich besser als viele ihrer Kollegen darauf verstand, Jugendschutzaspekte zu berücksichtigen.

Island war ein ruhiges, kleines Land, das nach dem Zweiten Weltkrieg plötzlich reich geworden war. Der Lebensstandard war hoch. Reisen in den Süden, Geländewagen und große Heimkinoanlagen waren für die meisten Alltag. Wenn man jedoch genau hinsah, wies diese schöne Fassade viele Risse auf. Immer mehr Eltern ließen sich scheiden, und bei manchen Scheidungen gerieten die Kinder in qualvolle Situationen. Gegen häusliche Gewalt wurde immer noch nicht resolut genug vorgegangen. Sehr oft spielten bei der Vernachlässigung von Kindern Alkoholprobleme eine Rolle, und diese Probleme hingen nicht von der Einkommensschicht ab. Wer erfolgreich Karriere machte, baute mitunter seinen beruflichen Stress mit teurem französischen Rotwein ab. Auf der anderen Seite kam es auch oft vor, dass Arbeitslose versuchten, ihre finanziellen Sorgen mit Alkohol zu betäuben. Anstelle von schweineteurem Rotwein tranken sie den billigsten Kümmelschnaps. Die größte Last in diesem Teufelskreis trugen fast immer die Kinder.

»Was für ein Typ ist dieser Örn?«, fragte Jakob.

Hildur hatte am Morgen schnell die Angaben über Örn in der

LÖKE, der Datenbank der isländischen Polizei, überflogen. Er war einige Male wegen Gewaltverbrechen und Drogenhandel verurteilt worden.

»Womöglich rastet er aus, deshalb wäre es das Beste, wenn wir dort sind, bevor er aufwacht. So ein Sorgerechtsstreit kann grauenvolle Ausmaße annehmen.«

»Das weiß ich leider nur allzu gut«, sagte Jakob und nahm die Mütze ab. Die Heizung des Škoda war wirklich effektiv.

Hildur bog von der Hauptstraße nach rechts in das Zentrum des Dorfes ab, das am Fuß eines schneebedeckten Berges lag. Die isländischen Berge waren in den Augen derjenigen, die an Alpenlandschaften gewöhnt waren, niedrig. Ihre platte Form war eine Folge der Gletscher, unter deren schwerer Masse die Berge vor Jahrtausenden entstanden waren. Am Fuß eines solchen Berges befand sich auch dieses kleine Dorf.

»Ein ziemlich seltsamer Bebauungsplan. Warum sind die Häuser so hintereinander angeordnet?«, fragte Jakob und betrachtete die fast zwei Kilometer lange Reihe der Straßenlaternen, die die Hauswände beleuchteten. Die Häuser lagen wie hingestreut am Fjordufer, und in der Mitte der Häuserreihe klaffte eine Lücke.

»Eine Lawine hat einen Teil der Häuser mitgerissen«, sagte Hildur. Sie erzählte ihrem Kollegen von der gewaltigen Lawine, die das kleine, zwischen den Bergen und dem Meer eingeklemmte Fischerdorf in den 1990er Jahren heimgesucht hatte.

Sie hatte etwa zwanzig Todesopfer gefordert und Dutzende Häuser zerstört, an deren Stelle man keine neuen gebaut hatte. Die Lücke teilte das Dorf immer noch: in den alten und den neuen Teil. Örns Tante wohnte an der nördlichen Seite des Dorfs hinter dem Spielplatz Raggagarður.

»Eine hiesige Mutter hat den Spielplatz vor zwanzig Jahren anlegen lassen«, erklärte Hildur, als sie daran vorbeifuhren. Jakob betrachtete den Spielplatz, auf dessen Klettergerüsten, Schaukeln und

Karussells eine dicke Schneedecke lag. »Ein Junge aus dem Dorf starb mit 17 Jahren bei einem Verkehrsunfall. Er hatte gerade erst den Führerschein bekommen. Seine Mutter hat diesen Spielplatz zur Erinnerung an ihren Sohn gebaut.«

Hildur fuhr in die Nähe des Hauses hinter dem Raggagarður und stellte den Motor ab. Der Schneepflug hatte es noch nicht in diesen Teil des Dorfes geschafft, daher kam man mit dem Auto nicht bis ans Ziel. Den Rest des Weges mussten sie zu Fuß durch den Schnee stapfen.

Hildur stieg aus und sah sich um. Örn hatte seinen Wagen offenbar noch weiter unten an der Straße abgestellt. Seine Schuhabdrücke waren nicht mehr zu sehen. Die verschneite Umgebung wirkte wie ein vergessener Winkel am Ende der Welt. Die meisten Häuser waren noch dunkel, aber im alten Teil des Dorfs bewegten sich die orange blinkenden Warnlichter des Schneepflugs.

Atemwolken stiegen auf und lösten sich in der kalten Winterluft auf, als Hildur und Jakob durch den Schnee zum Haus liefen.

»Du kommst mit und sicherst die Lage, sagst aber nichts. Die Streife müsste in einer Viertelstunde hier sein«, erklärte Hildur.

Sie näherten sich dem mit grünem Wellblech verkleideten Einfamilienhaus. Mit Wellblech schützte man alte Stein- und Holzhäuser vor dem starken Wind und dem ständigen Regen. Das Haus von Örns Tante stand am Hang mit freiem Blick in alle Richtungen. Es war das letzte Haus im Dorf, sodass der Wind die Wände ungehindert von allen Seiten peitschen konnte. Vor dem wettergebeutelten Haus hockte eine ungefähr einen Meter große, graue Löwenstatue, deren Kopf aus dem Schnee ragte.

»Eine ungewöhnliche Gartendekoration«, meinte Hildur und ging an dem Löwen vorbei zur Haustür.

Sie klopfte mit dem Zeigefinger an das Türfenster. Örns Tante hatte offenbar schon bereitgestanden, denn die Tür wurde sofort geöffnet.

Eine müde aussehende alte Frau in einem geblümten gelben Morgenrock ließ die beiden ein und zeigte zur oberen Etage.

»Sie schlafen im Wohnzimmer, hinter der Tür links.«

Hildur nickte.

»Ich kann überhaupt nicht verstehen, wie Örn so ein schwieriger Mensch geworden ist«, flüsterte die Tante und steckte die Hände in die Taschen ihres Morgenrocks.

Sie wollte noch mehr sagen, aber Hildur unterbrach sie.

»Sind noch andere im Haus?«

»Nein. Nur ich und mein Kater Markús, aber der schläft bis mittags im Badezimmer, da ist der Fußboden geheizt.«

»Bleiben Sie hier unten. Am besten gehen Sie ins Bad und verriegeln die Tür. Ich gehe mit meinem Kollegen nach oben und gebe Ihnen Bescheid, wenn Sie herauskommen können«, sagte Hildur. »Danke für Ihren Anruf«, fügte sie noch hinzu, bevor sie die Treppe hochlief. Per Funk teilte sie der Streife mit, dass sie im Haus war und dass der Verdächtige sich mit seinem Kind im Obergeschoss befand.

Der Teppichboden auf der Treppe hatte seine besten Jahre schon lange hinter sich. Der Stoff war verfilzt und abgewetzt. Die Treppe führte in eine Diele, von der drei Türen abgingen. Hildur verschaffte sich einen raschen Überblick über die Räume. Eine der Türen führte in die in Brauntönen möblierte Küche, in der ein altmodischer Elektroherd stand. Mitten auf dem Küchentisch lag ein Netz mit Mandarinen. Hinter der zweiten Tür befand sich ein Arbeitszimmer. Die linke Tür führte in ein großes Wohnzimmer. Zwei mit Leder bezogene Ohrensessel standen vor einem großen Flachbildfernseher, und an der längsten Wand befand sich ein Aquarium.

Auf der ausgezogenen Schlafcouch in der hintersten Ecke des Zimmers schliefen zwei Gestalten. Die größere lag voll bekleidet auf dem Rücken. Örns gelblich blonde Haare waren zerzaust, sein

Bart ungepflegt, und die aufgesprungenen Lippen bewegten sich im Takt seines Schnarchens. Die kleinere Gestalt war in eine hellbraune Wolldecke gewickelt und schlief zusammengerollt an der Wandseite.

Hildur schätzte die Entfernung zur Schlafcouch ab. Sie überlegte, ob es ihr gelingen würde, den Jungen von der Couch zu heben, ohne Örn zu wecken. Die Polizeistreife musste auch bald hier sein.

Gerade als Hildur den ersten Schritt zur Couch machte, brach das Schnarchen schlagartig ab und Örn sprang auf.

»Polizei. Ich bin Hildur Rúnarsdóttir von der Polizei in Ísafjörður, und das ist mein Kollege Jakob Johanson«, sagte Hildur ruhig und suchte Blickkontakt zu dem Mann. »Wir sind hier, weil dein Sohn nach Hause zurückgebracht werden muss. Seine Mutter macht sich Sorgen.«

Der aus dem Schlaf gerissene Örn sah sich erschrocken um und zuckte, fing sich aber schnell. Er schien zu begreifen, was passiert war: Seine Tante hatte die Polizei alarmiert.

»Lilja! Wir sind doch eine Familie. Ich bin mit meinem Sohn zu dir auf Besuch gekommen und du verdammte Schlampe rufst die Polizei!«, brüllte er.

Seine Augen loderten vor Wut. Er beugte sich vor, als wolle er Anlauf nehmen. Speichel spritzte ihm aus dem Mund, als er seine unten im Bad hockende Tante beschimpfte. Seine Haare standen wirr vom Kopf ab, und er stank nach Schweiß.

»Schert euch zum Teufel, alle beide!«, schrie er und fuchtelte mit der Hand in Hildurs Richtung.

Die Situation hatte eine ungute Wendung genommen. Hildur versuchte, den Mann in ein Gespräch zu verwickeln. Jakob stand schweigend hinter ihr, um sie abzusichern, wie sie vereinbart hatten.

Unter der Wolldecke schob sich der Kopf eines kleinen Jungen hervor. Seine blonden Stirnhaare standen in die Höhe wie bei einem Kiebitz. Der Junge blickte zuerst seinen Vater und dann Hildur verängstigt an. Hildur merkte, dass er sich so dicht wie möglich an die Wand drängte.

»Örn, immer mit der Ruhe. Die Mutter des Kindes macht sich Sorgen, weil du ihr nicht gesagt hast, wohin ihr fahren würdet. Bringen wir den Jungen gemeinsam nach Hause.«

»Meinen Sohn gebe ich dir nicht.«

»Örn, würdest du dich bitte in den Sessel setzen?« Hildur deutete mit einem Nicken auf den schwarzen Ledersessel. Instinktiv legte sie eine Hand auf das Pfefferspray, das an ihrem Gürtel hing.

»Halt den Mund. Der Junge geht nirgendwohin. Er ist jetzt mit mir zusammen, weil wir auf Ferienreise sind, und so eine Reise bricht man nicht ab.«

Örn zerrte das Kind von der Couch und drückte es fest an sich.

»Ich gebe den Jungen nie mehr her«, schrie er und presste sich mit dem Kind im Arm an die Wohnzimmerwand.

Dabei stieß er den Sofatisch an, und eine Blumenvase, die darauf gestanden hatte, kippte auf den Holzfußboden und zersprang. Glassplitter flogen über den Boden, und das Wasser aus der Vase durchnässte eine Zeitung, die neben dem Sofa lag. Der Junge begann zu weinen.

»Lass das Kind los«, sagte Hildur etwas lauter.

Örn schüttelte den Kopf und drückte den Jungen noch fester an sich. Das Weinen des Kindes hatte sich in panisches Würgen verwandelt.

»Lass das Kind los, dann bekommst du keinen weiteren Ärger«, sagte Hildur und machte einen Schritt auf den Mann zu.

»Nein. Wenn du noch einen Schritt näherkommst, springe ich mit dem Jungen aus dem Fenster. Dann kriegt ihr Ärger, verdammt noch mal.«

Hildur wich ein paar Schritte zurück.

»Wenn ich nicht mit meinem Kind zusammen sein darf, dann darf es auch kein anderer«, zischte Örn. Er atmete schwer, und sein Blick flog über die großen Wohnzimmerfenster.

Die Lage wurde gefährlich. Hildur wusste, dass sie den Mann zu Boden werfen konnte, war sich aber nicht sicher, ob er bewaffnet war. Außerdem musste sie in erster Linie den kleinen Jungen schützen. Innerlich fluchte sie über die Verspätung der Streife. Zusätzliche Kräfte wären jetzt wirklich nötig.

Jakob, der hinter Hildur stand, räusperte sich und begann zu sprechen.

»Entschuldige, darf ich dir etwas sagen?«, wandte er sich auf Englisch an Örn.

»Was für ein ausländischer Vollhonk bist du denn? Kann man sich hier keine einheimischen Polizisten mehr leisten oder was?«, rief Örn und lachte wiehernd.

»Ich bin gar kein richtiger Polizist. Ich mache hier ein Praktikum. Ich wollte dir nur sagen, dass ich genau weiß, wie man sich in deiner Lage fühlt«, sagte Jakob langsam, den Blick auf Örn gerichtet.

»Wieso denn?«, schnaubte Örn, hörte aber weiter zu.

»Ich habe einen Sohn im selben Alter. Er ist fünf, spielt gern Feuerwehrmann und jagt Pokémons. Ich habe ihn lange nicht gesehen, denn seine Mutter hat ihn mir weggenommen. Jetzt bin ich hier in Island, weil ich es zu Hause nicht mehr ausgehalten habe.«

Örn schwieg eine Weile und musterte Jakob.

»Du lügst!«

»Das wünsche ich mir auch. Dass es nicht wahr wäre. Aber es ist wahr. Sie hat mir mein Kind weggenommen. Glaubst du, ich hätte mir zum Spaß einen Job in diesem Kaff gesucht?«

Örn wirkte nachdenklich. Nach einer Weile sagte er heiser: »So sind die Weiber. Zuerst geben sie sich so verliebt und nett. Kochen morgens Kaffee und packen einem die Brotdose zurecht. Dann hauen sie ab und nehmen auch noch das Kind mit.«

»Genau. Sie überschütten einen mit Drohungen und zerren einen vor Gericht«, ergänzte Jakob.

Hildur verfolgte das Gespräch schweigend. Sie hielt den Blick auf den Jungen gerichtet, den Örn an sich drückte, und merkte, dass Örns Griff sich ein wenig gelockert hatte.

»Dann teilen sie der Leiterin der Kita mit, dass man mir das Kind nicht übergeben darf, sondern die Polizei rufen muss, wenn ich auch nur in die Nähe der Kita komme«, fuhr Örn fort.

Jakob nickte zustimmend.

»Meine Ex hat mein Kind mitten im Fußballspiel aus der Nachmittagsbetreuung geholt.«

Hildur merkte, dass Jakob versuchte, das Gespräch in die Länge zu ziehen. Es schien ihm zu gelingen. Örn richtete seine ganze Aufmerksamkeit auf Jakob, nicht auf sie oder den schluchzenden Jungen in seinen Armen.

»Sie sind weggezogen, und seitdem habe ich ihn nicht mehr sehen dürfen«, sagte Jakob.

»Ich habe immer noch ein Video auf meinem Handy, wie die Polizei mich mitgenommen hat, obwohl ich bloß mein eigenes Kind aus der Kita holen wollte«, schnaubte Örn.

Er fing an, in der Tasche seiner Jacke nach dem Handy zu suchen, und vergaß dabei kurz das Kind. Der Junge landete mit den Füßen auf dem Boden, rannte verängstigt zum nächsten Sessel und verkroch sich darin. Jakob trat davor, um ihn zu schützen.

Örn rannte seinem Sohn nach, doch Hildur reagierte schneller. Sie richtete die Dose mit dem Pfefferspray auf Örns Gesicht und drückte ab. Ein leises Zischen war zu hören, als der Capsaicin enthaltende Schaum das Gesicht des Mannes traf. Örn heulte vor Schmerz auf, hielt sich den Kopf und ließ sich auf den Boden fallen. Der Spray brannte heftig in den Augen. Hildur wusste, dass der Mann seine Sehkraft für mindestens zehn Minuten verloren hatte.

Sie rannte zu ihm und legte ihm Handschellen an.

»Du elender Wichser, das hier könnte ein bisschen wehtun«, flüsterte sie ihm ins Ohr, sodass nur er es hörte. Dann kniete sie sich mit ihrem ganzen Gewicht auf sein Bein.

Örn heulte erneut auf.

»Entschuldige vielmals. Halt still, dann treten wir uns nicht auf die Füße«, sagte Hildur und stand auf, während Örn liegen blieb. Sie betrachtete Jakob, der sich in den Sessel gesetzt und den kleinen Jungen auf den Schoß genommen hatte, sah ihm in die Augen und formte mit den Lippen das Wort *Danke*.

Als sie Örn auf die Beine half, verspürte sie Erleichterung. Sie hatten die gefährlich gewordene Situation unter Kontrolle gebracht. Jakob verstand sich offenbar darauf, mit Menschen zu reden. Das war eine der wichtigsten Fertigkeiten bei der Polizeiarbeit. Hildur erinnerte sich, wie nachdrücklich ein Lehrer an der Polizeischule, den sie hoch schätzte, die Wichtigkeit sozialer Fähigkeiten bei der Arbeit unterstrichen hatte. Da ein isländischer Polizist keine Handfeuerwaffe bei sich tragen durfte, musste er die Verbrecher durch magische Worte bezwingen, hatte der Lehrer gewitzelt. Jakob hatte die Situation hervorragend gemeistert. Sie selbst wäre bestimmt nicht spontan und obendrein in einer Fremdsprache zu so einem Auftritt fähig gewesen.

Die Geschichte, die Jakob erzählt hatte, ging Hildur nicht aus dem Kopf. Was für ein Leben hatte er geführt, dieser Mann, der aus der Fremde kam?

Das Geräusch des Streifenwagens vor dem Haus riss sie aus ihren Gedanken.

»Der Verdächtige ist festgenommen. Kommt rauf, dann könnt ihr ihn zur Station bringen«, teilte Hildur ihren Kollegen über Funk mit.

Nachdem Örn abgeführt worden war, beugte Hildur sich zu dem Jungen hinunter, der auf Jakobs Schoß im Sessel saß. Sie holte eine

Tüte getrocknete Mangostücke aus der Tasche und bot sie dem Jungen an. Hildur liebte den süßsauren Geschmack von Mangos und aß sie als Snack, wenn sich ihre Schicht in die Länge zog. Der Junge nahm ein Stück getrocknete Mango aus der Tüte und steckte es in den Mund.

»Du kommst jetzt bald zurück zu deiner Mama. Sie vermisst dich sehr. Wir fahren zuerst zur Polizeistation, und danach kannst du gleich mit deiner Mama telefonieren. Einverstanden?«, sagte Hildur zu dem Jungen. »Wenn du willst, können wir auf der Fahrt das Blaulicht einschalten.«

Der Junge nickte und lächelte vorsichtig. Dann kauerte er sich noch enger zusammen.

In der Polizeistation war es still. Der Schnee dämpfte die Geräusche des spärlichen Verkehrs, und auch der Wind, der normalerweise um das Gebäude tobte, hatte sich gelegt. Irgendwie passte es zur friedvollen Stimmung, dass im Radio gerade die Todesanzeigensendung lief. Im ersten Programm des staatlichen isländischen Rundfunks wurden täglich Todesanzeigen und Mitteilungen über Gedenkfeiern verlesen, die die Angehörigen der Verstorbenen eingesandt hatten. Hildur mochte die Sendung sehr. Das ganze Leben eines Menschen in einigen Sätzen, vorgelesen von der immer gleichen, tiefen und sonoren Stimme des Sprechers.

Ingibjörg Atladóttir, Hausfrau und Handarbeitslehrerin, verstarb am zwanzigsten Oktober zu Hause in Vík. Ihre Kinder, Enkelkinder und Urenkelkinder trauern um sie. Die Beerdigungsfeier findet am Samstag, dem zweiten November, in der Kirche von Vík statt. Wir bitten höflich, keine Blumengestecke mitzubringen.

Der Psychologe und Magister der Wirtschaftswissenschaften Eírikur Hermansson verstarb nach kurzer Krankheit im Krankenhaus im Beisein seiner nächsten Angehörigen. Der Tag der Beerdigung wird später mitgeteilt. Ehefrau, Kinder und Verwandte.

Hildur reichte Jakob eine Tasse Kaffee, setzte sich an ihren Schreibtisch und betrachtete das Mittagessen, das vor ihr stand. Sie hatte sich in der Mikrowelle ein Stück fettige Wurst aus Innereien aufgewärmt.

»Möchtest du probieren? Das reicht für zwei«, sagte sie und zeigte auf die graubraune Wurst.

Jakob schwenkte seinen halb aufgegessenen Snackriegel und schüttelte den Kopf.

»Riecht mir zu seltsam.«

»Gewohnheitssache«, versetzte Hildur, stach die Gabel in die Wurst und biss ein großes Stück ab.

Beta erschien mit zufriedener Miene an der Tür. Sie dankte Hildur und Jakob für ihre gute Arbeit. Örn saß jetzt in der Arrestzelle, bis eine Polizeistreife aus Akureyri eintraf, um ihn abzuholen. Gegen ihn würde voraussichtlich wegen Kindesentziehung ermittelt werden.

»Übernimmt die Polizei von Akureyri die Ermittlungen, weil die Entführung dort passiert ist?«, fragte Jakob.

Beta nickte und fügte ihre Ansicht über die praktischen Aspekte hinzu: »Sie haben dort mehr Ressourcen als wir. Zellenaufsicht und so weiter.«

»Und der Junge?«, fragte Hildur. Sie nahm an, dass Jakob sich gern nach dem Jungen erkundigt hätte, aber davor zurückscheute. Also tat sie es selbst.

»Der hiesige Jugendschutz kümmert sich um ihn, bis seine Mutter hier ist. Hildur, du könntest mit den Sozialarbeitern sprechen und dich erkundigen, ob sie von unserer Seite noch etwas brauchen. Wenn ihr den Papierkram heute erledigt, kannst du morgen Jakob ein bisschen die Gegend zeigen.«

Hildur wischte sich den Mund am Ärmel ab und nickte. Sie schlüpfte in ihre Winterjacke, zog sich die Kapuze über den Kopf und ging nach draußen. Zum Glück hatte sie es nicht weit. Das

Sozialamt befand sich in dem Gebäude neben der Polizeistation. Auch die Filiale einer Versicherungsgesellschaft sowie eine Bank waren dort untergebracht.

Der morgendliche Einsatz war anstrengend, aber nicht außergewöhnlich gewesen. Konflikte, die mit dem Besuchsrecht in Scheidungsfamilien verbunden waren, beschäftigten Hildur regelmäßig. Es war einigermaßen typisch, dass bei Scheidungskindern in abgelegenen Gegenden ein Elternteil in der Hauptstadtregion wohnte und die Kinder über weite Strecken zwischen den Eltern hin und her reisten. Der größte Teil der Konflikte, die bei der Polizei landeten, entstand daraus, dass das Kind nach dem Besuch nicht rechtzeitig zu dem anderen Elternteil zurückgebracht wurde.

Ein zweites Problem, das die Polizei und den Jugendschutz häufig beschäftigte, betraf Jugendliche, die Drogen konsumierten. Wenn die vom Rauschgift geschädigten Jugendlichen von zu Hause, aus der Pflegefamilie oder aus dem Entzug wegliefen, mussten sie gesucht und zurückgeholt werden. Fast immer wurden die Ausreißer gefunden und in Sicherheit gebracht.

Hildur empfand es jedes Mal als persönlichen Sieg, wenn sie einem in Schwierigkeiten geratenen Kind oder Jugendlichen helfen konnte. Die aufreibendsten Einsätze waren die Fälle, in denen ein verschwundenes Kind von niemandem vermisst wurde. Auch das kam vor. Wenn Mutter und Vater von früh bis spät tranken und über Nacht mit ihren Saufkumpanen irgendwo verschwanden, war zu Hause niemand, der Interesse gezeigt hätte. Die Kinder mussten allein zurechtkommen, und die Probleme kamen oft erst ans Licht, wenn die Schule Kontakt aufnahm. Die Lehrkräfte bemerkten es meist als Erste, wenn jemand ständig ohne warme Straßenkleidung zur Schule kam, häufig fehlte oder wenn andere Anzeichen für Vernachlässigung sichtbar wurden. In manchen Familien kümmerte sich das älteste Kind, das selbst kaum im Teenager-Alter war, um die jüngeren Geschwister und hatte keine Zeit, sich auf die Schule zu konzentrieren.

Hildur betrachtete die schneebedeckten Häuser in der Nachbarschaft und dachte bei sich, dass auch in diesem Dorf zwei Welten nebeneinander existierten: Eine, deren Bewohner alles hatten, was man sich wünschen konnte, und eine andere, in der es an allem fehlte.

12

Um halb acht am Morgen wurde Jakob von der flotten Melodie seines Handys geweckt. Durch das Fenster seines kleinen Schlafzimmers fiel nicht der kleinste Lichtschimmer. Die Müdigkeit machte sich als leichter Schmerz an den Schläfen bemerkbar. Jakob berührte den grünen Hörer auf dem Display und hob das Handy ans Ohr.

»Jakob, was machst du gerade?«

Es war Hildur. Sie klang viel zu munter, wenn man bedachte, dass es nicht einmal acht Uhr war und sie beide den Vormittag frei hatten.

»Ich habe geschlafen. Wollten wir uns nicht erst am Mittag treffen?«, fragte Jakob schlaftrunken.

»Ja, schon, aber den Plan hatten wir gestern gefasst.«

Hildurs Stimme vibrierte vor Eifer. Im Hintergrund brodelte eine Kaffeemaschine.

»Kommst du mit zum Surfen?«

Zum Surfen? Jakob setzte sich im Bett auf und tastete nach dem Schalter der Nachttischlampe. Was in aller Welt hatte die Frau vor? Im Meer zu schwimmen? Es war doch Winter, draußen war es zappenduster und die Temperatur lag unter null.

»Du wolltest mir doch heute die Umgebung zeigen. Schlägst du mir etwa Draufgängersport vor statt einem normalen Touristenausflug?«

»Ja. Genau das schlage ich vor. Im Winter ist das Meer am besten, und jetzt ist das Wetter perfekt.«

Perfektes Wetter, aha. Jakob schüttelte lachend den Kopf. Natürlich würde er mitfahren. Hildur klang nicht danach, als würde sie auf ihren winterlichen Ausflug ans Meer verzichten wollen, und er hatte keine Lust, den ganzen Vormittag allein zu Hause zu hocken. Doch bevor er antworten konnte, setzte Hildur ihren Überredungsversuch fort.

»Die Windrichtung ist genau richtig, und die Wellen sind zwar nur einen Meter hoch, aber von einem Wellenkamm zum anderen sind es mehr als zehn Sekunden. So eine Gelegenheit hat man nicht jeden Tag, glaub mir! Außerdem habe ich ein überzähliges weiches Brett für Anfänger und einen großen Nassanzug, die kann ich dir leihen.«

Jakob warf die Decke beiseite und setzte sich auf die Bettkante.

»Ich komme mit. Eigentlich hatte ich vor, in Guðrúns Wollgeschäft vorbeizuschauen, aber das kann ich auch später noch.«

»Wie läuft es übrigens mit dem Pullover?«

Jakob hörte, dass Hildur beim Reden aß. Aus irgendeinem Grund störte ihn das überhaupt nicht. Im Gegenteil. Es wirkte angenehm zwanglos.

»Ich war gestern so weit, dass ich die Ärmel mit dem Rumpf verbinden konnte. Aber jetzt muss ich das Muster noch ein bisschen abändern, es ist nicht ganz symmetrisch.«

»Ich verstehe kein Wort, aber danke für die Auskunft.«

Jakob lachte auf. Ein Finne führte eine Isländerin in die Geheimnisse des Islandpullovers ein. Im selben Moment kam ihm eine seiner Meinung nach glänzende Idee. Er würde einen Pullover für Hildur stricken. In Island hatten alle, so glaubte er jedenfalls, viele dicke, warme Pullover im Schrank. An Hildur hatte er eine lange Strickjacke gesehen. Er hatte das Modell sofort erkannt, es war der von der isländischen Spinnerei Ístex entworfene Fleygur, eine knöchellange Jacke aus dicker Álafosslopi-Wolle. Jakob strickte gerade aus leichterer Léttlopi-Wolle einen traditionellen geschlossenen Pullover. Der sollte in seiner Urheimat Island bleiben, wenn er fertig war.

»Ich verspreche dir, dass wir wieder im Dorf sind, bevor die Läden schließen. Ich esse noch eben mein zweites Frühstück auf und hole dich in einer Stunde mit Brenda ab«, sagte Hildur und legte auf.

Eine Stunde später stand Jakob in dicker Daunenjacke, warmen Lederhandschuhen und hohen Winterstiefeln vor dem Haus und wartete auf Hildur. Er betrachtete die Berge. Das Dorfzentrum war zu beiden Seiten von hohen Bergen gesäumt, deren schneebedeckte Abhänge weiß glänzten. Jakob gefielen die Schneewehen. Ohne den Schnee wäre es hier wirklich dunkel. Die Dunkelheit störte ihn allerdings auch nicht. Es war ein beruhigendes Gefühl, von den hohen Bergen und dem kalten Meer eingeschlossen zu sein. Er befand sich in einem Gehege und brauchte nicht an das zu denken, was außerhalb davon lag. Hier war jetzt sein Platz.

Bald bog ein grauer Toyota Land Cruiser um die Ecke. Der Geländewagen mit den schweren Reifen war ein imposanter Anblick, auch wenn er seine besten Jahre schon hinter sich hatte. Auf der Motorhaube hatten sich ein paar Rostflecken breitgemacht, und unter den Rücklichtern waren zwei Dellen zu sehen. Jakob öffnete die Tür und stieg ein. In diesem Wagen brauchte er sich ausnahmsweise einmal nicht zusammenzufalten. Obwohl Jakob fast 1,90 Meter maß, musste er sich ein wenig strecken, um auf den Sitz zu kommen. Ein toller Geländewagen, dachte er beim Anschnallen. Der Jeep hatte schon über 300 000 Kilometer auf dem Tacho. Er fuhr unerschütterlich über die verschneite Straße, und von dem hohen Sitz aus hatte man eine ganz andere Sicht auf die Landschaft als in einem niedrigen Pkw. Mit so einem hohen Jeep ließe sich auch in Finnland gut fahren.

»Kein Bedarf, ihn gegen ein neueres Modell zu tauschen«, sagte Hildur, als hätte sie Jakobs Gedanken erraten. »Ich bin noch kein einziges Mal irgendwo hängen geblieben.« Sie klopfte auf die Mittelkonsole.

»Sieben, neun, dreizehn.«

Jakob warf seiner Kollegin einen fragenden Blick zu, während er den Reißverschluss seiner dicken Winterjacke öffnete.

»Sieben, neun, dreizehn. Das ist so ein Glücksbringer. Man muss dreimal klopfen und gleichzeitig sieben, neun, dreizehn sagen. So schützt man sich vor Unglück.«

Jakob nickte und dachte bei sich, dass es in Finnland in der entsprechenden Situation üblich war, auf Holz zu klopfen. In Island wuchsen kaum Bäume, vielleicht verwendete man deshalb diese Zahlen. Beim Lebensmittelgeschäft bog Hildur auf die Gebirgsstraße ab, die zum nächsten Fjord führte.

»Sollten wir nicht diese Brenda abholen?«, fragte Jakob.

Hildur klopfte lachend auf das Lenkrad.

»*Das hier* ist diese Brenda. Brenda ist mein Auto.«

Nun musste auch Jakob lachen.

»Warum gerade Brenda? Lief auch hier in den Neunzigern Beverly Hills?«

»Ja. Aber ich habe die Serie nicht verfolgt. Ich habe einmal eine Tramperin mitgenommen. Sie hat mir als Dank diese Puppe mit dem Bastrock gegeben. Die hieß damals schon Brenda.« Hildur zeigte auf das Maskottchen auf dem Armaturenbrett.

Das Püppchen in dem gelben Tanzkleid rutschte hin und her, denn der Schnee machte die Straße holprig. Hildur steuerte auf ein Loch in der Bergwand zu und schloss die Lüftungskanäle, als der Wagen in den Berg glitt. Ein Schild am Straßenrand teilte mit, dass der Tunnel sechs Kilometer lang war.

Nach zwei Kilometern verzweigte sich der Tunnel. Eine Straße führte zu einem Fischerdorf im Westen, die andere nach Süden.

Nach der Gabelung wurde der Tunnel um die Hälfte schmaler und die Straße einspurig.

»Wer nach Süden fährt, weicht aus. Wenn man die Lichter eines entgegenkommenden Wagens sieht, muss man so eine Ausweichbucht ansteuern und warten«, erklärte Hildur und zeigte auf den Halteplatz an der rechten Seite.

Im Winter gab es nur wenig Verkehr, aber im Sommer wurde es im Tunnel eng, weil sich die Straße mit Bussen füllte, mit denen Kreuzfahrttouristen Tagesausflüge unternahmen.

Die dunklen Wände des Tunnels befanden sich unmittelbar neben der Fahrbahn. An der mehrere Meter hohen Decke hingen Lampen, deren oranges Licht die Sicht nur wenig verbesserte.

In einiger Entfernung tauchten zwei Lichtpunkte auf, die sich näherten. Hildur lenkte den Wagen in die nächste Parkbucht und wartete. Das Dröhnen wurde immer lauter, und das starke Licht der Scheinwerfer füllte bald den ganzen Tunnel. Als der große Lastwagen des Transportunternehmens Eimskip vorbeifuhr, spürte man, wie die Erde unter ihm bebte. Dann kehrte die Dunkelheit zurück. Hildur lenkte den Wagen wieder auf die Straße, und die Fahrt ging weiter.

Jakob betrachtete die dunklen Tunnelwände und maß mit dem Blick die Breite des Tunnels ab. Manche engen Räume schufen ein Sicherheitsgefühl, aber dieser nicht. Der schmale, halbdunkle Tunnel wirkte irgendwie gruselig. Die schwarze Felswand zog an Jakobs Augen vorbei, während das Auto durch den Berg fuhr. Er überlegte, ob dies wohl der Tunnel war, den Hildur vor ein paar Tagen erwähnt hatte. Der Tunnel, in dem ihre Schwestern vor vielen Jahren verschwunden waren. Konnte er es wagen, sie danach zu fragen? Sie wirkte wie ein Mensch, der Geradheit schätzte und nicht um den heißen Brei herumredete. Wenn ihr die Frage unangenehm war, würde sie wahrscheinlich einfach nicht antworten. Außerdem hielt Jakob es nicht für nötig, sich Gedanken darüber zu machen, was andere von ihm hielten. Offenheit verscheuchte überflüssige Bekannte.

Er sah Hildur verstohlen an.

»Ist das der Tunnel, in dem sie …«

Hildurs Miene erstarrte.

»Ja. Das ist er.«

Mehr sagte sie nicht dazu.

Einige Minuten später schoss Brenda auf der anderen Seite des Berges heraus wie eine Lottokugel aus der Plastikröhre. Der Fjord, den sie erreicht hatten, verlief in ost-westlicher Richtung, und die Berge an seinem Ufer waren niedriger. Die Strahlen der eben erst aufgegangenen Sonne reichten gerade über die Berge und beleuchteten die verschneite Landschaft. Jakob klappte die Sonnenblende herunter und kniff die Augen zusammen.

»Schön«, stellte er fest und betrachtete das Tal. Aus völliger Dunkelheit in helles Licht. Ein ziemlicher Kontrast.

»Bald wird es noch schöner«, versprach Hildur und lenkte den Wagen auf eine kleinere Straße.

Ein paar hundert Meter vom Ufer entfernt trieben zwei schwarze Gestalten auf dem Meer. Sie schaukelten auf dem Wasser und warteten.

Sobald die nächste große Welle kam, würde die eine von beiden auf ihr Brett steigen und auf der Welle reiten.

»Jetzt kommt sie! Bäuchlings aufs Brett und kraulen«, rief Hildur mit einem kurzen Blick auf Jakob, der im kalten Wasser trieb und mit der rechten Hand sein weißes Surfbrett festhielt.

Jakob hievte sich auf das Brett und begann mit beiden Armen zum Ufer zu kraulen. Das Brett wurde von der Welle schnell vorwärtsgeschoben. Als es sich auf den Wellenkamm hob, versuchte Jakob aufzustehen, wie Hildur es ihm im flachen Wasser beigebracht hatte.

Er hatte es gerade geschafft, das rechte Knie auf das Brett zu setzen, als ihn die Welle überrollte, ihn ins kalte Meer riss und tief unter Wasser drückte. Jakob hielt die Luft an und kämpfte sich mit ein paar kräftigen Schwimmzügen an die Oberfläche. Er sah das Brett, das neben ihm trieb, packte es und suchte mit dem Blick nach Hildur.

Sie hatte die nächste Welle genommen, war aber schon weit weg. Sie bewegte sich auf ihrem Brett entlang der Uferlinie, der sie sich dabei allmählich näherte.

»Wie geht's?«, rief sie vom Ufer aus.

»Ich lebe noch. Aber es ist schon etwas anderes, als auf dem Snowboard zu fahren.«

»Komm, versuchen wir es noch mal«, sagte Hildur, klemmte sich das Surfbrett unter den Arm und watete tiefer ins Wasser. Sie legte sich bäuchlings auf das Brett und schwamm zu Jakob.

»Kraulen wir noch eine Weile. Ich sage dir, wann du dich aufrichten musst. Versuch nicht, ganz aufzustehen, sondern geh auf alle viere und probiere, erst mal so vorwärts zu kommen. Allmählich lernst du, die Bewegungen des Wassers besser einzuschätzen.«

Vier Stunden und eine Essenspause später wärmten Hildur und Jakob sich im Auto auf. Die Nassanzüge lagen in Brendas Kofferraum. Hildur würde sie in ihrem Badezimmer zum Trocknen in die Duschkabine hängen. Die Thermosbecher waren mit heißem Kaffee gefüllt, und auf dem Armaturenbrett lag eine geöffnete Tüte mit fetttriefenden Kleina-Krapfen.

»Wie lange surfst du schon?«, fragte Jakob und biss in seinen Krapfen.

»Seit der Studienzeit. Ich liebe das Surfen. Auf dem Meer denkt man an nichts anderes. In dem Moment muss man sich einfach voll konzentrieren, damit man nicht vom Brett fällt.«

Jakob verstand sehr gut, wovon Hildur sprach. Eskapismus. Manche sahen sich Filme an, andere plantschten im eiskalten Wasser. Er selbst hatte in den letzten Jahren Pullover gestrickt, um sich am Durchdrehen zu hindern.

»Was machst du, wenn du nicht surfen kannst?«

»Dann gehe ich ins Fitnesszentrum oder zum Joggen.«

Hildur nahm die Thermoskanne vom Rücksitz und goss beiden Kaffee nach.

»Wie hast du dich nach gestern gefühlt?«, fragte sie.

Jakob ahnte, dass sie das Gespräch auf den gestrigen Einsatz lenken wollte.

Er starrte zum Fenster hinaus. Es begann zu schneien. Als der Schnee dichter fiel, verschwamm die Grenze zwischen Himmel und Meer, und der Horizont war nicht mehr zu erkennen. Das graue Auto verschmolz mit der Landschaft. Die Konturen der Welt begannen sich aufzulösen.

»Ich würde gern über das reden, was gestern im Haus der alten Frau passiert ist. Es ist wirklich gut gelaufen. Magst du darüber reden?«

»Worüber?«, fragte Jakob.

Er spürte, dass Hildur nicht nachgeben würde. Sie würde ihm zusetzen, bis sie eine zufriedenstellende Antwort bekam. Bestimmt merkte sie auch, dass er auf Zeit spielte.

»Über deinen Sohn. Oder hast du dir die Geschichte ausgedacht?«

Jakob seufzte und blickte wieder zum Fenster hinaus, obwohl dort nichts zu sehen war. Eine graue Decke hüllte sie ein.

»Ich wünschte, sie wäre frei erfunden.«

»Ja. Die schlimmsten Geschichten sind meistens wahr.«

Jakob zögerte. Er war sich nicht sicher, ob er fähig war, mit einer Unbeteiligten über das Thema zu sprechen. Andererseits wusste Hildur so gut wie nichts über ihn, konnte die Geschichte also mit den Augen einer Außenstehenden betrachten, ohne ihn zu bemitleiden. Mitleid ertrug Jakob nicht, es schnitt ihm zu tief ins Herz. Hildur wirkte im positiven Sinn wie ein normaler Mensch. Außerdem waren sie beide ein Team. An der Polizeischule war häufig betont worden, wie wichtig das Vertrauen bei der Arbeit im Zweierteam war. Und Hildur hatte ihm ja auch von ihren Schwestern erzählt, obwohl es ihr sichtlich schwergefallen war.

»Ich habe Lena vor sieben Jahren in Budapest kennengelernt, auf einer Interrailreise. Sie war so … Als ich sie sah, habe ich nichts anderes mehr wahrgenommen.«

»Jemand, der den Raum ausfüllt und einem das Gefühl gibt, dass keine Luft mehr bleibt.«

Jakob sah seine Kollegin dankbar an und nickte. Sie hatte sofort verstanden, was er meinte.

Er begann, von Lena zu erzählen. Als sie nach Norwegen gezogen waren, hatte Lena ihn mit ihren Angelkünsten und ihrer selbstgekochten Fischsuppe bezaubert. Nach einer Weile hatten sie gemeinsam eine Wohnung in einem Vorort von Oslo gemietet. Jakob begann, an der Universität Oslo seine Dissertation im Fach Biologie zu schreiben, und arbeitete nebenher als Aushilfslehrer, Lena hatte einen aufreibenden Job bei einer Versicherungsgesellschaft. In den ersten Jahren war alles ganz gut gelaufen. Jakob hatte Norwegisch gelernt und Freunde gefunden.

Dann kam Matias zur Welt. Ein Jahr nach seiner Geburt hatte Lena angefangen, sich zu verändern. Sie war immer schon ein wenig eifersüchtig gewesen, aber Jakob hatte ihr Kontrollbedürfnis ihrem aufbrausenden Wesen zugeschrieben. Allmählich beanspruchte Lena im Alltag immer mehr Raum für sich. Sie entschied über die gemeinsame Freizeit und kritisierte Jakob wegen aller möglichen Kleinigkeiten in der Kindererziehung. Immer öfter bekam er zu hören, seine Auffassungen seien seltsam und seine Gedanken kindisch.

»Manchmal trieb sie mich zur Weißglut. Einmal zog sie mehr als eine Stunde lang über mich und meine Familie her. Schließlich habe ich einen angebissenen Apfel vom Esstisch genommen und nach ihr geworfen. Lena hat das mit ihrem Smartphone aufgenommen und das Video vor Gericht gegen mich verwendet«, sagte Jakob kopfschüttelnd.

Hildur stieß zischend die Luft aus. Sie wirkte erschüttert.

»Das hat sie bestimmt im Voraus geplant! Sonst wäre es ja gar nicht möglich, so eine spontane Reaktion aufzunehmen.«

»Genau. Das habe ich auch kapiert, aber zu spät.«

In der Woche nach der Apfelepisode war die Familie gemeinsam nach Finnland in den Urlaub gefahren. Dort hatte Lena erklärt, sie wolle mit Matias eine Woche früher nach Norwegen zurückreisen.

»Wir hatten den ganzen Sommer über immer wieder Streit. Lena schlug vor, dass ich noch ein paar Tage mit meinen Freunden verbringen sollte und sie sich inzwischen in Oslo um einen Kitaplatz für Matias kümmern würde.«

Hildurs Neugierde wuchs. Sie ahnte schon, was geschehen war, wollte es aber von Jakob selbst hören.

»Was ist dann passiert?«

»Ich bin in unsere Wohnung zurückgekehrt, aber sie war leer. Lena war mit Matias ausgezogen, und ich hatte keine Ahnung, wohin. Sie hatte nur das Sofa und eine kaputte Stehlampe zurückgelassen. Nach fünf Tagen teilte sie mir per Mail mit, sie habe einen Anwalt und ich würde Matias nicht bekommen.«

Hildur ließ die Hände auf den Schoß sinken und richtete den Blick auf Jakob, der immer noch durch das Fenster in das dunkelnde Grau starrte.

»Eine schreckliche Geschichte. Das tut mir wirklich leid«, sagte sie und berührte mit der rechten Hand Jakobs Schulter.

Es war ein unbeholfener Versuch, ihn zu trösten, aber etwas Besseres brachte sie nicht zustande. Jakob wandte ihr das Gesicht zu und nickte fast unmerklich. Eine Weile war es völlig still. Aber auch ohne Worte schienen sie sich zu verstehen.

»Jegliches Vertrauen, das ich bis dahin gehabt hatte, war dahin. Auch mein Körper hielt die Katastrophe nicht aus, sondern ließ mich im Stich. Die Beine wollten mich nicht mehr tragen, ich bin im Treppenhaus umgekippt.«

Jakob erschrak über seine eigenen Worte. Er hatte gerade einer fast fremden Person Einzelheiten über sich erzählt, die er bisher noch keinem anvertraut hatte. Hildur bemerkte seine Verlegenheit und lenkte das Gespräch auf praktischere Fragen. Sie wollte mehr wissen. War es möglich, aus einer so verfahrenen Situation herauszukommen?

»Hast du dir einen Anwalt genommen?«

»Ja, aber rate mal, ob die billig sind. Ich habe jeden Job als Vertretungslehrer angenommen, den ich kriegen konnte, und an den Wochenenden noch gekellnert. Trotzdem haben mich diese Anwaltsrechnungen richtig in die Bredouille gebracht.«

»Zum Kuckuck noch mal«, schnaubte Hildur. Durch ihren Beruf hatte sie von vielen ähnlich gelagerten Fällen gehört. Man musste entweder völlig mittellos sein, sodass man kostenlose Rechtshilfe bekam, oder wirklich reich, um die Anwaltsrechnungen, die sich schlimmstenfalls auf mehrere zehntausend Euro beliefen, aus der eigenen Tasche bezahlen zu können. Internationale Sorgerechtsstreitigkeiten waren noch teurer, weil man die Dokumente übersetzen lassen musste und einen Spezialisten für internationales Recht brauchte.

Jakob lehnte den Kopf an die Nackenstütze und blickte an die Decke.

»Das Unfairste war, dass Lena meine abendliche Arbeit vor Gericht gegen mich verwendet hat.«

Lena hatte behauptet, Jakob könne sich nicht um das Kind kümmern, weil er auch an den Abenden arbeitete. Die Jugendschutzbeauftragten hatten sich auf ihre Seite gestellt. Sie hatten ihre Geschichte geschluckt, der Finne sei ein gewalttätiger Ehemann. Jakob hatte das Sorgerecht verloren und sein Kind seitdem nur noch sehr selten und unter Aufsicht treffen dürfen.

Es war nicht das erste Mal, dass Hildur an der Vernunft nachgesetzter Rechtsinstanzen zweifelte. Sie erinnerte sich an einen Fall aus ihrer Zeit in Reykjavík. Wenn sie daran dachte, wurde sie immer noch wütend. Sie hatte eine mutmaßliche Vergewaltigung untersucht, die Vernehmungen durchgeführt und Beweismaterial zusammengetragen. Der Verdächtige war vor Gericht gekommen und schuldig gesprochen worden. Die nachgesetzte Instanz hatte jedoch eine äußerst milde Strafe verhängt. Diese Entscheidung hatte das Gericht damit begründet, dass der Mann eine feste Anstellung hatte, verheiratet war und minderjährige Kinder hatte. Es war eine bittere Ironie des Schicksals, dass derselbe Mann ein paar Jahre später für ein gleichartiges Verbrechen verhaftet worden war.

»Du hast doch wohl Einspruch erhoben?«

Jakob schüttelte den Kopf.

»Ich hatte einfach kein Geld, um den Rechtsstreit weiterzuführen.«

Eine Weile saßen Hildur und Jakob schweigend nebeneinander und betrachteten die vom Himmel fallenden großen Schneeflocken. Sie zeichneten sich in der Nachmittagsdämmerung deutlich ab und schwebten ruhig zur Erde. Diejenigen, die auf der Windschutzscheibe landeten, schmolzen und liefen wässrig auf das kalte Metall.

»Viele meiner Bekannten haben mir vorgeworfen, ich hätte mein Kind im Stich gelassen«, sagte Jakob und wandte den Blick zum Meer. »Mein Kopf hielt das Ganze nicht mehr aus. Also bin ich weggezogen. Ich bin nach Finnland zurückgegangen und habe mir einen neuen Beruf gesucht, bin auf die Polizeischule gegangen. Immer, wenn ich Matias treffen sollte, bin ich nach Norwegen gereist, aber Lena hat ziemlich oft einen Vorwand gefunden, der das Treffen verhinderte.«

»Wann habt ihr euch zuletzt gesehen?«

»Das ist bald ein Jahr her. Am ersten Weihnachtstag. Ich versuche, durch Videogespräche mit ihm in Verbindung zu bleiben. Letzte Woche haben wir uns kurz per Skype unterhalten. Aber Matias ist noch so klein. Ich habe Angst, dass er mich allmählich ganz vergisst«, flüsterte Jakob. Dann brach seine Stimme.

Hildur spürte, wie ihre Erbitterung wuchs. Jakob wurde ungerecht behandelt. Unerträglich ungerecht. Es war nicht ihre Art, sich zu bremsen, und auch jetzt sah sie keinen Grund, mit ihrer Meinung hinter dem Berg zu halten. Sie schlug mit der Faust auf das Lenkrad.

»Ein scheußliches Weib!«

Jakob sah Hildur an. Ihr Blick war hart. Darin lag Frustration und vielleicht auch ein bisschen Wut, aber keine Spur von Mitleid. Das gefiel ihm.

Nach einer kurzen Pause sprach er weiter.

»Weißt du, es ist seltsam, aber es hat mich gestern richtig mit Glück erfüllt, als wir an diesem Spielplatz vorbeifuhren. Es ist irgendwie schön, dass eine Mutter, die ihr Kind verloren hat, einen Spielplatz für andere Kinder bauen ließ.«

»Das finde ich auch. Manche Eltern verstecken ihre Kinder, andere tun alles, damit ihre Kinder nicht vergessen werden.«

Eine Weile saßen sie schweigend da, tranken Kaffee und blickten in die Dämmerung. Zwei einander unbekannte Menschen teilten eine Zeit lang denselben Raum, denselben Ausblick und dieselben Gedanken.

Da klingelte das Handy im Handschuhfach. Hildur holte es heraus. Die Nummer auf dem Display war Betas.

»Hildur, wo bist du?« Betas Stimme klang aufgeregt.

»Zum Surfen in Önundarfjörður.«

»Ich dachte, du wolltest Jakob die Umgebung zeigen.«

»Jakob ist mit mir hier. Wir trinken gerade Kaffee und führen tiefschürfende Gespräche.«

»Ihr müsst sofort zurückkommen. Du hast es bestimmt noch nicht gehört.«

Eine kalte Druckwelle lief durch Hildurs Körper. Sie hatte den ganzen Tag ein unangenehmes Gefühl gehabt. Die altbekannte

Beklemmung hatte sich am Morgen auf ihren Brustkorb gelegt und im Lauf des Tages zugenommen. Hildur hatte sie der üblichen spätherbstlichen Melancholie zugeschrieben. Jetzt machten ihr die stockenden Sätze ihrer Chefin klar, dass tatsächlich wieder einmal etwas Schlimmes geschehen war.

»Vom Seljalandshlið ist eine Lawine heruntergekommen. Sie hat die Sommerhäuser in dem Gebiet unter sich begraben, und wir haben allen Grund zu der Annahme, dass eins der Häuser noch bewohnt war.«

Hildur startete den Motor und dachte bei sich, dass eine Lawine eigentlich unwahrscheinlich war. Es schneite doch erst seit ein paar Tagen.

Beta berichtete, dass eine Rettungsmannschaft schon vor Ort war. Man hatte zu graben begonnen, brauchte aber viele Hilfskräfte. Hildur schätzte, dass sie in knapp einer halben Stunde dort sein würden.

»Ich bringe euch Overalls und Ausrüstung an die Unglücksstelle.«

Hildur wusste, was eine Lawine im schlimmsten Fall bedeuten konnte. Die Dunkelheit hatte inzwischen auch den letzten Lichtstrahl verschlungen.

Das Fernlicht des Autos auf der kurvenreichen Straße glich einem zuckenden Lichtschwert, das versuchte, die dunkle Masse rund um das Auto zu durchschneiden. Der Schnee fiel immer heftiger, als der Wagen seine trudelnde Fahrt zum Lawinengebiet fortsetzte.

13

Die Lichtfäden der gelblichen Straßenlaternen liegen über dem Dorf wie ein Fischernetz. Am Dorfrand werden die Lampen spärlicher und hören dann ganz auf. An der Nahtstelle von Licht und Dunkelheit pulsieren die blauen Herzen der Einsatzfahrzeuge.

Ich bin sofort hergefahren, als ich von der Lawine hörte. Zuerst kamen zwei Menschen in einem Wagen. Bald stieß der nächste dazu, dann noch einer.

Zwischen den großen Schneehaufen bewegt sich eine Herde Menschen. Sie laufen rastlos umher wie verirrte Lämmer. Was spucken sie sich da in die Hände! Sie sollten schleunigst graben.

Geh hin zur Ameise, Fauler, sieh ihre Wege an und werde weise. So heißt es im Alten Testament.

Mein Werk ist noch nicht vollendet, aber bisher ist alles so verlaufen wie geplant. Die Lawine hat meinen Zeitplan verändert, aber ich beklage mich nicht. So ist es bei allen, die der Natur ausgeliefert sind. Ich mache mit meiner Aufgabe weiter.

Ich blase den letzten Rauchkringel aus und beobachte, wie er zwischen den Schneeflocken verschwindet.

Die Dinge bewegen sich in die richtige Richtung. Ich bin voller Freude und hätte Lust, irgendein ausgelassenes Volkslied zu trällern. Ich gebe Gas, schlage auf dem Lederbezug des Lenkrads den Takt und beginne zu singen:

Hoi, hoi, hoi! Übers Moos läuft der Fuchs
Sein Mund ist trocken, ihn dürstet nach Blut
Und wer weint dort, mit so tiefer Stimme?
Die Vogelfreien von Ódáðahraun, sie holen wohl heimlich Schafe von den Bergen.

Auch ich bewege mich heimlich. Überaus leise und unauffällig. Ich nehme keine ganze Herde, sondern nur eins der Geschöpfe. Wenn eines sich kurz von der Herde entfernt, schnappe ich es mir.

14

NOVEMBER 2019 ÍSAFJÖRÐUR

Hildurs Handy piepte während der Fahrt pausenlos. Mitteilungen von Freunden, Anrufe von Nachbarn. Sie warf einen raschen Blick auf das Display des Telefons in der Halterung und sah, dass Tinna anrief. Für ein Gespräch mit ihrer Tante hatte sie immer Zeit. Tinna klang atemlos.

»Um Himmels willen, hast du schon von der Lawine gehört?«

»Ich bin gerade mit meinem Kollegen auf dem Weg dorthin.«

»Ich kann es einfach nicht glauben. Letzte Woche lag auf den Bergen gerade mal so viel Schnee, dass sie weiß aussahen, und jetzt so was.«

»In den letzten Tagen hat es ziemlich viel geschneit. Zum Glück ist die Lawine in dem leeren Sommerhausgebiet heruntergekommen.«

»Leer? Ich habe schon von vielen Seiten gehört, dass in einem der Häuser Menschen waren.«

Wie kann die Information schon jetzt bei den Dorfbewohnern angekommen sein?, überlegte Hildur. In aller Eile beendete sie das Gespräch.

Der Straßenrand war vollgeparkt. Hildur fuhr im Kriechtempo weiter, als sie merkte, dass die Straße vor ihnen bald verschwinden würde. Der Schnee, der vom Berg gerutscht war, hatte das letzte Stück der Fjallavegur verschluckt. Die Schneezeichen zu beiden

Seiten der Straße waren offenbar von der Lawine umgerissen worden, denn sie waren nirgends zu sehen.

Hildur setzte ans Ende der Autoschlange zurück und parkte Brenda so, dass das Scheinwerferlicht auf das Lawinengebiet fiel. Es war nicht einmal fünf Uhr, aber schon dunkel. Die Lawine hatte einen Teil der Straßenlaternen zerstört und den Strom unterbrochen. Die Autoscheinwerfer wurden gebraucht, um die Unglücksstelle zu beleuchten.

Hildur parkte mit zwei Metern Abstand von dem Jeep des Rettungsteams, damit er notfalls schnell wegfahren konnte. Der mit extragroßen Reifen ausgestattete Rettungswagen war ein regelrechtes Gebirgsmonster. Wenn man die Luft aus den Reifen ließe, könnte man den Wagen mühelos durch den Schnee lenken und näher an das Lawinengebiet heranfahren. Das wollte man jedoch nicht tun, denn das Grabungsgebiet musste so weit wie möglich freigehalten werden.

Als Jakob und Hildur ausstiegen, wurde die hintere Tür des Jeeps geöffnet. Beta spähte hinaus.

»Kommt euch umziehen. Jónas, der Leiter der Rettungseinheit, organisiert die Suche. Wir helfen überall, wo Hilfe gebraucht wird.«

»Wie ist die Lage?«, fragte Hildur, während sie hinter Jakob in den Jeep kletterte.

Sie zogen gelbe Signalanzüge an. Hildur riet Jakob, das Dienstabzeichen, das ihm um den Hals hing, in den Overall zu stecken. Es war leichter, zu graben, wenn einem nicht noch etwas am Hals baumelte.

Beta berichtete, was sie wusste. Die Lawine war vor gut einer Stunde heruntergekommen. Fünf Sommerhäuser und einige Schuppen waren unter der Schneemasse begraben. Experten des Meteorologischen Instituts waren vor Ort und erstellten eine Prognose über eventuelle Nachlawinen.

Hildur blickte durch das Fenster nach draußen. Die von den

Scheinwerfern beleuchteten Schneehaufen wirkten unnatürlich groß. Bis vor einer Weile hatten hier Gebäude gestanden, jetzt gab es nur noch mehrere Meter hoch aufgehäuften Schnee und viel Schrott.

Als Hildur die Bänder an den Hosenbeinen des Overalls festgezurrt hatte, stiegen alle drei aus und machten sich auf den Weg zur Unglücksstelle. Um sie herum waren die lauten Rufe der Rettungskräfte zu hören, die mit der Freilegung begonnen hatten. Hinter ihnen rief jemand Hildurs Namen.

Es war Hlín, die Reporterin des isländischen Rundfunks in den Westfjorden. Ihr Hobby waren Islandpferde. Sie hatte eigene Pferde in einem Reitstall am Ende des Fjords. Im Winter trainierte sie die Tiere in der Reithalle, im Sommer unternahm sie lange Ausritte im Hochland. Hildur und Hlín machten in jedem Sommer einige gemeinsame Reitausflüge. Außerdem war Ísafjörður so klein, dass sie sich auch in der Arbeitszeit häufig begegneten. Hlín war die einzige Reporterin in der Gegend und berichtete über alles, von Unfällen bis zur Rettung verirrter Schafe und der Eröffnung von Unternehmen.

»Ich habe schon mit den Rettungsleuten gesprochen. Wie kommentiert die Polizei die Vermutung, dass sich in einem der Häuser jemand aufgehalten hat?«

»Hast du schon mit Beta geredet?«, fiel Hildur ihr ins Wort. In der Regel war ihre Chefin für Gespräche mit den Medien zuständig.

Hlín sah Hildur von unten herauf an.

»Du kennst sie doch. Aus Beta ist in solchen Fällen nichts herauszuholen.«

Na, aus mir auch nicht, dachte Hildur bei sich. Sie hatte nicht vor, die Gerüchte zu bestätigen, mochte sie aber auch nicht abstreiten. Dann hätte sie gelogen, und das wollte sie nicht. Außerdem war Hlín ihre Bekannte.

»Wegen der Lawinengefahr ist es verboten, die Häuser im Winter zu bewohnen. Im Moment können wir noch nicht beurteilen, wie groß die materiellen Schäden sind und ob der Schnee möglicherweise Menschen unter sich begraben hat.«

Hlín lächelte schief.

»Na, das ist aber eine diplomatische Antwort.«

»Es tut mir leid, dass ich momentan noch nicht mehr sagen kann. Ich melde mich, sobald es etwas zu berichten gibt. Ehrenwort«, sagte Hildur, während sie die Kapuze ihres Overalls über den Kopf zog.

Hlín schien die Antwort zu akzeptieren und sah sich nach anderen Interviewpartnern um.

Beta setzte ihr Briefing fort. Sie zeigte auf eine etwa zweihundert Meter entfernte Stelle, wo viele grabende Rettungskräfte mit Stirnlampen zu sehen waren.

»Das Haus, in dem sich möglicherweise jemand befindet, war eine kleine grüne Hütte.«

Hildur wusste sofort, um wessen Haus es sich handelte.

»Jóns Haus.«

Beta nickte. Da sie weiter unten an derselben Straße wohnte, kannte sie das Gebiet wie ihre Westentasche. Sie wusste, wem welche Hütte gehörte. Außerdem waren Hildur und sie erst vor wenigen Tagen hier gewesen.

Jón hatte zur Vernehmung kommen sollen, sich aber nicht blicken lassen. Eigentlich hatte Hildur ihn am gestrigen Tag auf die Polizeistation holen sollen, aber der Einsatz wegen der Kindesentführung in Súðavík war dringlicher gewesen.

Jakob stapfte routiniert durch den tiefen Schnee. Er betrachtete das Schadensgebiet und versuchte zu erkennen, wo Jóns Haus gestanden hatte.

»Warum nehmt ihr an, dass der Typ in seiner Hütte war?« Hildur zog Jakob ein Stück zur Seite und zeigte auf eine Stelle einige Dutzend Meter weiter. In dem großen Schneehaufen war aller möglicher

Kram zu erkennen, den der Schnee mit sich gerissen hatte. Eine Stoßstange ragte aus dem Haufen heraus.

»Jón war immer nur mit dem Auto unterwegs.«

Obwohl von dem alten Suzuki nur der hintere Teil zu sehen war, bestand für Hildur kein Zweifel. Es war Jóns Auto.

Die Umgebung sah chaotisch aus. Als hätte sich die Welt auf einen Schlag verrenkt. Einige der Gebäude waren nur zur Hälfte unter dem Schnee begraben. Fenster waren zerbrochen und Wände zusammengefallen. In einem etwa hundert Meter breiten Gebiet war nichts mehr übrig außer Schneehaufen, aus denen Bretterstücke, Teile von Laternenpfählen und verbogenes Dachblech ragten.

Die Hangneigung der nahe gelegenen Bergwände betrug ungefähr dreißig Grad. In den Lawinenberechnungen war das Areal schon vor langer Zeit als Risikogebiet eingestuft worden. Große Lawinen gingen nämlich häufig gerade an Bergwänden dieses Typs ab.

»So etwas habe ich noch nie gesehen. Sieht aus wie ein Kriegsgebiet«, stellte Jakob verwundert fest.

Sie machten sich auf den Weg zu Jóns Haus, wo die Grabungsarbeiten bereits in vollem Gange waren. Als Erstes hatte man einen schmalen Pfad in den Schnee geschaufelt, auf dem die Suchenden durch das Unglücksgebiet gehen konnten.

Jónas, der Leiter des regionalen Rettungsteams, stand ungefähr an der Stelle, wo sich der Eingang zu Jóns Haus befunden hatte. Er war ein großer Mann mit tiefer, durchdringender Stimme.

»Der Hund hat diese Stelle da markiert. Die Markierung war ziemlich schwach, das Objekt ist also möglicherweise schon tot. Wir gehen davon aus, dass sich das Schlafzimmer der Ruine ungefähr da befindet«, erklärte Jónas und zeigte schräg nach oben. In seiner Stimme klang eine aus Erfahrung gewonnene Sicherheit mit. Jónas war bereits bei vielen Naturkatastrophen im Einsatz gewesen. Als vor zehn Jahren der Vulkan Eyjafjallajökull ausgebrochen war, hatte er alle verfügbaren Lastwagen der Region gemietet und war an die Südküste Islands gefahren, um bei der Evakuierung des Viehs zu helfen.

»Wir haben mit der Grabung neben der östlichen Wand begonnen. Dort hat sich am wenigsten Schnee angehäuft. Von da aus rücken wir dann vorsichtig weiter vor. Wir konzentrieren die Grabungen auf dieses Haus. Morgen bei Tageslicht weiten wir die Arbeit dann aus. Wir sind ziemlich sicher, dass die anderen beschädigten Häuser leer waren, vergewissern uns aber noch durch Anrufe bei den Besitzern.«

Hildur dolmetschte für Jakob. Dann griffen sie zu den Schaufeln und begannen an der Stelle zu graben, die Jónas ihnen anwies. Zum Glück hatte der Schneefall wenigstens vorübergehend etwas nachgelassen. Heftiges Schneetreiben hätte die Sicht erschwert.

Hildur erinnerte sich an die Lawinenabgänge, die in ihrer Kindheit geschehen waren. Seit der letzten Lawine, die Todesopfer gefordert hatte, waren schon mehr als zwanzig Jahre vergangen. 1995 hatte es in den Westfjorden zwei schwere Lawinenunfälle gegeben. Beide waren nachts passiert, als die Menschen schliefen. Insgesamt waren fast vierzig Personen gestorben.

Hildurs Familie war von dem Unglück verschont geblieben, aber als Bewohnerin einer dünn besiedelten Gegend kannte Hildur viele Opfer und ihre Angehörigen. Die Lawinen hatten in ihrem Gedächtnis jedoch keine starken Spuren hinterlassen, denn ihre Familie war zu dem Zeitpunkt ohnehin völlig aus der Balance gewesen. Hildurs kleine Schwestern waren ein Jahr zuvor verschwunden. Die qualvolle Ungewissheit und Angst hatten das Trauma der Lawine abgeschwächt. Der Schmerz, den ein Unglück mit sich brachte, war keine feste Größe. Er war gnadenlos persönlich.

Jakob schaufelte angestrengt Schnee beiseite und wunderte sich über dessen Gewicht.

»Der ist ja so schwer wie Zement.«

»Der Schnee verdichtet sich, wenn er mit großer Geschwindigkeit vom Berg rutscht«, ächzte Hildur und wischte sich Schweißtropfen von den Augenbrauen.

Eine Schneemasse, die sich in hohem Tempo bewegte, löste immer eine Druckwelle aus, die zuerst die Fenster zerstörte und oft auch die Türen aus den Angeln riss. Dann folgte der Schnee, der sich zu einer schweren Masse verklumpte.

Hildur bemerkte den im Schnee herumwuselnden, schwarz-weiß gefleckten Hund. Es war Molli, der Suchhund des Dorfes. Molli war in erster Linie darauf trainiert, lebend unter dem Schnee begrabene Menschen zu suchen, witterte dem Vernehmen nach aber auch Tote. In letzter Zeit war Hildur dem Hund und seinem Ausbilder häufig begegnet, wenn sie in der Umgebung des Dorfes joggte.

Ein Hund witterte den Hautgeruch von Menschen unter dem Schnee. Eine Lawine konnte die Bewohner unter Umständen weit aus dem Haus schieben. Mithilfe eines Hundes fand man schneller heraus, wo man graben musste. Ohne Hund würde man die Verschütteten nicht unbedingt rechtzeitig finden. Deshalb gab es in fast jedem isländischen Bergdorf mindestens einen für die Suche im Schnee ausgebildeten Hund.

Hildur erinnerte sich, dass auch im Fall ihrer Schwestern ein Suchhund eingesetzt worden war. Er hatte Witterung aufgenommen. Hildurs Mutter hatte am Küchentisch mit den förmlich wirkenden Polizisten darüber gesprochen. Hildur hatte sich im Nebenzimmer versteckt und das Gespräch der Erwachsenen durch den Türspalt mitgehört. Der Hund war zielstrebig aus dem Dorfzentrum zur Einfahrt des Tunnels gelaufen, der durch den Berg führte. Im Tunnel war er jedoch verwirrt gewesen, denn die Geruchsspuren hatten schlagartig geendet. Hildur erinnerte sich immer noch an jenen Moment im dunklen Zimmer unter der Bettdecke mit dem Schneewittchen-Muster. Sie war immer sehr tierlieb gewesen und hatte Hunde besonders gern gemocht. Aber in dem Moment hatten ihre Gedanken eine Kehrtwende gemacht. Eine Zeit lang hatte sie

Hunde gefürchtet und gehasst. Vor allem den einen Hund, der ihre Schwestern nicht gefunden hatte.

»Ganz schön hart, dass urplötzlich so etwas passieren kann«, sagte Jakob.

Hildur schrak aus ihren Gedanken und sah ihren schaufelnden Kollegen an.

»Stimmt. Wir können dieses Land nicht beherrschen, obwohl wir alle möglichen technischen Geräte und Schutzwände haben.«

Inzwischen hatten sie schon fast eine Dreiviertelstunde ohne Pause geschaufelt, waren aber nur auf Schnee, Geschirr und einzelne Kleidungsstücke gestoßen. Die Schaufelbewegung löste einen unangenehmen Schmerz in der rechten Seite aus. Hildur nahm die Schaufel wieder in die andere Hand.

Laufend trafen weitere Helfer im Unglücksgebiet ein. Das Rettungsteam vom Nachbarfjord kam mit einem zweiten Suchhund. Auch aus Reykjavík war ein Hilfsangebot gekommen. In dem aus freiwilligen Kräften bestehenden Netz der Rettungsteams Islands waren zu jeder Zeit über dreitausend Retter einsatzbereit, die eine harte physische Ausbildung absolviert hatten. Ohne die Freiwilligen der Rettungsmannschaften wäre es unmöglich gewesen, große Grabungsarbeiten schnell zu organisieren.

Der Schnee an der Stelle von Jóns Haus wurde allmählich weniger. Zuerst kam die Traufe des Vorbaus zum Vorschein. Dann ein Stück vom Dach. Hildur, Jakob und viele andere Helfer schaufelten den Schnee, den die Rettungskräfte am Haus entfernten, weiter weg. Eine der Außenwände war eingestürzt, und das Haus war teilweise eingesackt.

»Die Wand an der Südseite steht noch und das Schlafzimmerfenster ist zu sehen. Da steigen wir rein«, rief jemand.

Die Stimmung wurde angespannt. Bald schaffte es der erste Rettungshelfer halbwegs ins Haus. Die Grabungsarbeit ging weiter. Dichter, schwerer Schnee wurde durch das Fenster nach draußen geschaufelt. So wurde in dem schneegefüllten Zimmer allmählich mehr Raum geschaffen. Bald passte ein zweiter Mensch hinein, dann ein dritter. Es gab schon so viel Platz, dass man in dem Zimmer – oder in dem, was von ihm übrig war – aufrecht stehen konnte. Die grabenden Männer hatten schweißnasse Gesichter und keuchten laut. Jede Sekunde war wichtig. Wenn der Mann in einer Atemhöhle unter der Lawine gelandet war, hatte er vielleicht noch eine Chance. Je schneller man ihn unter dem Schnee hervorholte, desto wahrscheinlicher war es, dass er überlebte.

Jakob und Hildur näherten sich der zur Hälfte freigeschaufelten Fensteröffnung. Im Schlafzimmer mühten sich drei Männer ab. Der breitschultrigste Rettungshelfer stieß eine lange Sonde in den Schnee. Sie diente dazu, den Menschen zu orten, sodass man genau an der richtigen Stelle graben konnte. Hildur fiel die grellrote Mütze auf, die nicht zum Habitus des Retters passte. Sie hatte einen Bommel, und den Rand zierte das Logo der Schlittschuhläuferinnen von Reykjavík.

»In ungefähr einem Meter Tiefe ist etwas zu spüren. Eine Matratze oder ein Mensch«, sagte der Mann.

Die beiden Rettungshelfer, die sich in das Zimmer gezwängt hatten, entfernten den Schnee an der Stelle, auf die der Mann mit der Bommelmütze wies. Zuerst mit den Schaufeln, dann mit bloßen Händen. Schließlich tauchten unter dem Schnee zwei graue Wollsocken auf.

»Jetzt schnell das Gesicht freilegen, das Gesicht!«, rief einer der Rettungshelfer.

Der Schnee wurde immer schneller entfernt. Die Person, die darunter lag, bewegte sich nicht. Sie war entweder tot oder bewusstlos.

Hildur hatte die Situation von der Fensteröffnung aus verfolgt. Sie rief die Sanitäter herbei.

Der Mann mit der Mütze des Eislaufvereins wischte den letzten Schnee vom Gesicht des Verschütteten und beugte sich vor, um nach dem Puls zu fühlen. Er zog den Handschuh aus und wollte gerade Zeige- und Mittelfinger an die Halsschlagader legen, als er plötzlich zusammenzuckte und erstarrte.

Dann stieß er einen erschrockenen Schrei aus.

Alle verstummten.

»Was ist los?«, fragte Hildur.

Aus dem Mund des Retters mit der Mütze kam unverständliches Gebrüll.

»Was ist los?«, wiederholte Hildur und stieg durch das Fenster hinein.

Sie betrachtete den Mann auf dem schneebedeckten Bett und schnappte überrascht nach Luft. Die narbige Stirn bestätigte, dass es sich um Jón handelte.

»Er braucht keine Wiederbelebung«, stellte Hildur fest.

Jóns Hals war von einem Ohr zum anderen aufgeschlitzt.

15

Nach dem Fund der Leiche hatte sich die Stimmung im Lawinengebiet völlig geändert. Der adrenalingeschwängerte Tatendrang war jäh geschwunden und Bestürzung gewichen. Aus der Unglücksstelle war ein Tatort geworden.

Die Sucher, die im Lawinengebiet gearbeitet hatten, durften nach Hause gehen und sich ausruhen. Der Hund Molli hatte weitere Aktivitäten gefordert, und sein Hundeführer ließ ihn als Belohnung für seinen Einsatz eine Viertelstunde nach Herzenslust im Schnee wühlen.

Beta hatte einen Arzt gerufen, der vor Ort offiziell den Tod feststellte. Danach hatte Hildur eine schnelle äußere Untersuchung vorgenommen, wobei sie darauf achtete, keine Spuren zu verwischen.

Hildur hatte an Jóns Leiche keine Flecken gefunden. Alle waren sich einig gewesen, dass das Fehlen fleckiger Farbveränderungen auf der Haut auf die starke Blutung zurückzuführen war. Der größte Teil der Blutspuren war verwischt. Der mit explosiver Kraft rollende Schnee hatte Blut weggeschwemmt, aber die zahlreichen roten Flecken an der Kleidung des Opfers und an der Bettwäsche legten den Schluss nahe, dass das Blut aus der durchtrennten Halsschlagader stammte.

Jakob hatte gesehen, dass Hildur die Gliedmaßen des Opfers überprüft hatte. An der Polizeischule hatte er gelernt, dass man an einer Leiche die Totenstarre testen musste, weil sie bei der Eingrenzung des Todeszeitpunkts helfen konnte. Bei Jón war keine Totenstarre mehr vorhanden, sein Tod musste also mehrere Tage zurückliegen. Andererseits gab es noch keine Anzeichen für Verwesung, daher hatte Hildur gesagt, die Tat müsse vor etwa drei Tagen geschehen sein.

Es schien also offensichtlich, dass Jón verblutet war und dass ihn jemand getötet hatte. Diese Wunde hätte er sich nicht selbst zufügen können. Alle wussten jedoch, dass erst die Obduktion letzte Klarheit über die Todesursache liefern würde.

In Island wurden alle Obduktionen in Reykjavík durchgeführt. Die Polizei in den Westfjorden hatte keine eigenen kriminaltechnischen Ermittler.

Die Leiche musste bewacht werden, bis die Kriminaltechniker eintrafen. Hildur und Beta waren zur Polizeistation gefahren, um die Ermittlung einzuleiten. Hildur hatte vor, die Reporterin anzurufen und ihr zu berichten, dass unter dem Schnee ein Toter gefunden worden sei. Vorläufig sollte noch nicht publik gemacht werden, dass es sich um ein Gewaltverbrechen handelte. Diese Information konnte später nachgeliefert werden. Jakob hatte versprochen, den mit einem breiten Plastikband abgesperrten Tatort zu bewachen.

Er lehnte sich an die eine Hauswand, die stehen geblieben war. Von dort hatte er einen direkten Blick auf die Leiche im Bett. Die Wunde am Hals sah schlimm aus, so ein Schnitt erforderte Kaltblütigkeit. Wie war der Täter wohl vorgegangen? Die Haltung der Leiche stimmte Jakob nachdenklich. Sie wirkte friedlich. Das Opfer lag auf dem Rücken, die Beine ausgestreckt und die Arme locker an beiden Seiten des Körpers. Als wäre der Mann im Schlaf gestorben. Aber das konnte ja nicht sein, denn die Wunde war groß und es war viel Blut geflossen. Außerdem ging einer solchen Gewalttat so gut wie immer ein Kampf voraus, und Jón war nicht besonders klein. Der Täter musste stark sein. Die Obduktion und die technische

Untersuchung würden sicher mehr Erkenntnisse liefern, dachte Jakob und wandte den Blick ab.

Noch vor einiger Zeit war er Biologielehrer in Norwegen gewesen. Jetzt hielt er Leichenwache an einem entlegenen isländischen Fjord. Im Leben konnte offenbar alles Mögliche passieren.

Die Rettungskräfte hatten Jakob eine dünne Unterlage gegeben, wofür er dankbar war. Die Unterlage aus Schaumstoff und Aluminiumfolie schützte vor der Kälte. Auf ihr konnte man bequem stehen. Obwohl Jakob bei acht Grad Frost und mäßigem Nordwind fast reglos dastand, wurde ihm nicht kalt.

Sein Blick wanderte über die Landschaft. Der Strom war immer noch unterbrochen. Man hatte Jakob zwei tragbare Scheinwerfer mit Akkus dagelassen, die er einschalten konnte. Doch das wollte er nicht. Er wollte im Dunkeln sein. Das war viel angenehmer als hartes künstliches Licht.

Die Helligkeit der Sterne überraschte ihn, aber vielleicht nahm man diese Schönheit im Lichtsmog des Alltags einfach nicht wahr. Jakob erkannte den Polarstern, den Großen Wagen und den Gürtel des Orion. Drei Sterne in gerader Linie nebeneinander: Mintaka, Alnilam und Alnitak. Er hatte sich immer schon für Sterne interessiert. Als Kind hatte er die Namen Dutzender Sterne auswendig gewusst und in ein großes Buch mit blauem Einband geschrieben, das er Sternschatzkarte genannt hatte. Beim Gedanken an diese Erinnerung musste er lächeln.

In seinem ersten Jahr in Norwegen hatten Lena und er oft gezeltet. Bei der ersten Zeltwanderung hatte Lena ihn am Abend an das nahe Meeresufer geführt und sich auf den Rücken gelegt. Jakob hatte sich neben ihr ausgestreckt. Lena hatte ihn aufgefordert, nach beweglichen Sternen Ausschau zu halten. Man würde sie mit Sicherheit sehen, wenn man nur die Geduld hatte, lange genug in den Himmel zu blicken. Jakob hatte in das schwarze, mit strahlend weißen Punkten verzierte, unendlich große Himmelsgewölbe gestarrt.

Und dann hatte er ihn gesehen. Einen Lichtpunkt, der sich zwischen den Sternbildern bewegte. Was für eine umwerfende Entdeckung – so war es ihm jedenfalls vorgekommen. Wie wundersam war es doch, etwas zum ersten Mal zu sehen. Etwas, das immer schon dort gewesen war, das aber erst Lena ihm gezeigt hatte. Eine wunderschöne Sternschnuppe, hatte er geseufzt. Er erinnerte sich, wie Lena aufgelacht und erklärt hatte, das sei ein Satellit. Einen Moment lang hatte er das Gefühl gehabt, ein echter Vollidiot zu sein. Wieso hatte er nicht daran gedacht, dass man am dunklen, wolkenlosen Himmel Satelliten sehen konnte? Gleich darauf hatte Lena sich auf ihn gelegt, und die Gedanken an Satelliten waren in den Hintergrund gerückt.

Jakob schwenkte ein paarmal die Arme, hob das Gesicht wieder zum Himmel und hielt Ausschau nach Satelliten.

Da erinnerte er sich plötzlich. Er holte das Handy aus der gefütterten Brusttasche seines Overalls und blickte auf die Uhr. Einige Minuten vor acht. Sie hatten vereinbart, dass er heute Abend um acht Uhr mit Matias sprechen durfte.

Laut Gerichtsbeschluss hatte er das Recht, Matias in Anwesenheit des Jugendschutzes persönlich zu treffen, und durfte einmal wöchentlich mit ihm skypen. Jede Woche um diese Zeit versuchte er anzurufen. Beim letzten Mal hatte Matias so gefremdelt, dass aus der Plauderei nichts wurde. Jakob konnte nicht mit Sicherheit sagen, woran es gelegen hatte. War er Matias wirklich fremd geworden, oder hatte Lena die Situation in diese Richtung beeinflusst?

Jakob öffnete die Skype-App und wählte Lenas Anschluss. Die Temperatur war weiter gesunken. Der aufkommende Wind verstärkte das Kältegefühl. Als das Freizeichen ertönte, zog Jakob die Handschuhe wieder an und schaltete einen der Scheinwerfer an. Er stellte sich mit dem Handy so hin, dass das Licht auf sein Gesicht fiel, ihn aber nicht zu sehr blendete.

Lena meldete sich. Sie war offenbar in ihrem Wohnzimmer. Jakob war nie dort gewesen, hatte aber bei früheren Videogesprächen dasselbe IKEA-Wandbild mit der Stadtsilhouette gesehen.

»Hallo, wie geht's?«, begann Jakob.

Lena erwiderte den Gruß. Sie lächelte nicht, blickte aber halbwegs in die Kamera und wirkte kooperativ. Jakob freute sich darüber. Vielleicht würde dieses Telefonat besser verlaufen als das vorige.

»Ich bin müde. Am Jahresende ist es bei der Arbeit immer furchtbar hektisch, und Matias hat ein bisschen gekränkelt. Ansonsten alles gut.«

»Das tut mir leid. Wie geht es Matias?«

»Ich habe doch gerade gesagt, dass er gekränkelt hat«, entgegnete Lena mit schärferer Stimme.

Jakob beschloss, Ruhe zu bewahren. Er würde sich nicht in Lenas Wortgefecht hineinziehen lassen, sondern es gelassen übergehen. Also atmete er ruhig ein und versuchte das Gespräch möglichst normal weiterzuführen.

»Sicher nur ein Herbstschnupfen. Oder was meinst du?«

»Was meinst du, was meinst du«, äffte Lena ihn höhnisch nach.

Jakob spürte den vertrauten kleinen Stromstoß in seinem Körper. Das Gespräch lief wieder in die falsche Richtung. Er bemühte sich, sachlich zu bleiben, aber Lena hatte zum Schlagbohrer gegriffen. Trotzdem beschloss er, sich nicht aufzuregen. Denn genau das versuchte Lena ja zu erreichen. Sie wollte ihn dazu bringen, eine boshafte Bemerkung zu machen, die ihr einen Vorwand lieferte, das Gespräch abzubrechen.

»Kinder haben im Herbst oft ein bisschen Schnupfen. Ich meinte nur, ob es so etwas ist oder etwas Ernsteres.«

»Na, du bist ja nun wirklich kein Experte für Kinderpflege, also erspar dir deine Vermutungen.«

Jakob machte eine kurze Pause. Er ahnte schon, wie es weitergehen würde. Also kam er direkt zur Sache, bemühte sich aber weiterhin um einen freundlichen Tonfall.

»Kann ich mit Matias reden?«

»Ich habe doch gerade gesagt, dass er krank ist.«

»Darf ich ihn wenigstens sehen?«

»Das geht nicht. Er ist krank!«, antwortete Lena verärgert. Ihre Stimme war schriller geworden.

Lena bewegte sich ein wenig zur Seite, und da erblickte Jakob den Jungen. Er saß mit einem gleichaltrigen Freund auf dem Sofa. Beide sahen fern. Matias wirkte ziemlich munter. Er lachte gerade über irgendetwas und zeigte auf den Bildschirm. Seine Haare waren lustig zerzaust, und an der linken Wange bildete sich ein großes Grübchen. Es war immer noch so auffällig wie damals, als Matias ein Baby war.

Jakob erinnerte sich an das breite, von grenzenloser Freude zeugende Lächeln, das jeden Morgen auf dem Gesicht des Jungen gelegen hatte, wenn er sich wie eine Rakete in das Bett seiner Eltern geworfen hatte, um sie zu wecken. Matias hatte gekichert und nach Morgen gerochen. Diese Momente vermisste Jakob sehr. Er vermisste seinen Sohn. Die Sehnsucht schmerzte in der Brust und in den Armen.

»Ich sehe, ihr habt Besuch? Ist er nun krank oder nicht?«

Jakob musste sich Mühe geben, nicht die Stimme zu erheben.

»Du glaubst also, dass ich lüge? Wir sollten unserem Kind Vertrauen beibringen, aber du säst nur Misstrauen und bezichtigst seine Mutter der Lüge!«

Lenas Predigt begann wieder einmal.

»Das habe ich nicht gesagt«, entgegnete Jakob, obwohl er wusste, dass Widerrede zwecklos war.

»Wo bist du überhaupt? Irgendwo zum Skilaufen?«

Es war ein abscheuliches Gefühl, dass Lena sich nicht einmal erinnerte, wo er war. Er hatte ihr frühzeitig von seinem Umzug nach Island erzählt. Oder womöglich erinnerte sie sich doch daran, wollte aber den Eindruck erwecken, Jakob wäre für sie so bedeutungslos, dass sie sogar seinen Aufenthaltsort vergessen hatte.

»Ich bin bei der Arbeit. Im Austausch in Island. Ich habe dir vor meiner Abreise erzählt, dass ich die nächsten Monate hier verbringe.«

Lena setzte eine wissende, selbstgefällige Miene auf. Ihre Stimme wurde honigsüß. Wenn man boshafte Worte weich verpackte, trat die Boshaftigkeit umso schärfer hervor.

»Siehst du? Da haben wir es wieder. Du wirfst mir Vergesslichkeit vor. Irgendwie schaffst du es immer, mir an allem die Schuld zuzuschieben. So ein Benehmen tut dem Kind nicht gut, du bist ein schlechtes Vorbild für Matias. Ein toxischer Mann. Sehr toxisch.«

Beim letzten Satz lächelte Lena aufreizend freundlich und unterbrach die Verbindung.

Jakob stand im Schnee und starrte auf das dunkle Display. Was konnte man in so einer Situation bloß tun? So sehr er sich auch bemühte, es half alles nichts. Fast jedes Gespräch mit Lena endete an diesem Punkt. Ganz gleich, was er sagte, Lena drehte seine Worte so, dass sie ihren Zwecken dienten. Er hatte versucht, wenig zu sprechen, viel zu sprechen, ruhig zu bleiben, zurückzubrüllen. Das Ergebnis war so gut wie immer dasselbe: Lena warf ihm irgendetwas vor und behauptete, der Kontakt zu ihm sei schädlich für Matias.

Jakob ging zum Haus zurück, stellte sich auf die Isolierplatte und lehnte sich mit dem Rücken an die Wand. Er fühlte sich verzweifelt. Kraftlos wie der Tote in der Ruine des eingestürzten Hauses.

16

NOVEMBER 2019 REYKJAVÍK

Heiðar strich mit der linken Hand eine Haarsträhne zurück, die auf die Schläfe gerutscht war, und blickte dann auf seine Armbanduhr. Die goldene Rolex bereitete ihm große Freude. Es war ein besonderes Modell, das sich nur wenige leisten konnten. Der Preis dürfte dem Bruttogehalt einer Krankenschwester für sechs Monate entsprechen, überlegte Heiðar Arason, lächelte und stieg in den Aufzug.

Er war erfolgreich und brauchte in seinem Job wahrhaftig nicht den Achselschweiß anderer Menschen zu riechen. Im Gegenteil! Er war jemand, der andere zum Schwitzen brachte.

Es war schon halb zwei Uhr nachts, aber das war egal. Am Morgen eine kleine Line, um die Lebensgeister zu wecken, dann konnte ein neuer siegreicher Tag in der Anwaltskanzlei beginnen. Fünf Stunden Schlaf würden reichen.

Falls seine Frau wach wurde, wenn er nach Hause kam, und wegen der späten Stunde Fragen stellte, konnte er immer Überstunden vorschieben, die der Fall eines wichtigen Mandanten erforderte. Heiðar hatte das Prinzip, dass derjenige entschied, der Geld hatte. Und da er Geld ins Haus brachte, entschied er selbst, wann er nach Hause kam.

Bei dem Gedanken an seine Frau Kolfinna schüttelte Heiðar den Kopf. Sie saß den ganzen Tag in ihrem Haus am Meer, ohne etwas

Besonderes zu tun. Ab und zu malte sie erschütternd hässliche Ölgemälde, die sie in den Galerien ihrer Freunde aus besseren Kreisen anbot. In den letzten zwölf Monaten hatte sie ein paar Blumenstillleben verkauft und bezeichnete sich nun als Künstlerin. Heiðar fand das völlig albern, wollte aber nicht gegen seine Frau sticheln und das Boot ins Wanken bringen. Ab und zu lobte er ihre Gemälde und hielt Kolfinna ansonsten mit regelmäßigen kleinen Geschenken und Aufmerksamkeiten bei Laune.

Seine Frau musste gut aufgelegt bleiben und sich bei wichtigen Repräsentationsveranstaltungen an seiner Seite zeigen. Kolfinnas Vater besaß eines der wichtigsten Fischereiunternehmen des Landes, das eines Tages in ihren Besitz übergehen würde. Und damit auch in Heiðars. Deshalb kam eine Scheidung keinesfalls infrage.

Außerdem sah Kolfinna aus wie Penélope Cruz. Oder hatte zumindest einmal so ausgesehen. Als Almodóvars Film *Alles über meine Mutter* vor ungefähr zwanzig Jahren in die Kinos gekommen war, hatten Heiðar und Kolfinna ihn sich bei einem ihrer ersten Dates angesehen. Damals war die Ähnlichkeit zwischen der Schauspielerin und seinem Date unverkennbar gewesen. Inzwischen war Kolfinna schon über vierzig. Sie ist immer noch ganz ansehnlich, aber eine Vierzigjährige hat den Hintern einer Vierzigjährigen, dachte Heiðar und lächelte glückselig.

Zwanzigjährige sind unübertrefflich.

Die Praktikantin, die im Sommer in Heiðars Anwaltskanzlei angefangen hatte, war der Traum jedes Mannes. Gewellte blonde Haare, große Augen und feste Brüste, die leicht vibrierten, wenn sie in Etuikleid und schwarzen Pumps über den Flur der Firma ging. Als die 25-jährige Jurastudentin Lára im Sommer zum Vorstellungsgespräch gekommen war, hatten alle männlichen Partner der Kanzlei beschlossen, sie zu rekrutieren.

Untereinander hatten sie vereinbart, dass derjenige, der als Erster die weiblichen Reize der Blondine genießen durfte, am Ende des nächsten Quartals einen fünfprozentigen Effektivitätsbonus bekommen würde. Der einzigen weiblichen Partnerin in der Kanzlei hatte man die Mail mit der Bonus-Abmachung nicht geschickt, aber sie hatte der Rekrutierung zugestimmt, da alle anderen dafür waren.

Heiðar hatte die Wette gewonnen. Natürlich. Schließlich erreichte er alles, was er anstrebte. Die Vorbereitung war Feinarbeit gewesen. Heiðar hatte seinen Ehering in der Schreibtischschublade versteckt und die Privatsphäre-Einstellungen seines Facebook-Profils verändert. Im öffentlichen Adressbuch war seine Anschrift nicht zu finden, und auf seinem Schreibtisch stand kein Foto seiner Frau. Bei gesellschaftlichen Veranstaltungen ließ er sich nie von Klatschzeitungen fotografieren. Er konnte sich als Single ausgeben, weil man bei Google nichts über seinen tatsächlichen Beziehungsstatus fand.

Zuerst hatte er Lára in der Mittagspause zum Kaffee eingeladen, um sie nach ihren Karriereplänen zu fragen und bei der Wahl des Themas für ihre Examensarbeit zu beraten. Sie hatten sich gut verstanden.

In der nächsten Woche folgten zwei gemeinsame Mittagessen und ein Drink nach einem erfolgreichen Arbeitstag. Heiðar hatte mit Lára geflirtet, und sie war eifrig darauf eingegangen. Für eine junge angehende Juristin war es sicher aufregend, den bekanntesten und vor allem wohlhabendsten Wirtschaftsanwalt der Stadt kennenzulernen.

Da er sich mit Lára nicht in aller Öffentlichkeit treffen konnte, hatte Heiðar in der Arbeitszeit Eindruck auf sie machen müssen. Wenn er ihr Mails schickte, fügte er ein paar Smileys hinzu und fragte Lára nach ihren Plänen für den Abend. Dann waren sie gemeinsam zur Uraufführung eines Theaterstücks gegangen, weil der Gast, den Heiðar ursprünglich eingeladen hatte, überraschend abgesagt hatte.

Der Gast existierte nicht, Heiðar hatte die Geschichte erfunden, weil er Lára in die Loge führen wollte, die seine Firma reserviert hatte und gelegentlich für Repräsentationszwecke nutzte. In der halbdunklen Loge hatte er Lára Gin Tonics spendiert und ihre Arbeit gelobt. Er hatte ihr eine feste Anstellung in seiner Kanzlei versprochen, sobald sie mit ihrer Examensarbeit fertig wäre. Danach waren alle Hemmungen gefallen. Nach der Aufführung waren sie zu zweit in die Kanzlei gegangen, die nur zwei Blocks vom Nationaltheater entfernt war.

Sie hatten ohne weitere Umstände in der Toilette der Kanzlei gevögelt. Lára hatte sich auf den Waschtisch gesetzt und die Beine breitgemacht. Heiðar hatte die Hose heruntergelassen, Lára penetriert und das Ganze im Spiegel geknipst. Auf dem Bild kniff er ein Auge zusammen. Lára hatte natürlich nicht gemerkt, dass er das Foto gemacht und gleich an die WhatsApp-Gruppe der Partner geschickt hatte. Das Mitteilungsfeld hatte sich schnell mit Emojis gefüllt: hochgestreckte Daumen, Augenzwinkern, Pokale und Geldscheinbündel.

Heiðar schreckte aus seinen Gedanken auf. Der Signalton des Aufzugs meldete die Ankunft im Keller. Heiðar trat aus dem Lift in die Tiefgarage des Bürogebäudes, um seinen Wagen zu holen.

Auch heute war ein ausgesprochen guter Tag gewesen. Er hatte vor Gericht einen fünfzigjährigen Unternehmer der Metallbranche, der Konkurs gemacht hatte, förmlich zermalmt. Der arme Kerl hatte einen so miserablen Anwalt, dass Heiðar beinahe lachen musste. Er hatte den Bierbauch sechs zu null besiegt und wusste, dass er dem ehemaligen Unternehmer bald eine saftige Rechnung schicken konnte.

Nach erfolgreichen Prozessen hatte Heiðar immer wahnsinnige Lust auf Sex. Deshalb hatte gleich nach der Sitzung, sobald er das Gerichtsgebäude verlassen hatte, eine SMS an Lára geschickt und ihr ein Treffen vorgeschlagen. Sie hatte versprochen zu kommen. Natürlich. Lára kam immer, wenn er sie darum bat.

Sie hatten in der Suite eines nahe gelegenen Hotels zu Abend gegessen und dazu den teuersten Rotwein getrunken, der im Weinkeller des Restaurants zu finden war. Nach dem Essen waren sie zur Sache gekommen. Sie hatten vom Glastisch der Suite eine Line geschnifft, dann hatte Lára sich ausgezogen. Heiðar hatte sich in den Ledersessel in der Ecke der Suite gesetzt und Lára gebeten, eine Weile vor ihm auf und ab zu hüpfen. Ihm wurde immer noch flau, wenn er daran dachte, wie die großen Titten über seinem Kopf schaukelten. Als Nächstes hatte er Lára auf dem breiten Bett von hinten genommen, denn er bekam immer alles, was er wollte.

Nach einigen Stunden war Lára im Hotelbett eingeschlafen. Heiðar hatte beschlossen, nach Hause zu fahren.

Zufrieden ging er zu seinem Auto. Der strahlend weiße Range Rover stand in der hintersten Ecke der Tiefgarage. Heiðar taten vom ausgiebigen Feiern der Kopf und die Eier weh, aber er bereute nichts. Natürlich nicht. Loser bereuen, Sieger machen weiter, dachte er und suchte in der Tasche seines Designermantels nach den Autoschlüsseln.

Gleichzeitig war er ein wenig betrübt. Er wusste, dass das Vergnügen mit Lára im nächsten Frühjahr enden würde. Sie würde ihr Studium bald abschließen, und danach hatte Heiðar ihr eine feste Anstellung versprochen. Aber er würde sein Versprechen natürlich nicht einlösen. Stattdessen würden sie eine neue Praktikantin rekrutieren, die für den Mindestlohn die Routinearbeiten erledigte. Außerdem wusste Heiðar aus Erfahrung, dass eine Frau umso anspruchsvoller wurde, je länger die Beziehung dauerte.

Wo zum Teufel sind die Schlüssel, dachte Heiðar verärgert und suchte in der anderen Tasche, fand sie aber auch dort nicht. Vielleicht sind sie im Hotel geblieben, überlegte er und wollte gerade wieder zum Aufzug gehen, als er merkte, dass sein Wagen angelassen wurde. Die Scheinwerfer des Range Rovers leuchteten auf und der Motor brummte.

Heiðar wollte seinen Augen nicht trauen. Sein Wagen setzte sich ruckend in Bewegung.

Hatte er die Schlüssel im Auto gelassen? Was war passiert? Fuhr jemand in seinem Wagen oder sah er Gespenster? Er schloss kurz die Augen und schüttelte den Kopf. Als er die Augen wieder öffnete, rollte der Wagen näher, beschleunigte und kam direkt auf ihn zu. Das grelle Scheinwerferlicht blendete ihn, kaltes Entsetzen erfasste seinen Körper.

Das Auto beschleunigte immer noch. Dann traf es Heiðar. Er fiel zu Boden und brüllte vor Schmerz. Das Auto hatte sein Bein überrollt. An der Wade spürte er einen heftigen, pulsierenden Schmerz. Er lag auf dem Boden und blickte auf sein unnatürlich verdrehtes Bein. Seine Hose war zerrissen und ein Stück des Schienbeins ragte heraus. Heiðar versuchte sich aufzurichten.

Er hatte es gerade geschafft, sich auf das andere Knie zu stützen, als er wieder das gedämpfte Motorengeräusch hörte. Heiðar warf einen Blick über die Schulter und sah, wie der Wagen zurücksetzte, rasch wendete und erneut auf ihn zukam. Dank der erstklassigen Stoßdämpfer glitt das Auto weich über die schwarz-gelb gestreifte Bremsschwelle.

Heiðar versuchte, hinter den nächsten Pfeiler zu kriechen, doch er konnte sich nicht schnell genug in Sicherheit bringen.

Er wollte schreien, brachte aber nur klägliches Röcheln heraus. Dann wurde alles schwarz.

17

NOVEMBER 2019 ÍSAFJÖRÐUR

Durch die Haustür drang lautes Hundegekläff. Hildur spähte durch das Türfenster und erblickte einen kleinen, goldbraunen Hund. Sicher ein Australian Terrier, dachte sie. Ein Wachhund, der eher laut als groß war. Sie klopfte noch einmal an die rote Tür, auch wenn der Hund ihre Ankunft bereits lautstark angekündigt hatte.

Bald kam ein Mann in die Diele. Er hatte einen Müllbeutel in der Hand und sah aus, als stünde er kurz vor der Rente. Die Tür ging auf.

»Guten Tag«, sagte der Mann gemächlich und sah Hildur fragend an.

»Hildur Rúnarsdóttir von der Polizei der Westfjorde«, stellte sie sich vor, zeigte ihre Dienstmarke und fuhr fort:

»Wir untersuchen den Tod von Jón Jónsson, der im Sommerhausgebiet an der Fjallavegur gewohnt hat. Er wurde gestern in einem von der Lawine zerstörten Haus gefunden, und wir haben Grund zu der Annahme, dass er einem Verbrechen zum Opfer gefallen ist. Haben Sie Jón in den letzten Wochen gesehen? Oder andere Personen in der Nähe seines Hauses?«

Hildur spulte die Worte herunter wie vom Band. Sie hatte dieselben Fragen schon in zig Häusern gestellt, die sich in der Nähe des Lawinengebiets befanden. Fast alle, die Jón dem Namen nach kannten, hatten dasselbe geantwortet: Man hatte ihn seit Wochen nicht mehr gesehen. Viele meinten, er sei gern für sich. Damit hatten sie recht. Jón hatte keine Freunde. Überraschend viele kannten nicht einmal seinen Namen. Einige erinnerten sich, ein Polizeifahrzeug und zwei Polizistinnen bei seinem Haus gesehen zu haben – das waren Beta und Hildur, die den Ausreißer Pétur geholt hatten.

Hildur hatte ihre Runde fortgesetzt. Sie hoffte, jemanden zu finden, der Jón in jüngster Zeit gesehen hatte oder irgendetwas über ihn wusste. Selbst kleine, unwesentlich erscheinende Beobachtungen konnten nützlich sein. Die Ergebnisse der technischen Ermittlung waren noch nicht eingetroffen, und der Abschluss der Obduktion würde auch noch einige Zeit in Anspruch nehmen.

Hildur brachte wenig Begeisterung für die technische Ermittlung auf. Natürlich war ihr klar, dass sie einen wichtigen Teil der modernen Kriminalarbeit darstellte. Sie fotografierte am Tatort, sammelte Fingerabdrücke und Proben und fertigte Zeichnungen vom Tatort an; die anspruchsvolleren Untersuchungen übernahmen dagegen immer die Kriminaltechniker aus Reykjavík. Fingerabdrücke, Fasern und DNA-Proben konnten ein nahezu wasserfestes Beweismaterial erbringen. Dank der verfeinerten Methoden reichten immer kleinere Proben aus, um zuverlässige Ergebnisse zu erhalten.

Hildur erkannte die Wichtigkeit der technischen Ermittlung an und betrachtete sie als obligatorischen Teil der Polizeiarbeit. Die technische Untersuchung war Wissenschaft. Konventionell, unumstritten. Aber unumstrittene Konventionalität gab der Arbeit keinen besonderen Reiz. Hildur fand es ungleich interessanter, in der Vergangenheit der Menschen zu graben. Herauszufinden, was ihnen passiert war und warum. Was einen Menschen zu dem gemacht hatte, was er heute war. Zum Gewalttäter, Betrüger oder Wucherer. Hildur interessierte sich für die Geschichten der Personen, die in ein Verbrechen verwickelt waren. Eine DNA-Probe konnte den Täter enthüllen, aber nicht das Motiv. Technische Beweise reichten unter Umständen für ein Urteil aus. Aber wenn das Motiv unbekannt blieb, war das Verbrechen nicht restlos aufgeklärt. Für Hildur war die wichtigste Frage bei ihrer Arbeit *Warum*. Nur äußerst selten stand reiner Zufall hinter einem Ereignis. Hinter jedem Verbrechen verbarg sich ein Grund. Hildur wusste, dass diese Gedanken sie in ihrer Berufsgruppe zu einem seltsamen Vogel machten. Deshalb sprach sie kaum darüber. Sie erledigte alle beruflichen Aufgaben, so gut sie nur konnte, genoss es aber ganz besonders, den Hintergrund der Betroffenen zu erforschen.

Der Mann mit dem Müllbeutel starrte Hildur an.

»Na, können Sie mir etwas sagen?«, fragte sie und verlagerte das Gewicht von einem Bein auf das andere.

»Danke für die erfreuliche Nachricht«, erwiderte der Mann und schwenkte den Müllbeutel. »Gut, dass er tot ist.«

Aus dem Beutel stieg ein ekelhafter Fischgestank auf. Hildur atmete durch den Mund.

»Haben Sie ihn in letzter Zeit zufällig gesehen?«

»Über das Treiben von diesem Pädophilen weiß ich nichts. Ich habe nichts gesehen und nichts gehört, und das ist auch gut so.«

»Wenn Ihnen irgendetwas einfällt, egal was, rufen Sie mich bitte an«, sagte Hildur und reichte dem Mann ihre Visitenkarte.

Er betrachtete die Karte misstrauisch, nahm sie dann aber doch an und stopfte sie in seine Hosentasche.

»Mach ich. Könnten Sie übrigens den Abfall wegbringen?« Der Mann hielt ihr den stinkenden Beutel hin.

Die Bewohnerin des vorigen Hauses, eine ältere Frau, hatte ihr keinen Müllbeutel in die Hand gedrückt, sondern eine Tüte Liebesbällchen. Offenbar hatte ihr die allein durch die Kälte stapfende Polizistin leidgetan. Hildur hatte sich über die freundliche Geste gefreut, und die kleinen runden Krapfen waren lecker. Sie hatte zwei Stück sofort gegessen und den Rest im Auto gelassen.

»Ich bin so schlecht zu Fuß. Unter dem Schnee ist Eis, und wenn ich stürze, muss ich lange im Krankenhaus liegen«, erklärte der Mann bittend.

Hildur griff nach dem Beutel und verabschiedete sich. Die Mülltonne befand sich auf der anderen Seite des Gartenzauns.

Es war halb drei Uhr nachmittags. Vor Einbruch der Dunkelheit konnte sie es noch schaffen, die restlichen Häuser abzuklappern. Beobachtungen von Augenzeugen wären sehr nützlich. Bisher hatten sie eigentlich nichts in der Hand. Gestern Abend hatten die Kriminaltechniker aus Reykjavík sich endlich auf den Weg machen können. Sie hatten den Tatort untersucht, doch die Ergebnisse waren äußerst mager. Die Lawine hatte den größten Teil der Spuren verwischt.

An der Leiche waren außer der sauberen, langen Schnittwunde keine weiteren äußerlichen Spuren festgestellt worden. Die Tatwaffe war höchstwahrscheinlich ein sehr scharfes Messer. Der eine der beiden Kriminaltechniker hatte auf ein Filetiermesser getippt. Die Waffe war nicht gefunden worden. Entweder hatte der Täter sie mitgenommen oder die Lawine hatte sie aus dem Haus getragen.

Spät in der Nacht hatten die Kollegen aus Reykjavík die Leiche transportfertig gemacht und in die Hauptstadt mitgenommen, wo sie nun auf die Obduktion wartete.

Jóns telefonische Verbindungsdaten hatte die Polizei noch nicht bekommen. Hoffentlich trafen sie im Lauf des nächsten Tages ein und warfen Licht auf den Fall.

Hildur klopfte an die Tür des nächsten Hauses. Eine Frau um die dreißig, etwas jünger als Hildur, öffnete.

»Hildur Rúnarsdóttir von der Polizei der Westfjorde, guten Tag.« Bei diesen Worten erschrak die Frau sichtlich.

»Ist meiner Mutter etwas zugestoßen?«, fragte sie aufgeregt und sprach sofort weiter. »Ich habe ja geahnt, dass irgendetwas passiert. Ich rede ihr schon lange zu, in ein Seniorenheim zu ziehen, statt allein in dem großen alten Haus zu wohnen. Aber sie ist so furchtbar eigensinnig.«

Ihre Stimme brach.

Hildur beruhigte die Frau und erklärte, es gehe nicht um ihre Mutter. Sie berichtete von Jón und der Lawine und fragte, ob die Frau irgendetwas beobachtet hatte.

Die Miene der Frau entspannte sich sofort. Etwas Schreckliches war passiert, doch es betraf sie nicht persönlich. Sie seufzte tief und lehnte sich erleichtert an den Türrahmen.

»So ist das, wenn die Eltern alt werden und man sich ständig Sorgen machen muss.«

Hildur nickte verständnisvoll.

»Haben Sie Jón in letzter Zeit gesehen, oder irgendetwas, was mit ihm zu tun hat? Er hat entgegen den Vorschriften noch in seinem Sommerhaus gewohnt, gleich hier nebenan.«

Sie deutete zum Sommerhausgebiet hin.

Die Frau wirkte nachdenklich.

»Na ja, da war tatsächlich etwas ...«

Hildur horchte auf.

»In der letzten Woche hat es ja viel geschneit. Ich habe jeden Tag hier an der Treppe den Schnee weggeschaufelt«, sagte die Frau.

Das Grundstück war auch jetzt freigeschaufelt, stellte Hildur fest. Der Schnee war auf einen Haufen am östlichen Rand geschoben worden.

Die Frau strich sich die langen Haare aus dem Gesicht und blickte zur Straße.

»Letzte Woche am Montagabend kurz vor sieben Uhr fuhr hier ein Pizzataxi vorbei. Ich war gerade vom Fußballtraining gekommen und erinnere mich, dass ich vor den Sieben-Uhr-Nachrichten Schnee geschaufelt habe.«

»Ein Pizzataxi?«

»Ja. Ich fand es seltsam, dass ein Pizzataxi in das Sommerhausgebiet fuhr, wo im Winter niemand wohnen sollte.«

Die Frau plauderte zwanglos weiter. Sie erzählte, dass sie im

Winter auf den Verkehr achtete, weil so selten Autos vorbeifuhren. Ihr Haus war das vorletzte in der Wohnsiedlung, von hier aus führte die Straße nur noch zum Sommerhausgebiet. Hildur verabschiedete sich von der Frau und wünschte ihr noch einen schönen Tag.

Die automatisch aufgleitenden Schiebetüren amüsierten Hildur. Die kleine Dorfpizzeria hatte einen Eingang wie die Einkaufszentren in größeren Städten. In dem Lokal war es ruhig. An einem Tisch saßen zwei Männer beim Kaffee. Hildur winkte ihnen grüßend zu.

Sie ging zur Kasse. Hinter der Theke füllte gerade ein etwa sechzehnjähriger Junge in rotem Arbeitsdress Kaffeebohnen in den Automaten. Aus der Packung fielen ein paar Handvoll Bohnen auf den Boden.

»Ach, zum Teufel in der Hölle.«

Der Junge griff zum Besen und fegte die über den Boden rollenden Kaffeebohnen zusammen.

Hildur musste über seine spontane Reaktion lächeln. Sie trat näher an die Theke heran und hüstelte, um auf sich aufmerksam zu machen.

»Was darf es sein?« Die Stimme des Jungen war betont ruhig. Nachdem er die Kaffeebohnen in den Abfall gekippt hatte, verstaute er Besen und Kehrblech im Schrank.

Hildur hatte nicht vorgehabt, etwas zu bestellen, doch in dem verlockenden Geruch der Imbissstube merkte sie, dass der lange Marsch von Haus zu Haus sie hungrig gemacht hatte. Außerdem hatte sie das Mittagessen heute ausfallen lassen. Zwei Stück Pizza und ein halber Liter Orangenlimonade würden helfen.

»Im Moment ist nur Peperonipizza fertig«, sagte der Junge und zeigte auf die Pizzavitrine.

Er wusch sich am Waschbecken neben der Arbeitsfläche die Hände, trocknete sie sorgfältig mit einem Papierhandtuch ab und packte die Pizzastücke mit langsamen Bewegungen in Pappschachteln, die er in eine Papiertüte mit dem Logo der Pizzeria steckte.

Außer den beiden Männern waren keine Gäste in der Pizzeria. Die beiden saßen so weit weg, dass sie nicht hören konnten, was an der Kasse gesprochen wurde. Daher hielt Hildur es für unnötig, den Jungen zur Seite zu bitten, sondern beschloss, ihre Fragen gleich hier zu stellen. Sie erklärte, wer sie war, und berichtete von der Lawine und von dem Mann, den man in einem der Häuser gefunden hatte.

Ihr fiel auf, dass der Junge sich ein wenig verspannte, als sie das verschüttete Haus erwähnte.

»Weißt du, wer am Montag letzter Woche Pizza ausgefahren hat? Ich müsste mit demjenigen sprechen.«

Am Hals des Jungen erschienen ein paar blassrote Flecken. Er tastete nach seiner Brille und trat von einem Bein aufs andere.

»In der ersten Wochenhälfte liefere ich die Pizzen aus«, antwortete er und schob die Kassenschublade so heftig zu, dass die Klingel auf der Kasse leise klirrte. Dann legte er Hildur die Quittung hin.

»Und du heißt?«

»Siggi. Sigurður Pétursson.«

»Hör mal, Siggi. Ich untersuche den Tod von Jón Jónsson, der an der Fjallavegur gewohnt hat. Seine Leiche wurde unter der Lawine gefunden.«

Der Junge blieb angespannt. Das war an sich nichts Außergewöhnliches. Die meisten Menschen scheuten vor der Polizei zurück und waren unsicher, wenn ein Polizist sie befragte. Aber irgendetwas an Siggis Haltung erschien Hildur ungewöhnlich. Er wirkte nicht scheu, sondern nervös. Misstrauisch.

Seine Augen waren leicht verengt und sein Mund stand offen. Es gelang ihm nicht, seine Reaktion zu verbergen. Hildur war sich sicher, dass der Junge Jón kannte. Das galt allerdings auch für viele andere. Die meisten Dorfbewohner kannten sich mindestens dem Namen nach, und Typen, die aus dem Gleichmaß hervorstachen, blieben einem erst recht im Gedächtnis. Wer mehrere Jahre im Dorf gewohnt hatte, musste wissen, wer Jón Jónsson war.

»Ihm wurde am Montag mit dem Wagen dieses Lokals eine Pizza geliefert.«

Der eine Mundwinkel des Jungen begann zu zucken. Um sich irgendwie zu beschäftigen, fing er an, die hundert Kronen kostenden Lose im Verkaufsregal zu ordnen.

Hildur fasste sich in Geduld. Sie wartete schweigend auf die Antwort des Jungen. Im Lokal war es fast völlig still. Nur in der Küche klapperte Geschirr, und das Knarren der rotierenden Pizzavitrine vermischte sich mit dem leisen Surren des Kühlsystems der Eismaschine. Nachdem Siggi die Lose geordnet hatte, straffte er sich, als sammle er Kraft für seine Worte.

»Der Mann hat jeden Montag eine Pizza nach Hause bestellt. Montags bekommt man einen Fladen mit drei Belägen für tausend Kronen. Er hat immer gegen sechs Uhr angerufen und am Telefon mit der Karte bezahlt. Die Bestellung war immer dieselbe. Krabben, Huhn und Ananas.«

Der Gedanke an Hühnerfleisch und Krabben auf derselben Pizza ließ Hildur schaudern. Kein Wunder, dass der Junge die Bestellung auswendig wusste. So eine Kombination konnte man nicht vergessen, auch wenn montags sicher mehrere hundert Pizzen verkauft wurden. Viele Dorfbewohner holten sich montags nach der Arbeit eine Pizza zum Abendessen.

Sie wollte wissen, wie Jón am Montagabend gewirkt hatte; als er die Pizza in Empfang nahm.

»Hast du zufällig gesehen, ob er Besuch hatte, als du ihm die Pizza gebracht hast?«

Der Junge schüttelte den Kopf und legte die Hand wieder auf das Regal mit den Losen.

»Na, also … Genau genommen ist es nicht ganz so gelaufen«, stotterte er.

Die Röte stieg ihm vom Hals in das Gesicht. Hildur fragte erneut, ob er der Pizzabote gewesen sei. Siggi nickte, aber seine Körpersprache sagte etwas anderes. Er verschränkte die Arme vor der Brust, schloss kurz die Augen und schnaubte dann etwas lauter: »Ich habe es gehasst, diese Bestellungen auszuliefern. Der Kerl war ein widerliches Glubschauge. Er hat mich jedes Mal gebeten, die Pizza ins Haus zu bringen.«

Hildur ahnte bereits, worum es ging. Jón hatte versucht, Siggi zu sich zu locken.

»Ich bin nie reingegangen«, sagte der Junge hastig und fügte dann besorgt hinzu: »Müssen Sie meinem Chef davon erzählen? Die Lieferungen müssten nämlich immer bis ganz ans Ziel gebracht werden.«

Hildur lächelte, um den Jungen zum Weiterreden zu ermutigen. Drängen wollte sie ihn nicht, das wäre nutzlos gewesen.

Der Junge legte beide Hände auf den Kassentisch, beugte sich zu Hildur vor und senkte die Stimme ein wenig.

»Vor Jóns Haus ist etwas Merkwürdiges passiert. Ein komischer Typ ist ans Auto gekommen.«

Hildur wurde wachsam. Was für ein Typ? Warum war er dort gewesen? Das war eine wichtige Information.

Siggi hatte den Fremden nicht erkannt. Er erzählte, der Typ habe ihn angesprochen, als er aus dem Pizzataxi stieg, und gesagt, er werde die Pizza ins Haus bringen, denn er sei zufällig gerade hier, um Jón zu besuchen.

»Ich habe die Pizzaschachtel aus der Transportkiste geholt und sie ihm gegeben, dann bin ich zum nächsten Kunden gefahren.«

Ein Besucher? Jón hatte doch keine Freunde. Er zog nicht mit einer Clique durch die Gegend, sondern hockte fast immer allein zu Hause. Hildur bat Siggi, den Fremden zu beschreiben. Mann, Frau, alt, jung? Groß oder klein, was für ein Gesicht?

»Das habe ich nicht so genau gesehen. Er hatte so einen dicken

Schal vor dem Gesicht. Ein ziemlich großer Typ. Seine Stimme klang irgendwie dumpf. Als hätte er Schnupfen.«

»Erinnerst du dich, ob du sein Auto gesehen hast? Jón hatte einen alten Suzuki, der hat immer vor seinem Haus geparkt. Aber hast du andere Autos gesehen?«

Siggi schien wieder nachzudenken, dann schüttelte er den Kopf.

»Ich weiß, dass ich die Lieferung bis zur Tür bringen sollte, aber ich war froh, dass ich nicht zu diesem widerlichen Mann zu gehen brauchte.« Er sprach jetzt leiser, sodass Hildur sich anstrengen musste, um seine Worte zu verstehen.

»Ich bin nie in das Haus gegangen«, wiederholte er mit gesenktem Blick.

Hildur legte ihre Visitenkarte auf den Kassentisch und bat Siggi, sie anzurufen, wenn ihm noch etwas einfiel, was mit dem Fall zu tun hatte. Ganz gleich, was. Dann ging sie mit der Pizzatüte hinaus in das Halbdunkel des Nachmittags. Siggi hatte wie ein ruhiger und gewissenhafter Junge gewirkt, aber Hildur hatte dennoch das Gefühl, dass er ihr etwas verheimlicht hatte.

18

Hildur füllte ein Glas mit kaltem Leitungswasser und tippte in ihrer halbdunklen Küche eine Textnachricht.

Kurze Runde vor der Arbeit?

Freysis Antwort kam schnell.

Ja. In 15 Min. Ich warte draußen.

Es war ein paar Minuten vor sieben. Hildur hatte sich richtig erinnert: Freysis Arbeitstag begann heute erst um neun Uhr.

Das Wasser lief herrlich kalt durch die Kehle. Ihm folgten die morgendlichen Vitamintabletten und eine halbe Banane. Dann war Hildur fertig. Die Küchen- und Schlafzimmerfenster konnten für die Zeit der Joggingrunde ruhig offen bleiben. Die Luft in der Wohnung war nach der Nacht stickig und verbraucht.

Der mit Spikes versehene Gleitschutz ließ sich leicht über die Sportschuhe ziehen. Hildur befestigte die Stirnlampe über der dünnen Mütze und die Reflektorbänder an Armen und Beinen. An der Haustür schlug ihr die kalte, frische Winterluft entgegen. Der Himmel schien unbewölkt zu sein, und der Wind wehte nur schwach.

Vor dem Haus machte Hildur Dehnübungen, um die wichtigsten Muskeln zu aktivieren. Zehn Sekunden Dehnung der vorderen Oberschenkelmuskulatur, ebenso lang für die hinteren Oberschenkelmuskeln und die Unterschenkel. Die Schultern bekam man gut in Bewegung, indem man die Arme in großem Bogen zuerst rückwärts und dann vorwärts kreisen ließ. Jogger vergaßen oft, den Oberkörper aufzuwärmen, bevor sie starteten. Wenn das Blut ordentlich im ganzen Körper zirkulierte, klappte der Lauf besser.

In Freysis Küche brannte Licht. Hildur nahm eine Handvoll Schnee, formte ihn zu einem festen Schneeball und zielte auf das Küchenfenster. Bald darauf ging die Haustür auf und Freysi kam heraus, in einer eng sitzenden Winterjogginghose und mit einer Mütze auf dem Kopf.

»Offenbar hast du mein neues Outfit schon bemerkt«, sagte er.

Hildur hob den Blick von seiner Körpermitte. Freysi war ausgesprochen muskulös.

»Natürlich habe ich noch mehr zu bieten als einen definierten Hintern.«

»An der Vorderseite ist auch nichts auszusetzen«, gab Hildur zurück und knipste die Stirnlampe an.

Sie mochte diesen Schlagabtausch mit Freysi: freundschaftliches Geplänkel mit einer Prise Flirt, das einfach gute Laune machte.

Sie machten sich auf, um ihre übliche einstündige Runde zu joggen. Die Strecke führte zuerst um den Hafen und das Abraumgebiet an seiner Südseite herum, das im Lauf der Jahre zur inoffiziellen Müllhalde der Dorfbewohner geworden war. Nachdem sie alte Fischernetze, Autoreifen und leere Ölkanister passiert hatten, verlief die Route am Fjordufer entlang zu einem kleinen Waldgebiet und zu dem Wanderweg am Berghang über dem Dorf.

»Wie läuft es bei der Arbeit?«, fragte Freysi.

»Geht so. Die Lawine war ein ziemlicher Schlag.«

»Ein Kollege von mir hat im Lawinengebiet eine Hütte. Oder hatte. Er wartet schon darauf, dass er nach seinen Sachen suchen darf.«

»Heute ist gutes Wetter. Da können wir mit den Bergungsarbeiten weitermachen.«

Eine Weile liefen sie schweigend weiter. Der Schnee knirschte unter ihren Schritten, und ab und zu war ein leises Quieksen zu hören, wenn die Spikes einen Stein trafen. Der auf den Lawinenwällen angelegte Wanderweg führte steil bergauf. Im tiefen Schnee kam man selbst bei langsamem Tempo ins Schwitzen.

Freysi wischte sich mit dem Handschuh den Schweiß von der Oberlippe und blickte fragend auf die Bergwand.

»Uff, vielleicht liegt hier zu viel Schnee. Laufen wir lieber unten herum«, schlug Hildur vor.

Das Bergtraining konnte warten.

»Ich habe gestern im Internet von diesem Todesfall in Reykjavík gelesen. Da wurde ja ein Toter in einer Tiefgarage gefunden. Was ist das für eine Geschichte?«

Hildur hatte von einem Kollegen in Reykjavík mehr über den Fall erfahren. In ihren Jahren bei der dortigen Polizei hatte sie viele gute Bekannte gewonnen, mit denen sie fast jede Woche Neuigkeiten austauschte. In Island geschahen derart schwere Verbrechen so selten, dass jeder Fall zwangsläufig Aufmerksamkeit erregte. Als Hildur die Nachricht von dem Toten in der Tiefgarage sah, hatte sie sofort einen ehemaligen Kollegen in Reykjavík angerufen und sich inoffiziell nach dem Fall erkundigt.

Die Sache klang wirklich seltsam. Ihrer Erinnerung nach war in Island noch nie etwas Vergleichbares passiert. Bei Verkehrsunfällen kamen jedes Jahr Menschen ums Leben, aber dieser Mann war nicht unter ein zufällig vorbeirasendes Auto geraten. Er war mit seinem eigenen Wagen getötet worden, und ersten Schätzungen zufolge musste das Opfer mehrmals überrollt worden sein, derart zertrümmert war die Leiche. Ein schreckliches Schicksal. Da die Information über den Tathergang noch nicht öffentlich war, durfte Hildur sie nicht an Freysi weitergeben.

Außer Atem warf sie einen Blick auf ihre Sportuhr. Der Puls lag schon bei 165. Es war erstaunlich anstrengend, im Schnee zu laufen. Vor lauter Keuchen brachte sie kaum noch ganze Sätze heraus.

»Genaues weiß ich nicht. Es scheint ein ziemlich seltsamer Fall zu sein.«

Der letzte Abschnitt der Runde führte zum Glück bergab ins Dorfzentrum. Der Atem beruhigte sich, und die Beine fühlten sich leichter an. Sie joggten gut gelaunt nebeneinander wie ein altes Paar. Ihre Atemwolken vermischten sich, stiegen wie Rauchzeichen an den dunkelblauen Morgenhimmel und lösten sich auf.

Bei der Imbissstube blieb Freysi stehen und sah Hildur an.

»Leistest du mir bei einem Kaffee Gesellschaft?«

»Das würde ich gern tun, aber ich habe keine Zeit. Ich gehe von hier direkt zur Arbeit und ziehe mich da um.«

»Okay, Süße. Trinken wir den Kaffee später«, sagte Freysi und küsste Hildur flüchtig auf die Lippen.

Hildur blickte ihm noch eine Weile nach. Dann drehte sie sich um und ging, vom Joggen erfrischt, zu ihrem Arbeitsplatz.

Am Fenster des Frisiersalons auf der anderen Straßenseite hing ein DIN-A4-Bogen, auf dem Shampoos zur Kopfhautpflege zum halben Preis angepriesen wurden. Die handgeschriebene Reklame sah billig aus, aber billig war auch das Angebot. Der Frisiersalon befand sich in einem alten Gebäude, das seine besten Jahre hinter sich hatte. Vor dem Eingang stand eine halbrunde Wand, die Regen und Wind abhielt. So eine Schutzvorrichtung war typisch für die ältesten Häuser im Dorf.

Hinter der Schutzwand verborgen stand eine dunkel gekleidete Person. Als Hildur und Freysi gegangen waren, trat sie aus der Vertiefung hervor und schritt zügig in die andere Richtung davon. Niemand hatte die Gestalt im Schatten bemerkt.

19

Der Himmel war klar und der Wind hatte sich gelegt. Hildur und Jakob hatten den Wagen weiter unten an der Fjallavegur geparkt und gingen zu Fuß zum Lawinengebiet. Traktoren hatten einen großen Teil der Sachen aus dem Schnee geholt. Einiges war zerbrochen, anderes schien zumindest auf den ersten Blick kaum einen Kratzer abbekommen zu haben. Es gab viele Haufen, und alle mussten durchgesehen werden. Das bedeutete, dass man zerbrochene und unversehrte Gegenstände hin und her drehte, zusammenpassende Teile gruppierte und zusammensetzte. Sie wollten etwas finden, das ihnen Hinweise auf den Tathergang geben konnte. Irgendetwas, das Aufschluss über Jóns Leben und vor allem über seinen Tod gab.

Sie hatten sich darauf vorbereitet, den ganzen Tag im Freien zu arbeiten, indem sie Schneeanzüge, warme Schuhe und Mützen mit Ohrenklappen angezogen hatten.

Jakob fuhr in seine dicken Winterhandschuhe und machte sich für die körperliche Arbeit bereit, indem er den Nacken nach links und rechts dehnte.

»Sag mir, wo wir anfangen, dann beginne ich zu schaufeln.« Jakob hatte die letzten zwei Tage Büroarbeit geleistet. Da er die Sprache nicht beherrschte, hatte er nicht an den Befragungen und an der Suche nach Augenzeugenberichten teilnehmen können. Also hatte er versucht, eine nützliche Tätigkeit zu finden, und letzten Endes im Archiv der Polizeistation Ordnung gemacht und die Drucker gewartet. Er war froh, jetzt physische Arbeit leisten zu können.

Hildur maß das Gebiet mit den Augen ab.

»Wir arbeiten uns von Jóns Haus aus nach unten vor und dann zu den Seiten. Als Erstes gehen wir den Kram durch, der schon aus dem Schnee geholt worden ist.«

Erst jetzt begriff Jakob, was für eine Riesenarbeit vor ihnen lag.

»Das dauert ja Tage«, stöhnte er und betrachtete ungläubig die Schrotthaufen ringsum.

»Wir machen das nach und nach. Nur kein Stress.«

»Hier gäbe es genug Arbeit für ein Dutzend kräftige Burschen«, lamentierte Jakob.

Er versuchte, die Aufgabe als sportliche Leistung zu betrachten. Wenn sie dabei etwas fanden, umso besser. Die Kriminaltechniker aus Reykjavík hatten an der Fundstelle der Leiche nichts entdeckt, obwohl sie die Umgebung stundenlang abgekämmt hatten und die Proben im Kriminallabor untersucht worden waren. Auf der Suche nach der Tatwaffe oder irgendeinem Hinweis auf den Täter hatten sie jeden Gegenstand im Schlafzimmer hin und her gewendet, aber vergeblich. Man hatte keine Spuren gefunden. Keine Fingerabdrücke, keine bedeutsamen Fasern, nichts.

Jóns Bett hatte neben der massiven Wand gestanden, sodass die Leiche von der Lawine kaum versehrt worden war. Ansonsten war Jóns Haus nahezu komplett zerstört. Der schwere Schnee hatte in dem teilweise eingestürzten Schlafzimmer alles durcheinandergewirbelt, sodass dort keine Fasern, Fußspuren oder Fingerabdrücke mehr zu finden waren. Die bewegliche Habe war weit aus dem Haus geflogen. Die Natur war durch die Wand hereingekommen und hatte alles fortgetragen. Wenn der Täter am Tatort Spuren hinterlassen hatte, waren sie von der Lawine ausgelöscht worden.

Am Montag hatte Jón noch gelebt und eine Pizza bestellt. Dann war die Lawine abgegangen, und irgendwann zwischen der Krabben-Hühnerfleisch-Pizza und der Lawine war er gestorben.

Vielleicht gab es hier irgendwelche Gegenstände, die Licht auf Jóns Leben und seinen Tod warfen? Möglicherweise würden sie ja auch die Mordwaffe finden, dachte Jakob, atmete die frische Winterluft ein und machte sich an die Arbeit. Er begann den ersten Haufen durchzusehen: zwei Kochtöpfe ohne Griffe, eine Schublade mit alten Teelöffeln und Holzstücke, die allem Anschein nach von einem Fensterrahmen stammten. Am Schnee haftende Schals und eine Menge vermischter Plastikkram, dessen Verwendungszweck nicht mehr zu erkennen war.

Dann traf seine vom Handschuh geschützte Hand auf etwas Weiches, das quiekte. Jakob zuckte zusammen. Er rückte instinktiv näher heran und entfernte mit der Hand den Schnee. Das Quieken wurde lauter. Jakob schob einen zerbrochenen Campingteller beiseite und blickte in große Augen, die ihn anstarrten.

Eine gelbe Badepuppe mit großem Kopf, die ein fröhliches Kinderlied spielte. Der Ton hatte sich offenbar eingeschaltet, als Jakob sich an dem Haufen zu schaffen machte. Er seufzte, legte die Puppe beiseite und grub weiter.

Nach zwei Stunden machten sie im Auto Kaffeepause. Hildur goss Kaffee aus der Thermoskanne in Plastiktassen und holte einen Beutel Zuckerwürfel aus der Tasche ihres Overalls.

Sie hatte an den Zucker gedacht. Nett von ihr, dachte Jakob erfreut. Nach der Arbeit im Freien schmeckte der Kaffee himmlisch, aber sie waren beide ein wenig trübselig gestimmt. Der Saldo der Sucharbeit war bisher sehr mager.

»Jón hatte einen roten Briefkasten vor dem Haus. Ich habe keine Spur davon gefunden. Weder den Kasten noch irgendwelche Briefe«, sagte Hildur und malte mit dem Finger Muster an das beschlagene Fenster.

Der Inhalt der Briefe hätte ihnen vielleicht Informationen über Jón geliefert.

»Aber wir machen weiter, bis es dunkel wird, oder?«, fragte Jakob und trank seinen Kaffee aus.

Sie legten die Tassen in einen Stoffbeutel auf dem Wagenboden. Jakob steckte die Zuckertüte in die Tasche seines Overalls.

Draußen schien es kälter geworden zu sein. Es war völlig windstill. Die glatte Meeresfläche sah aus wie Samt. Das bläuliche Licht des Winters verlieh der Berglandschaft eine friedliche Stimmung. Es war ein ungewöhnlich schöner und ruhiger Tag. Meist war der Übergang zwischen Herbst und Winter eine stürmische Zeit. Der Südwind brachte reichlich Niederschlag, der Nordwind ließ alles gefrieren, was vom Himmel kam. Manchmal wehte es auch aus dem Nordwesten. Das war der schlimmste Wind von allen, denn er blies ungehindert vom offenen Meer bis ans Ende des Fjords. Klare, schöne Frühwintertage waren eine Seltenheit, die man genießen musste.

Jakob grub nun neben Jóns Haus. Der Bulldozer hatte die Überreste der Dielenwand auf einen Haufen geschoben. Aus dem Schnee ragten Schubladen und Regalteile hervor, die Jakob sich genauer ansah. Hildur war in einiger Entfernung an einem Bücherregal beschäftigt.

Jakob zog mehrere einzelne Männerturnschuhe aus einem mit Schnee gefüllten Kasten. An dem Haufen alter Schuhe war nichts Interessantes. Alte Wintermäntel, ein verbogener Schuhlöffel, die Fußmatte aus der Diele, ein Stapel leere Joghurtbecher. Da hörte er den lauten Ruf seiner Kollegin.

»Komm mal her! Ich hab was gefunden.«

Jakob machte sich eilig auf den Weg zur Südseite des Hauses. Er wählte eine Abkürzung und trat von dem freigeschaufelten Pfad direkt in den Schnee, in dem er bis zu den Oberschenkeln versank. Nun kam er quälend langsam voran – die Abkürzung hatte keine

Zeit gespart, im Gegenteil. Als er sich auf den Pfad zurückgekämpft hatte, sah er Hildur. Sie stand an der Ecke der Ruine, beugte sich über das teilweise zusammengedrückte Bücherregal und hielt eine kleine Metalldose in der Hand.

»Guck dir die an«, sagte sie, nahm einen Stapel Fotos aus der Dose und reichte ihn Jakob.

Jakob blätterte den Stapel durch, hielt sich aber nicht damit auf, Einzelheiten zu betrachten. Er wollte sie nicht sehen. Die Bilder zeigten spärlich bekleidete männliche Teenager in verschiedenen Positionen. Die meisten Fotos schienen im selben Raum gemacht worden zu sein. Nur die abgebildeten Personen wechselten. Die Bilder waren mit einer Polaroid-Kamera geknipst worden.

»Jóns Fotosammlung. Die meisten wurden in Jóns Wohnzimmer gemacht. Ich erinnere mich an das Sofa«, sagte Hildur und zeigte auf eins der Fotos.

Krank, dachte Jakob und gab Hildur die Bilder zurück. Dann fragte er: »Weißt du, wer die Jungen sind?«

»Auf den ersten Blick habe ich nicht alle erkannt. Aber diesen einen kenne ich. Es ist der Junge aus der Pizzeria.«

20

Beta drehte die Kaffeetasse der Zentrumspartei in der Hand. Das pastellfarbene Einhorn, mit dem sie bedruckt war, fand sie abstoßend. Sie stellte die Tasse in die Kaffeemaschine und drückte auf eine Taste. Das Gerät rumorte eine Weile, dann lief das dunkelbraune Getränk in die Tasse.

Ein pastellfarbenes Einhorn war ein seltsames Logo für eine politische Partei, aber seltsam war auch die Partei selbst. Der Vorsitzende hatte früher eine andere Partei geleitet und war Ministerpräsident gewesen. Als sein Name in den Panama-Papieren auftauchte, wurde er des Steuerbetrugs verdächtigt. Er trat als Ministerpräsident zurück und gründete eine neue Partei, die Zentrumspartei.

Ein Teil der Parteimitglieder verwendete nach Betas Ansicht eine allzu derbe Sprache. Einige Schlüsselfiguren der Partei hatten kürzlich einen feuchtfröhlichen Abend in einer Bar neben dem Parlamentsgebäude verbracht und lauthals unverschämte Witze über Frauen, Körperbehinderte und Einkommensschwache gerissen. Ein Reporter hatte die Unterhaltung mit angehört und in der Zeitung darüber berichtet. Die Partei schien aus einer Krise in die nächste zu taumeln, behielt aber dennoch ihren Stimmenanteil von ein paar Prozent. Auch wenn die allermeisten in Island die Partei nicht ausstehen konnten, war es ihr gelungen, eine kleine, treue Anhängerschaft zu gewinnen.

Beta interessierte sich nicht für Parteipolitik, was an sich überraschend war, denn sowohl ihre Eltern als auch ihr Mann waren leidenschaftliche Anhänger der nach rechts tendierenden Unabhängigkeitspartei, die in den 1920er Jahren gegründet worden war und damals für die Unabhängigkeit Islands von Dänemark gekämpft hatte. Bei jedem Familientreffen kam das Gespräch unweigerlich auf die Politik. Meistens verschwand Beta dann in der Küche, um irgendetwas zu erledigen, oder spielte mit ihren Nichten und Neffen Fußball. Parteipolitik war ihrer Meinung nach ein reines Machtspiel, von dem sie sich fernhalten wollte. Deshalb hatte sie nie einen Kandidaten bei irgendeiner Wahl öffentlich unterstützt, hatte ihre Meinung zu den Kandidaten nicht in den sozialen Medien geäußert und sich geweigert, zu den Sitzungen von Herrenclubs zu gehen, obwohl sie in ihrer Eigenschaft als Polizeichefin mehrfach als Rednerin eingeladen worden war. Sie tat ihre Arbeit bei der Polizei, das musste reichen.

Beta trank Kaffee und warf erneut einen Blick auf ihr Handy. Sie wartete auf die Ergebnisse der rechtsmedizinischen Obduktion. Jóns Leiche war inzwischen obduziert worden, und die Resultate mussten bald vorliegen. Der in Reykjavík tätige Pathologe Axt-Hákon hatte versprochen, im Lauf des Tages anzurufen.

Axt-Hákon und sie waren in der Studienzeit einige Jahre lang ein Paar gewesen. Sie hatten sich mit Anfang zwanzig an der juristischen Fakultät kennengelernt. Seinen Spitznamen hatte Hákon in der Zeit bekommen, als er bei einer Theatertruppe von Jura-Studierenden mitgemacht hatte. Hákon, der Primus seines Jahrgangs, hatte glaubhaft die Hauptrolle in einem Stück gespielt, das sich mit dem Leben von Axlar-Björn oder Axt-Björn befasste, dem bekanntesten Serienmörder Islands. Die mit Theaterblut gewürzte Darstellung war sehr beeindruckend gewesen.

Nach dem Jurastudium hatte Beta sich an der Polizeischule beworben und Hákon hatte Medizin studiert. Heute war er der einzige Pathologe Islands und arbeitete an der Universitätsklinik.

Während Beta auf den Anruf wartete, klickte sie eine Nachrichtenwebsite an und nahm zwei Schokokekse aus ihrer Schreibtischschublade. Dort bewahrte sie immer einen kleinen Vorrat auf. Die Packung mit den Haferkeksen war nicht einmal mehr halb voll. Sie musste daran denken, morgen beim Einkaufen Nachschub zu holen.

Der mit Schokoladencreme überzogene Haferkeks schmeckte himmlisch. Eine Schlagzeile auf der Website berichtete, dass Prinz Harry und seine Frau Meghan Weihnachten nicht am britischen Königshof feiern wollten. Das interessierte Beta nicht. Voller Interesse öffnete sie dagegen das Rezept für einen lecker aussehenden glutenfreien Schokoladenkuchen. Gerade als der Drucker das Backrezept ausspuckte, klingelte das Handy. Der Anrufer war Hákon.

Zuerst tauschten sie natürlich Neuigkeiten über sich und ihre Familien aus. Beta und Hákon hatten sich in aller Freundschaft getrennt und verstanden sich immer noch gut. Hákon war ein Workaholic. Eigentlich blieb ihm auch keine andere Wahl: In Island gab es nur ein einziges Institut, in dem Obduktionen durchgeführt wurden, und dort arbeitete nur ein einziger Pathologe. Hákon wohnte mit seiner Familie in Reykjavík in einem großen Haus am Meer. Er hatte sich während des Medizinstudiums in seine Dozentin verliebt. Hákon und die Professorin für Volksgesundheit hatten in aller Eile geheiratet, und Hákon war Stiefvater der Kinder seiner Frau geworden, die damals noch zur Schule gingen, inzwischen aber weit über zwanzig waren.

»Meine Frau ist gerade bei einer Konferenz in Dänemark, und beide Kinder studieren inzwischen in London. Also kann ich ohne schlechtes Gewissen lange arbeiten. Was gibt's im Westen Neues?«

»Meiner Familie geht es gut, der Winter ist früh gekommen, und unter der Lawine wurde ein Mann mit aufgeschlitzter Kehle gefunden. Ich hätte nichts dagegen, wenn die Weihnachtsferien in diesem Jahr früher anfangen würden.«

Hákon schwieg einen Moment und sagte dann langsam *jæjja*. Tja. Das war das Zeichen, dass er jetzt zur Sache kommen wollte.

»Die Untersuchungen sind abgeschlossen. Ich schicke dir den kompletten Bericht per Mail, wollte dich aber vorher anrufen, denn es gibt etwas, das ich dir am Telefon erzählen muss.«

Beta horchte auf. Sie spürte einen raschen Flügelschlag im Rücken, wie immer, wenn sich etwas Besonderes ankündigte, und bat Hákon weiterzureden.

»Erstens Jón. Er ist eindeutig durch die Schnittwunde am Hals gestorben. Aber die Sache ist nicht ganz so einfach.«

Beta hätte Hákon gern gedrängt, mit Einzelheiten herauszurücken, hielt aber den Mund und wartete. Hákon war als exakter und äußerst penibler Mann bekannt, der sich nicht gern unterbrechen ließ.

»Was diesen toten Opa interessant macht, wurde bei der genaueren Analyse der Blutproben gefunden. Das Blut des Opfers enthielt eine große Menge Benzodiazepin.«

Beta wusste sofort, was er meinte: Schlafmittel.

»Er hatte so viel eingenommen, dass er komplett bewusstlos war.«

Hákon machte eine Pause. Beta erinnerte sich noch gut an die Gewohnheiten ihres Ex-Freundes und wusste, dass jetzt der richtige Moment war, eine Frage zu stellen.

»Kannst du sagen, ob er an einer Überdosis gestorben ist?«

»Nein, das war nicht die Todesursache. Alles spricht dafür, dass sein Herz schlug, als ihm der Hals aufgeschlitzt wurde. Außerdem haben diese Benzodiazepine den Vorteil, dass sie selbst bei Überdosierung relativ ungefährlich sind. Sie verursachen eher Bewusstlosigkeit, zum Tod führen sie selten.«

Beta überlegte eine Weile. Sie hatte am Morgen mit Hildur über die geheimnisvolle Gestalt gesprochen, die der Pizzabote am Montag vor der Lawine bei Jóns Haus gesehen haben wollte. Konnte das Schlafmittel mit der Pizzafüllung in Jóns Organismus gelangt sein? Es klang seltsam, aber vielleicht war es möglich.

»Das Schlafmittel erklärt, wieso er so friedlich im Bett lag. Er ist von dem Schnitt in den Hals nicht wachgeworden«, dachte sie laut.

»Das halte ich für sehr wahrscheinlich.«

»Bist du sicher, dass er eine Überdosis von dem Zeug im Blut hatte?«

Beta bereute ihre Worte, kaum dass sie sie ausgesprochen hatte. Hákon sagte nie etwas, wenn er sich seiner Sache nicht absolut sicher war. Jóns Blut hatte wesentlich mehr Benzodiazepine enthalten als eine oder zwei Tabletten. Außerdem hatte Hákon die Sache überprüft und festgestellt, dass Jón nie Schlaftabletten verschrieben worden waren. Also musste irgendwer sie ihm gegeben haben. Zuerst Gift und dann ein Messer. Da draußen läuft jemand herum, der ihn unbedingt ums Leben bringen wollte, überlegte Beta.

»Aber das ist noch nicht alles«, sagte Hákon rätselhaft und fuhr fort: »Die Kriminaltechnik hat am Fundort der Leiche ja keine fremden Fasern entdeckt.«

Das konnte Beta bestätigen: Die Kriminaltechniker hatten am Tatort keine Spuren sichergestellt, weil die Lawine sie zerstört hatte.

»Na, aber ich habe welche gefunden«, sagte Hákon triumphierend.

Auch diese Seite seines Wesens kannte Beta. Die starre Expertenrolle trat in den Hintergrund, wenn Hákon einen interessanten Fund gemacht oder ein Problem gelöst hatte. Dann drückte er sich in seinem Eifer manchmal sogar ziemlich grob aus.

»Wie du weißt, gehört es zu meinem Job, in alle Körperöffnungen zu spähen. Ich wollte meinen gelaserten Arztaugen nicht trauen, als ich den Fund aus seinem Mund ausgegraben habe.«

Aus seinem Mund? Beta drehte die Kaffeetasse in der Hand und wartete auf Hákons nächste Worte.

»Ich habe unter der Zunge des Mannes dünne blonde Haare gefunden.«

»Du hast im Mund des Mannes Haare gefunden?« Beta wollte sich vergewissern, dass sie richtig gehört hatte. Hákon brummte bejahend.

»Ein hübsches kleines Büschel blonde Haare. Äußerst säuberlich abgeschnitten. Genaueres lässt sich über sie nicht sagen, aber ich vermute, dass sie entweder von einem Kind oder von einem sehr dünnhaarigen Erwachsenen stammen.«

Beta schwieg verblüfft. Der Fall wirkte immer seltsamer. Sie trank ihren Kaffee aus und bereute es sofort. Der kleine Rest in der Tasse war kalt geworden und schmeckte abgestanden.

»Aber das ist noch nicht alles. Es kommt nämlich noch besser. Gleich wirst du verstehen, warum ich dich anrufen wollte. Erinnerst du dich an den Mord in der Tiefgarage hier in Reykjavík, vor zwei Tagen?«

Beta bejahte. Auch darüber hatte sie vorhin mit Hildur gesprochen. Der Tote war kein Obdachloser, der die Nacht in der Tiefgarage verbracht hatte, und auch kein im Amphetaminrausch herumtorkelnder Penner, sondern einer der bekanntesten Anwälte in Reykjavík.

»Na ja, ich habe auch diese Leiche obduziert. Rate mal, was ich im Mund gefunden habe.«

Beta schloss kurz die Augen, bevor sie antwortete.

»Blonde Haare.«

»Genau. Wir haben sie auf die Schnelle mit dem ersten Fund verglichen, und allem Anschein nach stammen sie von demselben Kopf. Leider wurden sie abgeschnitten und nicht mit den Wurzeln ausgerissen.«

Das fand auch Beta ärgerlich.

»Schade, das erschwert die DNA-Analyse.«

Beta war keine Chemikerin, interessierte sich aber für die Arbeit des kriminaltechnischen Labors. Sie wusste, dass es sehr arbeitsaufwendig und oft sogar unmöglich war, anhand abgeschnittener Haare DNA-Analysen vorzunehmen. Selbst wenn es gelang, die DNA aus dem Haarbüschel zu isolieren, konnte sie auch von demjenigen stammen, der die Haare abgeschnitten hatte.

»Ich schicke dir gleich den vollständigen Bericht per Mail. Frohes Schaffen.«

Hákon legte auf, und Beta dachte, die leere Kaffeetasse in der Hand, über das Gehörte nach. Die Haarbüschel verknüpften die Morde an Jón und dem Anwalt miteinander. Was konnten diese beiden Männer gemeinsam haben?

21

Schultern und Arme taten herrlich weh. Sie fühlte sich wieder gelassener. Am Ansatz von Mittel- und Zeigefinger hatte die Klimmzugstange ein paar aufgeriebene Stellen hinterlassen. Hildur saß bequem zurückgelehnt auf einer Bank im Fitness-Center und trank einen Recovery-Drink mit Schokoladengeschmack. Sie wäre gern zum Surfen gegangen, doch das hatte der Zeitplan nicht zugelassen. Sie hatte nur eine Stunde Zeit gehabt. Das reichte für ein schnelles Oberkörpertraining im Fitness-Center. Besonders zufrieden war Hildur mit ihren Klimmzügen, die sie mit 15 Kilo Zusatzgewicht geschafft hatte.

Eine halbe Stunde später fuhr Hildur mit ihrem Dienstwagen bei einem mehrstöckigen Haus am Dorfrand vor. Die Gemeinde hatte das Studentenwohnheim vor gut zehn Jahren bauen lassen, als im Dorf eine Zweigstelle der Universität von Nordisland, das Institut für Meereskunde, eröffnet worden war. Jedes Jahr kamen viele internationale Austauschstudenten und an der Fischereiwirtschaft interessierte Isländer in das Dorf, um Fangquoten, den Zustand des Meeres und die Innovationen der Fischindustrie zu studieren. Das Wohnheim stand außerdem auch Gymnasiasten vom Land zur Verfügung, die unter der Woche in der Nähe der Schule wohnen wollten.

Siggi war 17 und ging auf das Gymnasium. Hildur hatte ihn gleich nach dem Fund der Fotos angerufen und gesagt, sie müsse noch einmal mit ihm reden. Er hatte versprochen, ab drei Uhr zu Hause zu sein.

Hildur parkte vor dem Haus und suchte nach dem richtigen Eingang. Neben der Haustür hing ein Klingelbrett, dessen Zweck unklar blieb, da die Tür immer offen war. Das Treppenhaus hatte viele Umzüge miterlebt. Die Möbelstücke hatten beim Transport Kratzer an den Wänden hinterlassen, an denen außerdem hartnäckige Schmutzflecken hafteten. Ein paar Türen hatten kleine Schrammen, vermutlich von heftigen Fußtritten.

Im Treppenhaus durfte man eigentlich keine Fahrräder abstellen, aber an den Wänden lehnten mindestens fünf. Wo sonst hätte man sie auch lassen können? Das Haus hatte offenbar keinen Keller und keinen Fahrradschuppen.

Hildur stieg die Treppe in den zweiten Stock hinauf, fand die richtige Tür und klopfte. Siggi hatte sie offenbar erwartet, denn er öffnete sofort. Der blasse Junge trug eine schwarze Trainingshose und ein T-Shirt mit dem Logo von *Metallica.*

Siggi lebte in einer kleinen Einzimmerwohnung. Im Eingangsbereich gab es einen wacklig aussehenden Kleiderständer und einen Spiegel, links befand sich die Küche, rechts ein spärlich möbliertes Wohn-Schlafzimmer. Das Bett war ungemacht, und auf dem Karton, der als Couchtisch diente, lagen bunt durcheinander Fernbedienungen, Münzen und Geräte zum Zigarettendrehen. Die Luft war abgestanden. Das Zimmer war sicher lange nicht gelüftet worden.

Hildur schlug vor, ins Wohnzimmer zu gehen. Siggi setzte sich resigniert auf das Sofa und starrte kraftlos vor sich hin.

Da es keine anderen Sitzgelegenheiten gab, musste Hildur sich neben den Jungen setzen, ans andere Ende des alten Sofas.

»Ich muss dir noch ein paar Fragen zu Jón stellen«, begann sie. Als Siggi den Namen des Mannes hörte, verkroch er sich förmlich in sein Schneckenhaus. Seine Schultern sackten nach vorn, und er senkte den Kopf. Hildur erkundigte sich, wie Siggi Jón kennengelernt hatte.

»Das habe ich doch schon gesagt. Ich war montags oft Pizzabote.«

»Aber wie gut habt ihr euch gekannt?«

Siggi antwortete nicht sofort. Er starrte reglos zu Boden und sagte schließlich leise: »Wir haben uns nicht gekannt.«

»Du hast erzählt, dass Jón dich manchmal in sein Haus gebeten hat. Bist du reingegangen?«

»Ich hab nur die Pizza geliefert«, beharrte der Junge.

Hildur seufzte. Siggi tat ihr leid, aber sie musste ihn dazu bringen, mehr zu erzählen.

»Hör mal, es ist bestimmt sehr schwer für dich. Ich weiß, dass Jón ein richtiges Arschloch war.«

Siggi zuckte bei ihren Worten zusammen, aber Hildur sprach weiter. Sie betonte, wie wichtig es sei, dass Siggi ihre Fragen beantwortete. Jóns Tod werde jetzt als Mord untersucht. Siggi stehe nicht unter Verdacht, aber das werde sich womöglich ändern, wenn er sich weigerte, zu erzählen, was er über Jón wusste. Jemand hatte Jón ermordet, und es wurde immer deutlicher, dass Siggi einer der Letzten war, die mit dem Opfer Kontakt gehabt hatten.

Der Junge sagte immer noch kein Wort. Er griff nach der Rollmaschine auf dem Karton, holte einen Tabakbeutel aus der Hosentasche und begann mit zitternden Händen eine Zigarette zu drehen. Hildur sah ihm dabei zu und überlegte, wie sie das Gespräch voranbringen könnte.

»Siggi, ich habe die Fotos gesehen. Deshalb bin ich hier.«

Der Heizkörper gluckste leise, sicher musste er entlüftet werden. Die Stille war so dicht und schwer geworden, dass man sie schneiden konnte. Bald würde der Junge nachgeben, das spürte Hildur.

Siggi stöhnte, schlug die Hände vor das Gesicht und krümmte sich zusammen. Die Zigarette fiel zu Boden. Es bereitete Hildur

Schuldgefühle, den Jungen in seinem verletzlichen Zustand derart unter Druck zu setzen, aber sie musste seine Reaktion auf ihre nächste Frage testen.

»Hast du ihn wegen dieser Fotos umgebracht?«

Siggi richtete sich so weit auf, dass er Blickkontakt zu Hildur bekam. Sein Gesicht war vom Weinen rot gefleckt. Er sah Hildur direkt in die Augen. In seinem Blick lag die hilflose Angst eines missverstandenen Menschen. In dem Moment wusste Hildur, dass das, was sie beim Anblick der Fotos vermutet hatte, der Wahrheit entsprach.

»Nein. Ich habe ihn nicht umgebracht.« Siggi stützte den Kopf auf die Hände und schniefte: »Ich habe kein Geld. Ich habe nie Geld gehabt.«

Er erzählte, dass er für die Arbeit in der Pizzeria den üblichen Stundenlohn und eine kostenlose Mahlzeit bekam, dass das Geld aber nicht für den Lebensunterhalt reichte. Wegen der Schule konnte er nicht mehr Schichten in der Pizzeria übernehmen. Wenn man nicht zum Unterricht erschien, fiel man bei den Prüfungen durch.

Hildur hatte Mitleid mit Siggi. Er war noch so jung.

»Hast du keine Eltern, die dir helfen könnten?«

Siggi hob den Kopf, sah Hildur an und lachte höhnisch auf.

»Meine Eltern! Die haben nie Geld. Die sind Muschelschalenlutscher.«

Diesen altertümlichen Ausdruck hatte Hildur noch nie aus dem Mund eines jungen Menschen gehört. Früher waren viele Leute so arm, dass sie die am Ufer gesammelten Muschelschalen ableckten, wenn sie sonst nichts zu essen hatten.

»Der Scheißkerl hat mir Geld für die Fotos gegeben. Zum ersten Mal vor zwei Jahren.«

Siggis Stimme wurde lauter, er brüllte beinahe.

»Er hat für ein Foto hunderttausend Kronen bezahlt und versprochen, dass er die Bilder keinem zeigt.«

Ziemlich viel Geld, dachte Hildur. Es gab einen ansehnlichen

Stapel Fotos, und wenn Jón jedem fast 600 Euro pro Aufnahme bezahlt hatte, musste er gut bei Kasse gewesen sein. Sie erzählte Siggi, dass die Fotos in den Überresten von Jóns Haus gefunden worden waren.

»Er hat sie mit so einer alten Kamera gemacht, die Bilder sind analog, man kann sie nicht ins Netz stellen. Wer hat die Fotos jetzt? Hat sie noch jemand gesehen?«

Siggi hob die Zigarette auf und zündete sie ungeschickt an. Seine Nervosität war verständlich. Es wäre furchtbar für ihn, wenn die Fotos publik würden.

Hildur versicherte ihm, dass die Bilder wohlverwahrt auf der Polizeistation lagen. Sie wurden für die Ermittlungen gebraucht, aber kein Außenstehender würde sie zu Gesicht bekommen. Eine Weile saßen sie schweigend nebeneinander auf dem Sofa. Aus der Nachbarwohnung kam das Geräusch einer Waschmaschine im Schleudergang, draußen führten Kinder eine laute Schneeballschlacht. In diesen vier Wänden durchlebte gerade jemand etwas sehr Unangenehmes. Gleichzeitig lief der Alltag der Menschen rundherum normal weiter. Als die Zigarette aufgeraucht war, beschloss Hildur, das Schweigen zu brechen.

»Warst du am Montagabend lange bei ihm?«

»Nein. Irgendein seltsamer Kauz wollte die Pizza ins Haus bringen. An dem Abend bin ich nicht zu ihm gegangen.«

»Kann das jemand bezeugen?«

Siggi überlegte kurz und schüttelte dann den Kopf.

»Ich weiß nicht. Der komische Kauz vor dem Haus. Aber ich weiß nicht, wer er ist.«

Siggis Blick und seine Worte festigten Hildurs Überzeugung, dass er Jón nicht getötet hatte.

»Was ist danach passiert?«

»Ich hatte noch eine weitere Lieferung. Ich bin direkt zur nächsten Adresse am Fjord gefahren.«

Hildur verbarg ihre Erleichterung und nickte nur. Diesen Teil der Geschichte hatte sie bereits in der Pizzeria überprüft. Siggi war von Jóns Haus in zehn Minuten ans andere Ende des Dorfes gefahren und dann sofort ins Restaurant zurückgekehrt, um die nächsten Bestellungen abzuholen. Er war den ganzen Abend zwischen fünf und elf Uhr kreuz und quer durch das Dorf gefahren.

»Warst du nach dem Montag noch einmal bei Jón?«

Siggi erstarrte. Sein Gesicht war wie versteinert und seine Augen wurden glasig. Er schien erst jetzt wirklich zu begreifen, dass man ihn als Jóns Mörder verdächtigen konnte. Es gelang ihm jedoch überraschend schnell, sich zusammenzureißen. Er schien neue Kraft zu schöpfen und antwortete mit fester Stimme.

»Nein, wirklich nicht. Ich wollte nicht mal in die Nähe von diesem Haus kommen. Abends arbeite ich, und tagsüber bin ich in der Schule. So ist es, seit ich hergezogen bin und mit der Oberstufe angefangen habe.«

Obwohl er noch so jung war, hatte der Junge ganz allein mit schwierigen Situationen fertigwerden müssen. Er hatte sich in den letzten zwei Jahren Dinge erkämpfen müssen, die für viele in seinem Alter selbstverständlich waren. Eine Wohnung, warme Mahlzeiten, Schulbücher, all das hatte er selbst beschafft. Es war nicht leicht gewesen, das Geld dafür zusammenzubekommen. Er hatte dafür etwas tun müssen, das schlicht und einfach furchtbar war. Niemand sollte sich selbst verkaufen müssen, um das Gymnasium besuchen zu können. In Momenten wie diesem bekam Hildur einen Groll auf die isländische Gesellschaft, die allzu oft kläglich versagte, wenn es darum ging, den Menschen zu helfen.

Das kombinierte Wohn- und Schlafzimmer war klein. Die Gardinenstange über dem Fenster hing schief, aber Gardinen gab es ohnehin keine. Vor der Balkontür bemerkte Hildur mehrere durchsichtige Plastiksäcke. Sie schienen leere Flaschen und zusammengedrückte Getränkedosen zu enthalten.

Der Junge sammelte Leergut. Vermutlich waren die Müllbehälter des Studentenwohnheims nach jedem Wochenende voll von leeren Bierdosen. In Island konnte man Leergut nicht einfach im Laden abgeben, sondern musste es zur Recyclingstation bringen. Hildur musterte die Plastiksäcke.

»Die Recyclingstation ist wohl ziemlich weit weg?«

Siggi nickte. »Ich habe es seit einer Ewigkeit nicht geschafft, hinzufahren. Während der Öffnungszeiten bin ich entweder bei der Arbeit oder in der Schule.«

Hildur zog einen Fünftausend-Kronen-Schein aus der Tasche ihres Wintermantels, strich ihn glatt und legte ihn unter die Schachtel mit dem Zigarettenpapier.

»Ich kann die Flaschen hinbringen. Hier ist das Geld dafür.«

Sie wusste, dass die Summe sicher mehr als doppelt so hoch war wie die Pfandgebühr. Aber sie wollte Siggi irgendwie helfen und sah auf die Schnelle keinen anderen Weg. Mit dem Gegenwert von zwei Kinotickets kam man nicht weit, doch der Junge brauchte wenigstens keine Zeit auf das Sortieren der Dosen und die Busfahrt zur Recyclingstation zu verschwenden.

Hildur stand auf. Sie klopfte Siggi auf die Schulter und bat ihn, sie anzurufen, falls ihm noch etwas einfiele.

Mit sechs großen Plastikbeuteln voller Leergut verließ Hildur das Wohnheim. Während sie die Tüten in den Kofferraum stopfte, überlegte sie, dass Jóns Mörder tatsächlich unter seinen Opfern zu finden sein konnte. Aber Siggi war nicht der Täter. Das hatte sein ganzes Auftreten ihr gezeigt. Außerdem gab es noch einen zweiten, pragmatischeren Umstand, der für seine Unschuld sprach. Doch darüber würde sie nie öffentlich sprechen können.

Jón hatte ein Verbrechen begangen. Vermutlich mehr als eins, denn Siggi war nicht der Einzige, den er in sein Haus gelockt und fotografiert hatte. Aber zumindest Siggis Worten nach war Jón ihm nicht zu nahe getreten. Die Fotos zeigten nur Siggi. Sie enthielten keine Gewalt und waren aus kriminalpolizeilicher Sicht inhaltlich nicht übermäßig obszön. Hunderttausend Kronen dafür, sich einmal in der Unterhose fotografieren zu lassen, waren für einen 17-Jährigen so viel Geld, dass Siggi nicht daran gelegen sein konnte, die Einnahmequelle auszuschalten. All das konnte Hildur Siggi natürlich nicht sagen, denn es würde sich so anhören, als wolle sie Jóns Taten bagatellisieren. Das war nicht ihre Absicht, im Gegenteil: Sie widerten sie jetzt noch mehr an als zuvor.

Hildur lenkte ihren Wagen auf die Straße, die zur Recyclingstation führte. Sie würde das Leergut sofort wegbringen. Dann hätte sie an diesem Tag wenigstens eine Sache zu Ende geführt.

22

Nachdem sie die Dosen und Flaschen abgeliefert hatte, fuhr Hildur zur Polizeistation zurück. Beta hatte für halb fünf eine Besprechung angekündigt.

Hildur zog ihren Wintermantel aus und setzte sich an den Tisch im Besprechungsraum. Jakob kam mit drei vollen Kaffeetassen herein. Er hatte zwei Packungen Schokokekse unter den Arm geklemmt, die er nun auf den Tisch legte. Dabei sah er seine Chefin fragend an.

»Das sind hoffentlich die richtigen?«

Beta wählte sichtlich erfreut die Packung, die extra viel Schokoladencreme versprach.

»Wie hast du meine Gedanken erraten? Die Kekse im Büro sind fast alle.«

Jakob setzte sich ans Tischende und holte das Strickzeug aus seiner Aktentasche. Er hatte den Tag damit verbracht, in den Überresten von Jóns Haus zu suchen, und war auf dem Rückweg ins Lebensmittelgeschäft gegangen.

»Als Praktikant muss man versuchen, sich irgendwie nützlich zu machen. Über Jóns Haus habe ich nämlich nichts Neues zu berichten.«

Jakob hatte alle aus dem Schnee geretteten Sachen durchgesehen, aber nichts gefunden, was im Hinblick auf den Mord wichtig zu sein versprach. Der interessanteste Gegenstand war eine rote Mumintasse mit angeschlagenem Rand. Sie zeigte die Muminmama beim Beerenlesen. Der Fund hatte Jakob überrascht, denn er hatte nicht gewusst, dass auch die Isländer für die Mumins schwärmten. Vielleicht hatte die Tasse Jón gehört oder die Lawine hatte sie aus einer anderen Hütte mitgerissen.

Beta dagegen hatte einiges über die Ergebnisse der Obduktion zu berichten. Während Hildur ihrer Chefin zuhörte, schob sie mit dem Zeigefinger Kekskrümel über den Tisch. Die Ereignisse der letzten Tage kamen ihr unwirklich vor. Es war unglaublich, dass die beiden Morde miteinander verbunden und vermutlich vom selben Täter begangen worden waren. Sie erinnerte sich nicht, dass so etwas in Island schon einmal vorgekommen wäre. Jedenfalls nicht, seit Axt-Björn im 16. Jahrhundert fast zwanzig Isländer ertränkt oder mit der Axt erschlagen hatte.

Gleichzeitig verspürte sie Erleichterung. Es war äußerst unwahrscheinlich, dass Siggi etwas mit Jóns Tod zu tun hatte. Sie berichtete von den Fotos, die Jakob und sie gefunden hatten, und von ihrem Gespräch mit dem jungen Pizzaboten.

»Wenn der Tod eines reichen Juristen in Reykjavík und Jóns Tod miteinander in Verbindung stehen, halte ich die Opfertheorie nicht mehr für plausibel. Es sei denn, der in der Tiefgarage getötete Anwalt hätte Jón einmal vor Gericht verteidigt und irgendein wütendes Opfer hätte beide Männer umgebracht.«

»Solche Fälle hat Heiðar nicht übernommen. Er hat sich vorwiegend mit Unternehmensrecht befasst«, sagte Beta und fügte hinzu, sie habe mit dem Ermittler gesprochen, der den Mord an dem Juristen untersuchte.

Die gleichartigen Haarbüschel, die im Mund beider Opfer gefunden worden waren, deuteten darauf hin, dass es sich um denselben Täter handelte. Trotzdem sollten die Fälle wenigstens vorläufig separat untersucht werden. Die Ermittlungen über den Mordfall

Jón Jónsson wurden weiterhin in Ísafjörður geführt, während die Polizei in Reykjavík im Fall des Juristen ermittelte.

»Wir haben aber vereinbart, dass wir eng zusammenarbeiten und uns gegenseitig auf dem Laufenden halten. Wenn es eine Verbindung zwischen den Opfern gibt, werden wir sie finden.«

»Wer untersucht den Fall in Reykjavík?«, fragte Hildur.

»Jónas Ingimarsson.«

»Im Ernst? Das Arschloch?«

Hildur kannte Jónas. Leider. Nach dem Abschluss der Polizeischule hatte sie eine Zeit lang in derselben Abteilung gearbeitet wie er. Schon am ersten Arbeitstag hatte sie festgestellt, dass die Sprüche des großkotzigen Chauvinisten unerträglich waren. Jónas betrachtete Frauen als minderwertig und gab sich wenig Mühe, seine Auffassung zu verbergen.

Hildurs Abscheu vor dem Kollegen war gewachsen, als sie von den anderen Mitarbeiterinnen und Mitarbeitern allerlei Geschichten über ihn gehört hatte. Es war allgemein bekannt, dass seine Nachbarn mehrmals die Polizei gerufen hatten, weil der Lärm in seiner Wohnung auf häusliche Gewalt hindeutete. Die Gewalttätigkeit war jedoch nicht nachweisbar, da seine Frau nie über die Misshandlungen sprach, sondern immer wieder die gleiche Geschichte erzählte: Sie habe eine Verletzung im Gesicht, weil sie entweder bei einer Bergwanderung gestürzt oder im Treppenhaus gestolpert sei. Der Lärm, den der Nachbar gehört habe, sei aus dem Fernseher gekommen.

»Jónas ist einer der erfahrensten Kriminalpolizisten in Reykjavík, aber in seiner Freizeit verprügelt er seine Frau«, klärte Hildur Jakob auf, bevor der fragen konnte.

Betas Blick machte unmissverständlich klar, dass diese Sache jetzt nicht zur Debatte stand. Hildur hob demonstrativ das Kinn, gab aber nach und kam auf das eigentliche Thema zurück.

»Ich habe Jóns Teledaten und Bankinformationen bekommen. Aus den Anrufen und Textnachrichten geht nichts hervor, was wir nicht schon wussten. Er hat tatsächlich jeden Montag eine Pizza bestellt. Die Kontoauszüge waren dagegen wirklich aufschlussreich. Jón war verdammt reich.«

Beta war gerade dabei, ihre Haare zum Knoten zu drehen, hielt aber mitten in der Bewegung inne. Der halb aufgerollte Pferdeschwanz löste sich, als sie beide Hände auf den Tisch legte. Dass dieser Mann, der wie ein Penner wirkte, wohlhabend gewesen war, überraschte sie.

»Von welchen Summen sprechen wir?«

»Bei seinem Tod hatte er rund zwanzig Millionen Kronen auf dem Konto. Schon seit mehreren Jahren. Zweimal im Monat hat er eine größere Menge Bargeld abgehoben.«

Das Garn lief flink durch Jakobs sehnige Finger, als er die Maschen des fertigen Ärmels auf eine Hilfsnadel schob. Bisher hatte er das Gespräch schweigend verfolgt.

»Bargeld hinterlässt keine Spuren. Er hat es für Hasch und für die Fotos verwendet.«

»Wir müssen noch genauer nachprüfen, woher das Geld stammt. Vielleicht bringt uns das weiter«, sagte Hildur und berichtete, dass die Befragung der Nachbarn wenig gebracht habe. Auch die Beschreibung des obskuren Fremden, die Siggi gegeben hatte, war kaum hilfreich.

»Meiner Meinung nach passt sie im Winter auf fast jeden Isländer«, stellte Jakob fest.

Hildur stimmte ihm zu. Es gab praktisch keine brauchbaren Kennzeichen der unbekannten Person. Sie dachte eine Weile nach. Das Schlafmittel war vermutlich in den Pizzabelag gemischt worden, und nachdem Jón weggekippt war, hatte der Täter das Messer angesetzt.

»Jóns Mörder muss gewusst haben, dass er jeden Montag eine Pizza bestellt. Er hat die Angewohnheiten seines Opfers gekannt.«

23

NOVEMBER 2019 REYKJAVÍK

Lian hielt ein kurzes, aber extrem scharfes Messer in der Hand. Sie führte die Spitze an die pralle Stelle und drückte zu. Das Messer fuhr mühelos durch die Oberfläche und bewegte sich weich in der Masse. Der Schnitt war schön und glatt. Lian spülte das Messer unter fließendem Wasser ab, schüttelte die größten Tropfen ins Spülbecken und legte das Schneidwerkzeug zum Trocknen auf ein Geschirrtuch. Sie nahm einen weißen Teller aus dem Schrank und drückte den Inhalt aus der aufgeschlitzten Packung darauf.

Mit einer Gabel verteilte sie den Kartoffel-Fisch-Auflauf gleichmäßig auf dem Teller und stellte ihn in die Mikrowelle. Zwei Minuten auf der höchsten Stufe müssten reichen. Lian warf einen Blick auf die Uhr. Sie war müde. Ursprünglich hatte sie vorgehabt, vor ihrer Nachtschicht einen ausgiebigen Mittagsschlaf zu halten. Doch daraus war nichts geworden. Ihr Mann, ein IT-Spezialist, hatte wegen eines dringenden Datenschutzproblems länger arbeiten müssen. Das bedeutete, dass sie es übernehmen musste, die Kinder zum Turnen zu fahren.

Die Mädchen trainierten nacheinander in zwei Gruppen am anderen Ende der Stadt. Von der Schule aus gab es keine direkte Busverbindung, um den Transport mussten sich die Eltern kümmern. In der Regel also ich, dachte Lian und rieb sich den Nacken, der von den Anforderungen des Alltags verspannt war. Sie lächelte, als sie an ihre Kinder dachte. Vor allem die jüngere Tochter hatte sich als begabte Turnerin erwiesen, und die beiden hatten das Training nie als Pflicht empfunden. Zusätzlich zum Turnen spielten sie auch Fußball. Zum Fußballtraining brauchte man sie zum Glück nicht zu kutschieren, denn der Bus des Fußballvereins holte die Kinder von der Schule ab und brachte sie direkt zum Training.

Lian hatte zwei Stunden auf der Tribüne der Turnhalle gestanden und Pepsi getrunken, um in den langen Nachmittagsstunden wach zu bleiben. Nach dem Training hatte sie das Essen zubereitet und eine Viertelstunde auf dem Sofa gedöst, bevor sie zur Arbeit musste. Sie hatte aus dem Kühlschrank ein Fertiggericht mitgenommen – Grímurs plokkfiskur, Fischauflauf. Eine Mahlzeit vor Schichtbeginn und eine zweite kurz vor Mitternacht, wenn die Patienten wahrscheinlich – oder hoffentlich – eingeschlafen waren.

In der psychiatrischen Klinik verliefen die Nächte unterschiedlich. Manchmal war alles ruhig, manchmal nicht. Als Psychiatriepflegerin bekam sie Facetten des Lebens zu Gesicht, von denen viele gesunde Menschen keine Vorstellung hatten. Lian war mit ihrem Job zufrieden. Sie fand es motivierend, anderen zu helfen und die Patienten ihren Bedürfnissen entsprechend zu pflegen. Vor gut zehn Jahren war sie von den Philippinen nach Island gezogen, in das Heimatland ihres Mannes. Nun arbeitete sie schon seit mehreren Jahren in der psychiatrischen Klinik Kleppur. Sie fühlte sich dort wohl. Die Stimmung war angenehm, die Vorgesetzten waren nett, und die Arbeit war zwar anspruchsvoll, aber interessant. Das Pflegepersonal war nicht so überlastet wie in den Krankenhäusern und Seniorenheimen. Die Ressourcen der psychiatrischen Klinik waren gesichert, zumindest vorläufig.

Die Mikrowelle gab ein lautes Klingeln von sich, das Essen war fertig. Lian stellte den Teller auf den Tisch des Pausenraums, würzte die Portion mit schwarzem Pfeffer und gab zwei Teelöffel Butter darauf. Dann probierte sie. Lecker. Nichts schmeckte besser als Essen, das andere gekocht hatten.

Während sie aß, ordnete sie mit der freien Hand die herumliegenden Zeitungen und griff nach der gestrigen.

Sie überflog die Nachrichten. Die Arbeitslosigkeit stieg um 0,3 Prozent auf 3,8 Prozent. Lian lachte auf. Das war ja praktisch nichts. In Island war es leicht, Arbeit zu finden, sogar eine Ausländerin wie sie, die die Sprache nicht beherrschte, hatte sofort nach dem Umzug einen Job bekommen. Inzwischen sprach sie fließend Isländisch, und auch ihr Gehalt war gestiegen, als ihre Aufgaben verantwortungsvoller wurden. Anfangs hatte sie in Krankenhäusern und Seniorenheimen in Reykjavík geputzt. Sobald ihre Sprachkenntnisse ausreichten, hatte sie die Ausbildung zur Psychiatriepflegerin gemacht.

Auf der Hauptnachrichtenseite ging es um den Korruptionsverdacht gegen eine große isländische Fischereigesellschaft in Namibia. Lian schnaubte. Sie las den Bericht nicht durch, denn sie wusste ohnehin, wie solche Fälle meist ausgingen: Hohe Firmenbosse wurden bei einer Unredlichkeit erwischt. Der Geschäftsführer trat für eine Weile zurück. Dann begann eine Schmutzkampagne gegen diejenigen, die das Unrecht aufgedeckt hatten. Die Öffentlichkeit verlor das Interesse an dem Thema. Der Geschäftsführer nahm seine Tätigkeit wieder auf, und der Fall verstaubte auf den Schreibtischen des Staatsanwalts und der Verteidiger. Lian war der Meinung, dass es überall Korruption gab. Auf den Philippinen und auch hier in Island.

Als sie die nächste Seite aufschlug, hätte Lian sich beinahe an einem Stück Fisch verschluckt.

Die kurze Nachricht rechts unten auf der Seite hatte sie so aus der Fassung gebracht, dass sie das Kauen vergessen hatte. Sie spülte den Bissen, den sie im Mund hatte, mit einem Schluck Wasser herunter und las die Nachricht noch einmal. Lian sprach zwar fließend Isländisch, aber die offizielle Nachrichtensprache zu verstehen, fiel ihr noch immer etwas schwer. Einige Worte musste sie mehrmals lesen.

Der 45-jährige Anwalt Heiðar Arason starb in der vergangenen Woche in Reykjavík. Die Polizei vermutet ein Verbrechen, äußert sich aber aus ermittlungstechnischen Gründen nicht über die Mordmethode oder andere Einzelheiten.

Heiðar, Heiðar, Heiðar. Lian spürte plötzlich eine drückende Kälte. Sie hatte vorhin vor Müdigkeit gefroren, aber diese Kälte war anders. Als wäre ein großer Eisklumpen in ihren Magen geraten.

Lian musste die Sache sofort nachprüfen. Sie nahm die unterste Zeitung aus dem Stapel und schlug sie auf. Die Nachricht hatte auf den Inlandsseiten gestanden, genau wie die über den Mord an Heiðar. Es war nur eine knappe Meldung gewesen, und Lian erinnerte sich nicht mehr genau, worum es gegangen war. Sie hatte nur einen Namen gesehen, den sie kannte.

Im Dorf Ísafjörður in den Westfjorden hatte eine Lawine einige Sommerhäuser zerstört. Lian las weiter. Da war es. Sie hatte sich richtig erinnert.

Mann unter Lawine begraben. Der 68-jährige Jón Jónsson hatte gegen die Vorschriften in seinem Haus in dem lawinengefährdeten Gebiet gewohnt und wurde unter dem Schnee begraben. Er wurde tot aufgefunden und konnte nicht mehr gerettet werden. Die Polizei gibt in diesem Stadium keine weiteren Informationen an die Öffentlichkeit. Die Polizei dankt allen Rettungsteams, die sich an der Suche und den Bergungsarbeiten beteiligt haben.

Tot aufgefunden? Warum hieß es in der Nachricht, der Mann sei tot aufgefunden worden und nicht, er sei von der Lawine getötet worden? Lian überlegte, ob die Polizei irgendetwas verschwiegen hatte.

Jón. Und dann Heiðar. Das konnte kein Zufall sein, dachte sie. Sie musste gleich nach ihrer Schicht bei der Polizei anrufen. Nein. Sie musste sofort anrufen.

In dem Moment kam Lians Kollegin Klaudia herein, mit der sie sich die heutige Nachtschicht teilte. Klaudia wirkte gehetzt.

»In der Fünf gibt es ein Problem. Ich möchte nicht allein reingehen.«

In aller Eile faltete Lian die Zeitungen zusammen und folgte Klaudia. Der Patient in Zimmer fünf, der in der letzten Woche eingeliefert worden war, verhielt sich abends aggressiv. Die Pflegekräfte hatten vereinbart, das Zimmer nur zu zweit zu betreten.

Der Patient in Zimmer fünf hatte jetzt Vorrang. Aber Lian vergaß nicht, was sie gelesen hatte. Heiðar und Jón. Gleich am Morgen, wenn ihre Schicht vorbei wäre, würde sie die Polizei anrufen.

24

NOVEMBER 2019 ÍSAFJÖRÐUR

Jakob griff nach der Metallklinke an der braunen Holztür und drückte sie herunter. Die Tür des Wollgeschäfts wollte nicht aufgehen. Jakob überprüfte die Öffnungszeiten auf dem Schild an der Tür und warf einen Blick auf seine schwarze Sportuhr. Er war gleich nach der Besprechung hergeeilt. Der Laden sollte eigentlich noch eine Viertelstunde geöffnet sein, und drinnen brannte Licht. In dem Moment sah er hinten im Geschäft eine bekannt aussehende Frau, die einen großen Karton trug.

Guðrún bemerkte den an der Tür rüttelnden Jakob.

»Fest drücken«, rief sie so laut, dass es bis nach draußen zu hören war.

Jakob drückte die Klinke wieder herunter und stieß den rechten Arm kraftvoll gegen die Tür. Sie sprang polternd auf.

»Im Winter quillt sie immer auf und klemmt. Ich müsste eine neue anschaffen«, sagte Guðrún und stellte den Karton auf einen Stuhl an der Wand.

Auf dem Karton stand in großen schwarzen Buchstaben Ístex. Der Name der größten und ältesten Spinnerei Islands war Jakob bekannt. Die Wolle der isländischen Schafe wurde zum größten Teil an diese Spinnerei verkauft, die Schafzüchtern gehörte und aus Herbst- und Frühjahrswolle unterschiedliche Garne herstellte. Islandwolle stand bei Strickfans in der ganzen Welt hoch im Kurs, und die beliebtesten Farbtöne waren außerhalb Islands schwer zu bekommen. Vielleicht gab es sie hier.

Jakob ließ den Blick durch den Laden wandern. Auf den Regalen lag Léttlopi-Wolle in Dutzenden verschiedener Farben, das Regal an der Rückwand war mit dickerer Álafoss-Lopi gefüllt. Die dünnere Einband-Wolle und auch die ungesponnene Plötulopi gab es in vielen verschiedenen Farben. An den Kleiderstangen hingen neben fertigen Pullovern und Mützen mit Bildern von Paradiestauchern auch Wolldecken für Hunde. Eine runde Uhr tickte an der Wand.

Jakob wunderte sich über das reichhaltige Angebot des kleinen Dorfladens. Er war so in Gedanken versunken, dass er Guðrúns Frage überhörte.

»Also, womit kann ich dir dienen?«, wiederholte Guðrún fröhlich und strich eine Haarsträhne, die sich aus ihrem Knoten gelöst hatte, hinters Ohr.

Jakob hüstelte und legte sich seine Worte zurecht.

»Wir haben uns ja neulich im Flugzeug kennengelernt. Du warst im Dienst«, begann er.

Die Wollhändlerin straffte sich und stemmte die Hände in die Hüften.

»Ich erinnere mich! Du bist der mysteriöse Stricker aus Finnland. Hast du dich schon von der Aufregung erholt?«

Jakob lächelte bei der Erinnerung, wie er in dem kleinen, schaukelnden Flieger in Panik geraten war.

»Ich müsste Garn kaufen. Das Ryygbruun ist nirgendwo zu bekommen. Ich brauche ein Knäuel.«

Guðrún spitzte die Lippen.

»Ryyg… was?«

Jakob holte das Handy aus der Tasche, öffnete es mit der Gesichtserkennung und suchte in seinen Notizen nach dem Farbcode. 9427. Dieses Garn brauchte er für das Muster des Pullovers, den er gerade strickte.

Guðrúns Miene hellte sich auf.

»Ryðbrúnn! Warum hast du das nicht gleich gesagt! Das bedeutet rostbraun.«

Jakob merkte, dass Guðrún ihn mit seiner Aussprache aufzog, und zuckte bedauernd die Schultern.

»Perfektes Timing. Gerade ist nämlich eine neue Lieferung von der Spinnerei gekommen«, sagte Guðrún schelmisch lächelnd und lockte ihn einladend mit dem Finger.

Die unverhohlen flirtende Geste schreckte Jakob auf. Guðrún nahm ein Teppichmesser und schnitt das Klebeband auf. Sie steckte das Messer in ihre Kitteltasche und öffnete den Karton. Dann nahm sie die ersten Garnknäuel heraus und reichte sie Jakob.

»Diese Farben sind tief und erdnah …«, sagte sie und versenkte ihre Hände wieder in dem Karton.

Sie setzte eine übertrieben verwunderte Miene auf, als sie Garn in leuchtendem Orange und Gelb herausholte.

»… und das Ganze gewürzt mit einigen hellen Tönen. Eine kleine Überraschung im dunklen Winter«, gurrte sie und blickte Jakob direkt in die Augen.

»Gefällt dir, was du siehst?«

Mit ihren hoch aufgesteckten blonden Haaren, ihren breiten Schultern und dem strahlenden Lächeln sah Guðrún aus wie eine Kriegerin in einem Actionfilm oder ein Fotomodell in einer Tourismuswerbung für Island. Oder wie beides gleichzeitig. Am meisten faszinierte Jakob jedoch das geradlinige Verhalten der Frau und die offene Art, wie sie ihr Interesse zeigte. Guðrún wirkte nicht aufdringlich, ließ aber auch nichts unklar. Ihre Botschaft war: Du hast die Wahl.

Für Jakob war die Situation völlig fremd und dennoch angenehm. Die Frau wirbelte seine Gedanken durcheinander.

»Hier gibt es aber auch das, was du wolltest.«

Die Wollhändlerin beugte sich zu einem Regal, holte ein Knäuel rostbraune Wolle heraus und warf es Jakob zu.

Er fing es auf und betrachtete es zufrieden. Genau die richtige Farbe.

»Das nehme ich auf jeden Fall. Sehen wir uns auch die neuen Garne an? Ich könnte Wolle für einen zweiten Pullover kaufen. Hier habe ich Zeit zum Stricken.«

»Ja, die sehen wir uns unbedingt an. Mit der Lieferung sind auch die neuesten Strickbücher gekommen. Die Designerin hat mir vorige Woche ein Exemplar vorab geschickt, ich habe mir die Modelle schon angesehen. Da war eins dabei, das für dich das Richtige sein könnte, es hat einen dunkelblauen Grund und ein Muster in hellen Tönen«, sagte Guðrún und entfernte die Plastikverpackung von den Strickbüchern, die mit dem Garn geliefert worden waren. Sie nahm das oberste Buch vom Stapel und blätterte eine Weile darin. Als sie die Anleitung gefunden hatte, stellte sie sich mit dem aufgeschlagenen Buch dicht neben Jakob.

Guðrún kam so nahe heran, dass ihr Dutt Jakobs Bart streifte. Ein paar Strähnen verfingen sich darin. Sie sah Jakob um Entschuldigung bittend an, zupfte mit der freien Hand ihre Haare aus seinem Bart und strich sie sich hinter die Ohren. Jakob war überzeugt, dass sie den Zwischenfall absichtlich herbeigeführt hatte. Dann nahm er ihr würziges Parfüm wahr. Es roch leicht nach Zimt.

Jakob hatte seit langer Zeit kein Date mehr gehabt und war sich nicht ganz sicher, wie er sich verhalten sollte. Vielleicht war es besser, nicht nachzudenken, sondern die Dinge einfach laufen zu lassen?

Guðrún schob die Anleitung so zurecht, dass Jakob sie besser sehen konnte, und drückte sich dabei ganz leicht an seinen Körper. Auf dieses Spiel musste er sich einfach einlassen. Zu verlieren hatte er ja nichts. Das letzte Mal lag schon so lange zurück, dass er sich nicht einmal daran erinnern wollte. Jakob holte tief Luft, beugte sich über das Buch und berührte dabei wie versehentlich Guðrúns Arm. Er legte den Zeigefinger auf die Abbildung des dunkelblauen Pullovers und betrachtete sie prüfend.

»Du hast recht, das würde ich gern probieren.«

Guðrún warf ihm einen schnellen Blick zu und lächelte geheimnisvoll.

»Die Anleitung ist auf Isländisch, aber ich kann dir beim Übersetzen helfen.«

»Klingt fantastisch. Ich nehme alles, was man für das Modell braucht.«

»Auch den Übersetzungsservice?«, fragte Guðrún, während sie die Knäuel in eine Papiertüte packte.

»Den vor allem.«

Jakob bezahlte seine Einkäufe und beobachtete Guðrúns Bewegungen an der Kasse. Die Finger mit den hellgrün lackierten Nägeln flogen über das Kartenterminal. Nachdem die Zahlung erfolgt war, spuckte das Gerät eine schmale Quittung aus, die Guðrún zu der Wolle in die Tüte legte. Sie biss sich auf die Lippe und reichte Jakob die Tüte. Dann fragte sie, ob sie jetzt gleich gehen sollten. Jakob nahm den Vorschlag an.

Guðrún hängte ihren Kittel über den Stuhl hinter der Verkaufstheke, schloss die Kasse ab und löschte das Licht im Laden. Sie schloss die Tür ab und schob ihren Arm unter Jakobs.

Der Schnee knirschte unter den Schuhen, und die Papiertüte in Jakobs Hand raschelte, wenn sie seine Hose berührte. Plötzlich verspürte Jakob eine unbändige Freude. Er fühlte sich gelassen und fröhlich, fast übermütig. Vielleicht könnte er jetzt, wenigstens für kurze Zeit, glücklich sein.

25

Ich atme die Winterluft ein. Das Benzin riecht gut, nach purer Energie. Der schwarze Schlauch zuckt, während der Brennstoff hindurchfließt. Ich kehre dem Nordwind den Rücken zu und lege den Kopf in den Nacken, damit die kalte Brise gegen den Jackenkragen schlägt und nicht in die Jacke eindringt. Der Wind rauscht nicht, er brüllt.

Bald ist alles geschehen, was ich geplant habe. Bald ist alles erledigt.

Ich lasse den Motor an. Er brummt lauter als erwartet. Vorsichtig, ohne Licht, verlasse ich die entlegene Selbstbedienungstankstelle. Ich glaube, dass mich niemand gesehen hat. Selbst wenn, es spielt kaum noch eine Rolle.

Rundherum ist es dunkel. Ich fahre aus der Dunkelheit ins Licht. Das Wort ist das Licht. Ich schöpfe Kraft aus dem Licht – und aus dem Wort. Paulus hat in einem Brief an seinen Kollegen, den Apostel Timotheus, geschrieben, dass jemand, der sich nicht um seine Angehörigen und Nächsten kümmert, den Glauben verleugnet hat und ärger ist als ein Heide.

Ich habe mich gekümmert. Ich habe ja nichts anderes getan, als mich zu kümmern! Bisher ist mir alles richtig erschienen. Ich habe das Böse entfernt und Platz für das Gute geschaffen. Ich habe den Müll beiseite geschafft, gegen den alle anderen machtlos waren.

Meine nächste Aufgabe ist äußerst unangenehm, aber unumgänglich. Ich tue es für meine Nächsten. Ich muss an das große Ganze denken.

Es tut mir leid, Hildur. Ich würde dir das lieber nicht antun, denn du hast schon so viel ertragen müssen. Verzeih, ich kann nicht anders. Ich muss es tun.

26

NOVEMBER 2019 ÍSAFJÖRÐUR

Das rhythmisch pfeifende Geräusch des dünnen Springseils füllte den Kraftraum. Es war dunkel, das Licht war nicht eingeschaltet.

Nach dem Aufwärmen löste Hildur ihren Haarknoten und ließ den Pferdeschwanz gegen ihren trainierten Rücken schlagen. Ihre breiten Hände legten sich um die Stange. Sie machte Kreuzhebe-Serien: mit gestreckten Beinen, die Füße eng nebeneinander, aus breitem Stand, mit Obergriff, Untergriff, Kreuzgriff. Nach jeder Serie war ein tiefes Wummern zu hören, wenn die Stange auf die schwarze Gummimatte auf dem Boden fiel.

Durch die Wiederholungen beschleunigten sich Atmung und Puls. Mehr Gewicht auf die Stange. Hildur tauchte die Hände in den Metalleimer auf dem Boden und rieb sie mit Magnesium ein. Die Sonnenstrahlen, die nun durch das Fenster drangen, beleuchteten die kleine weiße Staubwolke in der Luft. Hildur trat zurück in den Schatten und griff nach der Stange.

Sie konzentrierte sich. Gerader Rücken, angespannte Muskeln, die Körpermitte felsenhart.

Die erste Hebung, die zweite, eine Grimasse. Sie hatte zu viel Gewicht aufgelegt, aber jetzt musste sie weitermachen. Sonst würde sie nichts spüren außer dem verfluchten, drückenden Kältegefühl, das sich wieder ankündigte. Sie hatte gemerkt, wie der altbekannte

Druck in ihrem Inneren wuchs. Gerade jetzt fühlte sie sich außergewöhnlich unwohl. Sie legte noch zwei weitere Fünf-Kilo-Scheiben auf. Als nach der fünften Wiederholung 120 Kilo Eisen auf den Boden krachten, hallte das Geräusch von den Wänden wider. Die Stange war schwer, Hildur hätte sich leicht fühlen müssen, doch so war es nicht.

Am Abend desselben Tages schloss sich das Reflektorband klackend um den rechten Arm und drückte den Ärmel der leichten gelben Steppjacke zusammen. Hildur setzte Mütze und Stirnlampe auf, zog Spikes über ihre Schuhe und ging los.

Heute war Montag, also der Tag, an dem sie bei ihrer Tante Tinna aß. Daran würde sie nur eine Krankheit oder eine Reise hindern. Nach dem morgendlichen Krafttraining fühlte sie sich zwar besser als beim Aufwachen, aber wirklich gut ging es ihr immer noch nicht. Trotzdem wollte sie zu ihrer Tante gehen. Vielleicht half ihr die Bewegung an der frischen Luft, sich zu entspannen und ihre Gedanken zu ordnen.

Tinna war seit ihrer Pensionierung ein wenig einsam. Aber die Besuche waren keine lästige Pflicht, Hildur wollte ihre Tante einfach gern regelmäßig sehen. Tinna war ihre einzige lebende Verwandte, und auch davon abgesehen hatten sich die beiden immer sehr nahegestanden.

Hildur atmete die frische Luft ein und lockerte beim Ausatmen die Schultern. Hoffentlich würde das dumpfe Gefühl bald verschwinden. Sie hatte beschlossen, zu Fuß zu Tinnas Haus zu gehen. Dafür würde sie weniger als eine halbe Stunde brauchen. An der Kreuzung bog sie nach links zu dem Gehweg ab, der am Fjord entlangführte. Sie musste über zwei Schneewehen springen, um auf den Weg zu kommen, der zum Glück geräumt war.

Andere Fußgänger waren nicht zu sehen. Es war ziemlich unisländisch, sich zu Fuß von einem Ort zum anderen zu bewegen. Vor allem in dünn besiedelten Gebieten legte man alle Strecken mit dem Auto zurück, selbst wenn es sich nur um ein paar hundert Meter handelte. Es war sogar üblich, den Motor laufen zu lassen, während man einkaufte. Hildur hatte die Einstellung ihrer Landsleute zum Autofahren nie verstanden. Das Auto war die Norm. Wer mit dem Rad fuhr, war entweder arm, ein Hippie oder sonst irgendwie seltsam.

Die kalte Luft fühlte sich in der Lunge herrlich an. Hildur liebte es, sich zu bewegen, denn wenn sie Energie verbrauchte, fühlte sie sich dynamischer. Ruhige, gleichmäßige Bewegung war die beste Methode, die Gedanken zu ordnen.

Sie hatte früher am Tag mit Jónas telefoniert, der im Mordfall in der Tiefgarage in Reykjavík ermittelte. Jónas war genauso widerlich arrogant gewesen, wie Hildur ihn in Erinnerung hatte, aber er hatte interessante Einzelheiten über die Ermittlung berichtet.

Der überfahrene Heiðar hatte viele Feinde gehabt, und kaum jemand hatte sich positiv über ihn geäußert. Er wurde als rücksichtslos, egoistisch und sogar als Lügner beschrieben. Besonders interessant war, dass seine Witwe nicht besonders erschüttert wirkte, als sie vom Tod ihres Mannes erfuhr. Die Ermittler waren sofort wachsam geworden. Bei Mordfällen fand sich der Täter häufig im näheren Umfeld des Opfers. Die Witwe hatte jedoch ein Alibi. Sie war zu Hause gewesen und hatte in der Nacht, zum Zeitpunkt von Heiðars Tod, über WhatsApp ein zweistündiges Videogespräch mit einer Freundin in den USA geführt.

Die Überwachungskameras der Tiefgarage in Reykjavík waren in der fraglichen Nacht nicht in Betrieb gewesen. Im Auto waren dunkle Wollfasern gefunden worden, die nicht Heiðar gehörten, doch Fasern dieser Art gab es in fast jedem schwarzen Pullover oder Schal. Solche Kleidungsstücke trug im Winter ungefähr halb Island. Fremde Fingerabdrücke hatte man im Auto nicht entdeckt. Der Täter, der Heiðar mit dem Wagen zermalmt hatte, war besonders vorsichtig gewesen.

Die Polizei von Reykjavík befragte gerade Heiðars ehemalige Mandanten, die Auftraggeber der Gegenseite und seine Kollegen. Vielleicht würde dabei etwas ans Licht kommen. Jónas hatte versprochen, Hildur auf dem Laufenden zu halten. Im Gegenzug hatte Hildur ihm von den neuen Wendungen im Fall Jón berichtet. Sie hatte ihn von ihrer Theorie in Kenntnis gesetzt, der Mörder habe wahrscheinlich eine vom Boten gelieferte Pizza ins Haus gebracht, reichlich Schlafmittel darauf verteilt und Jón den Hals aufgeschlitzt, nachdem er in seinem Bett das Bewusstsein verloren hatte. Jónas hatte über den Pizzaraub gelacht und Hildurs Talent als Märchenerzählerin gelobt. Er war jedoch ernst geworden, als er hörte, wie ein Augenzeuge den mutmaßlichen Täter beschrieben hatte: ein großer Typ in dunkler Kleidung und mit einem schwarzen Schal.

Die beiden Fälle wirkten einerseits wie unlogische Gewaltausbrüche und andererseits wie äußerst sorgfältig geplante Verbrechen.

Die Temperatur lag nur ein paar Grad unter null, doch durch den Nordwind fühlte sich die Luft kälter an. Hildur beschleunigte das Tempo. Bei der alten Fischfabrik begann ein kurvenreicher Sandweg, der zum Skilanglaufgebiet im Gebirge führte. Inzwischen lag schon so viel Schnee, dass man dort bald Loipen anlegen konnte. Freysi plante, in den Weihnachtsferien einen mehrtägigen Kurs über die Technik des Geländeskilaufs zu halten. Hildur hatte sich sofort angemeldet.

Die Abkürzung über das Gelände der Fischfabrik verkürzte die Strecke eigentlich gar nicht. Außerdem lag der Schnee dort fast kniehoch. Aber aus irgendeinem Grund fand Hildur es gerade jetzt angenehm, durch den Schnee zu stapfen. Warum sollte man es sich leicht machen, wenn man dasselbe auch auf schweißtreibende Art tun konnte? Das verschneite Gelände endete an einem tiefen Graben, sodass sie schließlich doch wieder auf den geräumten Gehweg klettern und die letzten zweihundert Meter wie ein normaler Mensch zurücklegen musste. Die erleuchteten Fenster von Tinnas Haus waren bereits in Sicht.

Es ärgerte Hildur, dass es seit Siggis Beobachtungen keine neuen Erkenntnisse im Mordfall Jón gegeben hatte. Sie hatte sich mit dem Entzugsheim für drogenabhängige Jugendliche in Verbindung gesetzt, in das man Pétur, der vor einigen Wochen in Jóns Haus aufgegriffen worden war, zurückgebracht hatte. Dort hatte man ihr gesagt, dass Pétur sich seitdem an die Regeln gehalten und das Haus kein einziges Mal auf eigene Faust verlassen habe.

Auch mit einigen Mitarbeitern des Jugendschutzes hatte sie gesprochen. In diesen Kreisen war Jóns Name nur zu bekannt. Alle wussten von dem Mann, der in den Westfjorden wohnte, Kontakt zu Problemjugendlichen hielt und sie zu sich lockte. Beim Jugendschutz der Stadt Akureyri hatte Hildur die Chefin erreicht, die sich an Zwillingsbrüder erinnerte, die sich im letzten Jahr gut eine Woche lang bei Jón aufgehalten und von ihm Haschisch bekommen hatten. Nach Ansicht der Chefin war in dem Haus irgendetwas passiert, aber die Jungen hatten alles abgestritten. Inzwischen wohnten sie mit ihrer Mutter in Schweden.

Hildur hatte auch im *Barnahús,* dem »Kinderhaus« in Reykjavík angerufen. Die Psychologen dieser Einrichtung waren darauf spezialisiert, die Polizei bei der Untersuchung von Verbrechen zu unterstützen, in die Kinder oder Jugendliche unter 18 Jahren als Opfer, Zeugen oder Täter verwickelt waren. Jóns Name war bei den Ermittlungen in den letzten zwei Jahren nicht aufgetaucht.

Jón hatte sich unter dem Radar bewegt, wie eine Ratte im unterirdischen Kanalisationsnetz. Seine Existenz war zwar allen bekannt, aber Genaueres wusste letztlich niemand.

Vor dem Haus holte Hildur ein paarmal tief Luft, dann öffnete sie die Tür. Sie würde die Arbeit jetzt für eine Weile aus ihren Gedanken verbannen und sich darauf konzentrieren, den Abend mit ihrer Tante zu verbringen.

Bei Tinna war es ruhig und gemütlich wie immer. Die Wanduhr tickte. Das Licht des eingeschalteten Fernsehers fiel aus dem Wohnzimmer in die Küche. Hildur saß an ihrem üblichen Platz am Küchentisch. Vor ihr stand ein großer Teller mit fettreicher Fleischsuppe. Tinna setzte sich ans andere Tischende und bat Hildur, ihnen beiden Ananassaft einzugießen.

»In der Suppe ist Lammfleisch aus Súgandafjörður«, sagte Tinna und nickte zu dem drei Liter fassenden Suppentopf hin. »Ich habe im September bei der Feier zum Schafscheiden die Gäste zum Singen animiert. Zum Dank hat Hörður mir ein paar Kilo Suppenfleisch zum Einfrieren gebracht.«

Tinnas Fleischsuppe enthielt nach traditioneller Art große Fleischstücke, von denen der Knochen und das Fett nicht entfernt worden waren. Hildur pustete auf die dampfende Suppe und probierte einen Löffel. Unglaublich schmackhaft. Ihre Tante ließ die Suppe immer stundenlang garen. Die Knochen verliehen der Brühe einen würzigen Geschmack und das Fleisch war herrlich fett.

Eine Weile aßen sie schweigend. Im Fernseher lief die Titelmelodie der Nachrichten. Gleich würden sie hören, was sich in der Welt tat. Als die Auslandsnachrichten endeten und der Sportteil begann, brach Hildur das Schweigen.

»Tinna, erzähl mir bitte alles, was dir über das Verschwinden meiner Schwestern in Erinnerung geblieben ist.«

Tinna, die gerade den Löffel zum Mund führte, hielt inne und wandte sich Hildur zu. Sie wirkte verwundert. Irgendwie ratlos.

»Ich glaube nicht, dass es irgendetwas gibt, das ich dir darüber noch nicht gesagt habe.«

»Erzähl es noch einmal. Ich möchte alles noch einmal hören.«

Hildur hatte in letzter Zeit oft an Rósa und Björk gedacht. Das Schicksal von Siggi, dem glücklosen und zugleich einfallsreichen Gymnasiasten, hatte einige Erinnerungen an ihre Schwestern in ihr geweckt.

Sie legte den Löffel auf ihren Teller und verschränkte die Finger unterm Kinn. Dann schloss sie kurz die Augen und versuchte, ihre verworrenen Gedanken in Worte zu kleiden.

»Westwind fünfzehn Meter pro Sekunde. Im Süden Regen, der weiter nördlich in Schneeregen übergeht. Im Süden und Osten gilt Warnstufe Gelb. Der böige Wind nimmt gegen Abend zu. Die Fahrt mit Lastzügen sollte vermieden werden.« Die monotone Stimme des Meteorologen wirkte beruhigend. Hildur kniff die Augen fest zu und krümmte die Zehen. Beides half ihr, sich zu konzentrieren.

»Ich habe … Ich habe das unangenehme Gefühl, dass ich nicht alles weiß, was ich wissen sollte. Ich war damals noch so klein, aber an einiges erinnere ich mich. Ich erinnere mich an Momente und Worte, an Besucher, die mit gesenktem Kopf bei uns am Küchentisch saßen. Aber ich weiß, dass es irgendetwas gibt, woran ich mich nicht erinnere.«

Nun schloss Tinna ihrerseits die Augen. Sie holte tief Luft und begann:

»Zwei Autofahrer im Dorf hatten zwei Mädchen gesehen, die durch das Schneegestöber gingen, aber aus irgendeinem Grund sind beide einfach vorbeigefahren.«

Daran erinnerte sich Hildur. Sie hatte es in den Aufzeichnungen der Polizei gelesen.

»Man hat tagelang nach den Mädchen gesucht, aber keine Spur von ihnen gefunden. Keine Sachen, keine Kleider, nichts. Viele glaubten, sie wären bei dem Schneesturm im Gebirge gestorben«, fuhr Tinna fort.

»Ich finde, das ist ein seltsamer Gedanke«, fuhr Hildur wütend auf. Ihr Tonfall überraschte und erschreckte auch sie selbst. »Warum in aller Welt hätten sie sich bei dem schrecklichen Wetter auf den Weg in die Berge gemacht? Ich bin mir sicher, dass sie in den Tunnel gegangen sind, obwohl er noch nicht für den Verkehr geöffnet war. Alle wussten doch, dass der Tunnel schon fertig gebohrt war.«

Im Sommer zuvor war die Eröffnung des Tunnels im Dorf groß gefeiert worden. Auf dem Marktplatz hatte eine Hotdog-Bude gestanden und eine Band hatte isländische Schlager gespielt. Die Kinder hatten Luftballons und Popcorn bekommen.

Tinna zuckte kraftlos die Achseln.

»Ja. Der Suchhund war ja auch dort, aber er hat die Spur gleich am Anfang des Tunnels verloren.«

Hildur betrachtete das Gesicht ihrer Tante, in dem die Jahre ihre Spuren hinterlassen hatten. Die Falten um die Augen hatten sich vertieft, und das Kinn war weicher geworden. Es war nicht zu übersehen, dass sie gealtert war.

»Am Anfang des Tunnels. Das haben alle immer wieder gesagt. Am Anfang des Tunnels.«

Dann schüttelte Tinna den Kopf, als wollte sie um Entschuldigung bitten. Ihre Augen wurden feucht. Hildur tat ihre Tante leid. Sie tat sich auch selbst leid. Eigentlich war sie ja nicht hier, um über traurige Erinnerungen zu sprechen, sondern um mit ihrer Tante einen sorglosen Abend zu verbringen. Heute hatte sie jedoch einfach darüber reden müssen, denn die Geschichte ließ ihr keine Ruhe, und ihre Unruhe hatte in letzter Zeit immer mehr zugenommen.

»Die Polizei wusste auch nicht mehr. Jedenfalls habe ich in den alten Aufzeichnungen nichts gefunden«, sagte sie.

All diese Einzelheiten gingen Hildur seit Jahren durch den Kopf. Es war, als würde sich die Geschichte in ihren Gedanken immer auf die gleiche Weise wiederholen. Es war quälend, aber sie kam nicht darüber hinweg. Als wäre sie jede Nacht aus demselben Albtraum erwacht. Die Mädchen verschwanden spurlos. Die Dorfbewohner vermuteten, dass sie sich im Schneesturm verirrt hatten und am Berg umgekommen waren. Der Hund hatte jedoch keine Spur aufgenommen, die ins Gebirge führte.

Hildurs Blick streifte den Knochenteller auf dem Tisch. Auf dem

Teller mit dem Goldrand lag ein ansehnlicher Haufen abgenagter Knochen. Bei genauem Hinsehen fiel auf, dass sie ziemlich klein und zart waren. Lämmer wurden im Alter von rund sechs Monaten geschlachtet. Hildur wandte den Blick ab und griff nach dem Glas mit dem Ananassaft.

»Ich erinnere mich an den Suchhund, er hieß Lísa und hatte so traurige Augen. In der Zeitung war damals ein Foto von ihm. Alle haben gesagt, er wäre ein freundlicher und eifriger Hund«, erzählte Tinna.

Hildur dachte unwillkürlich an Molli, den Hund, der bei der Lawinensuche an der Fjallavegur dabei gewesen war.

»Wer war denn Lísas Hundeführer?«, fragte sie.

»So ein glatzköpfiger, bartloser Mann, Magnús. Er hat bei der Rettungsausbildung eine Frau kennengelernt, die aus der Hauptstadt stammte, und ist kurz vor der Jahrtausendwende nach Reykjavík gezogen.«

Hildurs Interesse erwachte schlagartig. Der Hundeführer, den sie in der vorigen Woche mit Molli im Lawinengebiet gesehen hatte, hieß Magnús, daran erinnerte sie sich genau. Und er hatte keinen Bart gehabt. War Magnús an den Fjord zurückgekehrt? Sie nahm sich vor, den Hundeführer, den sie bisher noch nicht näher kannte, gleich morgen zu befragen. Er würde ihr nicht unbedingt etwas Neues über die alte Geschichte sagen können, aber sie wollte sich auf jeden Fall vergewissern.

»Magst du Nachtisch? Ich habe Backbirnen gemacht«, fragte Tinna, obwohl sie wusste, dass Hildur Nachtisch nie ablehnte.

Während Tinna sich um die heißen Birnen kümmerte, piepte Hildurs Handy.

Hallo Süße. Joggen wir heute Abend zusammen? Ein lockerer 5K und vielleicht Partner-Workout … ;)

Hildur sah auf ihr Handy und kicherte leise. Sie hatte heute schon einmal trainiert, aber ein zweites Mal konnte nicht schaden.

»Der nette Sportlehrer?«, fragte Tinna. Sie holte die Birnen aus dem Ofen und stellte eine große Schüssel Schlagsahne auf den Tisch.

Hildur bejahte und fing an zu tippen.

Okay. Ich bin bei meiner Tante, zu Fuß. In Laufkleidung. In einer Stunde bei der Fischfabrik?

Die Antwort kam sofort.

Bis dann. Küsschen. F

Hildur legte das Handy weg und ließ den Blick zum Küchenfenster wandern. Draußen war es dunkel. Da passierte es wieder: Der unangenehm bekannte Druck begann sich allmählich über sie zu legen wie eine schwarze, schwere Decke. Als sie in die von Straßenlaternen durchlöcherte Finsternis starrte, wusste sie es. Sie wusste, dass etwas Schlimmes bevorstand, konnte es aber nicht auf einer Landkarte oder Zeitschiene verorten. Irgendetwas war nicht in Ordnung. Vielleicht war es tatsächlich das Beste, diesen Tag mit einer anstrengenden Joggingrunde zu beenden. Dabei würde sie sich verausgaben und anschließend freier atmen können.

27

Zehn Sekunden zügig und gegen Ende immer schneller. Eine halbe Minute ruhiges Joggen. Fünfzehn Sekunden schnell und gegen Ende immer schneller. Eine halbe Minute Joggen. Dreißig Sekunden schnell. Eine halbe Minute Joggen. In der Lunge machte sich schon das bekannte Brennen bemerkbar. Das Intervalltraining auf dem verschneiten Pfad beschleunigte den Puls und trieb den Schweiß aus den Poren.

Er lief auf dem Pfad oberhalb der Reihenhaussiedlung, der gern genutzt wurde, um Hunde auszuführen. Am Rand lag der Schnee kniehoch, aber auf dem Pfad war er festgetrampelt. Dennoch war es überraschend anstrengend, im Schnee zu laufen. Bei jedem Schritt sanken die Füße ein paar Zentimeter ein. Er blieb kurz stehen, um Luft zu holen, und klopfte die Schneeklumpen ab, die sich zwischen den Schuhsohlen und den Spikes gesammelt hatten.

Er warf einen Blick nach unten auf das Dorf. Der Schnee, der es bedeckte, glitzerte im Licht der Straßenlaternen. Einige Dorfbewohner hatten ihre Häuser bereits mit Lichterketten versehen. Die Fenster des Seniorenheims waren mit einfachen weißen Sternen geschmückt. An der Wand eines Einfamilienhauses kletterte ein Weihnachtsmann empor, in dessen Innerem rote Lampen leuchteten. Die Weihnachtsbeleuchtung war eine Waffe gegen die Dunkelheit. Manche Häuser wurden schon Anfang November mit

Lichterschmuck in verschiedenen Farben dekoriert, und die letzten an den Fenstern blinkenden Schneemänner wurden abgenommen, um Platz für den Osterschmuck zu schaffen, wenn die Sonne zurückkehrte und die Dunkelheit besiegte.

Beim Laufen fühlte er sich besser. In letzter Zeit war er oft niedergeschlagen gewesen, aber zum Glück half Bewegung dagegen. Schade, dass sie wegen einer dienstlichen Verhinderung heute doch nicht zu zweit laufen konnten. Das ließ sich manchmal nicht ändern. Die Arbeit war ihnen beiden wichtig, und sie wollten sie möglichst sorgfältig erledigen. Es war schwierig, der Arbeit die kalte Schulter zu zeigen, weil sie so eng mit dem Wohlergehen anderer Menschen verbunden war. Manchmal riefen Schüler abends an und baten um Rat, manchmal brauchte der Jugendschutz Hilfe bei dringenden Hausbesuchen. Die Begegnung mit Menschen war gleichzeitig belastend und bereichernd. Mal konnte man helfen, mal nicht. Es genügte, dass man manchmal etwas ausrichten konnte.

Er dachte genauer über sie beide nach. Er hatte beschlossen, über das Thema zu sprechen. Es konnte nicht länger warten. Eigentlich hatte er es heute zur Sprache bringen wollen. Auf dem Joggingpfad wäre es viel einfacher gewesen. Beim Joggen war es leichter, über schwierige Dinge zu reden, weil man dem anderen dabei nicht in die Augen zu schauen brauchte. Nun würde er das Gespräch von Angesicht zu Angesicht führen müssen. Aber auch das würde gelingen. Er würde es schaffen.

Den nächsten Kilometer lief er langsam und gleichmäßig. Er kreiste einige Male mit den Schultern und beschloss, noch ein Intervalltraining zu machen, bevor er in ruhigem Tempo nach Hause joggen würde. Gerade hatte er den Pfad erreicht, der nach oben zur Lawinenbarriere führte. Beim letzten Mal waren sie zu zweit hier vorbeigelaufen. Damals war die Strecke zugeschneit gewesen, weshalb sie den Lawinenwall umgangen hatten und auf ebenem Boden weitergelaufen waren. Jetzt war hier jemand entlanggegangen und hatte den Bergpfad freigetreten. Die Freude an der Bewegung durchfuhr den ganzen Körper wie ein kleiner Stromstoß. Ein Spurt bergauf würde die Runde krönen. Die Lichter des Dorfes reichten nicht bis zu der hohen Lawinenbarriere, doch das machte nichts. Er hatte ja eine Stirnlampe und Spikes.

Er rannte bergauf. Rechts, links. Rechts, links. Die kurzen, tickenden Schritte sparten Kraft. Die Oberschenkelmuskeln brannten bereits. Noch zehn Meter, dann würde er den flachen Gipfel erreichen, auf dem er noch einige hundert Meter sprinten konnte, bevor es wieder bergab ins Dorfzentrum ging.

Zufrieden betrachtete er das Gelände. Der Wind hatte einen Teil des Schnees vom Pfad geweht, der aussah, als ließe sich gut darauf laufen. Ihm fiel auf, dass er nicht allein auf dem Pfad war. Der späte Winterabend hatte noch jemanden an die frische Luft gelockt.

Er konnte die Person nicht genau sehen, denn hier oben war es recht dunkel. Sie trug keine normale Sportkleidung und schien auch keinen Hund bei sich zu haben. Er lief oft hier und erkannte die meisten, denen er begegnete, entweder an der Kleidung oder an dem Hund, den sie an der Leine führten. Doch er dachte nicht weiter darüber nach, sondern setzte sein Training fort.

Die meisten Lawinenbarrieren, die das Dorf schützten, waren vor gut zehn Jahren errichtet worden. Es handelte sich um hohe Wälle, bestehend aus kleinen Steinen und Erde, die von Maschendraht umschlossen waren. Am höchsten Punkt waren sie einige Dutzend Meter hoch. Die Barriere, die er jetzt erreicht hatte, fiel an der östlichen Seite sanft zum Dorf hin ab. Im Sommer wuchsen an dem Abhang Heu und Alaska-Lupinen. Jetzt war er schneebedeckt, die Kinder konnten bereits darauf rodeln.

An der Westseite war der Rand der Barriere dagegen steil abschüssig. Die senkrechte Wand wurde durch eine massive Maschendrahtkonstruktion aufrecht gehalten. Die mehrere hundert Meter lange und einige Dutzend Meter hohe Wand sollte den Schnee, der von den Bergen hinter dem Dorf abging, aufhalten, damit er im Dorf keinen Schaden anrichtete. Am steilen Westrand befand sich ein gut einen Meter hoher Schutzzaun.

Besser gesagt: hätte sich befinden sollen. Er merkte, dass mindestens zwanzig Meter des Zauns fehlten, und wunderte sich darüber. Hatte die technische Abteilung des Dorfs den Zaun repariert und die Arbeit nicht zu Ende geführt? Irgendein Blödmann hatte vergessen, unten am Hang ein Warnschild anzubringen, das auf das Fehlen des Zauns hinwies.

Er näherte sich der langsam gehenden, in einen langen Mantel gekleideten Gestalt. Der Typ machte keine Anstalten, ihm auf dem Pfad Platz zu machen. Also musste er selbst das Tempo bremsen und darauf achten, dass er nicht zu nah an dem steilen Rand der Lawinenbarriere entlanglief. Ärgerlich. Auch wenn der Pfad noch so schmal war, musste man anderen immer Platz einräumen.

Gleich am Morgen, sobald er am Arbeitsplatz war, würde er im Gemeindehaus anrufen und sich über die technische Abteilung beschweren. Die Leute sollten den Zaun unverzüglich reparieren oder wenigstens entsprechende Warnschilder aufstellen.

Urplötzlich, so schnell, dass er es gar nicht begriff, drehte sich die Gestalt um und warf sich mit ihrem ganzen Gewicht gegen ihn.

Wenn er Zeit gehabt hätte, sich darauf vorzubereiten, hätte er seinen Körper anspannen und die Masse, die sich auf ihn wälzte, auffangen oder ihr sogar ausweichen können. Jetzt war er ihr ausgeliefert.

Er kam nicht dazu, irgendetwas zu tun. Zum ersten Mal in seinem Leben spürte er, dass er die Kontrolle über seinen Körper restlos verlor. Er ruderte wild mit Armen und Beinen, doch sie fanden keinen Halt. Der Boden war unter seinen Füßen verschwunden.

Er würde gleich am Morgen anrufen. Im Gemeindehaus. Gleich am Morgen.

Das war sein letzter Gedanke, bevor er in die Tiefe geschleudert wurde und auf dem Boden aufschlug. Der Lichtstrahl seiner Stirnlampe bohrte ein Loch in die Dunkelheit.

28

Der Löffel klirrte in der Glasschüssel, als das Handy auf dem Esstisch fordernd vibrierte. Sie erkannte die Nummer sofort. Der Anrufer war Tumi Jónasson, ein Polizist bei der Abteilung für vermisste Kinder bei der Polizei von Reykjavík. Hildur hatte ihren Nachtisch schon fast aufgegessen. Sie steckte das letzte Stück Birne in den Mund. Im Ofen gebackene, mit After Eight glasierte Birnen aus der Dose waren in Island irgendwann in den 1980er Jahren ein beliebtes Dessert gewesen. Außer ihrer Tante kannte sie niemanden, der es noch zubereitet hätte.

»Hier ist Hildur.«

»Ich weiß. Genau dich versuche ich ja zu erreichen. Gibt es etwas zu vermelden?«

Wenn Isländer sich gegenseitig nach ihrem Befinden erkundigten, fragten sie oft, ob es etwas zu vermelden gebe. Eine lustige Angewohnheit. Hatte Tumi ein akutes Anliegen? Sie hatten ja am Morgen erst miteinander gesprochen.

»Es ist akut. Sonst würde ich nicht zu einer Zeit anrufen, zu der normale Menschen beim Abendessen sitzen«, erklärte der Mann jovial und dehnte die Vokale in die Länge.

Tumi war Hildurs Lieblingspolizist in Reykjavík. Nein. Vermutlich war er Hildurs liebster Polizist auf der ganzen Welt. Sie hatten sich bei Jugendschutzangelegenheiten kennengelernt, als Hildur vor

Jahren in Reykjavík gearbeitet hatte. Gerade Tumi hatte sie dazu überredet, in der Abteilung für vermisste Kinder mitzuwirken. Als dem Versuchsprojekt fortlaufende Finanzierung bewilligt wurde, hatte Hildur die Verantwortung für mit dem Jugendschutz zusammenhängende Sonderfälle in den ländlichen Gebieten Islands übernommen. Tumi war für ganz Reykjavík zuständig. Er hatte einmal anhand von Statistiken die Durchschnittswerte für seinen Tätigkeitsbereich berechnet und war zu dem Ergebnis gelangt, dass es zu jeder Zeit durchschnittlich 19 Kinder gab, die aus ihrem Zuhause oder aus einem Heim ausgerissen waren. Tumi kannte sie alle beim Namen.

Tumi hatte bahnbrechende Arbeit geleistet. Er trug keine Polizeiuniform. Mit einem alten Zivilfahrzeug fuhr er durch die Straßen von Reykjavík, suchte nach Teenagern, die zu Hause oder aus dem Entzug ausgerissen waren, und versuchte mit allen Mitteln, ihnen zu helfen und mit ihnen in Verbindung zu bleiben. Das Vertrauen der Jugendlichen hinterging er nie.

Hildur erinnerte sich an einen gemeinsamen Einsatz in einer Junkiebude, wo sie einen vermissten Teenager gefunden hatten, der des Autodiebstahls verdächtigt wurde. Beim Anblick der Polizisten war der Junge auf den Balkon gelaufen und hatte gedroht zu springen, wenn die Polizei ihn in den Entzug zurückbringen wollte. Tumi hatte nicht versucht, den Jungen an der Nase herumzuführen, sondern in aller Ruhe erklärt, dass sie als Nächstes zur Polizeistation und von dort zum Entzug fahren würden. Schließlich hatte der Junge nachgegeben und war mitgekommen. Er war Hildur in Erinnerung geblieben. Vor einigen Jahren hatte sie ihn am Flughafen Keflavík gesehen. Er war Busfahrer geworden.

Mit seiner beständigen und unnachgiebigen Arbeit hatte Tumi ganz allein vermutlich mehr Straftaten von Jugendlichen verhindert als alle Polizeistationen der Hauptstadtregion zusammen.

Auch jetzt war Tumi beruflich unterwegs. Er beobachtete zwei fast volljährige Mädchen. Die Schule hatte vor einigen Tagen gemeldet, dass die beiden seit Wochen nicht zum Unterricht erschienen seien.

»Ich war bei ihnen zu Hause, aber dort hatte niemand ihre Abwesenheit bemerkt.«

Der übliche Mist, vermutete Hildur. Die Eltern waren suchtkrank und wussten nicht einmal, welcher Wochentag und welche Tageszeit gerade war. Die Kinder waren einer solchen Situation stets hilflos ausgeliefert.

»Die Diele voll von Müllsäcken und Hundescheiße. Den Hund habe ich mitgenommen und zum Tierschutz gebracht, aber die Kinder waren nicht zu finden. Ich habe mich bei meinen Kontakten umgehört und erfahren, dass die Mädchen sich in einer Junkiebude bei der Busstation Mjódd aufhielten. Dort habe ich sie tatsächlich gefunden, aber sie waren nicht gesprächsbereit. Sie haben mich Boomer zum Teufel gewünscht.«

Tumi hatte das Treiben der Mädchen weiterhin beobachtet. Manchmal bekam er telefonisch Kontakt zu ihnen, aber ihre Antworten waren sehr knapp ausgefallen. Festnehmen konnte er sie nicht, denn dafür gab es keinen hinreichenden Grund. Die Mädchen waren nicht in akuter Gefahr und wurden keiner Straftat verdächtigt.

»Und wir hätten auch gar nicht genug Platz, um Betrunkene einzusperren, nur weil sie Bier gesoffen oder die Schule geschwänzt haben.«

Hildur unterhielt sich gern mit Tumi, wäre aber lieber zum Joggen gegangen und hätte berufliche Dinge für eine Weile ausgeblendet.

Tumi berichtete, die Mädchen hätten sich irgendwie ein Auto beschafft und die Stadt verlassen. Da sie keinen Führerschein besaßen, gefährdeten sie den Verkehr.

»Ich habe sie bei der Tankstelle in Staðarskáli aus den Augen verloren. Von hier kommt man nur in den Norden oder in die Westfjorde.«

Hildur schüttelte den Kopf. Tumi war den Mädchen zweihundert Kilometer weit gefolgt und rief nun von einer Tankstelle aus an, die in einer menschenleeren Gegend mitten auf dem Land lag. Von der Hauptstraße Nr. 1, die einmal um ganz Island führte, zweigte hier die Fernstraße zu den Westfjorden ab.

»Könntest du nachprüfen, ob die Kameras der Straßenverwaltung einen weißen Subaru Kombi aufgenommen haben? Wenn nicht, fahre ich weiter nach Norden.«

Natürlich würde Hildur ihrem Kollegen helfen. Es klang verrückt, durch halb Island hinter den Jugendlichen herzufahren, aber es gab kaum andere Optionen. In den dünn besiedelten Regionen gab es extrem wenige Polizisten, und zudem kannte Tumi den Hintergrund. Er wollte den Mädchen helfen, bevor etwas Schlimmes geschah.

Im Hintergrund hörte Hildur Musik. Sie erkannte den Text. Es handelte sich um den bekanntesten Song der in den 1960er Jahren populären Rockband Hljómar: *Þú og ég*. Du und ich. Hildur wusste, dass Tumi im Auto immer isländische Evergreens hörte.

»Ich kläre das gleich ab und rufe dich dann an. Geh inzwischen in der Tankstelle einen Kaffee trinken.«

»In der Tankstelle? Auf keinen Fall. Ich habe eine Thermoskanne dabei. Tankstellenkaffee ist das reine Gift, der bringt den Magen tagelang durcheinander.«

Bevor Hildur ihr Handy einsteckte, schrieb sie eine Nachricht an Freysi.

Überraschender Einsatz, ich muss das Joggen ausfallen lassen. Es sollte nicht lange dauern, wir sehen uns also später. Ich komme zu dir. H.

29

Alle Elastizität und Kraft waren verschwunden. Als hätte ein schneller Axthieb alle Kraftleitungen des Körpers durchtrennt. Hildur versuchte, schneller zu laufen, aber die Beine gehorchten ihr nicht. Sie fühlten sich an wie dicke Säulen, die sich nicht beugen wollten. Hildur hatte von einigen Menschen, die ein plötzliches Trauma erlitten hatten, gehört, dass einem die Beine mit einem Mal bleischwer wurden.

Sie selbst war bisher nicht in diesen Zustand geraten, außer beim Verschwinden ihrer Schwestern. Damals hatte sie sich vollkommen kraftlos gefühlt. Aber sie war noch ein Kind gewesen. Sie hätte ohnehin nichts tun können, weder an der Suche teilnehmen noch auf andere Weise Hilfe leisten. Jetzt war sie erwachsen.

Es kam ihr vor, als würde sie sich in Zeitlupe bewegen. Ihre Lungen brannten, als sie sich dem Parkplatz vor dem einzigen Etagenhaus an der Wohnstraße Urðarvegur näherte.

Die Urðarvegur war eine kurze Straße an dem zum Berg hin gelegenen Rand des Dorfes. Es war die letzte Straße vor den Lawinenbarrieren, die zum Schutz der Wohnhäuser errichtet worden waren. Am Ende der von einstöckigen Eigenheimen und zweistöckigen Reihenhäusern gesäumten Straße stand ein Mehrfamilienhaus, das der Gemeinde gehörte und in dem die Mieter häufig wechselten. Die meisten Bewohner waren Studierende und Arbeitskräfte der

Fischtrawler, die sich nur vorübergehend im Dorf aufhielten. Hildur kannte das Haus. Sie war sehr oft dort gewesen, denn laute Partys und gewaltsame Auseinandersetzungen beschäftigten die Polizei immer wieder. Auch in den Einfamilienhäusern flogen die Fäuste, aber dort drang der Lärm nicht an die Ohren der Nachbarn.

Als sie den Parkplatz erreicht hatte, sah Hildur das erste Zeichen dafür, dass das, was sie vorhin am Telefon gehört hatte, der Wahrheit entsprach. Ihr Herz raste. Das Blaulicht des parkenden Polizeifahrzeugs warf in demselben rasenden Tempo seine Strahlen in die dunkle Winternacht.

Hildur ging um das Haus herum, denn an der Rückseite begann der kürzeste Weg zum Lawinenwall.

Noch vor Kurzem hatte Hildur in Freysis Küche gesessen und alte Sportillustrierte gelesen. Nach einer Stunde hatte sie begonnen, sich Sorgen zu machen. Normalerweise joggte Freysi abends nicht so lange. Sie hatte mehrmals versucht, ihn anzurufen. Als ihr Handy dann schließlich klingelte, war die Nachricht kurz und hart. Freysi war tot, und Hildur sollte zum Ort des Geschehens kommen.

Ihr Freund war tot. Vor zwei Tagen hatten sie hier gejoggt. Gerade noch hatten sie sich Textnachrichten geschickt. Und nun lebte er nicht mehr. Es war unbegreiflich. Wie ein geschmackloser Witz, über den die anderen gleich laut lachen würden. Aber es war keine erfundene Geschichte. Hildur hatte Beta gleich angehört, dass sie es ernst meinte.

Hildur war sofort aus dem Haus gestürmt. Es hätte zu viel Zeit gekostet, das Auto freizuschaufeln, deshalb war sie den ganzen Weg gelaufen.

Sie holte die Stirnlampe aus der Tasche, schaltete sie ein und ging unter dem polizeilichen Absperrband hindurch näher an die Lawinenbarriere heran. Dann sah sie das, was sie gerade am Telefon gehört hatte.

Einige zehn Meter vor ihr lag ein Bündel, das einer am Ufer verendeten, in der Mitte aufgeblähten Robbe glich. Die Stirnlampe, die mit einem Gummiband am Kopf der unnatürlich verrenkten Gestalt befestigt war, brannte immer noch. Der Lichtkegel ragte in die Dunkelheit.

Beta kam mit ernster Miene auf sie zu und schüttelte schweigend den Kopf. Sie breitete beide Arme aus als Zeichen, dass Hildur nicht näher herangehen sollte.

Hildur sah ihrer Chefin zuerst in die Augen und starrte dann auf ihr Gesicht. Sie merkte, dass Betas Wimperntusche verlaufen war, was ihre traurige Miene unterstrich. Als Nächstes richtete sich ihre Aufmerksamkeit auf Betas Schal. Er war falsch gefaltet und hatte sich unter der Kapuze zusammengeknüllt. Hildurs Blick folgte den Falten des Schals Zentimeter für Zentimeter.

Sie konzentrierte sich auf die Wimperntusche und den Schal, weil sie in diesem Moment keine anderen Wahrnehmungen ertragen konnte.

»Ich umarme dich jetzt«, sagte Beta und trat einen Schritt auf sie zu.

Hildur lehnte sich an ihre einen Kopf kleinere Chefin und atmete. Ein und aus, ein und aus. Eine Weile waren sie ganz still. Um sie herum fielen Schneeflocken auf die Erde. Einige landeten auf ihren Haaren.

»Ist er …«, wisperte Hildur.

»Ja. Es tut mir leid, Freysi ist tot. Ich war dort.«

Hildur trat einen Schritt zurück und versuchte, den Blick auf die Stelle hinter Beta zu richten.

»Als Nächstes kommt der Arzt, dann die Technik. Wir gehen nicht näher heran.«

»Und wenn man ihn doch noch wiederbeleben kann? Vielleicht würde es ihm helfen, wenn er Sauerstoff bekäme?«

Hildur verstand, wie unsinnig ihre Fragen waren, aber aus irgendeinem Grund musste sie sie aussprechen. Als würde sie sich selbst, Beta und die ganze Situation von außen betrachten. Sie sah und hörte alles, war aber nicht beteiligt.

Beta schüttelte den Kopf. Da kam der Schlag. Hildur versuchte, nach Luft zu schnappen, aber auch diese Anstrengung war vergeblich. Aus ihrer Lunge drang dasselbe Röcheln wie damals, als sie einmal als Kind auf dem Sandweg ins Gebirge vom Pferd gefallen und auf dem Bauch gelandet war. Der Schmerz war so heftig gewesen, dass sie nicht einmal schreien konnte.

Sie sackte röchelnd auf die Knie und spürte, wie das Beben begann. Beta hockte sich neben sie und legte vorsichtig die Arme um sie.

Hildur ballte in ihren Fäustlingen die Hände und presste die Fingernägel so tief wie möglich in die Handflächen. Der lokale Schmerz half ein wenig. Er lenkte die Aufmerksamkeit für kurze Zeit ab.

Hildur zitterte noch immer, als sie aufstand. Nach einer Weile wurde ihre Atmung gleichmäßiger, und sie löste die Fingernägel von den Handflächen. Dann blickte sie zum nächtlichen Sternenhimmel auf, über den immer noch das blinkende Blaulicht des Polizeifahrzeugs unten am Haus zuckte.

»Es tut mir so leid, dass ich dich herbitten musste. Als mir klar wurde, wen man hier gefunden hatte, hätte ich es lieber nicht getan. Aber es musste sein. Ich konnte hier nicht weg«, erklärte Beta.

»Ich weiß, ich weiß …«, sagte Hildur, ohne sie anzusehen. Sie hoffte, dass die Tränen kämen, doch das taten sie nicht. Noch nicht. »Hier … Hier ist ja sonst niemand. Ich bin die einzige Kriminalpolizistin.«

Hildur wusste, dass Polizisten keine Delikte untersuchen sollten, die Menschen in ihrem persönlichen Umfeld betrafen, aber Freysi und sie waren nicht miteinander verheiratet. Sie waren nicht einmal ein Paar im traditionellen Sinn.

»Wir haben uns nicht so nahegestanden. Ich meine, Freysi war kein Familienmitglied, also gibt es keinen Grund, weshalb ich den Fall nicht untersuchen könnte.«

»Du arbeitest jetzt nicht.«

Beta klang unnachgiebig. Sie wollte Hildur nach Hause bringen und über Nacht bei ihr bleiben.

»Er war dein Freund. Das hier ist eine schlimme Geschichte.«

Hildur betrachtete ihre Chefin. In ihrem Inneren brodelte etwas. Sie wusste nicht genau, was es war. Das Gefühl, ungerecht behandelt zu werden, Ärger und Wut. Ihr Freund war tot, und sie wollte selbst entscheiden, was sie als Nächstes tun würde.

»Doch, ich arbeite jetzt.«

Beta wollte nicht nachgeben. Das war an ihren Gesten zu erkennen. Sie ließ den Blick über das Meer schweifen, über die Häuser am Ufer, die dicht nebeneinander standen, wie um sich gegenseitig zu schützen, und über die stillen Straßen, auf denen nur vereinzelte Autos fuhren. Sie hatte die Arme eng an den Körper angelegt. Die tief in die Stirn gezogene Kapuze des dicken Wintermantels verstärkte den Eindruck, dass sie sich abkapselte. Beta blickte auf das Dorf hinunter, als suchte sie dort nach einer Antwort.

Hildur hatte ihre Antwort parat.

»Ich ruhe mich morgen aus, aber jetzt nicht.«

Sie wusste nicht, ob ihre Entscheidung vernünftig war oder nicht, aber das war ihr egal. Sie hatte ganz einfach keine Alternative. Freysi war und blieb tot. Hildur konnte nur noch herausfinden, was passiert war.

Das schwere Gewicht in ihren Beinen war plötzlich verschwunden, und sie fühlte sich wacher.

»Erzähl mir alles, was du weißt.«

Beta kämpfte noch eine Weile mit sich, gab dann aber nach. Sie blickte zu dem hohen Lawinenwall vor ihnen und berichtete, dass der Schutzzaun entfernt worden war.

»Wir sind vor ein paar Tagen gemeinsam hier gelaufen. Da war der Zaun noch da.«

Also musste jemand eine Lücke in den Zaun gerissen und Freysi hinuntergestoßen haben.

»Freysi ist im Winter immer mit Spikes gelaufen. Er ist garantiert nicht verunglückt.«

Hildur warf ihrer Chefin einen Blick zu. Sie wusste, dass Beta über die Wahrscheinlichkeit eines Suizids nachdachte. In Island passierten äußerst wenig Morde, aber Selbstmorde waren häufig. In der Regel waren Rauschmittel oder psychische Probleme im Spiel, für die man keine Hilfe bekommen hatte. Die Menschen flohen aus ihrer Sackgasse, indem sie sich erhängten, absichtlich einen Autounfall herbeiführten oder Tabletten schluckten. Besonders zahlreich vertreten waren Männer in den Dreißigern. Männer in Freysis Alter. Hildur hatte im Lauf ihrer Karriere schon oft den Angehörigen von Suizidopfern die Todesbotschaft überbringen müssen. Es war jedes Mal schrecklich gewesen. Manche Angehörigen ahnten, weshalb die Polizei vor der Tür stand. Für andere kam die Nachricht völlig unerwartet. Aber bei allen lag in den Augen dasselbe bodenlose Entsetzen, in das sich nach einiger Zeit Trauer und Enttäuschung mischten, bei manchen auch Wut und Verbitterung.

»Ich weiß, dass es kein Selbstmord war. Wir hatten vorgehabt, zusammen zu joggen, aber ich musste wegen der Arbeit absagen.«

Im Jähzorn begangene Tötungsdelikte geschahen in der Regel in Privatwohnungen, und oft waren sowohl das Opfer als auch der Täter stark betrunken. Oder sie passierten in der Warteschlange vor einer Bar, wenn irgendein aggressiver, bewaffneter Amphetaminsüchtiger ausrastete, weil sich jemand vordrängelte. Dieser Fall lag völlig anders. Die Lücke im Schutzzaun und der abgelegene Ort sprachen für Planmäßigkeit.

»Jemand muss Freysis Joggingroutine gekannt haben. Auf diesem dunklen Hügel spaziert niemand zufällig vorbei.«

Hildur hatte keine Ahnung, weshalb irgendwer Freysi umbringen wollte. Einen Sportlehrer, dessen einziges Laster das Rauchen war.

Freysi hatten weder eifersüchtige Ex-Ehefrauen noch Schuldeintreiber aus dem Drogenmilieu im Nacken gesessen, und das größte Problem, von dem er Hildur je erzählt hatte, waren Rückenschmerzen.

Der Gedanke, der sich Hildur aufdrängte, machte ihr Angst.

»In den letzten Wochen sind drei äußerst seltsame Morde geschehen …«

Hildur wechselte einen Blick mit Beta, die genau dasselbe gedacht hatte.

»… die scheinbar nichts miteinander zu tun haben.«

Das bedeutete wachsende Panik, ein riesiges Medieninteresse und die durchaus berechtigte Befürchtung, dass es weitere Fälle geben würde. Die Reporter wussten noch nichts von den Haaren im Mund des Lawinen- und des Tiefgaragenopfers. Was in aller Welt lief hier ab?

Die Kriminaltechniker aus Reykjavík waren gerade aufgebrochen. Das Flugwetter war so günstig, dass ihr Hubschrauber in weniger als einer Stunde auf dem Flugplatz des Dorfes landen würde. Beta hatte auch den Suchhund angefordert. Er würde die Spur des Täters vielleicht noch wittern, da die Tat erst vor kurzer Zeit passiert war.

»Ich habe eine Streife herbestellt, sie soll die Stelle bewachen, bis die Techniker eintreffen«, erklärte Beta.

»Mach das rückgängig. Ich bleibe hier.«

Beta zuckte resignierend die Achseln.

»Na gut, wie du meinst. Ich fahre jetzt zur Polizeistation. Der Hundebesitzer, der das Opfer gefunden hat, kommt dorthin, nachdem er seinen Hund nach Hause gebracht hat.«

Hildur nickte und blickte ihrer Chefin nach, die sich auf den Weg zum Parkplatz machte. Nachdem Beta gegangen war, drehte Hildur sich zu Freysi um. Sie wäre gern näher herangegangen. Um ihn anzusehen und noch einmal zu berühren. Um Abschied zu nehmen.

Doch das tat sie natürlich nicht, denn dabei hätte sie womöglich Spuren verwischt und die Ermittlungen erschwert.

Sie hatten vorgehabt, sich heute Abend nach dem Joggen einen Film anzusehen. Es sich unter der weißen Wolldecke auf dem Sofa gemütlich zu machen und Bier zu trinken. Doch statt dessen sah sie sich jetzt eine Leiche an, und alles um sie herum kam ihr vor wie ein schlechter Film.

Ein paar Tränen stahlen sich unter den Augenlidern hervor und liefen über die Wangen. Es waren die ersten an diesem Abend. Der kalte Wind wehte sie sofort davon. Es hatte aufgehört zu schneien. Der Berg, der neben Hildur aufragte, wirkte auf seltsame Weise tröstlich. Als hätte er die Schultern ausgebreitet, um den einsamen Menschen in der dunklen Nacht zu beschützen.

Hildur hatte nie jemanden an ihrer Seite gehabt. Keinen Partner, wie ihn die meisten Erwachsenen wenigstens in einem Abschnitt ihres Lebens hatten. Ehemann und Kinder, oder zumindest eine feste Beziehung. Sie hatte nichts dergleichen und hatte sich bisher auch nicht danach gesehnt. Nun beschlich sie das Gefühl, dass auch das, was sie nie gehabt hatte, weg war.

30

Jakob lehnte sich entspannt an das Auto auf dem Parkplatz des Flughafens von Ísafjörður. Er hatte die Arme vor der Brust verschränkt und betrachtete die leere Rollbahn. Der Hubschrauber musste bald ankommen. Vor knapp einer halben Stunde war Jakob zur Arbeit gerufen worden. Das Telefon hatte geklingelt, als er gerade mit Guðrún unter der Dusche stand. Sie hatten es den ganzen Abend miteinander getrieben. Zuerst auf dem Sofa im Wohnzimmer, von da waren sie ins Schlafzimmer gegangen. Dann hatten sie Hunger bekommen und sich in der Küche belegte Brote gemacht. Anschließend hatte Guðrún sich auf den Küchentisch gesetzt und gemeint, als Nächstes könne er sie vernaschen …

Jakob lachte auf. Zum Teufel auch, was für eine Frau hatte er da kennengelernt! Guðrún war unglaublich. Das Abenteuer, das im Wollgeschäft begonnen hatte, dauerte inzwischen schon mehrere Tage. Sie hatten seine Wohnung nur verlassen, um zur Arbeit oder zum Einkaufen zu gehen. Die restliche Zeit hatten sie nicht voneinander gelassen. Die Situation war neu für Jakob. Natürlich hatte er außer Lena auch andere Beziehungen gehabt. Zwei ernstere und eine ganze Reihe One-Night-Stands. In den Bars von Tampere war der Polizeischüler begehrt gewesen. Aber so etwas wie jetzt hatte er noch nie erlebt, es kam ihm vor, als wäre er mitten im Paradies gelandet.

Gleichzeitig plagten ihn widersprüchliche Gefühle. In der momentanen Situation erschien es ihm ungebührlich, so glücklich zu sein. Ihr Polizeibezirk hatte ein allem Anschein nach kompliziertes Tötungsdelikt aufzuklären.

Ihm als Praktikanten fiel keine große Verantwortung zu und wegen seiner beschränkten Sprachkenntnisse konnte er nicht so viel tun wie Hildur und Beta. Er hatte jedoch versucht, sich in dieser Ausnahmesituation so nützlich zu machen wie nur möglich. Er hatte die Arrestzellen geschrubbt, das Lager aufgeräumt und zwei Tage lang einen erkrankten Streifenpolizisten vertreten. Im Streifenwagen hatte er Gelegenheit gehabt, die Sitten des kleinen Dorfes kennenzulernen. Es würde allerdings eine Weile dauern, sie sich anzueignen, dachte er. Als sie Autofahrer ins Röhrchen pusten ließen, hatte der Kollege, der den Einsatz leitete, jeden einzelnen Fahrer angehalten, bis auf einen grauhaarigen Mann in einem roten Toyota. Am Ende der Schicht hatte Jakob nach dem Grund gefragt und einen verwunderten Blick geerntet. Der betreffende Fahrer war der Onkel des Kollegen. Und der Onkel setzte sich nie betrunken ans Steuer.

Nach dem Anruf an diesem Abend war die Lage noch komplizierter geworden. Die Zahl der zu untersuchenden Tötungsdelikte hatte sich verdoppelt, und wenn Jakob es richtig verstanden hatte, war das Opfer Hildurs Freund. Das erschien ihm empörend unfair. Während er glückliche Momente erlebte, musste seine engste Kollegin erneut mit einem schweren Verlust fertigwerden. Seine engste Kollegin? Jakob überlegte. Hildur war mehr als eine Kollegin. Obwohl sie sich noch nicht lange kannten, betrachtete er Hildur als Freundin. Er hatte nicht viele enge Freunde, und bisher hatte keiner von ihnen ihn dazu gebracht, so offen über Lena und Matias zu sprechen.

Vom Meer her ertönte das Geräusch des sich nähernden Hubschraubers. Es holte Jakob in die Gegenwart zurück. Dieser Tag hatte unglaublich trostlos geendet. Im Naherholungsgebiet war ein Toter gefunden worden, und man hatte die Kriminaltechniker in der Hauptstadt alarmieren müssen. Beta hatte Jakob gebeten, das Team vom Flughafen zum Tatort zu bringen.

Er spähte in die Richtung, aus der das Geräusch kam. Der Motorenlärm wurde lauter, als die Maschine sich dem Dorf näherte. Nach einigen Minuten flog der Hubschrauber vom Meer im Bogen auf den Flugplatz zwischen dem Fjord und dem Berg Kirkjubólsfjall zu. Bei der Landung ratterten die Rotorblätter so laut, dass Jakob sich die Ohren zuhalten musste. Der Luftstrom wirbelte den Schnee auf. Einen Moment lang stand Jakob in dichtem Schneetreiben.

Dem Hubschrauber entstiegen drei schweigsam wirkende Männer. Jeder von ihnen trug einen großen schwarzen Ausrüstungskoffer. Jakob winkte die drei zu sich.

Nachdem er sich auf Englisch vorgestellt hatte, öffnete er den Kofferraum, in dem das Gepäck der Männer untergebracht werden musste. Die beiden ersten Koffer passten mühelos hinein, aber mit dem dritten musste er eine Weile Tetris spielen. Jakob drehte ihn und schob ihn quer hinein. Nachdem er die Heckklappe wieder zugeschlagen hatte, sah er die Männer genauer an. Der größte ergriff als Erster das Wort.

»Ich bin Jónas Ingimarsson. Die beiden anderen sind Sveinn Þórsson und Hörður Arnasson von der Kriminaltechnik. Sie waren neulich schon einmal hier, um den im Schnee verschütteten Mann zu drehen und zu wenden.«

Jakob erinnerte sich an die beiden Männer, und auch sie schienen ihn wiederzuerkennen. Während der Untersuchung des Tatorts hatten sie einige Worte miteinander gewechselt. Der eine trieb Krav Maga, der andere war in seiner Freizeit Handballtrainer für Kinder. Sie stiegen hinten ein, während Jónas, der Älteste der Gruppe, sich auf den Beifahrersitz setzte.

»Was zum Teufel ist in diesem Kaff los, dass die KT schon wieder gebraucht wird?«, fragte Jónas. Jakob spürte die Arroganz in seiner Stimme, ließ sich von seiner Einstellung aber nicht stören. Höchstwahrscheinlich handelte es sich um das Syndrom »Größeres Budget und größere Geräte«. Der Städter besuchte seinen Vetter auf dem Land, um ihm bei einem Problem zu helfen, das der Bauerntölpel nicht selbst lösen konnte. So etwas hatte er auch in Finnland erlebt. Die Experten aus dem Süden des Landes hatten allzu oft dieselbe größenwahnsinnige Attitüde wie der Kerl, der neben ihm Platz genommen hatte.

»Na, am besten fahren wir hin und sehen nach«, antwortete Jakob nur und ließ den Motor an.

Dieser Bursche war wohl der widerwärtige Typ, über den Beta und Hildur auf der Polizeistation gesprochen hatten. Jónas bestätigte Jakobs Vermutung, indem er zu einem langen Monolog ansetzte.

»Tja, ich gehöre ja nicht zur KT. Ich bin leitender Ermittler bei der Kripo in Reykjavík. Aber ich bin mitgekommen, um auf die beiden jungen Männer aufzupassen, und weil ich gern wüsste, was hier eigentlich abläuft. Schon das zweite Mordopfer innerhalb von zwei Wochen! Sind die Gauner hier etwa schlauer als die Polizisten?«

Jónas schlug sich auf die Schenkel, um seiner angeblich witzigen Bemerkung Schwung zu verleihen, und lachte dröhnend.

Hörður und Sveinn auf der Rückbank wirkten verdrossen. Die überraschende Nachtschicht an den entlegenen Fjorden Islands schien sie nicht gerade in Jubelstimmung zu versetzen. Sie sahen aus, als hätten sie nicht die geringste Lust, hier oben nach Spuren zu suchen. Oder sie litten unter derselben Landplage wie Jakob: dem überlauten Großmaul auf dem Beifahrersitz.

Jakob lenkte den Wagen vom Flugplatz auf die Straße, die ins Dorf führte. Jónas quasselte weiter.

»Jæjja, mein Junge. Wie hat es dich denn hier an den Arsch der Welt verschlagen?«

Jakob hatte eigentlich keine Lust, sich auf das Gespräch einzulassen, aber ihm blieb keine Wahl. Der Mann würde auf den nächsten Kilometern neben ihm sitzen. Er wiederholte die Geschichte, die er in den letzten Wochen schon mehrmals erzählt hatte, dem Bademeister im Schwimmbad ebenso wie der Mitarbeiterin auf der Post und den Menschen, denen er beruflich begegnet war. Polizeischüler aus Finnland, Praktikant bei der hiesigen Polizei, fasziniert von der Natur und der Stille Islands.

»Dann ist dein Plan nicht ganz aufgegangen. Ich bin seit Jahren nicht in dieser Gegend gewesen, und seit deiner Ankunft ist die KT jetzt schon zum zweiten Mal hier. Am Ende bist du noch der Mörder?«

Jónas brach in wieherndes Gelächter aus. Sveinn und Hörður lachten nicht mit. Sie sagten kein Wort, sondern starrten schweigend hinaus in die Dunkelheit. Jónas drehte den Kopf, um seine Kollegen auf der Rückbank zu sehen, und forderte sie auf, sich zu entspannen.

»Wenn wir den Job hier erledigt haben, gehen wir in die Dorfkneipe und kippen ein paar Gläschen. Diese kleinen Orte haben auch ihre guten Seiten. Männer aus der Hauptstadt sind für die Damenwelt eine begehrte Abwechslung, weil es sonst nur Brummifahrer aus der Fischfabrik gibt. Glaubt mir, Jungs, ich hab die Fjorde seinerzeit abgegrast.«

Wieder füllte das widerwärtige Gelächter den Wagen. Jakob ärgerte sich schwarz. Konnte der Mann nicht einfach mal eine Weile still sein?

»Ich bringe euch zum Lawinenwall«, sagte Jakob schließlich. Er hoffte, den großmäuligen Polizisten zum Schweigen zu bringen, indem er über die Arbeit sprach.

Er berichtete alles über den Fall, was er wusste: Ein Dorfbewohner war bei seiner abendlichen Joggingrunde vom Lawinenwall abgestürzt. Ein Teil des Schutzzauns war zuvor entfernt worden.

Der widerliche Polizist aus Reykjavík rieb sich das stoppelbärtige Kinn und sagte oberlehrerhaft: »Seid ihr ganz sicher, dass der Mann nicht einfach aus dieser Welt geflohen ist? Gerade wenn die dunkle Jahreszeit anfängt, knicken die Leute um wie gefrorenes Heu.«

Jakob war klar, dass man den Todesfall leicht als Selbstmord einstufen konnte. Er wusste aber auch, dass es keiner war. Diese Gewissheit gründete sich vor allem auf die Lücke im Schutzzaun. Ein Selbstmörder hätte mühelos über den gut einen Meter hohen Zaun klettern können.

»Das ist in diesem Fall höchst unwahrscheinlich. Außerdem kannten wir den Mann. Er wollte sich nach dem Joggen mit unserer Kriminalpolizistin treffen.«

Jónas straffte sich und lachte wieder auf. Er zog seine schwarze Mütze tiefer in die Stirn, während er wie zu sich selbst sagte:

»Aha, aha. Es hat also Hildurs Schatz erwischt.«

Jakob warf im Rückspiegel einen Blick auf die jüngeren Kriminaltechniker. Ihre Mienen sprachen Bände. Die Männer schienen sich für das Benehmen ihres Kollegen zu schämen, sagten aber nichts. Jakob schüttelte den Kopf und setzte eine Miene auf, die seinen Frust deutlich erkennen ließ.

»Hoffentlich werdet ihr schnell und ohne Verzögerung mit eurer Arbeit fertig«, sagte er trocken. Dann biss er die Zähne zusammen und beschloss, für den Rest der Fahrt zu schweigen.

Er parkte vor dem Etagenhaus, stieg aus und öffnete den Kofferraum. Jónas nahm einen der Koffer heraus und ging mit langen Schritten zum Absperrband. Hörður und Sveinn griffen nach ihren Koffern und bedankten sich bei Jakob für die Fahrt.

»Der Kerl ist ein komplettes Arschloch. Wir waren echt sauer, als er sich in letzter Minute mit in den Hubschrauber gequetscht hat«, sagte Sveinn bedauernd. »Aber Jónas ist überzeugt, dass es zwischen dem Toten in der Tiefgarage, dem in seiner Sommerhütte verschütteten Pädophilen und diesem Jogger eine Verbindung gibt.«

Das hatte Jakob während der Fahrt auch begriffen. Der Ermittler des Gewaltdezernats in Reykjavík interessierte sich nicht für das Schicksal eines Sportlehrers, der in einem kleinen Kaff ausgerutscht war. Er hatte sich den Kriminaltechnikern angeschlossen, um als einer der Ersten den jüngsten Tatort zu besichtigen. Er wollte einen Serienmörder erwischen.

31

Der Nordwind frischte auf, als der Abend in die Nacht überging. Zuerst schickte er leichte Böen aus, die sich vom Meer in das leere Dorfzentrum senkten und den losen Schnee von einem Straßenrand zum anderen bliesen. Nachdem er eine Weile Kraft gesammelt hatte, schlug er zu wie ein Vorschlaghammer, erbarmungslos. Er ließ die hohen Straßenlaternen zittern und warf den Pappschnee von den Hausdächern auf die Straße. Seine Unberechenbarkeit prägte das Wetter.

Hildur trat von einem Bein aufs andere und ließ die Arme kreisen, um sich warm zu halten. Sie stand schon fast eine Stunde hier und wartete auf die Ankunft der Kriminaltechniker. Der Lawinenwall schützte vor dem Wind, aber den Frost konnte er nicht fernhalten. Die Kälte kroch allmählich in den Körper.

Ein Motorengeräusch näherte sich. Hildur trat ein Stück zur Seite, um freie Sicht nach unten auf den Parkplatz zu haben. Ein bekannter Wagen. Die Polizei hatte beim örtlichen Autoverleih einige Fahrzeuge langfristig gemietet. Alle waren weiße Škoda Octavias.

Hildur sah, wie Jakob ausstieg und den Kofferraum öffnete. Nach einer Weile machte er sich auf den Weg zum Lawinenwall, während die anderen Passagiere Schutzanzüge aus ihren Koffern holten und anzogen. Bei der Untersuchung des Tatorts waren sie notwendig, um Kontaminationen zu vermeiden.

Aufgabe der Techniker war es, an der Leiche möglichst viele Proben zu sammeln, die bei der Suche nach dem Schuldigen nützlich sein konnten. Die Proben würden im Kriminallabor in Reykjavík untersucht werden. Zu den wichtigsten Proben an einem Tatort wie diesem zählten Fasern. Die Ermittler würden an den Stellen danach suchen, wo die Kleidung des Mörders sich an der des Opfers gerieben hatte. Wenn der Täter das Opfer in den Abgrund gestoßen hatte, musste er es berührt haben. In der Praxis waren die Fasern so winzig, dass man sie mit bloßem Auge nicht wahrnahm. Daher würden die Kriminaltechniker wahrscheinlich Freysis Jacke ins Labor schicken.

Jakob grüßte Hildur mit einem behutsamen Nicken. Er betrachtete die verschneite Umgebung. Beim Anblick der Leiche schien er zu erbeben. Dann sah er wieder Hildur an und wandte den Blick nicht von ihr ab, obwohl sie das Gesicht ein wenig zur Seite drehte. Jakob stand einfach da und sah sie an.

»Es tut mir leid«, sagte er schließlich.

Hildur zuckte die Achseln.

»Beta hat mir erzählt, dass ihr befreundet wart.«

Wieder ein Achselzucken.

Sie standen schweigend da. Beide spürten, dass es kaum eine Rolle spielte, was gesagt wurde. Wichtig war, dass sie zu zweit dort standen. Hildur schlug den Kragen ihrer Jacke hoch und zwang sich, noch eine Weile durchzuhalten. Noch einige Stunden.

Hildur rechnete damit, dass sie später zusammenbrechen würde. Sie betrachtete diese Möglichkeit analytisch und überlegte, wann es wohl passieren würde und ob sie den Absturz noch eine Weile hinauszögern konnte. Sie wollte den Zusammenbruch in eine Tüte packen und beiseite legen, bis die Zeit günstiger war. Jetzt musste sie sich auf ihre Arbeit konzentrieren.

Sie bemerkte die drei Männer in den hellen Schutzanzügen, die sich mit ihren Ausrüstungskoffern näherten. Nein, verdammt!

»Wieso ist Jónas hier? Er ist doch kein Kriminaltechniker.«

»Er hat sich in Reykjavík in den Hubschrauber gedrängt«, erklärte Jakob.

Natürlich, dachte Hildur. Er ist hergekommen, um Beobachtungen zu machen und seine Karriere zu fördern. Jónas würde garantiert nicht an die hintersten Fjorde reisen, wenn er sich davon keinen persönlichen Nutzen versprach. Er war mit Leib und Seele ein Hauptstädter, der alles, was auf dem Land passierte, mit Belustigung und Geringschätzung wahrnahm. Soweit Hildur sich zurückerinnerte, hatte Jónas bei allen Gemeinschaftsveranstaltungen der Polizei immer dasselbe über seine Pläne für das Rentnerleben erzählt: Er würde nach Florida ziehen, Golf spielen und nie mehr in dieses eisige Land zurückkehren.

Würde er doch schon seinen Golfbällen nachlaufen, dachte Hildur bei sich, während sie ihn mit neutraler Stimme grüßte.

Dann berichtete sie den Männern, was geschehen war, ruhig, systematisch und detailliert. Sie zeigte ihnen die Stelle, wo das Opfer vermutlich abgestürzt war, die Lücke im Schutzzaun und den Ort, wo die Leiche lag. Sie bewegte sich vorsichtig wie auf dünnem Eis und bemühte sich, Ruhe zu bewahren.

»Den Fußspuren nach sind nur drei Personen zu dem Opfer gegangen. Der Polizist, der nach dem Alarm als Erster eintraf, und der Arzt, der hergerufen wurde, um den Tod festzustellen.«

Sie nickte zu den größeren Abdrücken hin und machte eine kurze Pause. Ihr war schlecht, Magensäure stieg ihr die Speiseröhre hoch. Sie holte ein Kaugummi aus der Tasche und steckte es sich in den Mund.

»Die dritten, größeren Abdrücke stammen möglicherweise vom Täter.«

Die Spuren im Schnee waren deutlich zu sehen. Dreidimensionale Abdrücke entstanden, wenn der Fuß auf einen weichen, formbaren Grund aufgesetzt wurde. Die Kriminaltechniker würden sie fotografieren und Abgüsse machen.

»Wer hat die Leiche gefunden?«, fragte Jónas.

»Ein Dorfbewohner, der seinen Hund ausgeführt hat. Der Mann hat sich der Leiche nicht genähert, sondern sofort die Polizei angerufen. Er macht jetzt gerade seine Aussage«, antwortete Hildur, ohne Jónas anzusehen.

»Okay. Wir machen es so, dass zuerst der Köter sein Glück probiert.« Jónas warf einen abschätzenden Blick auf den gerade eingetroffenen Hundeführer und den gehorsam neben ihm sitzenden Hund.

Hildur spürte, wie ihre Verärgerung wuchs. Zwar waren die Polizisten in Island bei ihrer Tätigkeit nicht an das Gebiet ihres eigenen Polizeibezirks gebunden, doch das hieß nicht, dass es akzeptabel war, in einem fremden Revier den Boss zu spielen. Die Westfjorde waren ihr Gebiet, und sie war die einzige in diesem Gebiet tätige Kriminalermittlerin.

Eigentlich war der Ärger gerade jetzt ein willkommenes Gefühl. Er lenkte sie vorübergehend von ihrer Trauer ab und half ihr, sich auf die Arbeit zu konzentrieren.

»Hör mal, wir machen es so, dass *ich* sage, wie wir vorgehen.«

Hildur bemühte sich um einen kühlen, ruhigen Tonfall. Dennoch schien Jónas sich über ihre Worte aufzuregen. Seine Augen wurden schmal, und seine Kiefermuskeln spannten sich an.

Hildur begann, ihre Anweisungen zu erteilen. Sie richtete den Blick auf den Hund und seinen Führer.

Der Verdächtige war vermutlich vom Lawinenwall hinunter zu dem Etagenhaus gegangen und dann weiter auf der Straße in irgendeine Richtung. Im tiefen Schnee waren die Fußabdrücke gut zu erkennen, aber auf der Straße vermischten sie sich mit anderen Spuren. Hildur war sich nicht sicher, ob der Hund noch Witterung aufnehmen konnte, doch einen Versuch war es wert.

»Magnús, lassen wir den Hund zuerst an die Arbeit. Ich schätze, dass der Täter vor höchstens zwei Stunden hier war.«

»Komm, Molli, gehen wir«, sagte Magnús mit sanfter Stimme und führte den Hund in die Nähe der großen Schuhabdrücke, wobei er ruhig auf ihn einredete.

Molli stand einen Moment still und schwenkte den Kopf aufmerksam hin und her. Dann wirkte der Hund plötzlich freudig erregt. Er schien einen unsichtbaren Faden gefunden zu haben und folgte ihm konzentriert.

»Ruf an, wenn ihr etwas findet«, rief Hildur Magnús nach. Er nickte bestätigend und winkte.

Der Hund lief mit der Schnauze dicht über dem Schnee hinunter in Richtung des Etagenhauses.

Die Kriminaltechniker und Jónas hatten begonnen, in der Umgebung des Tatorts Lampen aufzustellen, oben bei dem abgebrochenen Zaun und in der Nähe der Absturzstelle. Sie hatten vor, die Stelle zu fotografieren, nach Fußspuren und Fingerabdrücken zu suchen, mit Silikonmasse eventuelle Spuren von Werkzeugen am Zaun sicherzustellen und nach allem Ausschau zu halten, was irgendeinen Hinweis auf den Mörder geben konnte.

Hildur beobachtete die Arbeit der Techniker aus einiger Entfernung, ohne sich einzumischen. Sie wurde nicht gebraucht und hätte auch gar nicht näher herangehen wollen. Die Männer beugten sich über die verrenkte Leiche. Sie berührten den Kopf des Opfers und berieten sich. Als Erstes wollten sie nach blonden Haaren suchen. Hildur merkte sich die wichtigsten Einzelheiten ihres Gesprächs und bemühte sich gleichzeitig, alles Persönliche auszublenden. Sie versuchte sich einzureden, dass nicht Freysi im Schnee lag, sondern eine namenlose Leiche. Trotzdem war der Wortwechsel schmerzhaft.

»Die Leiche ist noch schlaff. Der Tod ist vor weniger als drei Stunden eingetreten«, meinte Hörður, der eine der beiden Techniker.

»Ja, lässt sich gut öffnen. Mehr Licht bitte. Ich hebe jetzt die Zunge an.«

Eine Hand im Einmalhandschuh schob sich in den Mund der Leiche. Flinke Finger überprüften die Mundhöhle, den Gaumen und die Unterzunge. Einen Augenblick lang sprach niemand. Der Wind heulte leise. Die Lampen surrten und die Instrumente klirrten.

Dann verschwand die besorgte Miene schlagartig von Sveinns Gesicht. An ihre Stelle trat ein kleines Lächeln, das völlig unpassend schien.

»Hier ist ein kleines Büschel blonde Haare«, sagte Sveinn und hielt das Büschel kurz hoch, bevor er es in einen Beutel legte. Die Haare würden im Labor analysiert werden.

Hildur spürte einen heftigen Schmerz in der Brust. Als wäre in ihren Eingeweiden ein großer Stein von einer Seite auf die andere gerollt. Ein entsetzlicher Gedanke eroberte ihr Bewusstsein. Er war schmerzhaft, aber wahr: Das hier war ihre Schuld. Sie hatte versagt. Der Mörder hatte zum dritten Mal zugeschlagen, und diesmal war der Mord wieder in ihrem eigenen Polizeibezirk geschehen. Wenn es ihr gelungen wäre, den Täter zu fassen, wäre ihr Freund noch am Leben.

Hildurs Handy klingelte. Magnús rief an.

»Molli ist schnurstracks zum Hafen gelaufen. Die Fährte endet am Hafenbecken neben dem Segelbootanleger.«

32

Der Hafen war menschenleer. Die Kajüten der Boote waren dunkel. Die großen Fischtrawler lagen im Hafen und warteten auf ihre nächste Fahrt. Die kleineren Boote schaukelten auf den Wellen. Einige große Segelschiffe mit abgetakelten Masten waren am Anleger vertäut.

Magnús stand, die Hände in den Taschen, am Rand des Hafenbeckens. Der Border Collie saß getreulich wartend neben ihm.

Diese Hütehunderasse war auf der Insel besonders beliebt. Die eifrigen, wachsamen und intelligenten Border Collies wurden auf den Bauernhöfen fast ebenso häufig zum Schafehüten eingesetzt wie die eigene Hunderasse Islands, der Islandhund. Genau genommen waren viele Hütehunde in Island Kreuzungen von Islandhund und Border Collie. Hildur vermutete, dass Molli reinrassig war, hätte aber nicht darauf gewettet. Und die Rasse des Hundes spielte ja eigentlich keine Rolle.

Das warme Licht der Straßenlaterne färbte den Schnee orange. Ein zufälliger Passant hätte glauben können, dass der Mann seinen Hund ausführte und stehen geblieben war, um die Lichter des nächtlichen Hafens zu bewundern. Nächtliche Häfen hatten etwas Faszinierendes. Zahllose Menschen waren gekommen und gegangen, hatten sich am Geländer des Anlegers festgehalten, Waren hergebracht, Erinnerungen mitgenommen. Während der Nacht stand alles still, und über den Hafen senkte sich Ruhe. Nur das Meer bewegte sich unaufhörlich.

Hildur wusste nicht, ob Molli es mochte, von Fremden gekrault zu werden. Deshalb begnügte sie sich damit, den Hund zu loben. Er sah sie gleichgültig an und starrte dann wieder aufs Meer.

»Du verwendest denselben Hund bei der Fährtensuche und im Schnee?«

Magnús nickte. Er freute sich sichtlich darüber, dass Hildur, wie ihre Frage verriet, etwas von Suchhunden verstand. Lawinenhunde konnten Vermisste unter dem Schnee suchen. Ein Fährtensuchhund dagegen folgte dem Weg, den ein Mensch gegangen war, und den Duftmolekülen, die er dabei hinterlassen hatte. Trümmersuchhunde waren fähig, sich in äußerst schwieriger Umgebung zu bewegen und zum Beispiel nach einem Erdbeben Verletzte unter den Trümmern aufzuspüren. Manche Rettungshunde und Ausbilder beherrschten einen dieser Bereiche, manche mehrere.

»Molli hat eine gute Nase, und ich habe versucht, mich zu schulen. Das Schwierigste ist ja nicht die Ausbildung des Hundes, sondern die des Hundeführers«, erklärte Magnús und tätschelte seinen Border Collie.

Die isländische Polizei hatte zwar eigene Diensthunde, aber in den Westfjorden gab es keinen einzigen. Wie überall in den dünn besiedelten Gebieten lag die Rettungs- und Suchhundtätigkeit in den Händen von Laien.

Hildur blickte auf das Meer und starrte in die schwarze Nacht. Hierher ist Freysis Mörder also gegangen, dachte sie. Geradewegs von der Lawinenbarriere an den Hafenrand.

»Der Gesuchte ist entweder ins Meer gefallen oder hatte hier ein Boot liegen«, meinte Magnús und streichelte seinen Hund unter dem Kinn. Molli reckte den Kopf nach oben und schien die Streicheleinheit zu genießen.

»Ich fordere Taucher an und spreche mit der Hafenaufsicht. Die Schifffahrt wird ja überwacht«, murmelte Hildur vor sich hin.

Magnús trat von einem Bein aufs andere und strich über seine Mütze, die ihm fast in die Augen gerutscht war. Der Hund blickte sein Herrchen an, als warte er auf das Zeichen zum Aufbruch.

»Ich muss morgen früh aufstehen. Ich fahre in den Norden, um Lawinenhunde zu schulen«, erklärte Magnús seine Ungeduld.

»Natürlich. Danke für deine Hilfe«, sagte Hildur und versuchte, ein Lächeln auf ihr Gesicht zu zwingen. Dann fuhr sie fort: »Hör mal, Magnús, bevor du gehst, würde ich dich gern kurz nach einer alten Geschichte fragen.«

Magnús wirkte plötzlich angespannt. Er sah aus, als hätte er alles dafür gegeben, im Boden versinken zu können. Auf sein Gesicht legte sich ein dunkler Schatten, der seine Müdigkeit unterstrich.

»Ja ... Ich weiß schon, die Geldbuße wegen überhöhter Geschwindigkeit. Ich bin einfach nicht dazu gekommen, sie zu zahlen ...«

Hildur winkte ab.

»Es geht nicht um Geldbußen, davon weiß ich nichts. Ich meine einen viel älteren Fall.«

Hildur erzählte von ihren Schwestern, die vor über zwanzig Jahren auf dem Heimweg von der Schule verschwunden waren. Magnús erinnerte sich an den Fall. Natürlich. Das Verschwinden der beiden kleinen Mädchen war niemandem entgangen.

»Meine Tante hat mir gesagt, dass du an der Suche teilgenommen hast. Du hattest damals einen traurig dreinblickenden Hund.«

Magnús nickte. Er lächelte, als er an den Hund dachte.

»Lísa war freundlich und fleißig. Molli ist eine ihrer Nachkommen. Die beiden sind sich sehr ähnlich«, sagte er mit einem stolzen Blick auf den Hund, der immer noch brav neben ihm saß.

»Es war eine schreckliche Tragödie für das ganze Dorf, dass sie nie gefunden wurden. Ich wage kaum daran zu denken, wie schwer es für deine Eltern gewesen sein muss. Und für dich.«

Hildur nickte. Magnús sah sie mitfühlend an. Er streichelte seinen Hund mit langsamen, gleichmäßigen Bewegungen. Sein ganzes Wesen verströmte Ruhe und Gelassenheit. Dass ihm Haare, Augenbrauen und Wimpern fehlten, ließ ihn irgendwie alterslos wirken.

»Erinnerst du dich zufällig, wo genau die Spuren der Mädchen endeten?«, fragte Hildur.

Magnús schwieg einen Moment. Er starrte nachdenklich auf ein Segelschiff, das am Anleger gemächlich auf den Wellen schaukelte.

»Daran erinnere ich mich ganz genau, weil ich es so seltsam fand.«

In Hildurs Innerem bewegte sich etwas. Sie hatte das Gefühl, mehrere kleine Stromstöße versetzt zu bekommen, während sie sich den Bericht des Mannes anhörte. Sie wollte jede Einzelheit erfahren, die sie noch nicht gehört oder gelesen hatte.

Magnús erzählte, der Hund sei der Fährte in den Tunnel gefolgt. Lísa hatte die Spuren von der Dorfmitte bis zur Tunneleinfahrt gewittert, doch dann hörten sie urplötzlich auf.

»Wie tief im Tunnel wart ihr da?«

Diese Einzelheit erschien Hildur besonders wichtig, denn in den Polizeiberichten wurde sie nicht erwähnt.

Der Hund hatte kurz hinter der Einfahrt Halt gemacht. Magnús schätzte die Entfernung auf rund zehn Meter.

»Liefen die Spuren irgendwie im Kreis?«

»Nein, das war ja das Seltsame. Sie führten nirgendwo hin. Sie hörten ganz einfach auf. Ich erinnere mich, wie Lísa sich setzte und mit hängendem Kopf ihre Pfoten betrachtete. Das tat sie immer, wenn sie verwundert war.«

Hildur dachte über das Gehörte nach und fragte dann, ob die Mädchen womöglich kehrtgemacht und den Tunnel wieder verlassen hatten.

Magnús starrte kurz auf das Meer, als wolle er genau über seine Antwort nachdenken, und sagte dann mit fester Stimme:

»Das hätte der Hund gewittert. Die Spuren haben … sie haben einfach aufgehört.«

Molli wirkte so unruhig, dass Hildur vorschlug, zu Magnús' Auto zu gehen und unterwegs weiterzureden. Wenn man still stand, gewann der Frost schnell die Oberhand.

Sie kamen an einem meterhohen Stapel Plastikkisten vorbei. Es roch nach Fisch. Die vor dem Hafengebäude aufgestapelten, einen Kubikmeter großen hellbraunen Kisten wurden verwendet, um Fische aufzubewahren.

»Wenn man mich fragt, war es zu merkwürdig, dass die Spuren plötzlich aufhörten.«

Hildur ließ Magnus weiterreden. Er schien zufrieden zu sein, weil ihm jemand konzentriert zuhörte.

»Die Spuren, die in den Tunnel führten, gerieten bald in Vergessenheit, denn die Mehrheit der Suchenden glaubte, die Mädchen hätten die Bergstraße genommen.«

Hildur registrierte, dass Magnús das Wort Mehrheit verwendete. Sie hielt sich daran fest. Die Mehrheit. Die Mehrheit glaubte.

»Du hast das nicht geglaubt?«

»Nein. Aber was ein Einzelner sagte, hatte keine Bedeutung. Die anderen wollten die Suchtrupps ins Hochland schicken, also gingen sie hin. Der Tunnel interessierte sie nicht, weil er noch nicht für den Verkehr geöffnet war. Alle gingen davon aus, dass im Tunnel niemand unterwegs war. Auch das habe ich nicht geglaubt. Die Bauarbeiter haben ihn ja benutzt.«

Der Tunnel war im Sommer fertiggegraben worden, und im Herbst war auch die Straße bereit. Er wurde jedoch noch nicht für den Verkehr freigegeben, weil die Schlussinspektion fehlte. Große Metalltore versperrten die Zufahrt.

»Was für Arbeiter? Die Bauarbeiten im Tunnel waren doch längst beendet«, sagte Hildur.

»Nicht ganz. Da war noch dieser Wasserfall.«

Hildurs Fingerspitzen prickelten, und das lag nicht am Frost. Von welchem Wasserfall redete der Mann? Sie wusste, dass das Dorf sein Trinkwasser aus einer Quelle im Inneren des Berges bezog, aber von einem Wasserfall hatte sie noch nie gehört.

Magnús begann zu erzählen. Als man den Tunnel in den Fels sprengte, hatte man im Inneren des Berges eine Riesenmenge Wasser entdeckt. Im Berg gab es einen Wasserfall, dessen Kraft alle an der Planung beteiligten Ingenieure überrascht hatte. Die gesprengte Wand musste repariert werden, damit das Wasser nicht in den kilometerlangen Autotunnel strömte.

»Diejenigen, die für die Erdarbeiten zuständig waren, haben den Wasserschaden nicht an die große Glocke gehängt, um das Projekt nicht zu gefährden. Es gab ohnehin genug Probleme.«

Es hatte damals heftigen Widerstand gegen das Tunnelprojekt gegeben. Die Naturschützer befürchteten, dass die Sprengarbeiten der Natur schaden würden. Die Firma, die die Erdarbeiten durchführte, wurde verdächtigt, Schwarzarbeiter zu beschäftigen, und später hatte die örtliche Arbeitnehmerorganisation einige Subunternehmer verklagt, weil sie keine Entschädigung für Überstunden gezahlt hatten.

»Der Hauptunternehmer ließ die Felswand selbst reparieren, und das Ganze wurde nirgendwo offiziell registriert«, sagte Magnús kopfschüttelnd.

Man hatte die Angelegenheit ganz nach isländischer Tradition gehandhabt: Man fragte nicht nach Genehmigungen, handelte schnell und ließ anschließend die ganze Episode in Vergessenheit geraten.

Inzwischen waren sie beim Dorfkrankenhaus angekommen, vor dem Magnús seinen Wagen geparkt hatte. Er öffnete den Kofferraum, sodass Molli in ihren Transportbehälter springen konnte. Dann ließ er den Motor an und begann, das Eis von den Fenstern zu schaben.

»Woher weißt du das alles?«, fragte Hildur.

Magnús unterbrach seine Arbeit, richtete sich auf und sah Hildur in die Augen.

Vor mehr als zwanzig Jahren hatte er ein ganz anderes Leben geführt als jetzt. Er hatte sein ganzes Geld versoffen und seine Wohnung im Dorf verloren, weil er die Miete nicht bezahlt hatte. Der Freund eines Freundes hatte ihn vor der Obdachlosigkeit gerettet und ihn einen Winter lang im Ferienhaus seiner Familie wohnen lassen. Daher hatte Magnús in dem Winter, als der Schaden im Tunnel passierte, das Sommerhaus in Ögurvík gehütet. Ögurvík lag gut eine Autostunde von Ísafjörður in Richtung Reykjavík.

Gerade in dem Winter, als meine Schwestern verschwanden, dachte Hildur und spürte brennende Sehnsucht. Sie war sich nicht sicher, wem diese Sehnsucht galt. Freysi, der heute gestorben war, oder ihren Schwestern, die seit fast fünfundzwanzig Jahren vermisst wurden. Menschen, die Hildur nahestanden, verschwanden aus ihrer Nähe, und sie hatte das Gefühl, mitschuldig zu sein. Sie konnte ihr Schuldgefühl nicht erklären. Sie wusste nicht, woher es kam. Es war einfach da.

Hildur versuchte, die unangenehmen Gedanken abzuschütteln und sich auf das zu konzentrieren, was Magnús berichtete.

In der Nähe der Sommerhütte in Ögurvík lag ein Gehöft, dessen Besitzer eine kleine Maurerfirma betrieb. Der Maurer fuhr an jedem Wochentag vor sechs Uhr morgens zur Arbeit nach Ísafjörður.

Magnús erklärte, solche Geschichten blieben einem im Gedächtnis, wenn man im Umkreis von hundert Kilometern keine anderen Nachbarn hatte.

»An einem Morgen im Oktober blieb der kleine Laster des Nachbarn bei meiner Hütte im Schnee stecken.«

Es galt als ungeschriebenes Gesetz, dass man Menschen, die in Schwierigkeiten gerieten, helfen musste. Also hatte Magnús mit dem Traktor, der vor seiner Hütte stand, den Wagen des Nachbarn aus dem Schnee gezogen.

»Er hat sich wortreich bedankt und geprahlt, er erledige eine wichtige, geheime Reparatur im Straßentunnel. In der Tunnelwand sei ein Loch, das zu einem Wasserschaden führen könne. Er werde das in Ordnung bringen. Dann ist er zur Arbeit gefahren, und danach sind wir uns meines Wissens nicht mehr begegnet«, sagte Magnús, während er mit dem Ärmel den Seitenspiegel auf der Fahrerseite abwischte.

Im Tunnel war also jemand zugange gewesen. Jemand, der den Auftrag hatte, einen Schaden zu reparieren, von dem niemand erfahren sollte. Hildur schüttelte sich und spürte Wut in sich aufsteigen. Warum war davon nie die Rede gewesen?

Magnús seufzte. Er schien Hildurs Empörung zu verstehen.

»Es hat keinen interessiert. Nachdem zwei Mädchen aus dem Dorf spurlos verschwunden waren, fand man das Zumauern einer löchrigen Wand nicht gerade wichtig. Im Tunnel war niemand, basta. Damals habe ich zu viel getrunken und hatte bei allen Schulden. Mein Gerede hat keiner ernst genommen.«

Magnús stieg ein und schnallte sich an. Auch Hildur fror inzwischen, aber sie dürstete nach weiteren Informationen. In dem angeblich leeren Tunnel hatte sich ein zweifelhafter Typ herumgetrieben und die Wände geflickt. Sie blickte Magnús in die Augen und wartete darauf, dass er ihr mehr über den Maurer berichtete.

Wenn zwei einander unbekannte Isländer sich begegneten, begannen sie sofort zu klären, inwiefern sie sich eigentlich doch schon kannten. Man suchte nach gemeinsamen Verwandten, dachte über Schulen und Sommerjobs nach. Immer fand sich irgendein Verbindungsglied, das den unbekannten Fremden zum Bekannten machte. Zu einem von uns. Gemeinsame Bekannte schufen einen Kontext, in dem sich beide heimisch fühlen konnten.

Wie alle Isländer hatte Hildur die Frage schon Dutzende, wenn nicht Hunderte Male gestellt. Nie zuvor war ihr die Antwort so wichtig gewesen:

»Wer war er?«

Magnús wirkte ratlos. Diese Frage konnte er nicht beantworten. Er wusste nicht, wer der Mann war, versuchte aber, ihn zu beschreiben.

»Er war ein bisschen seltsam. Ungepflegt und ziemlich verschlossen. Ich war ihm vorher noch nie begegnet.«

Magnús hielt immer noch den Eiskratzer in der Hand, mit dem er die Fenster seines Wagens bearbeitet hatte. Er hob ihn hoch und schlug ihn zwei Mal leicht gegen seine Stirn.

»Hier hatte er eine große Narbe.«

33

Am Himmel leuchten Sterne wie glitzernde Diamanten auf schwarzem Stoff. Sie funkeln alle, obwohl einige von ihnen schon erloschen sind. Irgendwie ist es schön, dass man sie sieht, obwohl sie nicht mehr existieren. Ein Stern erlischt nicht sofort. Und Löwenzahn verschwindet nicht, indem man ihn abknickt; man muss ihn mit den Wurzeln entfernen. Die Wurzel auszustechen ist am mühseligsten.

Viele erzählen, wie viel sie bereit sind, für andere Menschen zu tun. Um wie viel bedeutsamer ihr Leben dadurch wird, dass sie anderen helfen. Alles nur Lüge. Nur das Gerede fauler Menschen. Sie sind nicht dazu fähig. Die meisten sind dazu nicht fähig.

Ich habe denjenigen, die mir am wichtigsten sind, gezeigt, wozu ich fähig bin, und ich habe vielen geholfen. Allen. Ich habe allen geholfen. Ich habe viel getan.

Mein Plan ist aufgegangen. Es ist mir fast perfekt gelungen. In den Wellen am Meeresufer wurde es eilig, weil ich allein zurechtkommen musste. Ich hatte keinen, der mir half. Außer den beiden. In meinem Herzen, jetzt und für alle Zeit.

Ach, wenn die Menschen nur alles wüssten, dann würden sie verstehen! Wenn sie die Flamme spüren könnten, die den Brustkorb versengt, und den Wind, der von der leeren Hochebene weht, würden sie mich verstehen. Sie würden mich anspornen. Sie würden mir zujubeln. Sie würden nicht wollen, dass ich gefasst werde.

Jäger und Retter. Das ist ein und dasselbe.

In der Schrift heißt es, wer lässig ist in seiner Arbeit, der ist ein Bruder des Verderbers. Auch ich dulde keine Faulenzerei. Das habe ich allen gezeigt. Ich habe es den beiden gezeigt, die mir am wichtigsten sind. Ich liebe sie. Euch.

Nun muss ich nur noch eine Aufgabe ausführen. Sie ist die letzte und zugleich die allerschwierigste. Aber ich fürchte mich nicht.

34

NOVEMBER 2019 ÍSAFJÖRÐUR

In der Wohnung war es so still, dass der Wind, der durch das spaltbreit geöffnete Dielenfenster drang, deutlich zu hören war. Das leise Rauschen erreichte auch die hinterste Ecke der dunklen Wohnung. Die, in der Hildur saß. Sie hatte das Schaukeln des langen Vorhangs im Wohnzimmer schon eine ganze Weile betrachtet. Vielleicht eine halbe Stunde. Vermutlich länger. Der Vorhang bewegte sich wellenartig, zuerst wölbte er sich in der Mitte, dann breitete sich die Wölbung zu den Seiten hin aus. Die nach Meereswasser riechenden Nassanzüge in dem schwarzen Müllsack warteten schon seit Tagen darauf, zum Trocknen aufgehängt zu werden. Zuerst hatte sie keine Zeit dafür gehabt. Jetzt fehlte ihr die Kraft dazu. Sie rappelte sich hoch und brachte den Sack ins Bad. Mit lautem Klatschen landete er auf dem Kachelboden.

Hildur sah sich um und war froh über das graue Licht des Wintertages: Ihre unaufgeräumte Wohnung lag in barmherzigem Halbdunkel.

Hildur ließ Wasser in die Kaffeetasse laufen, die sie auf der Spüle gefunden hatte, und warf einen Blick in den Kühlschrank. Sie hatte keinen Hunger, doch ihre Vernunft riet ihr, etwas zu essen.

Das Geräusch der Mikrowelle zerriss die Stille. Hildur zog instinktiv die Schultern hoch und schüttelte sich angewidert. Das laute Klingeln fuhr ihr bis in den Magen. An den Innenseiten der Mikrowelle hatte sich Schmutz festgesetzt, und am Rand des Drehtellers fehlte ein Stück.

Hildur setzte sich zum Essen auf ihren alten Stuhl mit dem abgeschabten Lederbezug. Das dicke Klebeband über den Löchern konnte sie dabei durch ihre dünne Hose spüren. Vor einigen Monaten hatte Hildur die Löcher auf dem Sitz mit Gaffa-Tape überklebt, das kräftige Reibung aushielt. »Mit Gaffa-Tape kann man alles in Ordnung bringen, außer einem Kater, Herzensleid und einer misslungenen Vernehmung«, hatte einer ihrer Lehrer an der Polizeischule gesagt, als sie vor dem Kraftsporttraining die Finger- und Handgelenke mit Tape bandagiert hatten. Hildur rückte auf dem Stuhl nach vorn, wo der Bezug noch ein wenig glatter war.

Sie starrte auf das Hühnerfleisch, das sie in der Mikrowelle aufgewärmt hatte, und dachte über sich nach. Dieser Zustand würde bald vorbeigehen. Das wusste sie, denn solche Zusammenbrüche hatte sie schon oft erlebt. Man musste die Qual einfach ertragen.

Meist war der Schmerz geringfügig und ließ sich mit einer anderen Art von Schmerz vertreiben. Es half, den Körper beim Wellenreiten oder Gewichtheben zu schinden. Manchmal war die Qual jedoch so drückend, dass sie Hildur handlungsunfähig machte.

Den letzten dunkleren Moment hatte sie vor einigen Jahren erlebt, kurz vor einem Unglück am Hafen. Hildur war ein paar Tage kraftlos durch ihre Wohnung geschlichen und hatte unter Übelkeit gelitten. Ihre Beine hatten sich schwer angefühlt und ihre Sicht war getrübt. Dann war die Nachricht gekommen.

Eine isländische Familie, die auf der Insel Heimaey wohnte, war mit dem Auto nach Reykjavík gefahren, um irgendwelche alltägliche Dinge zu erledigen. Als die Familie auf dem Rückweg auf die Autofähre wollte, die von der Hauptinsel nach Heimay fuhr, war das Wetter katastrophal schlecht. Ein heftiger Wind hatte die Insel tagelang gepeitscht, der Boden war vereist, und es herrschte Schneegestöber. Im Hafen hatte der Fahrer die Kontrolle über den Wagen verloren, der vom Anleger in das kalte Meer gestürzt war. Die Rettungstaucher hatten in dem Auto die Eltern und ein Baby im Kindersitz gefunden. Als die Hilfe eintraf, waren alle drei bereits tot.

Das Ereignis im Hafen hatte Hildur ungewöhnlich stark getroffen. Als sie die Zeitungsberichte über den Unfall las, erkannte sie, weshalb: Nicht die ganze Familie war in die Stadt gereist. Das ältere Kind, das schon den Kindergarten besuchte, war für die Dauer der Reise nach Reykjavík bei einer Nachbarsfamilie geblieben. Das Los des überlebenden Kindes war für Hildur am schlimmsten, weil es ihr so vertraut war. Das Kind war von dem Unfall verschont geblieben, hatte gleichzeitig aber alles verloren. Dieses kleine Kind und sie selbst hatten das gleiche Schicksal.

Hildur hielt diese Seite ihres Wesens nicht für seltsam, ging aber davon aus, dass die meisten Menschen anderer Meinung wären. Deshalb wusste außer Tante Tinna niemand von ihren Wahrnehmungen. Tinna wusste es, weil die Sehergabe eine Art erbliche Belastung war. Anderen hatte Hildur nie davon erzählt, denn es war so schwer zu erklären. Sie war keine Hellseherin oder Wahrsagerin, aber etwas Schlimmes, das bald geschehen würde, und ihre eigene Machtlosigkeit raubten ihr die Kraft.

Hildurs Unwohlsein dauerte nie besonders lange an. Es verringerte sich, wenn das Unglück geschehen oder das Verbrechen entdeckt worden war. Danach kehrte ihre Kraft zurück, und sie konnte sich darauf konzentrieren, die Ereignisse aufzuklären und anderen zu helfen.

Als sie gestern Abend vom Hafen zurückgekommen war, hatte sie eine schwere Beklemmung gespürt, die zuerst Kopfschmerzen auslöste und dann als drückendes Gefühl in den Brustkorb und den Magen sank.

Jakob hatte ihr nach Hause geholfen und angeboten, bei ihr zu bleiben, aber sie hatte allein sein wollen. Sie hatte das Handy stumm geschaltet, den Laptop zugeklappt und Beta mitgeteilt, sie werde einen Tag zu Hause bleiben. Sie wusste, dass sie zurechtkommen würde. Mit diesem Zustand war sie auch früher fertiggeworden.

Das Essen verschwand in gleichmäßigem Tempo vom Teller. Es gab keine Alternative. Hildur wusste, dass es nur länger dauern würde, wieder zu Kräften zu kommen, wenn sie jetzt nichts aß. Je früher sie aß, desto eher war sie wieder fähig zu schlafen und desto eher würde sie wieder handeln können.

Hildur wollte ihre Gedanken unter Kontrolle bekommen und ihre Muskeln in Bewegung bringen. Das wollte sie mehr als je zuvor, denn sie musste unbedingt herausfinden, was passiert war. Was war Freysi zugestoßen? Was war mit ihren Schwestern geschehen? Anhand der Beschreibung, die Magnús ihr gegeben hatte, hatte sie Jón erkannt. Die Narbe im Gesicht war ein eindeutiges Merkmal. Wer war dieser Jón mit seinem Narbengesicht und seinem Betonlaster gewesen?

Sie warf einen Blick aus dem Fenster und betrachtete dann das große Kreuzstichbild an der Küchenwand, das Tante Tinna ihr zum achtzehnten Geburtstag geschenkt hatte. Auf das Tuch war ihr Name gestickt und darunter die Erklärung aus der alten nordischen Mythologie.

Hildur. Kampf. Eine Walküre im Dienste Óðins. Als Schlachtjungfer und Todesgeist entschied sie, wer im Kampf siegen und wer sterben sollte.

Ein Windstoß wehte den Vorhang vor das Stickbild. Hildur lachte auf. Eine Walküre, nun ja.

35

In dem kleinen Besprechungszimmer der Polizeistation wurde es eng. Normalerweise versammelten sich hier zwei oder höchstens drei Personen. Jetzt drängten sich fünf um den runden Tisch. Das Fenster musste offen bleiben, damit die Luft für alle reichte.

Jakob saß an der Fensterseite, die Kriminaltechniker Sveinn und Hörður, die am Vorabend aus Reykjavík gekommen waren, hatten ihm gegenüber Platz genommen. Jónas fläzte sich so breit auf seinen Stuhl, dass er Raum für zwei beanspruchte. Beta brachte ein Tablett mit fünf Tassen Kaffee. Sie stellte es auf den Tisch, hatte aber keine Lust, sich einen Sitzplatz zu erkämpfen. Sie wollte die Besprechung möglichst schnell erledigen und nahm kurzerhand einen Hocker, den sie neben den Flipchart stellte.

Jakob holte zwei raschelnde Papiertüten aus seinem Rucksack. Croissants und Käsebrötchen aus der Bäckerei. Sveinn und Hörður freuten sich über das Frühstück, das ihr Kollege hervorgezaubert hatte, während Jónas ebenso säuerlich dreinblickte wie gestern. Er war den ganzen Morgen mit verkniffenem Gesicht herumgelaufen. Als er sah, wie Jakob seinen Kaffee umrührte, konnte er nicht mehr an sich halten.

»Wer trinkt denn Kaffee mit Zucker?«

Jakob störte sich nicht daran, sondern hielt ihm die Tüte mit den Croissants hin.

»Ich bin eben ein besonders süßer Typ.«

Jónas schüttelte den Kopf und murmelte etwas vor sich hin, steckte aber die Hand in die Tüte und biss bald darauf in ein knuspriges Croissant.

Beta hatte beschlossen, eine gemeinsame Besprechung zu halten, bevor die drei Kollegen nach Reykjavík zurückflogen. Jakob und sie würden heute zu zweit arbeiten, denn Hildur hatte sich den Tag freigenommen.

Während sie einen Schluck von ihrem Kaffee trank, nahm sie sich vor, heute keinerlei Maulheldentum zuzulassen. Die ganze Aufmerksamkeit musste auf den Fall gerichtet werden.

Inzwischen war klar, dass Heiðar, Jón und Freysi von demselben Täter getötet worden waren. Das war außergewöhnlich. Beta schrieb den Namen des jüngsten Opfers an den Flipchart.

»Freysi. Ein Teil des Schutzzauns war abgebaut worden, und das Opfer wurde hinuntergestoßen. Die Spuren des Täters führten zum Hafen. Wurde dort etwas gefunden?«

Jakob hatte inzwischen sein Strickzeug hervorgeholt und angefangen zu stricken. Er zog Garn aus der Tasche unter dem Tisch, während er einen Blick auf das Notizbuch warf, das vor ihm lag. Hildur hatte gleich am Abend Taucher alarmiert, die jedoch auf dem Meeresgrund nichts Interessantes entdeckt hatten. Jakob hatte am Morgen mit der Hafenleitung gesprochen, doch im Kontrollraum hatte man nichts Auffälliges bemerkt.

»Sie haben allerdings gesagt, dass die allerkleinsten Boote dort nicht unbedingt zu sehen sind. Der Verdächtige ist möglicherweise mit einem kleinen Boot unterwegs gewesen, ohne aufzufallen«, erklärte Jakob und sah die anderen der Reihe nach an.

Jónas starrte mit geröteter Stirn auf den strickenden Mann und ließ seiner schlechten Laune freien Lauf: »Wir untersuchen hier einen Mord, und du fabrizierst irgendwelche Zierdeckchen wie eine alte Tante.«

»Das wird ein Pulloverärmel«, entgegnete Jakob ruhig. Er hatte beschlossen, sich heute nicht über den Mann aufzuregen. »Ich bin in der Lage, zwei Dinge gleichzeitig zu tun.«

Beta nickte ihm beifällig zu und wechselte schnell das Thema.

»Was habt ihr gestern am Tatort gefunden?«

Sveinn schüttelte frustriert den Kopf. Die Ergebnisse waren mehr als mager. Der Schnitt am Zaun war glatt, er musste mit einer großen Zange ausgeführt worden sein. Sie hatten die Stelle fotografiert und mit Silikonmasse Abdrücke von den Schnittstellen genommen, die sie in Reykjavík mit den gebräuchlichsten Werkzeugen vergleichen würden. Möglicherweise konnten sie so feststellen, was für ein Werkzeug benutzt worden war. Fingerabdrücke hatten sie nicht entdecken können. Der Täter hatte entweder Handschuhe getragen oder den Zaun abgewischt.

»Das bisher wichtigste Beweismaterial sind die Fußspuren. Der Täter ist ziemlich groß, seine Schuhgröße ist 44. Vermutlich handelt es sich um Wanderschuhe. Ich mache einen genaueren Vergleich, wenn wir wieder in der Stadt sind.«

»Und Fasern?«, fragte Beta.

»Wir haben dem Toten die Oberbekleidung ausgezogen und werden sie im Labor untersuchen.«

Sveinn fügte hinzu, dass sie am Morgen in Freysis Wohnung gegangen waren, um Vergleichsspuren von seinen Wohntextilien und Kleidungsstücken abzunehmen.

Beta schrieb *groß* und *Schuhe 44* an den Flipchart. Es gab sehr wenige Fakten, aber sie entsprachen der Beobachtung des Pizzaboten Siggi.

»Hat sich im Fall des Juristen etwas Neues ergeben?«, fragte sie dann und schrieb Heiðars Namen an die Tafel.

Jónas schüttelte den Kopf. Im Auto hatte man dunkle Fasern gefunden, die nicht von der Kleidung Heiðars oder seiner Frau, aus dem Haus des Ehepaars, aus dem Hotel oder vom Arbeitsplatz stammten. Im Wagen waren nur Heiðars eigene Fingerabdrücke festgestellt worden. Die Überwachungskameras in der Tiefgarage waren defekt gewesen. Man hatte auch die Aufnahmen der Überwachungskameras in der näheren Umgebung überprüft, die aber keine verdächtig wirkenden Personen zeigten.

Als Letztes schrieb Beta Jóns Namen an den Flipchart und berichtete, was sie über den Fall wusste.

Er lag ebenfalls im Dunkeln. Keine Mordwaffe, keine Fingerabdrücke, nichts. Sie hatten zu den drei Fällen nur die vage Beschreibung eines Augenzeugen über eine dunkel gekleidete, große Gestalt und die blonden Haare im Mund jedes Opfers.

»Wir haben also einen alten Pädophilen, einen infamen Juristen und einen herzensguten Sportlehrer«, stellte Jónas fest und blickte in die Runde.

Alle dachten über dieselbe Frage nach. Wer oder was war der gemeinsame Nenner bei diesem Zirkus? Jónas klopfte mit dem Zeigefinger auf den Tisch.

»Wir sollten alle Möglichkeiten durchgehen. Hobbys, Ausbildungsstätten, Ferienlager in der Kindheit und Sommerhütten der Familien. Es muss irgendeine Verbindung zwischen den Opfern geben. Wir müssen sie nur offenlegen.«

Jakob legte sein Strickzeug auf den Tisch und sah zuerst Jónas, dann Beta an.

»Könnte die Familie der verbindende Faktor sein? Korrigiert mich, wenn ich falsch liege, aber ich habe den Eindruck, dass hier ziemlich viele miteinander verwandt sind.«

Beta drehte den Filzstift zwischen den Fingern. Sie fand Jakobs Gedanken keineswegs dumm. Tatsächlich hatte sie dasselbe gedacht. Sie berichtete, dass sie sich schon mit Heiðars und Jóns familiärem Hintergrund befasst, aber bisher keine Verbindungen entdeckt hatte.

»Lassen wir DNA-Tests machen, dann wird es sich ja herausstellen«, meinte Hörður, der das Gespräch bisher schweigend verfolgt hatte.

Jónas schob seinen Stuhl zurück und lehnte sich nach hinten. Er wirkte ungeduldig.

»Warum nicht. Aber es wird eine Weile dauern, bis die Ergebnisse vorliegen.«

Das wusste Beta. Das Kriminallabor war ständig überlastet. Und selbst wenn das nicht der Fall wäre, nahmen DNA-Tests immer einige Tage in Anspruch. Sie stand auf und reckte sich. Es brachte nichts, die Besprechung fortzusetzen. Sie mussten einfach noch mehr Steine umdrehen und weitersuchen.

»Wenn sich irgendetwas ergibt, informieren wir uns umgehend gegenseitig, ja?«, fragte Beta und schloss das Fenster. Im Besprechungsraum war es kühl geworden.

Sie wechselten noch ein paar Worte über das, was in den nächsten Tagen anstand.

Dann machten sich die Männer aus Reykjavík zum Aufbruch bereit. Ihr Flug nach Süden sollte in einer Stunde starten. Freysis Leiche würde im Laderaum nach Reykjavík gebracht und am Nachmittag obduziert werden.

Beta, die am Türrahmen lehnte, bot an, die Männer nach draußen zu begleiten.

»Den Weg aus dieser, hm, Polizeistation finden wir schon allein«, erwiderte Jónas mit einem süffisanten Blick auf die Diensträume. »Gibt es in diesem ländlichen Herrenhaus wohl eine richtige Toilette?«

Beta zeigte auf eine angelehnte Tür im Flur. Ihr fiel ein, dass sie am Morgen eine Textnachricht von der Post bekommen hatte: Die Deckenlampe, die sie bei einem Onlineshop bestellt hatte, lag zur Abholung bereit. Die Postfiliale war jetzt geöffnet, und sie hatte einen Augenblick Zeit. Also beschloss sie, das Gebäude zusammen mit den Männern zu verlassen und um die Ecke zur Post zu gehen.

Am Ausgang verabschiedeten sie sich und vereinbarten, in Verbindung zu bleiben. Die Männer gingen in Richtung der Tankstelle, wo ein Streifenpolizist sie mit seinem Wagen erwartete, um sie zum Flughafen zu bringen.

Beta bemerkte, dass die drei, um den Weg abzukürzen, den Platz überqueren wollten, wo die Autos gewaschen wurden. Dort war das Eis unter dem Schnee spiegelglatt. Alle Dorfbewohner wussten, dass diese Stelle tückisch war. Der Tankstellenpächter hatte zudem ein Warnschild aufgestellt, das die Männer jedoch ignoriert hatten.

»Geht am anderen Rand entlang, auf dem Waschplatz ist es furchtbar glatt«, rief Beta und fuchtelte mit den Armen.

Jónas drehte sich grinsend zu ihr um.

»Ja, ja, Tantchen.«

Beta wollte ihren Ohren nicht trauen. Was für ein unglaublicher Rüpel! Sie versuchte zu helfen, und der Kerl machte sich einfach über sie lustig. Sein Benehmen war ihr unbegreiflich. Aber Jónas war immer schon höllisch nervtötend gewesen, sie kannte ihn nicht anders. Es ärgerte sie, dass es auch in ihrem Berufsstand solche Typen gab. Verstimmt sah sie den drei Männern nach.

»Wenn der feine Herr keinen Wert auf die Ratschläge von Provinzlern legt, soll er eben allein zurechtkommen«, murrte Beta in sich hinein und wartete auf das Unausweichliche. Jónas ging mit schnellen, langen Schritten auf den Streifenwagen zu. Er hatte es offenbar eilig, den Flieger in die Hauptstadt zu erreichen. In der Mitte des Waschplatzes rutschte er aus und knallte mit der linken Seite auf den Boden. Der Schnee, den er bei seinem Sturz aufwirbelte, rieselte langsam auf ihn herab.

Beta erschrak. Der Sturz hatte ziemlich schlimm ausgesehen.

Jónas konnte allem Anschein nach nicht aus eigener Kraft aufstehen. Sveinn und Hörður eilten ihm zu Hilfe, aber er winkte sie fort. Die qualvolle Grimasse auf seinem Gesicht zeugte von heftigem Schmerz.

Beta holte das Handy aus der Tasche, wählte die Nummer des Notrufs und nannte ihren Namen.

»Vor dem Polizeigebäude in Ísafjörður ist gerade ein älterer Mann gestürzt. Er ist auf der Seite gelandet und scheint nicht aufstehen zu können. Hoffentlich hat er sich nicht die Hüfte gebrochen.«

Nachdem sie die Antwort gehört hatte, bedankte sie sich, steckte das Handy wieder ein und warf einen Blick auf den am Boden liegenden Jónas. Sie bemühte sich, ihre ernste Miene beizubehalten, hatte aber den Verdacht, dass sich wohl doch ein Anflug von Schadenfreude auf ihr Gesicht stahl.

36

NOVEMBER 2019 REYKJAVÍK – ÍSAFJÖRÐUR

Lian war nervös. Sie presste ihr Handy fest ans Ohr, kratzte mit dem Daumennagel der freien Hand an einem Fleck auf der Tischdecke herum und wartete darauf, dass sich jemand meldete.

Sie hatte schon vor einigen Tagen bei der Polizei anrufen wollen, aber dann hatte ein Vorfall bei der Nachtschicht ihre Pläne durchkreuzt. Eine Patientin war auf dem Weg zum Bad ausgerutscht und auf sie gefallen. Lian war dabei mit dem Kopf auf den Boden geschlagen. Zum Glück war es nicht allzu schlimm gekommen. Sie hatte eine leichte Gehirnerschütterung davongetragen und sich ein paar Tage zu Hause ausgeruht. Die Abende mit den Kindern waren so turbulent gewesen wie immer, aber tagsüber hatte sie die Stille genießen können. Die Ruhepause hatte ihr gutgetan. Heute früh hatte sie sich wieder bei Kräften gefühlt und der Stationschefin mitgeteilt, dass sie zur Tagesschicht kommen würde.

Während des Erholungsurlaubs hatte sie alles vergessen, was mit ihrer Arbeit zu tun hatte. Auch Jón Jónsson und Heiðar Arason, über die sie vor einigen Tagen während ihrer Essenspause in der Zeitung gelesen hatte. Bei der Rückkehr an den Arbeitsplatz war es ihr wieder eingefallen. Sie musste die Polizei sofort informieren. Natürlich konnte es sein, dass das Detail, das sie im Sinn hatte, völlig unwesentlich war. Vielleicht würde der Polizist sich nur höflich dafür bedanken, dass sie als engagierte Bürgerin ihre Sorgen mit ihm teilte, und kopfschüttelnd auflegen.

Endlich meldete sich jemand. Lian stellte sich nach isländischer Sitte vor, indem sie zuerst einen guten Morgen wünschte, erklärte, von wo sie anrief, und ihren Vornamen nannte. Nach dem Umzug nach Island hatte sie schnell gelernt, dass alle sich nur mit dem Vornamen vorstellten. Nachnamen verwendete man praktisch nicht, weil alle Söhne oder Töchter von irgendwem waren. Anfangs war es ihr seltsam vorgekommen, in so zwangloser Art einen Friseurtermin zu vereinbaren oder mit jemandem beim Finanzamt zu sprechen. Inzwischen fand sie es ganz normal.

Lian erklärte, warum sie anrief. Sie sprach Isländisch leicht gebrochen, beherrschte die Sprache ihrer Ansicht nach aber ganz gut. Worte, die ihr Schwierigkeiten bereiteten, verwendete sie nicht, sondern suchte nach Umschreibungen. Jetzt sagte sie, sie arbeite als Krankenschwester im Kleppur, obwohl die korrekte Berufsbezeichnung Psychiatriepflegerin lautete. Krankenschwester war viel leichter auszusprechen, und wenn sie sagte, sie rufe aus dem Kleppur an, wussten sowieso alle Bescheid. In Island gab es keine anderen entsprechenden psychiatrischen Kliniken.

Sie sagte, sie habe in der Zeitung die Nachrichten über Jóns Tod in Ísafjörður und Heiðars Tod in Reykjavík gelesen. Der Polizist erwiderte darauf jedoch nichts. Lian runzelte besorgt die Stirn.

»Entschuldige, kannst du mich hören?«

Nun sagte der Mann etwas, aber Lian verstand nur *in English.*

Sie bemühte sich, langsam zu sprechen, und fragte den Mann, ob er Isländisch verstehe. Sie selbst konnte nämlich kein Wort Englisch, nur Filipino, Spanisch und Isländisch. Englisch hatte sie nie gelernt. Der Polizist wiederum sprach offenbar nicht Isländisch.

»Hablas español?«

Am anderen Ende ertönte ein tiefer Seufzer, den Lian als Verneinung deutete. Sie hatten keine gemeinsame Sprache.

Sie versuchte dem Polizisten noch zu erklären, dass sie später noch einmal anrufen würde. Vermutlich war er gerade allein im Dienst. Lians Angelegenheit konnte warten, bis ein Isländisch sprechender Kollege des Mannes eintraf. Es schwebte ja niemand in Lebensgefahr. Oder, na ja, das wusste sie natürlich nicht, aber sie musste jetzt weiterarbeiten. Die Patienten warteten. Lian beendete das Gespräch mit einem zwanglosen Gruß und lächelte dabei, damit ihre Stimme möglichst freundlich klang.

Jakob starrte verdrossen an die Wand. Es ärgerte ihn, dass er kein Wort verstanden, sondern nur stumm gelauscht und die Anruferin damit in eine unangenehme Situation gebracht hatte.

Dasselbe Gefühl der Hilflosigkeit hatte er anfangs in Norwegen empfunden, wenn die norwegischen Bekannten seiner Ex-Frau Lena nach den ersten kurzen Begrüßungen auf Englisch die Sprache gewechselt und sich auf Norwegisch miteinander unterhalten hatten. In diesen Situationen war Jakob sich wie ein Kleinkind vorgekommen, mit dem man nicht über die Angelegenheiten der Erwachsenen spricht. Dieses Außenseitergefühl hatte nachgelassen, sobald er die Sprache gelernt hatte. Und jetzt hatte er wieder dieselbe Plackerei vor sich. Von einfachen Zwei-Wort-Sätzen war es ein weiter Weg zu munter dahinfließenden Dialogen. Er wusste, dass er die Sprache lernen würde, aber das brauchte seine Zeit.

Die Anruferin hatte nett gewirkt, und Jakob hatte den Eindruck, dass ihre Angelegenheit wichtig war, auch wenn sie nicht eilig zu sein schien. Beta war gerade in einer Besprechung, und Hildur war außer Haus. Sie hatte gesagt, sie wolle im Museum, das sich ganz in der Nähe im Obergeschoss der Bibliothek befand, irgendwelche Papiere abholen.

Jakob betrachtete die Worte, die er bei dem Anruf herausgehört hatte. Er hatte die Nummer der Frau notiert, die er auf dem Display gelesen hatte, und dazu die Worte *Kleppyr, Jón, Heiðar, Satan, Segen.*

Lachend schüttelte er den Kopf. Satans Segen. Hildur würde die Frau sicher zurückrufen.

Jakob widmete sich wieder Jóns Telefondaten. Sie waren schon zweimal durchgesehen worden, aber er überprüfte die Nummern noch einmal. Vielleicht fand sich dort doch etwas Ungewöhnliches. Gleichzeitig konnte er stricken. Die ruhige, gleichförmige Bewegung der Hände half ihm, sich auf die langen Ziffernreihen zu konzentrieren.

Da Guðrún gestern für zwei Tage nach Reykjavík gereist war, hatte Jakob den Abend allein zu Hause verbracht und Zeit gehabt, zu stricken. Er hatte die Ärmel mit dem Vorder- und Rückenteil auf einer Rundstricknadel verbunden. Jetzt kam der Teil, der ihm am liebsten war: das Musterstricken. Er hatte das Muster so entworfen, dass er in zweifarbigen Runden nicht abzunehmen brauchte, sondern alle Abnahmen in einfarbigen Runden gemacht wurden. So kam er schneller voran, und es gab weniger Fehler.

Jakob war fast am Ende der ersten Abnahmerunde angelangt, als das Telefon wieder klingelte. Die Anruferin erkannte ihn, denn sobald sie seinen Namen hörte, wechselte sie ins Englische. Es war Hlín von der Westfjord-Redaktion des isländischen Rundfunks. Sie waren sich im Lawinengebiet bei den Ruinen von Jóns Haus kurz begegnet.

»Ihr habt vor zwei Tagen eine Mitteilung über den Tod des Joggers herausgegeben.«

Die Reporterin sprach freundlich, doch ihr Tonfall verriet, dass sie nicht nur anrief, um guten Tag zu sagen. Jakob fragte, wie er ihr behilflich sein könne.

»Meines Wissens handelt es sich weder um einen Unfall noch um Selbstmord. Könntest du diese Information bestätigen?«

In aller Eile sammelte Jakob seine Gedanken. Er wollte die Reporterin nicht belügen, hatte aber auch nicht die Absicht, ihr etwas mitzuteilen. Mit Beta und Hildur war nämlich vereinbart, den

Mordverdacht noch nicht publik zu machen. In Heiðars Fall handelte es sich so eindeutig um ein Tötungsdelikt, dass die Presse schon nach kurzer Zeit informiert worden war. Dasselbe galt für Jón, dem die Kehle aufgeschnitten worden war. Wenn die Journalisten wüssten, dass alle drei Fälle miteinander verknüpft waren, und reißerische Storys über einen Serienmörder brachten ... Jakob wollte sich nicht einmal vorstellen, was für ein Chaos dadurch entstehen würde. Beta, Hildur und er wollten mehr wissen, bevor sie die Presse auf den Fall losließen.

»Er ist von der Lawinenbarriere gefallen und an den Verletzungen gestorben, die er sich bei dem Sturz zugezogen hat. Die Ermittlungen sind aber noch nicht abgeschlossen, daher gibt es im Moment nicht mehr zu berichten.«

Hlín holte tief Luft und protestierte: »Die Menschen haben ein Recht auf Information.«

Jakob erklärte versöhnlich, der Tote werde obduziert wie alle, die nicht im Krankenhaus gestorben waren. Die Ergebnisse der Obduktion seien jedoch noch nicht eingetroffen.

»Machen wir es so, dass ich dich anrufe, sobald ich etwas zu berichten habe?«, schlug er vor und notierte sich Hlíns Handynummer. Er versprach, sich so bald wie möglich zu melden.

»Jæjja. Meinetwegen. Aber denk auch wirklich dran, anzurufen. Ich werde es nämlich nicht vergessen«, antwortete Hlín und legte auf.

37

NOVEMBER 2019 ÍSAFJÖRÐUR

Hildur streifte Wollsocken über und zog den einen Fuß auf den Stuhl. Sie stützte das Kinn auf das Knie und öffnete die Dateien auf ihrem Laptop. Mit Hilfe der freundlichen Museumsangestellten hatte sie alles Material, das sie brauchte, rasch gefunden.

Das Gemeindearchiv von Ísafjörður war eines ihrer Lieblingsgebäude im Dorf. Durch die großen Fenster des weißen Steinhauses sah man das Meer, die Berge und den Friedhof. Im Sommer war es hier hell, im Winter herrschte gemütliches Halbdunkel. Die hohen Räume schufen eine Weite, die das Denken erleichterte. Das prächtige Steingebäude war in den 1920er Jahren errichtet worden und hatte einst als Krankenhaus gedient. Als Patienten und Pflegekräfte in den 1980er Jahren in ein moderneres Gebäude umzogen, wurde das alte Krankenhaus für Museums- und Kulturzwecke umgestaltet. Neben dem Gemeindearchiv beherbergte es eine Bibliothek und ein fotografisches Museum.

Hildur hätte das digitalisierte Material auch auf der Polizeistation einsehen können, aber sie war lieber hier. Umgeben von alten Büchern, Papierstapeln, leise summenden Computern, der tickenden Wanduhr und den gemächlich durch die Räume schreitenden Museumsangestellten.

Hier herrschte eine wesentlich ansprechendere Atmosphäre als auf der Polizeistation. Die Wollsocken und die hohen Räume mit den großen Fenstern halfen ihr, freier zu denken. Hier gelang es ihr am besten, einzelne Ereignisse der Vergangenheit zu einer Geschichte zusammenzufügen. Hildur glaubte, dass sie die Geheimnisse, die sich um ein Verbrechen rankten, leichter erkannte, wenn sie die dahinter stehende Geschichte verstand. Wenn man seine Geschichte nicht kannte, konnte man auch die Gegenwart nicht begreifen. Bei Betriebsausflügen der Kriminalpolizei oder beruflichen Schulungen sprach sie kaum über diese Methode. Das hier war ihr ganz eigener, womöglich etwas seltsamer Zugang, und so sollte es auch bleiben. Zum Glück brauchte sie sich hier nicht an die anderen anzupassen, da sie die einzige Kriminalpolizistin in der Region war.

Der hellgelbe Teppichboden und die Holzmöbel aus den 1960er Jahren waren ihr inzwischen schon vertraut. Sie hatte Dutzende, wenn nicht Hunderte Stunden in diesen Räumen verbracht, hatte die Hintergründe und Motive von Verbrechen erforscht, indem sie Einzelheiten aus der Vergangenheit der Beteiligten ausgrub. Einige Male hatte sie knifflige Fälle aufgrund der Informationen gelöst, die sie in alten Akten gefunden hatte.

Sie erinnerte sich an einen Erpressungsfall vor einigen Jahren. Die Polizei hatte den Hinweis erhalten, dass ein Schafzüchter von seinem betagten Nachbarn hohe Summen erpresste. Die Tochter des Nachbarn hatte sich mit der Polizei in Verbindung gesetzt, weil ihr Vater überraschend unter Geldmangel litt. Er war jedoch nicht bereit, darüber zu sprechen. Die Ermittlungen drohten im Sande zu verlaufen, bis Hildur in zwanzig Jahre alten Sitzungsprotokollen der Gemeinde einige wichtige Informationsschnipsel entdeckt und die Puzzleteile zusammengefügt hatte. So hatte sie von einem mutmaßlichen Insiderhandel erfahren und erkannt, womit der Nachbar erpresst wurde. Er hatte zwanzig Jahre zuvor im Gemeinderat gesessen und durchgesetzt, dass die Gemeinde eine Immobilie zum Spottpreis verkaufte. Die Käuferin war seine Frau gewesen.

Im Gemeinderat wusste man, dass die Gemeinde in einigen Jahren eine neue Feuerwehrstation brauchen würde. Die Frau hatte die äußerst billig erstandene Immobilie renovieren lassen und einige Jahre später für eine saftige Monatsmiete als Feuerwehrstation an die Gemeinde vermietet. Mehrere zehn Millionen Steuergelder waren dafür draufgegangen.

Ein solcher Kuhhandel war in der isländischen Kommunalpolitik nicht ungewöhnlich. Oft wurde er einfach unter den Teppich gekehrt, und dieser Teppich wurde mitsamt allem Dreck vernichtet. Diesmal war es jedoch anders gekommen: Der Schafzüchter hatte von dem Insiderhandel gewusst, und als der erwachsene Sohn des Nachbarn für das Amt des Bürgermeisters kandidierte, hatte er gedroht, die alte Geschichte ans Licht zu bringen und den Ruf der Nachbarsfamilie zu besudeln, wenn der Nachbar nicht zahlte.

Wegen des Insiderhandels wurde keine Anklage erhoben, denn der Fall war verjährt. Aber der Schafzüchter wurde wegen Erpressung zu einigen Monaten Bewährungsstrafe verurteilt.

Hildur richtete den Blick wieder auf den Bildschirm und konzentrierte sich auf das Material. Sie wollte Einzelheiten über Jón, Heiðar und Freysi ausgraben. Sie musste etwas finden, das wenigstens einen kleinen Hinweis auf das Motiv des Mörders gab.

Die Mitarbeiterin des Archivs hatte ihr geholfen, alles erdenkliche Material herauszusuchen, in dem die Namen der Männer vorkamen. Zeitungsartikel, offizielle Schriftstücke der Gemeinde und Nachrufe. Sie überflog die alten Zeitungsberichte über Jóns Straftaten, die jedoch nichts enthielten, was sie nicht schon wusste. Heiðars Name tauchte in Dutzenden Zeitungsartikeln auf. In fast allen wurde er als Anwalt irgendeines Mandanten erwähnt. Hildur murmelte vor sich hin, als sie die Texte las. An viele der Rechtsfälle erinnerte sie sich. Heiðar hatte alle möglichen Wirtschaftsverbrecher vertreten!

Als Nächstes fiel ihr Blick auf einen Artikel über Freysi, der in der Lokalzeitung erschienen war, als Freysi seine Tätigkeit als Sportlehrer an der örtlichen Schule aufgenommen hatte. »Ich bin ein Frühaufsteher«, lautete die Überschrift. Das dazugehörige Foto betrachtete Hildur etwas länger. Freysi sah darauf so jung und nett aus. Die Aufnahme war im Freien gemacht worden, und es war offenbar windig gewesen, denn Freysis Haare standen über der Stirn witzig in die Höhe. Hildur spürte einen Kloß im Hals und schluckte ihn entschlossen herunter. Sie klickte die Datei weg. Jetzt durfte sie sich nicht in ihren Erinnerungen verlieren.

Sie stand auf, trat an das große Fenster, legte die Stirn an den Fensterrahmen und sah hinaus. Die Kinder aus der benachbarten Kita waren draußen. Die Kleinkinder in ihren dick gefütterten Overalls wankten im Schnee wie kleine Boote in der Brandung. Es schien sie nicht zu stören, wenn sie hinfielen, im Gegenteil. Der aufstiebende Schnee brachte sie erst recht in Fahrt. Die dicken Wände des Museumsgebäudes waren so schalldicht, dass Hildur die Freudenschreie der Kinder nur in ihrer Vorstellung hören konnte. Die Kleinen handelten nicht planmäßig oder logisch, sondern taten einfach das, was ihnen gerade Spaß machte. Hildur fand es schön, ihr spontanes Spiel zu verfolgen. Sie mochte Kinder, wollte aber keine eigenen. Die Elternrolle erschien ihr ganz und gar fremd.

Sie setzte sich wieder an den Computer. Als Nächstes würde sie die Nachrufe durchgehen. Sie enthielten oft viel mehr Informationen als die offiziellen Schriftstücke oder die von Profis bearbeiteten Zeitungsartikel.

Die in den isländischen Zeitungen veröffentlichten Nachrufe berichteten über das Leben der Verstorbenen und stellten echte Füllhörner dar. Es ging nicht nur um die Großtaten berühmter oder beruflich erfolgreicher Isländer und Isländerinnen, sondern auch um ganz normale Menschen und ihr Leben. Man erzählte von den Wohnorten der Toten, von ihren Kinderjahren, Hobbys, Freunden und manchmal sogar von ihren Lieblingsfußballmannschaften und Ferienzielen.

Die Nachrufe erzählten die Geschichte eines Einzelnen aus der Sicht des Verfassers. Manchmal erschienen mehrere Nachrufe auf einen Verstorbenen, wenn die Geschwister, Eltern, Kinder, Schulfreunde und Kollegen jeweils ihre eigenen Erinnerungen an den Toten veröffentlichen wollten. Wenn man diese verschiedenen Nachrufe auf einen Menschen miteinander verglich, entstand ein mehrdimensionales Bild.

Hildur wollte wissen, ob Jón, Heiðar oder Freysi irgendwann einmal einen Nachruf geschrieben hatten oder im Nachruf eines anderen Verfassers erwähnt wurden. Der Tod der drei Männer lag erst so kurz zurück, dass es über sie selbst noch keine Texte gab. Oft wurden die Nachrufe erst nach der Beerdigung veröffentlicht.

Manchmal war die Nachruf-Beilage der Zeitung bis zu zwanzig Seiten lang, denn alle Nekrologe wurden veröffentlicht – auch sprachlich schwache. Der Tod war wichtiger als die Grammatik. In den Nachrufen kristallisierte sich der Kern des isländischen Wesens: Das Leben jedes Menschen war erzählenswert, und jede Erzählung war wichtig. Auf der Insel waren seit ihrer Besiedlung im 9. Jahrhundert Geschichten über die Einwohner erzählt worden. Aus den Abenteuern der ersten Wikinger entstanden die Islandsagas, das Kronjuwel der europäischen Literatur des Mittelalters.

Hildur überflog die von der Suchmaschine ausgewählten Nachrufe. Viele erwiesen sich schon auf den ersten Blick als irrelevant – Jón Jónsson war einer der häufigsten Namen in Island. Unter Freysis Namen fand sich ein Text, in dem es um seinen Studienkollegen Rúnar ging. Der junge Sportstudent war bei einem Verkehrsunfall auf der Straße nach Grindavík ums Leben gekommen. Freysi hatte den Nachruf zusammen mit einigen anderen Kommilitonen verfasst.

Rúnar wurde darin als zuverlässiger Freund, beliebter Kommilitone und ehrgeiziger Volleyballspieler beschrieben. Jedoch hatte er keine Zeit mehr gehabt, Volleyball zu spielen, nachdem er am Arbeitsplatz Helga kennengelernt hatte. Hildur musste lächeln. Rúnars Freunde hatten gemerkt, dass sie hinter seiner Freundin zurückstehen mussten, und wiesen den Toten noch in ihrem Nachruf mit Augenzwinkern darauf hin.

Hildur klickte das nächste Suchresultat an. Wieder ein Nachruf auf einen Toten namens Jón Jónsson. Auch in diesem Text ging es nicht um den kürzlich verstorbenen Jón. Dieser Mann war in Egilsstaðir in Ostisland mit 96 Jahren an Krebs gestorben. Auf derselben Seite stand jedoch noch etwas anderes. Hildurs Blick fiel auf einen ungewöhnlich kurzen Text am unteren Rand der Seite. Die Nachrufe nahmen in der Regel mindestens eine Viertelseite ein. Dieser bestand nur aus zwei Absätzen. Und es gab nicht einmal ein Foto.

Meine Augen und deine Augen,
oh, welch schöne Steine,
mein ist dein und dein ist mein,
du weißt, was ich meine.

Es tut mir leid, alles. Wir sind uns nie begegnet.
Heiðar

Hildur erkannte den Anfang des Textes. Viele Isländer hätten ihn erkannt. Es war die erste Strophe aus einem der bekanntesten Liebesgedichte Islands, das die Dichterin Rósa Guðmundsdóttir im 19. Jahrhundert geschrieben hatte. In dem Gedicht wandte sich das lyrische Ich mit schönen Worten an seinen Geliebten.

Der Schluss des Nachrufs war merkwürdig und weckte Hildurs Interesse. Warum in aller Welt lautete die Unterschrift nur Heiðar? Nachrufe wurden nie nur mit dem Vornamen unterschrieben. Dort standen immer der volle Name und der Titel oder die Verwandtschaftsbeziehung zu dem Toten. Hier nicht. Als hätte der Verfasser nicht mehr als den Vornamen von sich preisgeben wollen.

Die Angaben über die Verstorbene waren knapp. Der Nachruf war im Oktober 2012 erschienen. Die Frau hieß Valgerður Indriðadóttir. Sie war sehr jung gestorben, mit 21 Jahren. Die Todesursache wurde nicht genannt, was an sich nicht ungewöhnlich war. In manchen Nachrufen wurde die Todesursache erwähnt, in anderen nicht. Wichtiger als der Tod war das Leben. Das, was der Verstorbene und der Verfasser gemeinsam erlebt hatten.

Hildur holte ihr kleines Notizbuch aus der Tasche, in das sie zufällige Beobachtungen zu schreiben pflegte. Dinge, die nicht unbedingt mit dem jeweiligen Fall zu tun hatten, den sie gerade untersuchte, über denen jedoch ein dichter Nebelschleier zu hängen schien, den sie an irgendeinem Rand ein wenig lüften wollte. Sie notierte Valgerðurs Namen sowie ihren Geburts- und Todestag.

Dann speicherte sie den Nachruf auf ihrem Laptop, steckte das Notizbuch ein und beschloss, in die Polizeistation zurückzukehren.

Der Platz vor dem Museumsgebäude war gerade freigeschaufelt worden. Der Schnee knirschte unter den Schuhen. Der Wind vom Meer fuhr ihr in die Haare und wehte sie ins Gesicht. Es war fast Mittag, aber immer noch dämmerig. Der Himmel war so dicht bewölkt, dass das wenige Licht, das es dort oben noch gab, nicht bis auf die Erde reichte. Hildur zog die Kapuze über den Kopf und beschleunigte ihre Schritte.

Sie merkte, dass ihr der Text, den sie gerade gelesen hatte, im Kopf herumspukte. Die Unterschrift irritierte sie. Hildur wusste, dass es in Island außer dem in der Tiefgarage überfahrenen Juristen Hunderte Männer gab, deren Vorname Heiðar lautete. Ein Heiðar unter einem seltsamen Nachruf hatte nicht unbedingt etwas zu bedeuten.

Mehr als der Männername peinigte sie die Widersprüchlichkeit des Textes. Warum behauptete der Verfasser, er sei der Verstorbenen nie begegnet? Nachrufe schrieb man doch nur auf die eigenen Verwandten, Freunde und andere nahestehende Personen. Was in aller Welt hatte der Verfasser gemeint? Hildur würde die Sache nicht auf sich beruhen lassen. Sie musste sie weiter ergründen.

38

Hildurs Zähne gruben sich in die saftige Pizza. Der Pfefferkäse und die würzige Peperoniwurst waren eine unschlagbare Kombination. Hildur verschmähte den harten Rand des Pizzastücks und legte ihn beiseite. Sie griff nach dem nächsten Stück und biss hinein. In den letzten zwei Tagen war so viel geschehen, dass ihr Körper ständig nach Nahrung verlangte. Ihr Hunger schien grenzenlos.

Das Essen, das die Pizzeria-Grillstube im Erdgeschoss des Polizeigebäudes bot, war nicht das gesündeste, aber es schmeckte gut und stillte den Hunger. Hildur blickte durch das Fenster der Grillstube nach draußen. Am Dorfrand, hinter der letzten Wohnstraße, ragten die schneebedeckten, platten Berggipfel auf. Um diese Zeit reichte die Sonne gerade über den Bergrand und ließ den oberen Teil des Abhangs funkeln. Der Himmel war blau und das Meer spiegelglatt. Das perfekte Wetter, um an die frische Luft zu gehen. Hätte Hildur einen gewöhnlichen Büroalltag gehabt wie die meisten Menschen, hätte sie heute nach Feierabend joggen gehen können. Aber gerade jetzt war ein unbeschwertes Nachmittagsjogging ein so unerfüllbarer Traum wie ein Surfurlaub in Marokko.

Hildurs Tag war nicht so schön gewesen wie das Wetter. Sie hatte sich den gestrigen Tag freigenommen und Kräfte gesammelt. Heute hatte sie den Vormittag damit verbracht, alte Papiere zu lesen. Nach ihrer Rückkehr in die Polizeistation hatte sie alle gebeten, sie nicht nach ihrem Befinden zu fragen. Sie wollte weiterarbeiten und damit basta.

Jónas, der gestern vor dem Polizeigebäude ausgerutscht war, lag im Dorfkrankenhaus. Man hatte eine Fraktur des Hüftknochens festgestellt. In den nächsten Wochen würde er keinen Schritt gehen können. Die Kriminaltechniker aus Reykjavík waren mit der Leiche in den Süden zurückgeflogen.

Hildur starrte auf die Berge. Vor langer Zeit war dieser an der Nahtstelle zweier Kontinentalplatten entstandene Lavahaufen von einer kilometerhohen Eisschicht bedeckt gewesen. Durch Vulkanausbrüche war neues Land entstanden. Da die Vulkane unter der schweren Eismasse ausbrachen, bekamen die Berge flache Gipfel. Der Gedanke an die vom Eis plattgedrückten Berge wirkte tröstlich. Die Berge trugen bei ihrer Entstehung eine schwere Last, aber sie entstanden trotzdem. Sie wurden nur ein wenig anders, als man hätte denken können.

»Hildur, hörst du mir überhaupt zu?«

Jakob sah sie über den Tisch hinweg fragend an.

»Entschuldige, ich war gerade mit den Gedanken woanders.«

Hildur schob den leeren Pizzateller beiseite.

»Ich hatte dich gefragt, ob du mir helfen kannst«, sagte Jakob und berichtete von dem Anruf, den er am Morgen bekommen und von dem er praktisch nichts verstanden hatte, außer den Worten *Satan* und *Segen*. Er zeigte Hildur, was er aufgeschrieben hatte:

Kleppyr, Jón, Heiðar, seitna, bless.

Hildur lachte hellauf. Das tat gut, das Lachen entspannte. Sie nahm den Zettel in die Hand und betrachtete ihn noch einmal. Dann übersetzte sie Jakob die Worte. *Bless* bedeutete nicht *Segen*. Man verwendete das Wort, um sich zu verabschieden. *Seitna* hatte nichts mit dem Satan zu tun, sondern hieß einfach *später*. Und Kleppur war eine psychiatrische Klinik in Reykjavík.

»Wer hat dich denn angerufen? Eine Patientin der Klinik?«

»Das weiß ich nicht. Sie klang ganz vernünftig. Das Problem war, dass ich kein Wort verstanden habe.«

Sie wussten beide, dass die Polizei häufig Störanrufe bekam. Manche Anrufer wollten einfach nur plaudern. Sie hatten keine Gesprächspartner, aber bei der Polizei meldete sich immer jemand. Ein Teil der Anrufe gehörte in die Kategorie Unsinn. Die Leute riefen an, um zu berichten, dass sie eine mysteriöse Strahlung gesehen oder einen Mord beobachtet hatten, über den die Zeitung am Tag zuvor berichtet hatte.

»Könntest du sie zurückrufen, damit ich die Sache abhaken kann?«, bat Jakob und zeigte auf die Telefonnummer auf dem Zettel.

Hildur holte ihr Handy aus der Jackentasche und wählte die Nummer an. Es tutete einmal, dann ein zweites Mal. Nach dem sechsten Freizeichen gab Hildur auf. Sie würde später einen neuen Versuch machen.

Hildur und Jakob traten durch die Schiebetür der Grillstube nach draußen und gingen auf den Hof hinter dem Gebäude, wo sich der Eingang zur Polizeistation befand. Beta saß in ihrem Dienstzimmer und telefonierte. Vor ihr lag eine halb leere Kekspackung, und aus dem Radio ertönte die ruhige Stimme des Nachrichtensprechers.

Sie setzten sich an ihre Schreibtische und arbeiteten an ihren Computern. Hildur schrieb ihre Beobachtungen zu den Ereignissen der letzten Tage auf. Jakob vertiefte sich in die Telefondaten. Er verglich Jóns und Freysis Telefonate miteinander, suchte nach übereinstimmenden Nummern und überprüfte die Uhrzeiten.

Plötzlich knallte Hildur ihren Laptop zu und stand auf.

»Hör mal, ich habe über etwas nachgedacht, das Heiðar betrifft. Lass uns nach Reykjavík fahren. Wir müssen mehr über diesen toten Anwalt herausfinden.«

Hildur hatte das Gefühl, ein Besuch in der Hauptstadt wäre der einzige Weg, die Ermittlungen voranzutreiben. Der von dem ominösen Heiðar unterschriebene Nachruf ging ihr nicht aus dem Sinn. Er hatte ein ungutes Gefühl hinterlassen. Seltsam war auch, was Jónas über Heiðars Witwe gesagt hatte: Sie habe keinerlei Erschütterung über den Tod ihres Mannes erkennen lassen. Hildur wollte die Frau befragen. Sie musste etwas über ihren verstorbenen Mann wissen. Etwas, wonach die Kollegen in Reykjavík sie nicht gefragt hatten. Außerdem lag Jónas jetzt im Krankenhaus, sodass die Ermittlungen in Reykjavík in den nächsten Tagen langsamer fortschreiten würden.

»Du musst während deines Praktikums doch auch ein bisschen von Reykjavík sehen. Falls die Reise sich als nutzlos erweist, kannst du immerhin sagen, dass du die nördlichste Hauptstadt der Welt besucht hast.«

Jakob hatte keine Einwände. Er wickelte das Kabel säuberlich um das Ladegerät seines Laptops und packte das Wichtigste vom Schreibtisch in seine Tasche.

»Ich hole dich in einer halben Stunde ab. Geh vor der Abfahrt noch aufs Klo. Bis zum nächsten Rastplatz sind es zweieinhalb Stunden«, sagte Hildur und warf einen Blick aus dem Fenster. Dunkle Wolken zogen auf. »Oder eher drei. Bald gibt es einen Schneesturm, da fahre ich nicht gern zu schnell.«

Hildur marschierte in Betas Dienstzimmer und kündigte die Dienstreise nach Reykjavík an. Ihre Chefin akzeptierte den Vorschlag. Es war wichtig, so viel wie möglich über den Hintergrund der Opfer zu erfahren. Hildur mochte den Führungsstil ihrer Vorgesetzten. Fachkräfte wussten selbst, was bei ihrer Arbeit wesentlich war und was nicht, folglich durften sie weitgehend selbst entscheiden, was sie taten. Sie brauchten der Chefin nicht über jeden Schritt zu berichten. Es reichte, dass sie Ergebnisse erzielten.

Als Nächstes ging Hildur nach Hause. Sie musste den Wagen

vorwärmen, Sportkleidung, Zahnbürste, Gesichtscreme und Unterwäsche einpacken und eine Thermoskanne Kaffee kochen. Sie warf einen abschätzenden Blick auf ihre hohen, an den Rändern ausgefransten Winterturnschuhe und beschloss, auch die besser erhaltenen Herbstschuhe einzupacken. In der großen Stadt würde nicht so viel Schnee liegen wie hier. Dort kam man auch mit leichterer Ausstattung zurecht.

Sie hatte kein schlechtes Gewissen, obwohl sie ihrer Chefin und auch Jakob nicht die ganze Wahrheit über die bevorstehende Reise verraten hatte. Gelogen hatte sie nicht, sondern nur eine Kleinigkeit ausgelassen. Ihr Weg führte nämlich an einem Ort vorbei, an dem sie unbedingt Halt machen musste.

Was Magnús über den obskuren Maurer gesagt hatte, ging ihr nicht aus dem Sinn. Er hatte sich nicht an den Namen des Mannes erinnert, aber anhand seiner Beschreibung hatte Hildur erkannt, um wen es sich handelte: Jón war in dem Tunnel gewesen, in dem die Spuren ihrer Schwestern geendet hatten. Jón hatte auf einem Gehöft in Magnús' Nachbarschaft gewohnt. Dort wollte sie jetzt hin.

39

NOVEMBER 2019 ÍSAFJÖRÐUR – REYKJAVÍK

Hildurs Vorhersage hatte sich bestätigt. Das Wetter war miserabel geworden. Die Scheibenwischer kämpften gegen den Schneeregen an, schufen aber wenig Abhilfe. Der eisige Schneematsch fiel so reichlich, dass die Windschutzscheibe sofort nach dem Wischen wieder von grauem Matsch bedeckt war. Die Sicht war katastrophal. Hildur fuhr bewusst umsichtig. Sie blieb auf ihrer Spur, hielt das Tempo unter achtzig und den Blick fest auf die Straße geheftet.

Das Maskottchen mit dem Lendenschurz zitterte im Takt der Bewegungen des Autos. Sie waren in Hildurs eigenem Wagen unterwegs. Auf den Gebirgsstraßen, die über die Hochebenen führten, war die Temperatur unter den Gefrierpunkt gesunken. Dort fiel kein Schneeregen, sondern richtiger Schnee, und so spät am Tag räumten die Schneepflüge der Straßenverwaltung vielleicht nicht mehr. Bei schlechtem Wetter verließ Hildur sich lieber auf ihr eigenes Auto. Sie hatte es umbauen lassen und mit 40-Zoll-Reifen versehen. Es musste schon ziemlich viel Schnee auf der Straße liegen, bevor Brenda stecken blieb. Wenn sie mit dem eigenen Wagen fuhr, konnte sie außerdem ein ganz leidliches Kilometergeld in Rechnung stellen. Die steuerfreie Einnahme war ein willkommener Gehaltszuschlag.

»Zum Glück wird es bald dunkel«, seufzte Hildur, beide Hände am Lenkrad.

»Genau. Bei starkem Regen fährt es sich im Dunkeln angenehmer. Dann sieht man die Reflektoren an den Schneestangen besser«, sagte Jakob, der mit seinem Strickzeug auf dem Beifahrersitz saß. Die Tüte mit dem Garn war zwischen der Handbremse und dem Sitz sicher verstaut.

»Habt ihr in Finnland auch oft so ein schreckliches Wetter?«, fragte Hildur und warf einen schnellen Blick auf das Strickzeug. Guðrún war offenbar noch auf Dienstreise, denn Jakob hatte Zeit zum Stricken gehabt. Der Pullover schien fast fertig zu sein, und er schien grandios zu werden. Das grafische Muster enthielt Linien in erdigen Farbtönen, es wirkte modern, erinnerte gleichzeitig aber auch an die alten Kreuzstichstickereien, die bei Tante Tinna an der Wand hingen.

»Schnee, Eis und Dunkelheit. So starken Wind haben wir allerdings selten«, sagte Jakob.

Sie fuhren an dem Dorf Súðavík vorbei. In der grauen Umgebung sah das Dorf, wenn das möglich war, noch schäbiger aus: Kleine Häuser dicht nebeneinander, als wollten sie sich gegenseitig Schutz geben, von Matsch bedeckte Straßen und kein einziger Baum. Zu der gespenstischen Stimmung trug auch die aufgegebene Tankstelle bei, deren schon vor langer Zeit zerbrochene Fenster mit Sperrholzplatten vernagelt waren. Die Platten waren im Lauf der Jahre morsch geworden. Sie würden nicht mehr lange halten.

Die kurvenreiche Straße führte am Fuß der Berge entlang und folgte der Küstenlinie. In diesem Teil Islands waren die Straßen absichtlich direkt unten am Wasser gebaut worden. Oben im Gebirge war die Instandhaltung im Winter teuer, denn in einer einzigen Nacht konnte unglaublich viel Schnee fallen, und auf den steilen, kurvenreichen Straßen waren die großen Schneepflüge nicht verwendbar. Viele der schwierigsten Gebirgsstraßen wurden im Winter gesperrt. In der Nähe des Meeresufers war das Gelände ebenmäßiger und ermöglichte den Einsatz von Schneepflügen.

Auf den Schwanenfjord folgte ein kleiner, knapp zehn Kilometer langer Fjord. Danach führte die Straße zu dem schmalen Pferdefjord. Er war nach dem gut fünfhundert Meter hohen Berg Hestur, »Pferd«, benannt, der am Nordrand des Fjordes aus der Brandung des Atlantiks aufragte.

»Da sammle ich im Herbst immer Krähenbeeren, aus denen ich Saft koche«, sagte Hildur und nickte zu dem breiten, oben flachen Berg hin, der die Umgebung beherrschte.

Dort oben war man vollkommen ungestört. Hildur hatte in der Gegend nie andere Beerensammler gesehen, denn auf den Berg führte keine Straße. Man musste mit den Eimern einige Kilometer zu Fuß gehen, und dafür fehlte den meisten die Kondition oder die Zeit.

Hildur plante im September immer zwei Wochen für das Beerensammeln ein. Dann verzichtete sie auf ihr übliches Training und zog in der Freizeit mit ihren Eimern los. Manchmal pflückte sie auch Blaubeeren und Rauschbeeren, aber ihre Vorliebe galt den hartschaligen und leicht säuerlichen Krähenbeeren. Zu Hause säuberte sie die Beeren und kochte Saft daraus. Oft kam mehr Saft zusammen, als sie selbst verbrauchte, daher waren viele ihrer Bekannten daran gewöhnt, von ihr Westfjord-Beerensaft zu Weihnachten oder als Mitbringsel zu bekommen. Auch diesmal hatte Hildur einige in Zeitungspapier gewickelte Flaschen in den Kofferraum gelegt, für Axt-Hákon, der ihren Krähenbeerensaft ganz besonders liebte. Bei jedem Besuch in Reykjavík brachte sie Hákon Saft. Sie fand es schön, ihm eine Freude zu machen, und sie hatte auch nichts dagegen, dass ihr der einzige Pathologe des Landes ständig Dank im Umfang einiger Saftflaschen schuldete.

So lief es in Island allgemein: Man kannte jemanden, der bereit war, einem an der Warteschlange vorbeizuhelfen. Alle erwiesen sich gegenseitig kleine Dienste.

Jakob betrachtete den Berg und nickte. Ein Neuling empfand die Fahrt als lang. Je öfter man die Strecke zurücklegte, desto kürzer erschien einem der Weg. Bei jeder Fahrt wurden einem die Fjorde vertrauter, die Kurven wurden sanfter und man entdeckte mehr Einzelheiten an den Bergen, sodass man Lust hatte, anzuhalten und sie sich anzusehen.

»Das ist jetzt der vierte Fjord. Wie viele sind es noch?«

»Drei tiefe Fjorde und eine Gebirgsstraße bis zur ersten Tankstelle. Dann haben wir den halben Weg geschafft.«

An den abgelegenen Fjorden blieb das Autoradio stumm und auch das Handy hatte keinen Empfang. Das Klappern von Jakobs Stricknadeln und das Knarren der Scheibenwischer schufen eine anheimelnde Stimmung. Sie fuhren schweigend weiter.

Dann blinkte Hildur und bog von der asphaltierten Straße nach rechts auf einen schmalen Trampelpfad ab, der zu einem alten Gehöft führte.

»Was jetzt?«, fragte Jakob.

»Ich erledige nur schnell eine Kleinigkeit«, sagte Hildur und fuhr langsam über den holprigen Weg. Auf dem Hof hielt sie vor einem alten Stall, der seine besten Jahre hinter sich hatte. Vermutlich waren hier seit einer kleinen Ewigkeit keine Schafe mehr gehalten worden. Draußen war es dunkel, aber Brendas Scheinwerfer beleuchteten den Hof. Die Stallfenster waren mit Holzplatten vernagelt. An einer Ecke war das Dach abgesackt.

Hildur warf einen Blick auf das Hauptgebäude. Es wirkte leicht verfallen, aber bewohnbar. Die Farbe blätterte ab und die Dachrinnen hingen schief herunter, doch die Wände waren gerade und die Fensterscheiben heil. Im Erdgeschoss brannte Licht und vor dem Haus parkte ein Lieferwagen. Hildur hatte aufgrund von Magnús' Bericht die Landkarte studiert und war überzeugt, am richtigen Ort zu sein. Dies war das Gehöft, das Jón irgendwann in den 1990er Jahren bewohnt hatte.

Sie hatte unbedingt hierherfahren und das Gehöft aus der Nähe betrachten müssen. Auf dem Weg von Ísafjörður nach Reykjavík war sie unzählige Male an diesem einsamen Bauernhof vorbeigekommen. Er war ihr zwar aufgefallen, aber sie war nie näher herangefahren.

Nach dem, was Magnús ihr erzählt hatte, war es ihr unbedingt notwendig erschienen, sich den Ort genauer anzusehen. Sie hatte nicht gewusst, ob jemand zu Hause sein würde oder ob überhaupt noch jemand hier wohnte. Offiziell war hier niemand gemeldet, und unter der Adresse hatte Hildur weder einen Personennamen noch eine Telefonnummer gefunden. Aber im Haus brannte Licht. Das gab ihr Hoffnung.

Hoffnung worauf?, überlegte sie. Sie wusste nicht, was sie erwartete. Aber eins wusste sie genau: Wenn sie nicht hier anhielt, würde die Sache ihr keine Ruhe lassen. Jakob hatte sie im Voraus nicht von dem Stopp erzählen wollen, weil sie keine Ahnung hatte, wie sie darüber sprechen sollte, ohne völlig verrückt zu wirken.

Jakob sah sie fragend an.

»Warte bitte im Wagen. Ich erkläre es dir später.«

Hildur schlug die Autotür zu und ging zum Eingang des Hauptgebäudes. Natürlich gab es keine Klingel, also klopfte sie an das Türfenster. Ihre Haare wurden nass. Sie hatte versucht, sie mit der Kapuze zu schützen, aber der heftige Wind trieb die nassen Flocken, wohin er wollte. Sie wischte sich das Gesicht am Ärmel ab und klopfte erneut, diesmal etwas lauter. Kurz darauf bewegte sich jemand in der Diele und drückte die Klinke herunter.

Die Tür ging nach innen auf, wie es in Island üblich war. Im Winter häufte sich vor den Türen so viel Schnee auf, dass es unmöglich gewesen wäre, sie nach außen zu öffnen. Eine Tür, die nach innen aufging, bot die Gewissheit, dass man auch im Winter schnell aus dem Haus kam.

Im Eingang erschien eine freundlich aussehende Frau in Hildurs Alter.

»Probleme mit dem Auto?«

In diesen dünn besiedelten Gegenden waren die Anwohner an Hilfesuchende gewöhnt. Wenn einem das Benzin ausging oder ein Reifen platzte, konnte man nicht mit dem Handy den Abschleppdienst rufen. Man musste im nächsten Haus um Hilfe bitten, und das lag schlimmstenfalls zehn oder mehr Kilometer entfernt.

»Nein, nichts dergleichen«, antwortete Hildur. Sie sagte, sie sei Polizistin und dienstlich auf dem Weg nach Reykjavík.

»Ich wollte hier kurz anhalten. Tja, dürfte ich vielleicht hereinkommen?«

Bei dem Wort Polizei wurde die Frau zurückhaltend. Sie wickelte die lange Strickjacke fester um den Körper und steckte die Hände in die tiefen Seitentaschen. An diese Reaktion war Hildur gewöhnt. Es hatte in der Regel nichts Gutes zu bedeuten, wenn die Polizei an der Tür stand.

»Mein Anliegen betrifft nicht Sie, sondern diesen alten Bauernhof.«

Die Frau wirkte immer noch ein wenig misstrauisch, bat Hildur aber ins Haus und führte sie an den Küchentisch.

Sie bot ihr Kaffee an, doch Hildur lehnte dankend ab. Sie wollte den Besuch möglichst kurz halten. Jakob wartete im Auto, und sie hatten vor, am Kiosk in Hólmavík eine Kaffeepause zu machen. Die Frau goss sich selbst eine Tasse ein. Sie erzählte, sie heiße María Jónasdóttir und sei eine Keramikkünstlerin aus Reykjavík. María hatte den Bauernhof vor zwei Jahren von einer Erbengemeinschaft gekauft. Sie sagte, sie richte sich hier Arbeitsräume ein. Die Renovierung ging langsam voran, hauptsächlich in der Urlaubszeit und an langen Wochenenden. Bis zum nächsten Sommer sollte alles fertig sein.

In dem alten Viehstall wollte sie eine Keramikwerkstatt einrichten. Sie träumte davon, dort einen Brennofen zu installieren.

»Vorläufig bringe ich die Arbeiten mit dem Auto nach Reykjavík zum Brennen.«

Hildur musste lächeln. In ihrer Vorstellung sah eine Keramikkünstlerin gerade so aus wie diese Frau: Ein buntes, langärmliges Kleid, eine lange Strickjacke, eine große Brosche und lockige, mit einem Seidentuch zurückgebundene Haare.

Hildur kam zur Sache. Sie wollte irgendetwas über die Vergangenheit des Gehöfts erfahren, was in den offiziellen Quellen nicht zu finden war.

»Kannten Sie die früheren Besitzer?«

»Leider ja. Ich habe den Hof von einer zerstrittenen Erbengemeinschaft gekauft. Der Makler hat mir erzählt, dass die Erbschaft jahrzehntelang nicht geteilt wurde. Der Hof kam erst zum Verkauf, als die schlimmsten Streithähne unter den Verwandten gestorben waren. Wenn Sie möchten, kann ich die Informationen über die Vorbesitzer heraussuchen.«

Hildur bedankte sich, sagte aber, das sei nicht nötig. Ein paar Klicks würden genügen, um die Angaben im Register zu finden.

»Aber erzählen Sie mir, wer vor Ihnen hier gewohnt hat.«

María zuckte bedauernd die Achseln. Sie wusste es nicht.

»Wenn ich es richtig verstanden habe, hat die Erbengemeinschaft das Gehöft schwarz vermietet.«

Das überraschte Hildur nicht. Sie hatte auf der Polizeistation im nationalen Register gesucht. Den offiziellen Angaben nach hatte unter dieser Adresse seit mehr als dreißig Jahren niemand gewohnt.

»Als ich vor zwei Jahren zum ersten Mal hier war, wirkte das Anwesen verlassen. Die Fenster waren undicht, und im Haus wimmelte es von Mäusen. Auch die Dachreparatur hat entsetzlich viel Geld verschlungen«, sagte María. Sie hatte ihre Finger um die Kaffeetasse gelegt. In alten Häusern war es kalt.

»Darf ich fragen, warum Sie das wissen wollen?«

Die Keramikkünstlerin wirkte neugierig. Hat dieser Abstecher irgendeinen Nutzen?, überlegte Hildur.

»Es hat mit einer Straftat zu tun, die wir gerade untersuchen«, antwortete Hildur vage.

María rümpfte die Nase. Sie schien ein wenig beleidigt zu sein.

»Mir ist hier aber nichts Ungesetzliches aufgefallen.«

»Es geht um einen sehr alten Fall«, erklärte Hildur leicht ungeduldig. »Was haben Sie mit dem Gerümpel gemacht, als Sie hier eingezogen sind?«

María brauchte nicht lange zu überlegen. Die Erbengemeinschaft hatte das Grundstück und die Gebäude komplett leer geräumt. So war es im Kaufvertrag festgelegt gewesen.

Es hatte viel Abfall gegeben. Alte Traktorreifen, defekte Geräte, verrostete Ölfässer und große Haufen von Fischernetzen hatten die Umgebung verschandelt. Der Müllberg war bis zur Landstraße zu sehen gewesen.

Hildur spürte einen kleinen Stich. Der Hoffnungsfunken erlosch. Er war aufgeglommen, als der Hundeausbilder von dem Maurer mit dem Narbengesicht erzählt hatte, der hier gewohnt hatte, als ihre Schwestern verschwunden waren. Hildur hatte gehofft, auf dem Anwesen etwas zu finden, das Licht auf das Schicksal ihrer Schwestern warf. Die Enttäuschung schmerzte, doch sie ließ sich nichts anmerken. Sie bedankte sich, stand auf und ging langsam in die Diele.

»Gibt es hier übrigens Beeren?«

»Da hinten wachsen viele Blaubeeren, ich habe im Herbst mehrere Eimer gesammelt. Sie waren ziemlich klein, aber unglaublich lecker.«

»Je kleiner, desto besser. Allerdings mühsam zu verlesen«, sagte Hildur und setzte sich auf den Hocker in der Diele, um sich die Schuhe anzuziehen.

María war an der Dielentür stehen geblieben. Sie verschränkte die Arme vor der Brust und lehnte sich an den Türrahmen. Die an der Strickjacke befestigte Brosche, eine Eule mit großen Augen, zog

Hildurs Blick auf sich. Da schien María sich plötzlich an etwas zu erinnern.

»Mir ist gerade noch etwas eingefallen. Ich glaube nicht, dass es wichtig ist, aber ...«

Hildur stand auf und löste den Blick von der Eule, schaute María ins Gesicht.

»Was denn?«

María zog die Strickjacke enger um sich. Sie erzählte, sie habe im Sommer den Viehstall an der anderen Seite des Grundstücks renoviert. Dort wolle sie den Brennofen aufstellen, wenn sie das Geld dafür beisammen habe. Große Keramiköfen seien teuer.

»Hinter dem Viehstall ist so ein seltsamer Hügel. Er fällt wirklich auf. Ich dachte, dass man ihn vielleicht für die Wohnstatt von Elfen gehalten und deshalb nicht angerührt hat.«

Hildur wusste, dass manche Menschen kleine Hügel und Felsen auf ihrem Grundstück schonten, weil sie glaubten, dass darin verborgene Wesen, Elfen, wohnten. Die Nachgeburt von Kühen und Pferden wurde als Geschenk auf die Wohnhügel der verborgenen Wesen gebracht, und in der näheren Umgebung wurde nie Heu geschnitten und kein lauter Rasenmäher verwendet.

Die Elfen der alten isländischen Volkssagen waren menschenähnliche, aber unsichtbare Wesen, die sichtbar werden konnten, wenn sie es wollten. Die Elfen blieben für sich in der Natur. Sie besuchten die gewöhnlichen Menschen, wenn ihnen danach war. Menschen, die sich schlecht benahmen, bestraften sie, indem sie Feuer legten oder Sachen zerbrachen. Den guten Menschen erwiesen die Elfen Gefälligkeiten, zum Beispiel halfen sie jemandem, der sich im Nebel verirrt hatte, den Weg nach Hause zu finden, und verschafften denjenigen, die die Natur achteten, eine gute Ernte.

»Könnten Sie mir die Stelle zeigen?«, bat Hildur.

Der Schneeregen hatte sich mittlerweile in Regen verwandelt. Beide hatten die Kapuzen aufgesetzt und die Köpfe so gut wie möglich eingezogen. María ging hinter den Viehstall und blieb dicht an der Wand stehen, damit das Dach ihr Schutz bot. Das war allerdings ein vergeblicher Versuch, denn der Regen war listig. Er fiel immer genau dahin, wo man ungeschützt war.

»Das hier meine ich«, rief María und zeigte hinter die Ecke. Sie knipste ihre Taschenlampe an und richtete sie auf eine Stelle unweit der Wand.

Hildur trat zu ihr. Als sie auf die beleuchtete Stelle blickte, zuckte sie zusammen. Es war tatsächlich ein großer Hügel, der sich deutlich von dem flachen Hof abhob.

Sie fühlte, wie der weiche Boden unter ihren Füßen schwankte. Die nasse Erde duftete. Das Dach vibrierte unter dem Regenwasser wie die Stimmen eines Männerchors in der Kirche. Im Licht von Marías Taschenlampe sahen die Grashalme aus wie zarte goldgelbe, vom Kopf abstehende Haare.

In Hildurs Kopf blitzten Erinnerungen auf, an Orte, wo sie mit ihren Schwestern gewesen war, und an Momente, die sie gemeinsam erlebt hatten. Es waren nur einige, und auch die waren zum Teil verblasst. Sie erinnerte sich an ein Weihnachten, als jede von ihnen ein Spielzeugauto mit Wasserantrieb bekommen hatte. Sie hatten ein Autorennen veranstaltet, von der Schwelle der Küche bis unter den Sessel in der hintersten Ecke des Wohnzimmers. Rósa hatte gewonnen und ihr Jubel war grenzenlos gewesen. Hildur erinnerte sich an Rósas strahlendes Lächeln, wusste aber nicht mehr, in welchem Jahr das Autorennen stattgefunden hatte und ob draußen Schnee gelegen hatte.

Der Lichtkegel von Marías Taschenlampe schwankte ein wenig und holte Hildur in die Gegenwart zurück. Sie betrachtete den Hügel. Er sah aus wie von Menschenhand geschaffen. Auf zwei Metern Länge und anderthalb Metern Breite war die Erde neben dem Schafstall deutlich höher. Zuerst hatte sie überlegt, dass es ein Misthaufen sein könnte, den Gedanken dann aber verworfen. Wegen der

Parasitengefahr würde kein Bauer einen Misthaufen direkt an den Viehstall angrenzen lassen. Es wäre leicht zu glauben, dass es sich um eine alte, den Elfen vorbehaltene heilige Stätte handelte. Vorausgesetzt, man glaubte an die Elfengeschichten. Für Hildur waren sie nur alte Volkssagen, die man vor Zeiten, als es noch keine Computer und Smartphones gab, erfunden hatte, um seine Mitmenschen zu unterhalten und zu trösten.

Wasser lief Hildur über das Gesicht und unter den Kragen ihrer Jacke.

Es waren Regentropfen, oder vielleicht doch Tränen. Vielleicht war das auch ganz egal.

Der Hügel war zu symmetrisch. Zwei Meter lang, anderthalb Meter breit, ungefähr einen halben Meter hoch. Eine kleine Stimme vibrierte in ihr. Tief in ihrem Inneren wusste Hildur, dass sie recht hatte. Sie blickte auf ein Grab.

40

Nach dem letzten Fjord führte die Straße ins Gebirge. Die Steingrímsfjarðarheiði war eine etwa vierzig Kilometer lange Bergstraße, die Strandir, das östliche Küstengebiet der Westfjorde, mit der Niederung von Ísafjörður verband. Die Route war erst Mitte der 1980er Jahre für Autos ausgebaut worden. Bis dahin hatte es dort nur einen unbedeutenden Wanderweg gegeben.

Der Scheitelpunkt der Strecke lag auf etwa fünfhundert Höhenmetern. Für eine Bergstraße war das nicht viel, doch die Wetterverhältnisse erschwerten die Fahrt. Vom nahe gelegenen Meer stieg im Sommer oft dichter Nebel auf. In diesem Nebel hatten sich im Lauf der Zeiten viele Menschen verirrt. Einige von ihnen waren nie gefunden worden.

Die schmale, kurvenreiche Straße verlangte den Fahrern einiges ab. Im Hochland war der Winter unbarmherziger als unten in den Dörfern. Es fiel reichlich Schnee, den der starke Wind ständig aufwirbelte. Wegen Schneesturm musste die Straße immer wieder gesperrt werden. Heute war das große Eisentor jedoch geöffnet.

Hildur warf einen Blick auf die digitale Wetteranzeige am rechten Straßenrand. Demnach lag die Temperatur bei zwei Grad unter null und die Windgeschwindigkeit erreichte bis zu 22 Meter pro Sekunde. Sie bemühte sich, äußerlich ruhig zu wirken, obwohl es in ihr brodelte. Ihr Kopf war voll von unfertigen Gedanken.

Es gab eine Verbindung zwischen ihren vermissten Schwestern und Jón. Zu der Zeit, als die Mädchen verschwanden, hatte Jón auf dem alten Bauernhof gewohnt und im Tunnel gearbeitet. Und jetzt war Jón ermordet worden. Und Freysi und Heiðar ebenfalls. Das Ganze schien keinen Sinn zu ergeben. Dennoch hatte Hildur das Gefühl, dass es sich tatsächlich um eine Gesamtheit handelte. Sie wusste nur noch nicht, wie die Teile zusammengehörten. Es bedrückte sie, dass sie es noch nicht über sich gebracht hatte, Jakob zu erklären, weshalb sie das Gehöft besucht hatte. Er hatte im Auto gewartet und gestrickt. Als sie völlig erschöpft zurückkam, hatte er angeboten, sich für den Rest der Strecke ans Lenkrad zu setzen. Hildur hatte abgelehnt und erklärt, vor ihnen liege eine schwierige Bergstraße, auf der sie lieber selbst fahren wolle.

»Okay.« Das war das Einzige, was Jakob gesagt hatte. Okay. Dann hatte er weitergestrickt.

Die Straße stieg steil an, Hildur gab Gas.

Schließlich brach Jakob das Schweigen.

»Gibt es hier Trolle?«

Durch das Fenster sah man ein scheinbar endloses, schneebedecktes Lavafeld. Hier und da ragte eine schwarze Lavaformation hervor, von der der Wind den Schnee weggeweht hatte. Das hügelige Feld erstreckte sich so weit, wie das Fernlicht des Autos reichte. In der Dunkelheit war kaum zu erkennen, wo der Himmel anfing und die Erde endete. Die ganze Umgebung wirkte wie ein einziges grau und schwarz geflecktes Laken.

Hildur feixte.

»Zum Teil sind die Geschichten frei erfunden. Marketinggeschwätz.«

Man erzählte den Touristen gern von Trollen, die im Inneren der Berge wohnten. Wenn die Trolle im Berg Essen zubereiteten und der Brei überkochte, gab es einen Vulkanausbruch. An dieser Stelle pflegten alle zu lachen. Ach, diese verrückten Isländer!

Die ältesten Trollgeschichten hatten dereinst als wahr gegolten. Mit ihnen hatte man Unebenheiten in der Umgebung und die Entstehung der Welt erklärt.

»Einer alten Sage nach entstand die Route, die durch dieses Gebirge führt, als ein Troll namens Kleppa auf seinem Pferd Flóki durch das Gebiet ritt.«

»Kann man dieses Pferd wohl noch zu Gesicht bekommen?«

»Natürlich. Die Wahrscheinlichkeit ist genau so groß wie die Chance, am Kiosk in Hólmavík guten Kaffee zu bekommen.«

Der Kaffee aus der Pumpkanne war so fürchterlich wie immer. Der angebrannte Geruch und die Fettflecken, die auf dem Kaffee schwammen, ließen vermuten, dass er schon um die Mittagszeit aufgebrüht worden war. Außer dem Kaffee hatten sie Hotdogs mit Senf, Ketchup und Mayonnaise, zwei Becher Vanille-Skyr und eine große Tüte Bonbons gekauft. Sie saßen in der hintersten Ecke der Imbissstube und konzentrierten sich auf ihr anspruchsloses Abendessen.

Im Dorf Hólmavík hatte das Handy Empfang. Nachdem Hildur ihren Skyr gelöffelt hatte, holte sie ihr Telefon hervor, um das Unangenehmste sofort zu erledigen. Sie brauchte die Erlaubnis ihrer Vorgesetzten für die Grabung.

»Hallo, Hildur hier. Die Fahrt ist gut gelaufen. Wir sind jetzt in Hólmavík und trinken schlechten Kaffee … Hör mal, ich brauche einen Bagger in Ögurvík.«

Sie berichtete Beta von der Aussage des Hundeführers über den Mann mit dem Narbengesicht, von dem Gehöft in Ögurvík und von dem Hügel, der Ähnlichkeit mit einem Grab hatte. Beta war skeptisch.

»Verdammt noch mal, dann zieh es mir vom Gehalt ab«, fauchte Hildur und legte auf. Sie hatte geahnt, dass Beta ihre Auffassung von der Wichtigkeit der Grabung nicht teilen würde. Egal. Es war nicht das erste Mal, dass sie gegen den Willen ihrer Vorgesetzten handelte.

Jakob, der noch mit seinem Hotdog beschäftigt war, sah sie an, sagte aber nichts. Offenbar wartete er höflich darauf, dass Hildur den Zwischenstopp von sich aus zur Sprache brachte.

»Du hast Mayonnaise am Kinn«, sagte Hildur, nahm eine Papierserviette aus dem Halter und reichte sie Jakob.

Jakob stopfte sich den Rest des dampfenden Hotdogs in den Mund, wischte die Mayonnaise ab, die ihm auf den Bart getropft war, und warf die Serviette in den Abfallkorb.

Sie gingen zum Wagen zurück, schnallten sich an und fuhren auf die nächste Bergstraße, þröskuldar, die nach Süden führte. Bis Reykjavík waren es nur noch knapp drei Stunden.

»Stört es, wenn die an ist?« Jakob hatte eine Stirnlampe aufgesetzt und drückte auf den Schalter, um das Licht so weit wie möglich zu dimmen.

So ist es also, wenn man eine Strickneurose hat, dachte Hildur belustigt.

»Wenn du das Gesicht nicht zu mir drehst, stört es nicht.«

Die restliche Strecke nach Reykjavík legten sie schweigend zurück. Als die Bergstraße in die Hauptstraße Islands mündete, die Straße Nr. 1, die um die ganze Hauptinsel führte, hatte das Radio wieder Empfang und auch die Handys funktionierten normal. Hildur hörte sich zuerst die Abendnachrichten des isländischen Rundfunks an und danach die zweistündige Sendung *Kvöldvaktin, Abendschicht*. Neben den Todesanzeigen war die Abendschicht eine ihrer Lieblingssendungen. In jeder Folge spielten die Moderatoren Musikstücke und Songs ab, die sie selbst ausgewählt hatten, und unterhielten sich über die Stücke und darüber, was sie ihnen bedeuteten. Hildur interessierte sich nicht besonders für Musik. Sie fand es todlangweilig, in einem Konzert zu sitzen. Zu Veranstaltungen, bei denen das Publikum vor der Bühne stand und zu der viel zu lauten Musik tanzte, ging sie grundsätzlich nicht. Sie konnte sich nichts Peinlicheres vorstellen, als in der Öffentlichkeit zu tanzen. Die Musiksendung *Abendschicht* fand sie jedoch großartig. Es war entspannend, das Gespräch der Musikkenner zu verfolgen und Musikstücke zu hören, die man nirgendwo sonst zu hören bekam.

Als sich zwei Stunden später die Lichter der Stadt Reykjavík am Horizont abzeichneten, war Jakob mit dem Muster seines Pullovers fertig.

41

NOVEMBER 2019 REYKJAVÍK – GARÐABÆR

Am nächsten Morgen wachte Hildur schon um sechs Uhr auf. Sie hatten zwei Einzelzimmer im Grand Hotel am Parkgebiet Laugardalur reserviert. Es war eines der Vertragshotels des Staates, in dem viele auf dem Land wohnende Beamte bei Dienstreisen nach Reykjavík übernachteten. Jakob schlief vermutlich noch, aber Hildur war nicht mehr müde. Sie zog Sportkleidung an und schnürte die Turnschuhe fest zu. In Reykjavík lag die Temperatur deutlich über null. Die Straßen waren nicht vereist, sie brauchte also keine Spikes.

Vom Hotel aus lief Hildur nach Süden, in Richtung Meer. Sie hatten abgemacht, sich um acht Uhr zum Frühstück zu treffen. Hildur warf einen Blick auf die Uhr. Anderthalb Stunden würden reichen, um zu dem weißen Leuchtturm in Seltjarnarnes und zurück zu laufen. Der asphaltierte Fuß- und Radweg war durchgehend beleuchtet. Die Strecke kannte sie genau. Als sie in Reykjavík gewohnt hatte, war sie oft auf den Uferwegen der Hauptstadt gelaufen, und der Weg um die Landspitze Seltjarnarnes war ihre Lieblingsstrecke gewesen.

Das Meer roch gut, der Wind zerzauste ihre Haare. Sie passierte die Skulptur »Sonnenfahrt«, die zum zweihundertjährigen Jubiläum der Stadt Reykjavík errichtet worden war, das prachtvolle Konzerthaus am Ufer und den alten Hafen, von dem aus Passagierschiffe

Touristen aufs Meer brachten, wo sie Wale beobachten konnten. Zwischendurch lief sie neben dem Fußweg, weil der Asphalt hart gegen die Schuhsohlen drückte. Der weiche, wintergraue Rasen fühlte sich angenehmer an.

Je mehr Zeit verstrich, seit sie in Reykjavík gewohnt hatte, desto weniger wünschte sie sich, zurückzukehren. In der Stadt war alles irgendwie zu planmäßig. Die Straßen waren gerade, überall gab es Asphalt, die Grünflächen waren gleichmäßig verteilt, und im Sommer blühten die Blumen genau da, wo sie gepflanzt worden waren. Hier fehlten Wildheit und Zügellosigkeit. Beides vermisste sie schon jetzt, obwohl sie nicht einmal zwölf Stunden von zu Hause weg war.

Zu dem imposanten Leuchtturm von Seltjarnarnes konnte man nur bei Ebbe laufen. An diesem Morgen war es nicht möglich. Die Flut hatte den Weg verschluckt. Hildur legte eine kleine Atempause ein und betrachtete den angestrahlten Leuchtturm von Weitem.

Wieder warf sie einen Blick auf ihre Sportuhr und stellte fest, dass es nicht zu früh für den ersten Anruf war. Sie holte das Handy aus der Tasche ihrer Trainingsjacke, wählte die Nummer eines Baggerfahrers, den sie kannte, und beschrieb ihm den Weg zum Grabungsplatz. Sie schärfte ihm ein, auf sie zu warten. Auf dem Rückweg am Abend würde sie dort Halt machen. Dann schickte sie eine Textnachricht an Beta.

Entschuldige, dass ich dich so angeblafft habe. Ich habe den Bagger bestellt. Hildur.

Bald traf eine kurze Antwort ein: *Jæjja.*

Hildur zuckte die Achseln. Sie deutete die Antwort als Zustimmung.

Nachdem Hildur im Hotel Rührei und gemischte Beeren gegessen hatte, fuhr sie mit Jakob zum pathologischen Institut im Zentrum und lieferte die Tasche mit dem Krähenbeerensaft in Axt-Hákons Dienstzimmer ab. Dann machten sie sich auf den Weg in die Stadt Garðabær südlich von Reykjavík.

Im Zentrum von Reykjavík herrschte Rushhour. Es hatte den Anschein, als führen alle zweihunderttausend Einwohner der Hauptstadtregion gleichzeitig zur Arbeit, ihre Pkws und SUVs stauten sich auf der breiten Straße Kringlumýrarbraut in Richtung Innenstadt. Hildur und Jakob waren in der entgegengesetzten Richtung unterwegs.

Ihr Ziel war die teuerste Gegend der Gartenstadt Garðabær, das Villenviertel von Arnarnes. Die von Millionären bewohnte Halbinsel war noch nicht mit Gittertoren vom Rest Islands abgetrennt, aber Hildur schätzte, dass es bald so weit sein würde. Die Anwohner hatten bereits verhindert, dass ein öffentlicher Fuß- und Fahrradweg über die Halbinsel führte. Einige von ihnen wollten auch den Autoverkehr verbieten und nur die Zufahrt auf das eigene Grundstück zulassen.

Hildur parkte vor einem weißen Steinpalast. Auf der gepflegten Straße, auf der man vorwiegend Teslas und Range Rovers sah, fiel ihr altes Auto mit dem rostigen Trittbrett auf wie ein bunter Hund. Sie schlug die Tür zu und marschierte, gefolgt von Jakob, durch den getrimmten, dekorativen Garten zu einer der vielen Türen des Hauses, die sie für den Haupteingang hielt. Neben der Eichenholztür befand sich ein Summer. Eine müde aussehende Frau in knielangem Morgenmantel und wuscheligen Pantoffeln öffnete.

»Der Reinigungsdienst sollte Sie erst am Nachmittag schicken. Ich habe noch geschlafen«, knurrte sie und wollte die Tür schließen.

Hildur hinderte sie daran.

»Sie sind sicher Kolfinna Danielsdóttir? Wir kommen von der Polizei. Ich bin Kriminalermittlerin Hildur Runársdóttir und das hier ist mein Kollege Jakob Johanson. Wir möchten mit Ihnen über Heiðar sprechen.«

»Das habe ich schon getan. Tatsächlich habe ich in den letzten Tagen mit mehreren Polizisten gesprochen.«

Die Frau wirkte barsch. In ihrer Situation war das wohl kein

Wunder. Sie hatte gerade ihren Mann verloren. Kolfinna klammerte sich mit beiden Händen fest an die Türkante. Hildur sah, dass sich ihre Fingerknöchel weiß färbten.

»Wir hätten ein paar ergänzende Fragen.«

»Sie begreifen offenbar gar nicht, wie man sich fühlt, wenn man gerade den Ehepartner verloren hat.«

Kolfinna stöhnte auf. Ihre Stimme brach, als sie erklärte, sie hätte einfach keine Kraft mehr, mit irgendwem zu sprechen.

Hildur hätte gern erwidert, dass sie die Frau sehr gut verstand. Immerhin hatte ja auch sie selbst gerade einen engen Freund verloren. Aber zumindest in den Augen Außenstehender war das wohl nicht dasselbe wie der Tod des Ehepartners.

»Mein aufrichtiges Beileid. Es ist mir sehr unangenehm, Sie zu stören, aber wir sind auf ein paar Dinge gestoßen, nach denen wir Sie unbedingt fragen müssen. Wir tun alles, um die Ermittlung bald abschließen zu können.«

Kolfinna seufzte und trat von der Tür zurück. Mit einer müden Handbewegung winkte sie die Besucher ins Haus. Hildur genierte sich, denn sie hatte vergessen, Strümpfe zum Wechseln mitzunehmen. Die vom Joggen verschwitzten Socken würden garantiert zehenförmige Spuren auf dem Fischgrätparkett hinterlassen.

Sie setzten sich auf die cognacfarbenen Sofas in der Mitte des großen Wohnzimmers. Kolfinna wählte das schmalere Sofa, Jakob und Hildur nahmen nebeneinander auf dem größeren Platz, von dem aus man hinaus aufs Meer sah. Die nach Norden gelegene Wand bestand ganz aus Glas. Die Aussicht war beeindruckend. Am Horizont war die Silhouette des alten Zentrums von Reykjavík zu sehen. Es gab nur wenige Möbel, aber Hildur schätzte, dass jedes einzelne Stück mehr gekostet hatte als die gesamte Möblierung ihrer eigenen Wohnung. An den Wänden hingen wertvolle Kunstwerke. Hildur erkannte mindestens ein expressionistisches Landschaftsbild von Kjarval und zwei postmoderne Gemälde von Ragnar

Kjartansson. Sie war noch nie in einer Wohnung gewesen, in der ein Originalwerk von Jóhannes Kjarval hing. Bisher hatte sie die Werke des im 19. Jahrhundert geborenen, bekanntesten isländischen Malers nur in Museen bewundert.

»Könnten Sie uns etwas über die Unternehmungen Ihres verstorbenen Mannes in den letzten Wochen erzählen?«

Kolfinna blickte Hildur einige Sekunden lang direkt in die Augen, bevor sie antwortete:

»Glauben Sie im Ernst, er hätte mich über sein Treiben informiert?«

Hildur hatte bereits von dem kühlen Verhältnis des Ehepaars gehört, dennoch überraschte sie die Antwort. Als Kolfinna die Tür geöffnet hatte, schien sie vor Trauer außer sich zu sein, doch die Stimmung war schnell umgeschlagen. Jetzt wirkte sie frustriert.

»Sie haben aber beide hier gewohnt. Hat er irgendetwas getan, was von seiner üblichen Routine abwich?«

»Wenn es so war, habe ich nichts davon gewusst.«

Kolfinna erzählte, sie habe schon bald nach der Hochzeit erkannt, warum ihr Mann an der Ehe festhielt: Ihre Familie hatte viel Geld, und das hatte auch Heiðar gewollt. Viel Geld. Kolfinna sprach in gleichmäßigem Ton wie die Finanzleiterin eines Unternehmens, die das Quartalsergebnis darlegte.

»Er war hinter dem Geld her. Mich hat er nicht gewollt, schon seit Jahren nicht mehr.«

Die Witwe beschrieb ihren verstorbenen Mann als kühlen Streber, der kaum zu Empathie fähig war. Im Juristenberuf war das zweifellos eine gute Eigenschaft.

»Es ist natürlich tragisch, dass er auf diese Weise sterben musste, und es beschert mir allerhand Kopfzerbrechen. Aber ich vermisse ihn kaum. Ich weiß nicht, was er trieb, wenn er nicht zu Hause war. Im Übrigen war er auch nicht oft zu Hause.«

Hildur nickte und ließ die Frau weiterreden.

»Über seine Weiber hat er nie mit mir gesprochen«, sagte Kolfinna und blickte in die Ferne.

»Haben Sie jemals bemerkt, dass diese Frauen Probleme gemacht haben? Waren sie hier oder haben sie angerufen?«

»Meinen Sie, eine eifersüchtige Flamme hätte ihn umgebracht?«

»Wir haben noch keine Verdächtigen«, wich Hildur der Frage aus. Das stimmte. Sie hatten noch keine Verdächtigen. Hildur wollte mehr über den Hintergrund des Mannes erfahren, um irgendeine Vorstellung von seinem Leben zu bekommen. Sie hatte von ihren Kollegen in Reykjavík gehört, dass Heiðar in seiner Todesnacht mit einer Freundin im Hotel gewesen war. Von dem verängstigt wirkenden Mädchen hatte man Fingerabdrücke und eine DNA-Probe genommen. Hildur versuchte sich möglichst vorsichtig auszudrücken.

»Wissen Sie, ob Ihr Mann längere Affären hatte? Sozusagen, hmm, ernstere?«

»Er war sehr impulsiv. Ich glaube nicht, dass er irgendwen geliebt hat außer sich selbst. In der Regel waren alle seine Affären nach einigen Wochen zu Ende. Wenn er ein neues Mädchen erobert hatte, war er auch zu Hause gut gelaunt. Das dauerte ein paar Wochen, dann wurde er gleichgültig und die Beziehung schlief ein.«

Kolfinna hob ruckhaft den Kopf, als wäre ihr gerade etwas eingefallen. Ihre perfekt gepflegten Hände zupften am Saum ihres Morgenmantels.

»Ich muss gerade an ein bestimmtes Mädchen denken. Das ist allerdings schon furchtbar lange her. Damals war Heiðar vom Frühjahr bis in den Herbst ungewöhnlich guter Laune. Dann wurde er urplötzlich verschlossen und missmutig.«

Kolfinna hatte ihren Mann gefragt, was ihn bedrückte, aber er hatte nichts gesagt. Er hatte nur schweigend auf dem Sofa gesessen, Calvados getrunken und nach draußen gestarrt.

»Ich wollte Kleider in die Reinigung bringen, und da fand ich in der Brusttasche seines dunklen Anzugs das Programm einer Beerdigung.«

Hildur sah die Frau auf dem Ledersofa aufmerksam an.

»Um wessen Beerdigung ging es?«

»Die Frau hieß Valgerður. Auf dem Programm war ihr Foto. Eine schöne blonde Frau.«

Als Kolfinna den Namen Valgerður nannte, durchfuhr Hildur eine Art Stromstoß. Das Blut stieg ihr in den Kopf, und ihre Handflächen prickelten. Valgerður. Hildur hatte intensiv gearbeitet, um Einzelheiten über das Leben der Ermordeten auszugraben. Der seltsame Nachruf war ihr nicht aus dem Kopf gegangen. Ihr Instinkt hatte ihr gesagt, die Sache sei wichtig, aber sie hatte anfangs keinen Sinn ergeben. Jetzt umso mehr. Wie ein Puzzleteil, das anfangs nicht ins Bild zu passen schien. Eine junge Frau. Valgerður.

Meine Augen und deine Augen,
oh, welch schöne Steine!

Vor ihr saß die Frau des Verfassers. Heiðar hatte den Nachruf auf seine heimliche Geliebte geschrieben. Deshalb stand nur sein Vorname darunter. Er wollte nicht erkannt werden.

»Wie hat Ihr Mann die Sache erklärt?«

»So, wie er auf alles Unangenehme reagiert hat. Er stritt alles ab. Angeblich hatte einer seiner Freunde sich den dunklen Anzug für die Beerdigung seiner Cousine geliehen. Ich habe ihm angesehen, dass er log, hatte aber keine Lust, weiter darauf herumzureiten. Ein paar Tage später war das Programm verschwunden. Offenbar hatte er es vernichtet.«

Hildur hätte sich am liebsten verabschiedet. Die Atmosphäre, die in diesem Haus herrschte, gefiel ihr nicht, aber sie wollte noch wissen, ob Heiðar in letzter Zeit verreist war und ob Gäste im Haus gewesen waren.

»Wir waren im August in Südfrankreich, um Wein zu kaufen, aber danach gab es keine Reisen mehr. Jedenfalls keine, von denen ich wüsste. Seine Geschäftsfreunde waren manchmal zum Abendessen bei uns.«

Kolfinna erzählte, wie diese Abendessen abliefen: Zuerst traf die Putzkraft ein, dann der Koch. Die Kollegen kamen im eleganten Anzug mit ihren aufgebrezelten Frauen und versammelten sich um den Tisch, um das vom Koch zubereitete mehrgängige Essen zu genießen. Die Gesprächsthemen reichten von Autos bis zu Sommerhäusern und Kryptogeldanlagen. Später am Abend wurde Jahrgangswhisky getrunken.

»Hatte er Feinde?«

»Ach, wenn Sie wüssten! Halb Reykjavík hat ihn gehasst, und die andere Hälfte ist ihm in den Arsch gekrochen, hat aber insgeheim gehofft, dass er keinen Erfolg hat. Es ist schwierig, in dieser Stadt auch nur einen Menschen zu finden, der ihn mochte.«

Hildur schauderte. Das klang schlimmer, als sie erwartet hatte.

»Aber ich weiß nicht, ob irgendwer von diesen Leuten den Mumm gehabt hätte, ihn zu töten«, fügte Kolfinna hinzu.

Hildur musterte die vor Erschöpfung gealterte Frau. In ihrem weißen Morgenmantel und den roten Pantoffeln wirkte sie wie die Darstellerin einer Nebenrolle, die der Regisseur in der prachtvollen Kulisse vergessen hatte.

»Haben Ihre Familien einander nahegestanden?«

Kolfinna schüttelte den Kopf.

»Mein Vater hat Heiðar als Streber erkannt und konnte ihn nicht ausstehen, und meine Mutter richtet sich in allem nach meinem Vater. Wir haben uns meistens nur zu Weihnachten getroffen, obwohl sie in Hafnarfjörður wohnen.«

Die Familienmitglieder wohnten nur zehn Kilometer auseinander, trafen sich aber nur zu Weihnachten. Familienverhältnisse können wirklich kompliziert sein, dachte Hildur.

»Und Heiðars Familie?«

»Na, das ist erst recht seltsam. Ich habe sie nie kennengelernt.«

Hildur erwiderte nichts darauf. Sie schwieg bewusst, damit Kolfinna weitersprach.

»Ich habe ihn oft gefragt, aber er hat nur gesagt, er hätte keine Familie, er sei immer allein zurechtgekommen. Es hat immer Streit gegeben, wenn ich ihn nach seiner Familie ausgefragt habe, über die er absolut nichts sagen wollte.«

Hildur nickte. Sie hatte an dem aalglatten Erfolgsmann zwei Risse entdeckt: Die blonde Valgerður und das Geheimnis um seine Familie. Beides würde sie genauer abklopfen müssen, vielleicht kam dabei etwas ans Licht. Sie stand auf, holte ihre in der Mitte gefaltete Visitenkarte aus der Tasche und stellte sie auf den Couchtisch aus Mahagoni. Bevor sie die Karte losließ, warf sie einen Blick auf Kolfinna und räusperte sich.

»Diese Frage hat nichts mit unseren Ermittlungen zu tun, Sie müssen sie also nicht beantworten. Nach dem, was Sie erzählt haben, war Ihre Ehe nicht gerade glücklich. Warum haben Sie sich nicht einfach scheiden lassen?«

Kolfinna lachte trostlos auf und zog ihren Morgenmantel zurecht.

»Weil ich so blöd war, bei der Heirat keinen Ehevertrag zu verlangen. Er wollte keine Scheidung, und für mich wäre eine Scheidung teuer geworden. Wir haben zusammen hier gewohnt, waren aber wie Fremde. Ich wollte ihm keinen Cent von meinem Geld überlassen.«

Kolfinna streckte ihre Hand mit den hellviolett lackierten Fingernägeln nach der Visitenkarte aus, nahm sie vom Tisch und betrachtete sie genau.

»Von den Westfjorden? Warum untersuchen Sie den Fall?«

»Staatlich erwünschte Regionalpolitik«, antwortete Hildur achselzuckend. Jakob, der während des ganzen Gesprächs schweigend auf dem Sofa gesessen hatte, schüttelte Kolfinna zum Abschied die Hand.

Hildur wendete ihren schwerfälligen Wagen und hätte beinahe eine vergoldete Giraffenskulptur umgefahren, die vor dem gegenüberliegenden Haus stand. Sie konnte der Skulptur im letzten Moment ausweichen und verließ das Luxusviertel Arnarnes mit quietschenden Reifen. Die dicke schwarze Rauchwolke, die aus Brendas Auspuff aufstieg, senkte sich langsam auf die goldene Giraffe. Offenbar musste der Filter des alten Diesels ausgewechselt werden.

»Reichtum und guter Geschmack gehen nicht unbedingt Hand in Hand«, sagte Hildur und bog am Kreisverkehr auf die Hauptstraße nach Reykjavík ab. Sie fasste den Inhalt des Gesprächs für Jakob zusammen und erzählte ihm von dem alten Nachruf, den sie gefunden hatte. Jakob verdaute das Gehörte eine Weile, während die Scheibenwischer für freie Sicht sorgten und das voll aufgedrehte Gebläse verhinderte, dass die Scheiben beschlugen.

»Vielleicht bin ich ein bisschen naiv, aber für mich hört sich das so an, als wäre der gefühlskalte Rechtsanwalt zumindest einmal in seinem Leben verliebt gewesen.«

Hildur musste lächeln. Sie hatte genau denselben Gedanken gehabt. Das Gewirr der drei Mordfälle war zu seltsam, als dass es sich um etwas so Alltägliches handeln konnte wie eine aus dem Ruder gelaufene Schuldeneintreibung oder eine Auseinandersetzung um Drogen. Die Opfer hatten nicht derselben Säuferclique oder konkurrierenden Verbrecherbanden angehört. Also musste das Motiv des Mörders anderswo zu finden sein. Im Grunde blieben nur zwei Alternativen: Hass und Liebe. Und die beiden waren nicht immer voneinander zu unterscheiden.

Hildur verlangsamte das Tempo und fädelte sich auf die rechte Spur ein. An der Kreuzung wählte sie die Straße Nr. 1 in Richtung Norden. Nach dem Stadtgebiet von Reykjavík veränderte sich die Umgebung radikal. Als sie eine Viertelstunde gefahren waren, ließen sie die niedrigen Mehrfamilienhäuser und Reihenhaussiedlungen hinter sich. Auf den nassen Feldern sah man zottelige Islandpferde, die beieinander Schutz und Wärme suchten. Sie standen alle in der gleichen Richtung, die runden, von einem dicken Schweif bedeckten Hinterteile gegen den Wind gerichtet.

Jakob hatte die Tüte mit der Wolle auf den Schoß genommen. Die verworrenen Fäden mussten gelöst und die Knäuel fest zusammengerollt werden. Er wählte das graue Garn und strickte es ein. Es fehlten nur noch der Kragen und das erhöhte Rückenteil. Der traditionelle Islandpullover war vorn und hinten gleich, man konnte ihn also anziehen, wie herum man wollte. Wenn jedoch der Pullover im Nacken gut saß, kam der Ausschnitt Jakob vorne immer zu hoch vor, das fand er unbequem. Damit der Ausschnitt im Nacken und am Hals besser saß, hatte er beschlossen, ein wenig von der Tradition abzuweichen und das Rückenteil ein paar Zentimeter höher zu stricken.

»Hildur, ich muss dich etwas fragen.«

Hildur drehte das Autoradio leiser. Sie warf einen Blick auf die Tankstelle, der sie sich näherten, und auf die Benzinuhr ihres Wagens. Bis zum nächsten Dorf würde der Diesel noch reichen, also fuhr sie weiter.

»Der Bauernhof gestern. Warum waren wir dort?«

Hildur wusste, dass die Sache Jakob keine Ruhe gelassen hatte. Nach dem Zwischenstopp auf dem Gehöft hatte sie bestimmt abwesend und ungewöhnlich still gewirkt. Sie hatte Jakob nichts verheimlichen wollen, aber gestern hatte sie nicht die Kraft gehabt, darüber zu sprechen. Viele wussten vom Verschwinden ihrer Schwestern, doch nur sie selbst musste Tag für Tag mit dem Trauma leben.

»Ich wollte etwas überprüfen, was ich gehört hatte.«

Im Wagen war es heiß geworden. Hildur zog den Reißverschluss ihrer Winterjacke auf und schaltete die Sitzheizung aus. Sie erzählte Jakob von dem Hundeführer Magnús, von den in aller Stille durchgeführten Maurerarbeiten im Tunnel in Ísafjörður und von dem Gehöft.

Als sie geendet hatte, ließ Jakob das Strickzeug sinken und starrte eine Weile schweigend aus dem Fenster. Hildurs Bericht hatte ihn überrascht.

»Du glaubst also, dass der in seiner Hütte ermordete Jón irgendwas mit dem Verschwinden deiner Schwestern zu tun hat?«

Hildur zuckte die Schultern. Sie hatte das Gefühl, dass es so war, konnte sich aber natürlich nicht sicher sein. Es gab keine Beweise, nur die Worte eines Hundeführers, der zur Zeit des Verschwindens der Mädchen dem Alkohol verfallen war.

»Ich wollte sehen, wo Jón damals gewohnt hat. Wohl in der Hoffnung, dort etwas Bedeutsames zu finden.«

Sie erzählte von dem Hügel und von dem Bagger, den sie auf den Hof bestellt hatte.

»Du hältst mich bestimmt für seltsam, wenn ich auf dem Grundstück fremder Menschen herumbaggern lasse, um eine Erklärung für alte Ereignisse zu finden«, sagte sie und beschleunigte auf 90 Stundenkilometer.

Im südlichen Island verlief die Straße auf flachem Gelände, fast auf Meereshöhe. Sie umrundete die wie dunkelbraune Riesen aufragenden Berge, folgte der Küstenlinie und führte beim Walfjord in einen sechs Kilometer langen Tunnel, der am anderen Ufer des Fjords endete.

Jakob beugte sich vor, um die Außenluftzufuhr auszuschalten.

»Ich halte niemanden für seltsam. Das Problem der Menschen ist, dass wir uns zu normal geben. Wir glauben, alle anderen um uns herum wären vernünftig und besonnen, obwohl das gar nicht stimmt. Wir haben die ganze Zeit wunderliche Gedanken. Die meisten trauen sich nur nicht, mit diesen Gedanken etwas anzufangen, sondern versuchen so zu tun, als wären sie, na ja, normal.«

Hildur hielt den Blick fest auf den grauen Asphalt gerichtet und musste ein paarmal blinzeln. Aus irgendeinem Grund hatten Jakobs Worte sie berührt.

Nach einer guten Stunde erreichten sie das Dorf Búðardalur, dessen Einwohner ihren Lebensunterhalt vorwiegend von der großen Meierei bezogen, die sämtlichen Schimmelkäse Islands produzierte.

»Ich muss mal aufs Klo. Bei der Gelegenheit hole ich uns gleich Kaffee und Gebäck zum Mittagessen«, sagte Hildur, während sie den Wagen auf den breiten Parkplatz lenkte.

Das Dorfzentrum war sehr klein. Es bestand aus zwei aneinander angrenzenden Gebäuden, in denen sich ein kleines Lebensmittelgeschäft, ein Restaurant, eine Eisbude und eine Tankstelle befanden.

An der Selbstbedienungstheke des Ladens wählte Hildur zwei verlockend aussehende Hefeteilchen, die mit einer dicken Schokoladenschicht überzogen waren. Im Laden gab es auch einen Kaffeeautomaten. Sie füllte zwei To-go-Becher bis zum Rand und gab drei Zuckerwürfel in Jakobs Kaffee. Dann ging sie mit raschen Schritten zum Auto zurück, die Kaffeebecher in den Händen und die Tüte mit dem Gebäck zwischen den Zähnen.

»Das reicht bis nach Hause, aber unterwegs müssen wir noch einen Halt einlegen. Der Baggerfahrer hat gerade angerufen. Er hat den Hügel geöffnet und etwas gefunden.«

42

NOVEMBER 2019 ÖGURVÍK

Der Schnee war geschmolzen, und der Hof des Anwesens sah aus wie ein endloses Schlammfeld, irgendwie trostlos. Noch vor Kurzem hatte der Schnee eine kalte, weiße Decke über die Erde gebreitet, die Klarheit und deutliche Rahmen gebracht hatte. Eine Weile hatte es Schnee, Frost und blauen Himmel gegeben. Dann war es so gekommen wie in jedem Winter: Über die Insel wehte der vom Golfstrom erwärmte, nasse Südwind. Mit einigen Brisen ließ er den Schnee schmelzen und brachte ihn über die Flüsse zurück ins Meer.

Der Motor des Baggers war ausgeschaltet, aber die starken Scheinwerfer brannten. Der Lichtkeil hob den Hof und den Viehstall aus der Dunkelheit. In dem gelblich-künstlichen Licht sah man, wie verfallen der alte Stall war. Der Hof war übersät mit großen, unterschiedlich geformten Schlammpfützen, auf deren Oberfläche sich das Licht der Scheinwerfer spiegelte.

Hildur merkte, dass ihr Wassertropfen in die Augen liefen, spürte sie aber nicht. Ihre Haut war wie abgestorben. Sie hielt beide Fäuste in den Taschen ihrer Jacke und beugte sich beim Gehen vor.

Auf dem Weg zu der Grube fühlte sie sich klein und scheu. Eine alte Volkssage kam ihr in den Sinn. Sie erzählte von einer verängstigten Frau, die alles verloren hatte. Hildur hatte das Gefühl, genauso krumm zu gehen wie diese Frau, die ein Kind geboren, es in ein Tuch gewickelt und zum Sterben nach draußen auf den Berg gebracht hatte. Vor Zeiten hatte man so gehandelt, wenn man ein Kind bekam, das man nicht ernähren konnte. Als die Frau später bei den Tieren im Stall über ihre Armut trauerte und darüber, dass sie nicht einmal zum Tanz auf den Nachbarhof gehen konnte, weil sie nichts anzuziehen hatte, drang aus der Wand das Flüstern eines kleinen Kindes.

Mutter mein im Stall, Stall
lass die Sorgen all, all;
leih ich dir mein Tüchelein,
kannst du damit tanzen fein.

Hildur verscheuchte die schreckliche Geschichte aus ihrem Kopf. Wieso in aller Welt hatte sie sich gerade jetzt an dieses Gedicht erinnert?

Der Baggerfahrer saß rauchend in seiner Kabine. Der Qualm, den er zwischen den schmalen Lippen ausstieß, schwebte eine Weile in der Fahrerkabine und fand dann den Weg durch die Tür ins Freie. Der Mann starrte apathisch vor sich hin. Er stieg nicht aus, um die Ankömmlinge zu begrüßen.

»Ich warte schon seit zwei Stunden.«

»Im Hochland war schlechte Sicht«, erklärte Hildur, entschuldigte sich aber nicht für die Verzögerung. In dieser Gegend wussten alle, dass schlechte Sicht langsamere Fahrt bedeutete. Hildur betrachtete das zerfurchte Gesicht des Mannes genauer. Er wirkte müde.

»Da ist tatsächlich was.«

Der Baggerfahrer warf die Kippe auf die Erde. Sie landete vor Jakobs Füßen, und Jakob trat sie aus.

Hildur stellte sich an den Rand der Grube und blickte nach unten. Nichts als Dunkelheit. Sie holte ihre kleine Taschenlampe hervor und schaltete sie ein.

»Ich hatte erst eine Viertelstunde gegraben, als ich auf Plastiktüten gestoßen bin. Da habe ich aufgehört, um mit der Baggerschaufel nichts kaputt zu machen«, rief der Mann und drehte sich die nächste Zigarette.

Der Lichtkegel der Taschenlampe fiel in die Grube. Dort hatte sich Regenwasser gesammelt. Unter der schlammigen Brühe war gelbes Plastik zu sehen. Das mussten die Tüten sein.

Hildur streifte Handschuhe über, zog die Kapuze hoch und begann, in die Grube zu steigen. Der Baggerfahrer hatte zum Glück weitläufig gegraben. An den sanft abfallenden Rändern kam man leicht voran. Nur der letzte Absatz war steil. Hildur stützte sich mit der freien Hand an der Wand ab und bat Jakob, am Rand stehen zu bleiben und ihr zusätzliches Licht zu geben.

Einen Augenblick lang verharrte sie reglos. Die Angst war in dem Moment verflogen, als sie in die Grube stieg. Das Unbekannte jagte ihr keinen Schrecken mehr ein. Jetzt musste sie nur graben, ihre Aufgabe erledigen.

Sie schob mit einer Hand Erde von dem Plastikbeutel. Nach und nach kam die mit einem hellroten Ferkellogo verzierte Tüte eines Lebensmittelgeschäfts zum Vorschein. Hildur nahm die Taschenlampe zwischen die Zähne und hob die abgenutzt aussehende Tüte vorsichtig mit beiden Händen hoch, damit sie nicht zerriss. Neben der ersten Tüte lag eine zweite, die sie ebenfalls vorsichtig wie ein Neugeborenes anhob.

Das Plastik war spröde geworden, wies aber keine Löcher auf. Das hellrote Logo war immer noch deutlich zu erkennen, obwohl der gelbe Hintergrund verblichen war. Jeder in Island kannte das ikonische Ferkel. Es war das Logo des ersten Lebensmitteldiscounters, der Ende der 1980er Jahre gegründet worden und inzwischen zur größten Lebensmittelkette des Landes herangewachsen war.

Hildurs behandschuhte Finger zitterten ein wenig, als sie ein größeres Loch in die erste Tüte riss. Sie wusste, dass es besser wäre, die

Grube von Kriminaltechnikern absuchen zu lassen, aber sie wollte nicht länger warten.

Sie öffnete die Plastiktüte an einer Seite wie einen Fischleib.

»Mehr Licht«, murmelte sie, die Taschenlampe im Mund. Jakob kam mit seiner Lampe näher heran.

Hildur zog eine kleine Steppjacke hervor, die vor langer Zeit einmal hellrot gewesen war. Die Jacke war nass und stank. Im Licht der Taschenlampe sah man, dass der Stoff mit schwarzen Flecken übersät war. Am Rand der Kapuze waren Reste von Pelzbesatz zu sehen. Von der Jacke war nicht mehr viel übrig, doch Hildur erkannte sie sofort wieder.

Diese Winterjacke hatte sie im ersten Schuljahr getragen. Auf den Pelzkragen war sie besonders stolz gewesen. Die Jacke war teuer gewesen, und ihre Familie hatte nie viel Geld übrig gehabt. Alle Kleidungsstücke wurden von den kleinen Schwestern aufgetragen. Nach Hildur hatte zuerst Rósa die Jacke bekommen, dann Björk.

Björks Jacke.

Hildur klemmte sich die Jacke unter den Arm und warf noch einen Blick in die Tüte. Ganz unten lag ein kleiner roter My-Little-Pony-Rucksack.

Sie nahm die Taschenlampe aus dem Mund und richtete sie wieder auf den Boden der Grube, auf die Stelle, von der sie gerade die hellgelben Plastiktüten genommen hatte. Sie wusste bereits, was sie aus dem Augenwinkel gesehen hatte, wollte aber sicher sein. Sicherer. Sie wischte die Erde beiseite und berührte die hellen, harten Stücke. Es waren kleine, zierliche Knochenteile.

43

NOVEMBER 2019 ÍSAFJÖRÐUR

Am nächsten Wochenende wurde in Finnland Vatertag gefeiert. Für Jakob war es der schlimmste Tag im Jahr. Auch diesmal würde er keine ungestüm anmutende, in der Kita gebastelte Karte bekommen.

Wie empfand Matias das alles? Darüber dachte Jakob oft nach. Verblich der Vater für ihn zu einer Frage, die er nicht mehr stellen durfte? Ein Mensch, an den man sich nicht mehr erinnerte. Irgendein fremder, im Moment vielleicht noch entfernt bekannt wirkender Mann, der nicht mehr in die Diele polterte. Von dem man keine Adresse und keine Telefonnummer hatte. Von dem kein Geschenk auf dem Geburtstagstisch lag.

Es war nur recht und billig, sein eigenes Kind treffen zu dürfen, und jedes Kind sollte ein Recht auf seinen Vater haben.

Jakob öffnete die Skype-App auf seinem Handy. Er hatte auf Skype nur eine Nummer gespeichert, Lenas. Mit dem Zeigefinger wischte er über Lenas Bild und wählte unter den Symbolen die Videokamera.

Das Handy tutete. Das Geräusch hallte in Jakobs leerer Wohnung wider. Nach dem vierten Freizeichen war ein Rascheln zu hören, und Lena erschien auf dem Display. Einen Augenblick lang wirkte sie entspannt und fröhlich, doch als ihr klar wurde, wessen Anruf sie angenommen hatte, erstarrte ihre Miene. Für Jakob war die Situation nicht neu. Ihre Telefonate begannen inzwischen immer auf die gleiche Art. Lena zog eine Mauer hoch und weigerte sich, ein echtes Gespräch zu führen.

»Was willst du?«

»Hallo Lena. Ich dachte, ich rufe mal an. Beim letzten Mal war das Gespräch ja mittendrin zu Ende.«

Unmittelbar nach der Trennung hatte Jakob unter Schock gestanden. Zuerst hatte er Angst und Hass empfunden. Als der Scheidungsprozess fortschritt, hatte er sich machtlos gefühlt. Seiner Meinung nach hatte die norwegische Gesellschaft sich gegen ihn – einen ausländischen Mann – gestellt. Alles war so gelaufen, wie Lena gefordert hatte. Sie hatte das Sorgerecht bekommen, man hatte ihre Lügen geglaubt und Jakob gezwungen, zurückzuweichen. Jakob hatte zwar das Besuchsrecht bekommen, aber auch das wurde seiner Ansicht nach nicht so verwirklicht, wie es hätte sein sollen. Lena schien aus reiner Gehässigkeit immer wieder Gründe zu finden, weshalb Matias nicht am Telefon mit ihm sprechen oder zu den gerichtlich vereinbarten Treffen kommen konnte.

In letzter Zeit hatte Jakob ernsthaft versucht, seine Ex-Frau zu verstehen. War Lena irgendwie krank? War sie aus einem ihm unbekannten Grund wütend auf ihn?

»Ach, du dachtest, du rufst mal an«, äffte Lena ihn nach und fuhr fort: »Du kannst nicht einfach so anrufen. Die Telefonate müssen vorher vereinbart werden. Das weißt du genau. Ich habe einen Gerichtsbeschluss, wonach alle …«

Jakob sah sich gezwungen, sie zu unterbrechen, obwohl er wusste, dass das Gespräch dadurch erst recht in die Sackgasse geraten würde.

»Das weiß ich. Und aufgrund dieses Beschlusses habe ich neulich angerufen. Wir hatten einen Termin für das Telefonat vereinbart, aber du hast es abgebrochen. Ich hatte keine Gelegenheit, mit

Matias zu sprechen«, sagte er und bemühte sich um einen ruhigen Tonfall.

»Merkst du, dass du mich wieder unter Druck setzt?«

Wie in aller Welt sind wir jetzt wieder auf dieser Schiene gelandet, überlegte Jakob. Er hatte nicht beabsichtigt, Lena unter Druck zu setzen, obwohl er Grund dazu gehabt hätte. Die Situation schien aussichtslos. Am liebsten hätte er gebrüllt, dass Lena ihr Kind seinem Vater entfremdete, aber er wusste, dass er dabei nur verlieren konnte. Lena nahm die Gespräche mit Sicherheit auf. Wenn er sie anbrüllte, lieferte er ihr weitere Beweise für künftige Prozesse. Künftige Prozesse … Jakob erschrak über seine Überlegung. Hatte er das tatsächlich gedacht? Er hatte sich doch geschworen, den zerstörerischen Kampf vor Gericht nicht fortzusetzen. Und er hatte auch gar nicht das Geld dafür.

Aber andererseits, was war, wenn nichts anderes half? Beim jetzigen Stand der Dinge würde er nur immer mehr verlieren. Matias würde sich bald gar nicht mehr an ihn erinnern, Jakob würde aus dem Leben des Jungen verschwinden, und Lena bekäme das volle Bestimmungsrecht. Vielleicht ließ sich eine Wende zum Besseren nur erreichen, wenn er aufbegehrte und sich einen Anwalt nahm.

»Lena, sei mir nicht böse, wenn ich dich etwas frage.«

Jakob setzte sein Pokerface auf und bemühte sich, möglichst ruhig und neutral zu klingen.

»Geht es dir gut? Auch wenn unser Verhältnis miserabel ist, bist du mir immer noch wichtig. Um Matias' willen wünsche ich mir, dass du so glücklich bist wie möglich.«

Einen Moment lang war gar nichts zu hören. Dann verschwand Lenas Gesicht. Offenbar hatte sie das Handy auf die Spüle gelegt, denn die Kamera zeigte nur noch die Abzugshaube. Jakob hörte, wie der Kühlschrank geöffnet wurde, dann kam von etwas weiter weg wieder Lenas Stimme.

»Hör schon auf. Du bist so erbärmlich.«

Jakob schloss kurz die Augen. Lenas boshafte Worte trafen ihn nicht. Er musste sich nur einen Moment konzentrieren, um Geduld zusammenzukratzen.

»Dürfte ich mit Matias sprechen? Am Wochenende ist doch Vatertag. Ist Matias in der Nähe? Könntest du ihn mir wenigstens kurz zeigen?«, fragte Jakob und hasste sich selbst für den bettelnden Tonfall.

Lena seufzte und drehte die Kamera mit einer schnellen Bewegung zu Matias hin.

Der blonde Junge saß in einem blauen, mit Feuerwehrautos gemusterten Schlafanzug im Wohnzimmer auf dem Boden und spielte hingebungsvoll mit Dinosaurierfiguren.

Als er Lenas Stimme hörte, blickte Matias auf und sah seine Mutter an. Er stand auf und ging zu ihr, in der Hand einen Tyrannosaurus Rex, dem der Schwanz fehlte. Seine Augen funkelten neugierig.

»Wer ist da?«, hörte Jakob seinen Sohn auf Norwegisch fragen. Er sah, wie das Kind die Hand nach dem Telefon ausstreckte. Die Hand war nicht mehr klein und rundlich. Die Finger waren gewachsen. Sie sahen schlanker aus als früher. Die Finger eines großen Kindes, dachte Jakob.

Jakob spürte die Sehnsucht wie einen körperlichen Schmerz. Er hätte das Kind in die Arme nehmen wollen, ihm in den Nacken pusten, mit ihm nach draußen gehen und Schneebälle an die Bäume werfen. Sein Kind war dort und zugleich unerreichbar.

»Niemand, mein Schatz. Niemand. Irgendein Mann hat sich verwählt«, sagte Lena mit sanfter Stimme und legte auf.

Jakob kniff sich mit aller Kraft ins Bein. Der konkrete Schmerz half ihm, durchzuhalten. Jetzt durfte er nicht zusammenbrechen. Er tippte eine Nachricht auf Skype.

Lasst es euch gut gehen. Wir sehen uns zwischen Weihnachten und

Neujahr, dann komme ich Matias besuchen. Zu Weihnachten habe ich drei Besuchstage, wie es im Gerichtsbeschluss festgelegt wurde.

Jakob legte das Handy neben seinem Wollkorb auf den Boden. Sein Beschluss war gefasst. Er würde nicht aufgeben. Auf keinen Fall.

44

Am Montag lag der Bericht über die Todesursachenermittlung zu Freysi vor. Die Untersuchung hatte nichts Überraschendes ergeben. Der Sturz hatte den Tod verursacht. Beim Aufprall auf den Boden war das Genick gebrochen. Die im Mund gefundenen Haare waren die gleichen wie bei den anderen Opfern.

Die Kriminaltechniker hatten an Freysis Oberkörper, in Bauchhöhe an seiner Sportjacke, schwarze Wollfasern sichergestellt, die höchstwahrscheinlich dort haften geblieben waren, als der Mörder den Jogger in den Abgrund stieß, denn an Freysis sonstiger Kleidung und an den Textilien in seiner Wohnung hatte man keine entsprechenden Fasern entdeckt. Die Kriminaltechniker hatten Freysis Wohnung durchsucht, aber nichts Interessantes gefunden, außer einer Vielzahl von Hildurs Fingerabdrücken, die Hildur den Kollegen in Reykjavík am Telefon erklären musste. Die DNA-Tests waren noch im Gange.

Jakob füllte einen To-go-Becher mit frischem Kaffee aus der Kaffeemaschine der Polizeistation, gab reichlich Zucker hinein und verschloss den Becher mit einem kompostierbaren Deckel. Er hatte versprochen, Freysis Kollegen zu befragen, während Hildur und Beta ihre Arbeit in der Polizeistation fortsetzten.

Jakob zog seine Winterjacke an. Den Kaffeebecher in der Hand, verließ er das Polizeigebäude und machte sich auf den Weg zur

Dorfschule. Das gelbe Schulgebäude hatte mehrere Eingänge. Jakob wählte den, hinter dem sich die gläserne Kabine des Hausmeisters befand. Der riesige, schnurrbärtige Mann erinnerte an ein Walross. Er saß mit halb geschlossenen Augen an seinem Tisch und drehte träge den Kopf, als er Jakobs Stimme hörte.

»Zum Lehrerzimmer? Die Treppe hoch und dahin, wo es nach Fisch riecht.«

»Nach Fisch?«

»Nach Fisch. Der Pausenraum der Lehrer ist neben dem Speisesaal, und heute gibt es gekochten Kabeljau.«

»Aha. Danke«, sagte Jakob und ging zur Treppe. Da stand der Mann mit dem Walrossbart auf und schob den Kopf durch das Fenster seiner Kabine.

»Können Sie nicht lesen? Die Schuhe ausziehen und da ins Regal stellen. Wir wollen hier keinen Dreck auf dem Fußboden.«

Jakob machte auf dem Absatz kehrt, stellte seine Winterschuhe auf das oberste Brett des Schuhständers und ging auf Strümpfen die Treppe hinauf.

Aus dem Lehrerzimmer drang Stimmengewirr. Jakob klopfte an und trat ein. Ungefähr zwanzig Menschen verschiedenen Alters drehten sich zu ihm um. Die Luft im Lehrerzimmer war abgestanden und roch nach Kaffee. Die hellbraunen Vorhänge an den Fenstern sahen aus, als hingen sie schon seit Jahrzehnten dort.

»Guten Morgen, ich bin von der Polizei. Mein Name ist Jakob Johanson.«

Das Wort *Polizei* elektrifizierte die Stimmung immer und überall. So auch jetzt. Die Menschen strafften sich und versuchten die Neugier zu verbergen, die das Eintreffen der Polizei immer weckte.

»Wir untersuchen den Tod von Freysi Gunnarsson. Sie haben sicher schon davon gehört.«

Jakob ließ den Blick durch den Raum wandern. Alle sahen ihn

freundlich und interessiert an. Die Polizei hatte den Medien mitgeteilt, dass es sich bei Freysis Tod um Mord handelte.

»Eine schreckliche Geschichte, ich habe in den Nachrichten davon erfahren«, sagte eine Frau, die einen langen Rock mit Schottenkaro und eine Brille trug. Jakob vermutete, dass sie Handarbeitslehrerin war.

Ein älterer Mann legte die Zeitung, in der er gerade gelesen hatte, vor sich auf den Couchtisch und sah Jakob verloren an.

»Wie kann so etwas hier bei uns passieren? Das hätte ich nie erwartet.«

»Gibt es unter Ihnen jemanden, der Freysi näher gekannt hat? Ich würde gern ein paar Fragen über ihn stellen, erst einmal ganz informell«, sagte Jakob. Die verblüfft wirkenden Menschen sahen sich gegenseitig an und murmelten etwas, was er nicht verstand. Jakob drängte nicht. Er trank seinen Kaffee aus und warf den leeren Becher in den Abfallkorb unter der Spüle.

Ein jüngerer Mann hob die Hand und räusperte sich.

»Wir waren nicht besonders eng befreundet, aber wir haben zusammen Badminton gespielt.«

Der Mann kam zu Jakob und gab ihm die Hand. Er hieß Anton und unterrichtete Mathematik und Chemie. Jakob schlug vor, das Gespräch an einem ruhigeren Ort zu führen.

»Ich habe jetzt eine Freistunde. Wir können in meine Klasse gehen.«

An der Wand von Antons Klassenzimmer hing eine Tabelle der Elemente. Anstelle von Pulten gab es lange Arbeitstische mit verstellbaren Hockern.

»Wir untersuchen den Mord an Freysi. Das hier ist erst einmal nur ein informelles Gespräch. Ich möchte, dass Sie mir alles erzählen, was Sie über ihn wissen. Alles kann wichtig sein«, sagte Jakob ruhig.

Anton wirkte nett, aber auch ein wenig nervös. Jakob versuchte, die Atmosphäre zu entspannen, indem er zuerst etwas über sich selbst erzählte.

»Es ist Ihnen hoffentlich recht, dass wir Englisch sprechen? Ich bin im Austausch hier und kann noch nicht Isländisch.«

Der Lehrer, der sich ans Tischende gesetzt hatte, lächelte freundlich.

»Ich habe lange in den USA gelebt. Englisch ist sozusagen meine zweite Muttersprache.«

Anton holte tief Luft und schien nachzudenken. Er blickte verlegen auf seine Hände.

»Wie soll ich es sagen … ohne zu dramatisch zu klingen. Ich habe das Gefühl, dass Freysi ein, hmm, ein Geheimnis hatte.«

Jakob fuhr zusammen.

»Ein Geheimnis?«

»Na ja, ich bin mir nicht ganz sicher, aber mir scheint, dass er mir aus Versehen davon erzählt hat.«

Jakob bat den Mann, weiterzusprechen.

»Ich wollte die Badmintonzeiten für nächstes Jahr reservieren, aber Freysi sagte, das würde sich nicht lohnen. Er wäre dann nicht mehr fähig zu spielen. Aber wissen Sie, das konnte ich nicht glauben, weil er körperlich so unglaublich fit war. Beim Badminton hat er mich fast jedes Mal besiegt.«

Nach diesem Ausrutscher hatte Anton also darauf bestanden, mehr zu erfahren. Freysi litt unter einer seltenen Krankheit. An den Namen der Krankheit erinnerte Anton sich nicht mehr, aber sie hatte irgendetwas mit dem Gehirn zu tun. Und damit, dass er vermutlich bald gelähmt sein würde.

Jakob hörte mit wachsender Skepsis zu. Hildurs Freund hatte mit einer baldigen Lähmung gerechnet? Nach dem, was Hildur gesagt hatte, war Freysi ein sportlich durchtrainierter Langstreckenläufer gewesen.

Anton ahnte offenbar, dass Jakob an seinen Worten zweifelte.

»Ich glaube, dass außer mir niemand davon wusste. Er wollte seinen Arbeitsplatz nicht riskieren, indem er öffentlich darüber sprach. Ich musste ihm versprechen, es nicht weiterzusagen.«

Freysi hatte gesagt, die Krankheit würde entweder schnell oder ganz allmählich, schleichend, voranschreiten. Fest stand nur, dass er krank war und nicht mehr viele Jahre zu leben hatte. Bei ihrem letzten gemeinsamen Spiel hatte Freysi Anton erzählt, er sei mit einer tollen Frau zusammen und wolle mit ihr über die Sache sprechen. Aber die anderen sollten nichts davon erfahren.

»Ich dachte zuerst, dass es Selbstmord war, dass er den Gedanken, gelähmt zu sein, nicht ertrug.«

»Es war keiner«, erwiderte Jakob und fügte hinzu: »Aus ermittlungstechnischen Gründen kann ich nicht über Einzelheiten sprechen, aber ein Selbstmord ist hundertprozentig ausgeschlossen.«

Anton nickte. Dann schien ihm etwas einzufallen. Er warf einen Blick auf die Tür an der Rückwand des Klassenzimmers.

»Wir hatten da hinten einen gemeinsamen Arbeitsraum. Da haben wir die Stunden vorbereitet, damit wir die Arbeit nicht mit nach Hause zu nehmen brauchten. Freysi hat auch an irgendeinem eigenen Projekt gearbeitet. Möchten Sie sich da umsehen?«

Als Jakob nickte, öffnete Anton die Tür zu dem nicht einmal zehn Quadratmeter großen Zimmer. Es war fensterlos, Licht spendeten eine kleine Neonröhre an der Decke und zwei Schreibtischlampen. An den Wänden standen Regale mit Büchern, Ordnern und Papierstapeln.

»Diese Bücher gehören mir. Freysis Archiv ist da«, sagte Anton und zeigte auf ein weißes Eckregal von IKEA, das von Papieren und Notizblöcken überquoll. Zwischen den Papieren entdeckte Jakob zwei Biologiebücher, die er kannte. Auf dem orangeroten Rücken des einen stand in großen Buchstaben *Genetik*. Jakob nahm das Buch zur Hand und blätterte darin.

»Wenn Sie möchten, können Sie sich hier in Ruhe umsehen. Sie finden mich im Lehrerzimmer, falls Sie etwas brauchen«, sagte Anton.

Jakob begann die Papiere auf Freysis Schreibtisch durchzugehen. Zu korrigierende Klassenarbeiten, Reisekostenabrechnungen und einige Zeitschriften zum Thema Laufsport. Der Aktenständer aus Plastik am Rand des Schreibtischs war voll von Papierstapeln und Dokumenten in Klarsichthüllen. Jakob nahm einen Stapel heraus. Er verstand den Inhalt sofort, schließlich war er vor dem Besuch der Polizeischule Biologielehrer gewesen. In den handschriftlichen Aufzeichnungen ging es um Vererbung. Stirnrunzelnd las er weiter. Vorfahrenlinien und einzelne Sätze über eine Erbkrankheit. Äußerst seltsam.

Er schob die Papiere zusammen und steckte sie in seine Schultertasche, um sich auf der Polizeistation genauer mit ihnen zu befassen.

Dann durchsuchte er das Eckregal. Viele leere Papierbögen, Quittungen und Mitschriften von Vorlesungen. Ganz zuunterst im Regal lag ein blaues Heft, Karopapier im Format DIN A 4. Die Ecken waren eingeknickt. Das Heft sah aus, als wäre es oft gelesen worden. Auf dem Einband stand nur ein Wort: *Dagbók*, Tagebuch. Jakob legte das Heft auf den Schreibtisch und schaltete die Lampe ein. Die ersten Seiten waren mit Kugelschreiber vollgeschrieben, in isländischer Sprache. Jakob packte auch das Tagebuch ein. Er musste es Hildur zu lesen geben.

45

In der Pause am Vormittag hatten die Kinder auf dem Schulhof Schneemänner gebaut. Einer trug eine rote Mütze auf dem Kopf, und als Nase diente ein Bleistift. Als Jakob gegen Mittag über den Schulhof ging, sah er, dass die Kinder die Schneehaufen verschmähten und an den Klettergestellen spielten. Der Neuschnee ließ sich nicht zu Schneebällen formen. Am Vormittag waren große Klumpen an den Schuhsohlen kleben geblieben, jetzt fühlte sich der Schnee unter den Füßen viel härter an. Die Kälte nahm zu.

Anton hatte Jakob zum Mittagessen im Speiseraum der Schule eingeladen, aber Jakob hatte dankend abgelehnt. Er musste so schnell wie möglich zurück zur Polizeistation und mit Hildur sprechen. In der Grillstube im Erdgeschoss holte er sich einen Hotdog, um den schlimmsten Hunger zu stillen. Als er die Polizeistation betrat, stopfte er sich den letzten Bissen in den Mund und vergewisserte sich am Spiegel in der Eingangshalle, dass ihm keine Mayonnaise auf den Bart getropft war.

Noch bevor Jakob die Tür zum Dienstzimmer erreichte, eilte Hildur ihm entgegen. Nach ihrer Miene zu schließen, ging es um eine dringende Sache. Jakob zog die Jacke aus, hängte sie an die Garderobe und vertauschte die schweren Winterstiefel mit leichten Hausschuhen.

»Die Krankenschwester, die kein Englisch versteht, hat gerade zurückgerufen. Sie hatte etwas Interessantes zu berichten«, sagte Hildur, als sie sich an ihre Schreibtische setzten. Hildurs Schreibtisch war mit Ausdrucken bedeckt. Ein schneller Blick verriet, dass es sich um Kopien alter Zeitungsberichte handelte.

Lian hatte sich entschuldigt, weil sie sich erst jetzt meldete. Sie hatte Hildur erklärt, dass eine ihrer beiden Töchter beim Turntraining gestürzt war und operiert werden musste. Das Mädchen würde wieder gesund werden, aber Lian hatte sich nach dem Unfall ein paar Tage frei nehmen müssen.

»Lian arbeitet als Psychiatriepflegerin in der psychiatrischen Klinik. Sie hat mir von einer Patientin erzählt, die sie vor Jahren gepflegt hat.«

Jakob hörte zu und betrachtete dabei die alten isländischen Zeitungsberichte auf dem Tisch. Je weiter Hildur mit ihrem Bericht kam, desto größer wurde sein Bedauern. Er hatte das Gefühl, etwas Wichtiges verpatzt zu haben. Warum hatte er die Frau am Telefon nicht verstanden?

»Es tut mir so leid. Wir wären mit den Ermittlungen längst weitergekommen, wenn ich sofort begriffen hätte, worum es ging.«

Hildur stemmte die Hände auf den Tisch und richtete den Blick auf Jakob. Sie sah ihm eindringlich in die Augen.

»Hör sofort auf damit. Wenn hier jemand Schuld hat, dann ich oder Beta, weil wir nicht da waren. Wir hätten dich nicht allein lassen dürfen. Außerdem rufen hier ständig irgendwelche mehr oder weniger verwirrten Leute an, deren Gerede man sofort zum anderen Ohr wieder rauslassen muss.«

Dann forderte sie Jakob auf, sich die Geschichte bis zum Schluss anzuhören.

Lian arbeitete schon länger in der Klinik. Vor einigen Jahren war dort eine schon etwas ältere Frau namens Marta eingeliefert worden. Ein traumatisches Familienereignis hatte ihre geistige

Gesundheit zerrüttet und sie zur Langzeitpatientin gemacht. Auf die Einzelheiten war Lian nicht eingegangen, denn sie war an die Schweigepflicht gebunden. Ohne amtliche Erlaubnis durften Krankenberichte nicht an Außenstehende weitergegeben werden, und die Polizei hatte noch keine Genehmigung. Lian befürchtete, dass sie schon mit dem Anruf bei der Polizei ihre Befugnisse überschritt, hatte aber das Gefühl gehabt, nicht anders handeln zu können, nachdem sie die Zeitungsberichte über Heiðars und Jóns Tod gelesen hatte.

»Ich habe ihr versichert, dass unser Gespräch nie stattgefunden hat«, fügte Hildur hinzu.

Marta war mehrere Jahre lang in der psychiatrischen Klinik behandelt worden. Das Pflegepersonal war sich nahezu sicher, dass sie nie wieder ganz gesund werden würde. Dann war vor rund zwei Jahren plötzlich eine Wende zum Besseren eingetreten. Zu der Zeit war Lian Martas persönliche Pflegerin gewesen. Marta hatte zum Glauben gefunden. Sie begann am Bibelkreis der Klinik und an der sonntäglichen Andacht teilzunehmen. Bald ließ sie keine religiöse Veranstaltung mehr aus. Sie erholte sich sichtlich. Der Glaube hatte ihr gutgetan. Schließlich wurde ihr Zustand als so gut eingeschätzt, dass sie keine Behandlung mehr brauchte. Vor ungefähr einem Jahr war sie aus der Klinik entlassen worden.

Nun kam Hildur in ihrem Bericht zu dem Punkt, der Lians Anruf erklärte.

»Das Klinikpersonal ist daran gewöhnt, bei der Arbeit alles Mögliche zu Gesicht zu bekommen. Die Patientenzimmer werden sorgfältig geputzt, aber persönliches Eigentum wird nicht angerührt.«

Manche Patienten sammelten auf dem Hof Steine und bewahrten sie in ihrer Matratze auf. Andere schnitten Werbeanzeigen aus der Zeitung aus und ordneten sie in Briefumschlägen. Nach Martas Entlassung aus der Klinik hatte Lian ihr Zimmer gründlich geputzt. In einer Ecke des Kleiderschranks hatte sie einen Müllsack mit Papieren und Notizen gefunden, die offensichtlich im Altpapier entsorgt werden sollten.

Lian hatte erzählt, die Papiere hätten bunt durcheinander in dem großen Müllsack gelegen, aber sie hätte trotzdem einen Blick darauf geworfen.

»Wahrscheinlich aus purer Neugier«, vermutete Hildur.

Die Notizen hatten sehr detaillierte Informationen enthalten: Namen, Adressen, Angaben aus dem Personenstandsregister, ferner Landkarten, Daten, Uhrzeiten. Lian hatte sie für belangloses Geschreibsel gehalten und schließlich alles in den Altpapiercontainer der Klinik geworfen.

»Ein Papier war ihr aber besonders deutlich in Erinnerung geblieben. Es geht um das hier«, sagte Hildur, nahm einen ihrer Ausdrucke vom Tisch und reichte ihn Jakob.

Lian hatte im Kleiderschrank der Patientin einen alten Zeitungsbericht gefunden, zu dem ein großes Foto von Heiðar und einem zweiten Mann gehörte. Der Bericht war ihr im Gedächtnis geblieben, weil es darin um den ehemaligen Schatzmeister des Turnsportverbandes ging, der wegen Wirtschaftsdelikten angeklagt wurde. Da Lians Töchter in ihrer Freizeit zum Turntraining gingen, verfolgte sie die Berichterstattung über den Verband genau. Heiðar war der Anwalt des Angeklagten gewesen.

»Lian hat mir erzählt, dass Marta diesen Artikel in ihrem Schrank aufbewahrt und an den Rand in großen Buchstaben *Jón* und darunter *Heiðar* geschrieben hatte. Das war ihrer Meinung nach kaum falsch zu verstehen.«

Jakob begriff nicht, was Hildur meinte.

»Ein Stammbaum. Es war ein Stammbaum. Nach Martas Vermerk war Jón Heiðars Vater.«

»Das verstehe ich nicht. Wir haben das doch im Einwohnerregister überprüft. Dem Register nach gibt es keine Verwandtschaftsbeziehung.«

Hildur lächelte über die Verwunderung des finnischen Polizisten.

»Glaubst du, dass alles, was in den offiziellen Papieren steht, der Wahrheit entspricht? Die DNA-Tests können durchaus etwas anderes ergeben.«

Das Bild von dem erfolgreichen, wohlhabenden Anwalt wollte absolut nicht zu dem des Pädophilen in seiner verfallenen Hütte passen.

»Ich fand es anfangs auch unbegreiflich«, sagte Hildur und trommelte mit den Fingern auf die Tischplatte.

Jakob erinnerte sich an das, was Heiðars Witwe Kolfinna ihnen auf dem luxuriösen Ledersofa in Garðabær erzählt hatte. Ihr Mann hatte nie über seine Eltern gesprochen. Heiðar hatte seine Eltern möglichst weit von sich fernhalten wollen. Jakob überlegte eine Weile und kratzte sich am Bart.

»Jemand hat also sowohl den Vater als auch den Sohn ermordet. Das kann kein Zufall sein.«

Hildur ließ den Blick über die Zeitungsausschnitte wandern, die sie am Morgen ausgedruckt hatte. Sie nahm einen Ausschnitt vom Oktober 2012 und reichte ihn Jakob.

»Die Puzzleteile fallen allmählich an ihren Platz. Unklar ist jetzt nur noch, wo Marta steckt oder ob auch sie schon ermordet wurde.«

Jakob betrachtete die kleine Anzeige, die Hildur mit rotem Filzstift umrandet hatte. Er verstand den Text nicht, schloss aber aus dem quadratischen Porträtfoto, dem Kreuz und den Daten, dass es sich um eine Todesanzeige handelte. Die Frau auf dem Bild wirkte jung und fröhlich. Vital, mit langen, modisch geschnittenen blonden Haaren. Jakob verglich das Geburts- und das Todesdatum. Die Frau war mit 21 Jahren gestorben.

Er sah Hildur fragend an.

»Das ist Martas Tochter Valgerður. Sie ist vor sieben Jahren gestorben.«

46

Im Neuen Testament heißt es, wer mein Jünger sein will, der verleugne sich selbst, nehme sein Kreuz auf sich und folge mir nach. Denn wer sein Leben retten will, wird es verlieren; wer aber sein Leben um meinetwillen verliert, wird es gewinnen.

Ich habe mein Leben verloren, aber alle gerettet, die übrig waren. Ich habe Menschen fortgeschickt, aber ich habe diejenigen gerettet, die nach ihnen gekommen wären.

Ich habe den Fehler entdeckt und ausgemerzt.

Nun muss ich gehen.

47

NOVEMBER 2019 ÍSAFJÖRÐUR

Die Stimmung in Jakobs und Hildurs Dienstzimmer war wie elektrisiert. Die einzelnen Puzzleteile fielen an ihren Platz, nachdem sie die Verbindung zwischen Jón, Heiðar und Valgerður entdeckt hatten.

Während Jakob sich in der Schule aufhielt, um Freysis Kollegen zu befragen, hatte Hildur die in Heiðars offiziellen Papieren vermerkten Eltern kontaktiert, die schon seit langer Zeit in den USA lebten. Heiðars Mutter hatte erzählt, dass sie und ihr Mann Heiðar als Baby adoptiert hatten. Als Heiðar achtzehn war, waren die Adoptiveltern aus beruflichen Gründen ins Ausland gezogen und Heiðar hatte sich eine eigene Wohnung in Reykjavík gesucht. Danach war die Verbindung immer schwächer geworden. In den letzten zwanzig Jahren hatten sie nur gelegentlich Kontakt gehabt. Seit dem letzten Mal waren mindestens fünf Jahre vergangen, hatte die Mutter am Telefon gesagt. Die Eltern waren von der Polizei über den Tod ihres Adoptivsohns unterrichtet worden und wollten in der nächsten Woche von Boston aus einen Flug nach Island nehmen, um an der Beerdigung teilzunehmen.

Zur Zeit der Adoption hatte die Mutter nichts Genaues über die biologischen Eltern des Adoptivkindes gewusst. Die Daten waren geheim. In einem Land von der Größe Islands blieb jedoch kein zwischenmenschliches Geheimnis lange verborgen. Auch in diesem Fall nicht. Nachträglich hatte die Mutter über Bekannte von Bekannten erfahren, dass die Frau, die ihren Sohn zur Welt gebracht hatte, eine knapp 20-jährige Fixerin war, die das Baby in der Entbindungsklinik zurückgelassen und sich davongemacht hatte. Einige Wochen später war sie im Park Kjarvalsstaðir in Reykjavík tot aufgefunden worden. Der leibliche Vater des Kindes war ein Quartalssäufer, in dessen Wohnung in der Hverfisgata die Frau vorübergehend gehaust hatte. Heiðar war in ein Kinderheim gebracht und bald darauf adoptiert worden. Sein biologischer Vater war Jón.

Hildur hatte die Sache überprüft: Jón war in den 1980er Jahren unter derselben Adresse gemeldet gewesen wie Heiðars leibliche Mutter.

Hildur kam mit zwei Kaffeetassen ins Dienstzimmer zurück. Sie reichte die eine Jakob, der mit dem Löffel die auf den Boden gesunkenen Zuckerwürfel in Bewegung brachte. Beta hatte sich kurz zuvor zu ihnen gesellt.

Sie betrachteten das Schema, das sie an den Flipchart gezeichnet hatten.

»Irgendwie hat Marta das also herausgefunden«, sagte Beta.

Um Verwandtschaftsbeziehungen zu klären, brauchte man nur eine Internetverbindung. Wer eine isländische Personenkennziffer hatte, war im digitalen Stammbaum der Isländer, dem Isländerbuch, vermerkt. Dort fand man Informationen über die Eltern und Verwandten jedes beliebigen Bürgers. Wenn man seine eigene Personenkennziffer eingab, erschien auf dem Bildschirm ein Stammbaum, der bis zum ersten Isländer zurückreichte. Mit einigen Klicks konnte man herausfinden, in welcher Verwandtschaftsbeziehung man zum Beispiel zum isländischen Präsidenten, zu einem Schafzüchter am Nachbarfjord oder zum eigenen Ehepartner stand. Über das Programm fand man den Stammbaum jedes Isländers und jeder Isländerin.

»Die Klärung der Adoptivbeziehung war sicher komplizierter«, meine Jakob.

Hildur schüttelte den Kopf. Sie war anderer Meinung.

»Ich habe nur eine halbe Stunde gebraucht, um an die Information zu kommen, und es war gar nicht schwierig. Die Adoptivmutter war gern bereit, über die alten Ereignisse zu sprechen. Im Lauf der Zeit wirst du schon merken, Jakob, was für neugierige Leute auf dieser kleinen Insel wohnen. Wir haben ein Sprichwort, das den Nagel auf den Kopf trifft: Wenn drei etwas wissen, weiß es das ganze Volk.«

Hildur warf noch einen Blick auf das Schema.

»Da haben wir die Schwiegereltern und die Liebenden. Außer Marta sind alle tot. Wo ist Marta jetzt? Und was hat Freysi mit dem Ganzen zu tun?«

Jakob legte den Inhalt seiner Schultertasche auf seinen Schreibtisch. Er breitete das blaue Heft und die losen Seiten so aus, dass Hildur und Beta sie gut sehen konnten. Dann berichtete er, dass er in der Schule mit einem Kollegen von Freysi gesprochen und etwas Interessantes erfahren habe.

»Wusstest du, dass Freysi krank war?«

Hildur, die gerade mit der Hand über die Vorderseite des Tagebuchs strich, hielt abrupt inne.

»Krank? Wovon sprichst du?«

Hildur wusste offensichtlich noch nichts davon. Jakob schwieg einen Moment und ordnete seine Gedanken. Er war also derjenige, von dem Hildur es erfuhr.

»Freysi wollte die Badminton-Reservierung für das nächste Jahr nicht fortsetzen, weil er annahm, dass er wegen seiner Krankheit nicht mehr würde spielen können. Er hatte vor, es dir zu sagen, ist aber offenbar nicht mehr dazu gekommen, bevor er ...«

Hildur umklammerte das Heft. Ihr Stuhl knarrte, als sie ihn näher an den Tisch rückte. Sie schlug das Heft auf, stützte den Kopf auf beide Hände und begann zu lesen.

Die ersten mit Kugelschreiber beschriebenen Seiten enthielten alltägliche Notizen: Joggingrunden, Speisepläne und Beobachtungen über das Wetter. Später wurden die Eintragungen detaillierter und intimer. Anmerkungen zum Schlaf, Gedanken über das Durchhaltevermögen. Angaben über die Krankheit. Hildur erkannte die Handschrift. Es war Freysis typisches Gekritzel: halb Schreibschrift, halb Großbuchstaben. Die letzte Eintragung war ein paar Monate alt. Hastig las Hildur einige Abschnitte. Je weiter sie kam, desto unglaublicher wurde der Text.

Ich habe nicht mehr lange zu leben. Jetzt wo ich es hier aufschreibe, kommt es mir endgültig vor. Das Ende meines Lebens. Die Symptome, die in letzter Zeit stärker geworden sind, haben endlich einen Namen bekommen.

Diese genetisch bedingte Gehirnblutung ist tückisch. Ich habe die Möglichkeit zu erkranken, seit meiner Geburt in mir getragen, auch wenn die Symptome erst jetzt aufgetreten sind. Wie hoch ist die Wahrscheinlichkeit, dass gerade ich krank wurde? Lächerlich gering! Aber mir ist nicht zum Lachen.

In Island gibt es nur wenige Familien, die das Gen in sich tragen, und die Krankheit kommt offenbar nirgendwo sonst auf der Welt vor. Mein Neurologe hat mir erzählt, dass die Krankheit vor ungefähr zehn Generationen im 16. Jahrhundert entstand, als die südisländischen Erbanlagen sich mit den westisländischen verbanden. Dabei kam es zu einer gefährlichen Genmutation.

Früher verbreitete sich die Krankheit kaum, weil die Menschen sehr jung starben. Sie wurde nicht bekannt, weil die Lebenserwartung vor Jahrhunderten erheblich kürzer war als heute. Diejenigen, die länger lebten, vererbten das Gen, ohne es zu wissen.

Das Gen wird mit einer Wahrscheinlichkeit von 50 Prozent von einem Elternteil auf das Kind übertragen … Heute kennt man die Krankheit besser … Nicht alle Träger des Gens erkranken …

Hildurs Gedanken wollten mit ihren Augen nicht Schritt halten. Sie musste kurz aufblicken. Was denn für eine Genmutation? Und der Neurologe? War Freysi bei einem Neurologen gewesen? Es fiel ihr schwer, das Gelesene zu begreifen.

Hildur hatte Freysi beim Gewichtheben besiegt, aber wenn es um Schnelligkeit und Ausdauer ging, war Freysi ihr haushoch überlegen gewesen. Er joggte und spielte Badminton, trainierte und nahm jeden Morgen Vitaminpräparate. Wie in aller Welt hätte er ernsthaft krank sein können?

Freysis Tagebuchaufzeichnungen erschienen ihr unwirklich. Warum in aller Welt hatte sie nichts davon gewusst!? Hildur hatte geglaubt, dass sie und Freysi ziemlich eng befreundet waren. Sie hatten sich oft getroffen und sich miteinander wohlgefühlt. Aber andererseits ... Sie hatte Freysi ja auch nicht alles über sich selbst erzählt. So war es wohl letztlich bei allen Menschen. Man glaubte, viel zu sehen, sah in Wahrheit aber nur das, worauf man achtete und was der andere einem zeigen wollte.

Ich weiß nicht, ob ich mir dazu gratulieren soll, dass ich so lange gelebt habe, oder ob ich dem Entsetzen nachgeben und darüber trauern soll, dass diese Krankheit mich befallen hat. Ich weiß nicht, ob ich sie von meiner Mutter oder von meinem Vater geerbt habe. Und es spielt ja auch keine Rolle. Ich fühle mich jedenfalls wie eine wandelnde Bombe. Das einzig Gute an der Sache ist, dass ich keine Kinder habe. Gut, dass ich früher nie Kinder wollte.

Zum Glück habe ich Hildur nicht in jüngeren Jahren kennengelernt. Sie ist etwas Besonderes, mit ihr hätte alles ganz anders kommen können. Auch die Sache mit dem Kinderwunsch. Ja, ich liebe sie. Verdammt noch mal, wie unfair das alles ist! Ich muss es ihr bald sagen.

Damit endeten die Aufzeichnungen. Hildur blätterte die restlichen Seiten durch, doch sie waren leer. Plötzlich merkte sie, dass sie etwas Seltsames und Unpassendes empfand. Eine Glückswoge. Sie erschrak vor ihrem Gefühl. Freude erschien in dieser Situation völlig unangebracht. Wie konnte sie über ein Liebesgeständnis glücklich sein, das aus dem Jenseits kam? Durfte man sich darüber freuen?

Hildur blickte von dem Tagebuch auf und starrte an die Wand. Beta und Jakob sahen sie fragend an, aber sie brachte kein Wort heraus.

»Im Arbeitszimmer habe ich auch das hier gefunden«, sagte Jakob und zeigte auf die Notizen, die er mitgebracht hatte.

Hildur griff nach dem Stoß und blätterte ihn schnell durch. Sie erkannte die Aufzeichnungen wieder. Diese Papiere hatte sie vor kurzer Zeit in Freysis Küche gesehen. Freysi hatte ihr damals etwas erzählen wollen, was mit Familienforschung zu tun hatte, doch der Alarm in Súðavík war dazwischengekommen.

Beta spähte über Hildurs Schulter auf die Notizen. Die Diagramme sahen seltsam aus. Sie wurde nicht schlau daraus.

»Das ist eine Darstellung der Vererbung. Der Gene«, erklärte Jakob ungefragt. »Bevor ich zur Polizeischule gegangen bin, war ich Biologielehrer, daher kenne ich mich damit aus.«

Jakob berichtete seinen Kolleginnen, dass er die Abbildungen oberflächlich überprüft hatte. Demnach hatte Freysi offenbar gewusst, dass das Gen mit einer Wahrscheinlichkeit von 50 Prozent von einem Elternteil auf das Kind überging. Er hatte es entweder von seiner Mutter oder von seinem Vater geerbt. Jakob war zwar nicht auf Vererbungslehre spezialisiert, hatte aber als Biologe einiges über die Besonderheiten von Erbkrankheiten gelernt.

»Auch in Finnland gibt es einige lokal begrenzte Erbkrankheiten, die auf derartige Genfehler zurückgehen.«

Genmutationen hatte es immer gegeben, aber in Ländern wie Finnland und Island, wo der Genotyp in bestimmten Regionen ungewöhnlich homogen war, hatte man sie besser untersuchen können. Wenn ein bestimmter Bevölkerungsteil eine begrenzte Menge Vorfahren hatte, waren die Genmutationen leichter zu lokalisieren. Finnland war früher ebenso isoliert gewesen wie Island. Die Menschen hatten jahrhundertelang in sehr kleinen Gemeinschaften gelebt.

»Bei uns in Nordfinnland gibt es eine Gemeinde, in der ein Teil der Einwohner ein Gen aufweist, das die Tendenz zu Schizophrenie stark erhöht. Wenn ein Kind das Gen von seiner Mutter oder seinem Vater erbt, verdoppelt sich das Risiko, an Schizophrenie zu erkranken. Freysi hatte eine Krankheit, die den Blutkreislauf im Gehirn betraf.«

Hildur fühlte sich unruhig. Sie stand auf, trat ans Fenster und betrachtete die bläuliche Landschaft. Es war plötzlich völlig windstill. Die Berge am Rand des Fjords spiegelten sich auf der glatten Oberfläche des Meeres. Das Meer zeigte die Formen der Berge und die Farbe des Himmels. Sie blickte gleichzeitig auf zwei identische Wirklichkeiten und dachte laut: »Freysi ist vorzeitig gestorben. Lag das also an seinem Erbgut?«

48

NOVEMBER 2019 BOLUNGARVÍK

Als hätte ein Riese zu einer großen Keule gegriffen, um ein Loch in den Berg zu schlagen. Zuerst war ein leises Prasseln zu hören. Das Prasseln wurde schneller und lauter. Dann völlige Stille und … *bumm*! Das dumpfe Geräusch hallte von den Uferfelsen wider, bis es leiser wurde und schließlich ganz im Meer verschwand. Nach zehn Sekunden begann das Prasseln erneut.

Hildur spürte die Kraft der Welle in ihrem ganzen Körper. Wenn sie die falsche Stelle erwischte und in den Strudel der Wellen geriet, würde das unter dem Wasser verborgene Steingeröll sie zermalmen. Doch das machte ihr keine Angst. Von dem kalten Meer hatte sie nichts zu befürchten, denn sie wusste, dass sie es beherrschte. Sie kannte die Wellen, die Meeresströmungen, den Wind und die Bewegungen ihres Surfbretts.

Am vorigen Abend hatten Jakob, Beta und sie bis spät in die Nacht gearbeitet. Sie hatten nach Martas Kontaktdaten gesucht, denn sie wollten sich mit der Frau in Verbindung setzen. Marta wusste möglicherweise etwas über die Morde – oder war selbst in Gefahr. Schließlich waren ihre Tochter, deren ehemaliger Freund und dessen Vater gestorben. Die Mordermittlung war jedoch durch einen Anruf aus der Dorfkneipe unterbrochen worden. Dort wurde die Polizei gebraucht, um eine Schlägerei zu schlichten. Jakob, Beta und Hildur hatten den Einsatz übernehmen müssen, weil keine der beiden Polizeistreifen frei war. Die eine Streife war in eine Wohnung gerufen worden, und die andere klärte einen Verkehrsunfall am Nachbarfjord.

Als sie endlich nach Hause gehen konnten, war es schon fast zwei Uhr gewesen. Sie hatten vereinbart auszuschlafen und sich am Morgen wieder mit den Morden zu beschäftigen.

Hildur hatte unbedingt ans Meer fahren müssen, um ihre Gedanken zu klären. Sie wollte sich nicht einmal ausmalen, was noch alles passieren könnte. Drei Menschen waren eines gewaltsamen Todes gestorben. Hildur hatte ihren Freund verloren. In ihrem Innern war eine Hoffnung erwacht, die ihre kleinen Schwestern betraf. Es war nur eine winzige Hoffnungsflamme, aber sie brannte, und Hildur wollte sie nicht erlöschen lassen. Beta hatte die Ermittlung genehmigt. Die Knochen gaben Anlass zu dem Verdacht, dass es sich bei der Grube in Ögurvík um ein Grab handelte, und dort waren ja auch Hinweise auf die vor langer Zeit verschwundenen Kinder gefunden worden. Beta war überrascht, beinahe erschüttert gewesen, als sie davon erfuhr. Der Fall war natürlich auch ihr vom Hörensagen bekannt. Sie hatte versprochen, dass Geld für die Ermittlung zur Verfügung stehen würde, wenn die Untersuchung der Funde neue Informationen über das Verschwinden von Hildurs Schwestern erbrachte. Der mehr als zwanzig Jahre alte Fall würde nicht ganz oben auf der Dringlichkeitsliste stehen, durfte aber innerhalb der Dienstzeit bearbeitet werden. Hildur hatte die Bedingung akzeptiert und die Knochen, die sie in der Grube gefunden hatte, sowie den Inhalt der Plastiktüten nach Reykjavík an Axt-Hákon geschickt. Hákon hatte versprochen, sich damit zu befassen, sobald er einen ruhigen Moment hatte.

Nach dem Aufwachen hatte Hildur sich zuerst die Wettervorhersage angesehen und dann die Wellenvorhersage auf der Webseite der isländischen Straßenverwaltung, auf der Daten über den Seegang bereitstanden. Der Vorhersage nach betrug die Wellenhöhe gut einen Meter. Wenn die Wellen zu hoch waren, brachen sie in größerer Entfernung vom Ufer, und aus dem Surfen wurde nichts. An den Fjorden herrschte oft das beste Surfwetter, wenn der Wind ruhig und die Wellen niedrig waren.

Hildur hatte das Surfbrett auf Brendas Dach befestigt und ihren Nassanzug in den Kofferraum geworfen, dann war sie nach Westen gefahren. Als die Dunkelheit nachließ und die Schatten sichtbar wurden, war sie mit ihrem Brett ins Meer gegangen. Natürlich war es nicht ratsam, allein zu surfen. Alles Mögliche konnte passieren. Sie konnte mit dem Kopf gegen das Brett schlagen, zu viel Meerwasser schlucken oder die Kraft der Welle falsch einschätzen.

Wenn etwas passierte, würde ihr niemand helfen können. Das Gefühl der Gefahr war ständig präsent, und vielleicht liebte sie diese Sportart gerade deshalb. Wenn sie fähig war, die Gefahr zu beherrschen, hatte sie auch sich selbst im Griff.

In den Häusern des Fischerdorfs an der nahe gelegenen kleinen Bucht waren die Lichter angegangen. Ein paar große Raben standen auf den Uferfelsen und blickten zu Hildur herüber. Weiter draußen fuhren zwei Fischtrawler auf das offene Meer. Das Meeresrauschen war durch die wärmende Neoprenhaube hindurch zu hören.

Hildur sah eine perfekte Welle heranrollen. Sie war nur gut einen Meter hoch, aber herrlich lang. Hildur drehte ihr Brett zum Ufer hin und paddelte mit den Armen kräftig vorwärts. Als der Wellenkamm sich näherte, stellte sie sich gewandt auf das Brett. Gerade in diesem Moment dachte sie an nichts anderes als daran, diese Welle zu beherrschen.

Das rechte Bein vorn, das linke hinten. Sie surfte immer in derselben Stellung. Dann begann die Welle sie mitzunehmen. Sie schob Hildur sanft vorwärts, schräg zum Ufer hin. Die Welle war stark, aber für einen kurzen Moment durfte sie sie beherrschen.

Wenn man mit dem Meer in Konflikt geriet, würde das Meer

immer siegen. Wenn eine hohe Welle sie überraschen und verschlingen würde, könnte sie nichts anderes tun, als ruhig zu bleiben.

Im November ging die Sonne nur für kurze Zeit hinter dem Meer auf, und ihr Licht fiel auf das verschneite Gebirge. Die Strahlen der Wintersonne ließen die schneebedeckten Berge von Hornstrandir ungewöhnlich hell erscheinen. Die weit hinter der Bucht aufragenden Berge hoben sich von der halbdunklen Umgebung ab wie große weiße Gespenster.

Da schlug ein Gedanke in Hildurs Bewusstsein wie eine starke Woge. Sie drehte ihr Brett herum und paddelte wie wild auf das Ufer zu. Als sie kurz zurückblickte, sah sie eine Welle näher kommen. Die Welle war klein, würde sie aber schneller ans Ziel bringen. Hildur stieg auf das Brett. Sie musste schleunigst zu ihrem Wagen.

Sie hatte sich plötzlich an etwas Wichtiges erinnert.

49

NOVEMBER 2019 ÍSAFJÖRÐUR

Hildur hatte sich auf dem Rücksitz ihres Wagens umgezogen und war von Bolungarvík direkt zur Polizeistation gefahren. Sie fuhr ihren Computer hoch, loggte sich ein und fand bald, was sie suchte.

Ja. Sie hatte sich richtig erinnert.

Im letzten Sommer war im Wildmarkgebiet von Hornstrandir eine junge Frau gestorben. Hildur hatte damals in der Zeitung davon gelesen, dem Fall aber keine weitere Beachtung geschenkt. Jetzt las sie den Bericht erneut. Er war knapp. Die Frau war allein gewandert und im Schlaf gestorben. Sie hatte in der Gegend von Hesteyri in einer alten Sommerhütte übernachtet, die Schlafplätze für Wanderer anbot. Die Frau hatte unter Schlafapnoe gelitten, und die mutmaßliche Todesursache war eine dadurch ausgelöste Durchblutungsstörung im Gehirn. Die Leiche war mit dem Hubschrauber nach Reykjavík gebracht worden.

Hildur suchte in der Datenbank der isländischen Polizei nach dem Obduktionsbericht. Noch bevor sie ihn zu Ende gelesen hatte, wusste sie, was sie dort finden würde. Im Mund der Frau hatte man einige blonde Haare entdeckt. Hildur sah nach, wer die Obduktion durchgeführt hatte. Es war nicht Axt-Hákon. Der Name des Pathologen war ihr unbekannt: Daníel Hilmarsson. Sie warf einen Blick auf das Datum. Die Obduktion war Mitte Juli erfolgt, es handelte sich also sicher um eine Urlaubsvertretung. Die meisten Isländer nahmen ihren Sommerurlaub im Juli. Hildur rief Axt-Hákon an. Er meldete sich nach dem fünften Freizeichen.

»Hallo Hildur. Ich hatte noch keine Zeit, mich mit deiner Sendung zu befassen«, beeilte er sich zu sagen.

Hildur beruhigte ihn.

»Deshalb rufe ich nicht an.«

»Danke für den Krähenbeerensaft. Schmeckt hervorragend, wie immer.«

Hildur hätte gern länger mit Hákon geplaudert, aber diesmal hatte sie es sehr eilig.

»Hat dich im Juli ein gewisser Daníel vertreten?«

Sie hatte richtig geraten.

»Ein sehr netter Assistent, er hat engagiert gearbeitet. Hoffentlich wird er mein Nachfolger, wenn ich in Rente gehe.«

»Ich habe gerade seinen Obduktionsbericht gelesen. Im Mund der Frau wurden einige blonde Haare gefunden.«

»Nee, verdammt! Wirklich?«

Axt-Hákon klang verblüfft. Und das war kein Wunder. Sehr wahrscheinlich hatten sie gerade ein weiteres Opfer entdeckt. Hákon versprach, sofort mit seinem Vertreter zu reden und bald zurückzurufen.

Hildur konnte nur warten. Sie lehnte die Stirn an das Fenster ihres Dienstzimmers und spürte das kühle Glas an ihrer Haut. Seit dem Morgen hatte es einen radikalen Wetterumschwung gegeben. Der Südwind war stärker geworden und hatte dicke graue Wolken an den Himmel getrieben. Südwind brachte graues und mildes Wetter. Bestimmt würde es bald wieder Schneeregen geben. Hildur stellte sich auf die Zehenspitzen und zählte dabei bis drei. Sie hielt einen Moment inne, bevor sie den Fuß, langsam bis drei zählend, wieder nach unten senkte. Diese Bewegung wiederholte sie zwanzig Mal.

Jakob drehte seinen Stuhl herum und sah Hildur an.

»Alles in Ordnung?«

»Ich trainiere die Wadenmuskeln.«

Hildur fand es vernünftig, Wartezeiten zu nutzen. Es förderte die Durchblutung der Beine und kräftigte die Wadenmuskeln, wenn sie dreimal täglich eine Runde mit zwanzig Wiederholungen machte.

Jakob schüttelte den Kopf und wandte sich wieder seinem Computer zu. Als Hildur mit ihrem Training fertig war, holte sie sich Kaffee. Ihr Telefon klingelte.

»Ich habe Daníel erreicht. Er erinnert sich noch gut an den Fall. Lísa war die einzige junge Erwachsene, deren Leiche er im Sommer obduziert hat.«

Daníel hatte den im Mund gefundenen Haaren weiter keine Beachtung geschenkt. Da Lísa blond gewesen war, hatte er sie für die eigenen Haare der Toten gehalten. Er hatte angenommen, dass sie in den Mund geraten waren, während die Frau schlief. Das erschien durchaus nicht ungewöhnlich, zumal die Frau im Schlaf gestorben war.

Nach dem Gespräch berichtete Hildur Jakob von Lísa, die auf ihrem Sommerausflug gestorben war, und von den neuen Erkenntnissen. Jakob hatte einen fertigen Pullover auf seinen Schreibtisch gelegt und entwirrte gerade die Wollreste in seinem Beutel. Hildur fand den Pullover wunderschön. Der Gesamteindruck war zierlich, aber das Muster wirkte trotzdem ungewöhnlich kräftig.

Jakob schien sich plötzlich an etwas zu erinnern. Er stand auf und winkte Hildur mit sich. Sie gingen über den kurzen Flur in die kleine Eingangshalle der Polizeistation. An der längsten Wand der Halle hing eine Karte der Westfjorde. Jakob suchte auf der Karte nach dem Ort, den Hildur genannt hatte, und tippte mit dem Finger darauf.

»Ich erinnere mich, dass du diese Gegend irgendwann erwähnt

hast. Du warst in den Sommerferien mit deiner Tante dort oder so ähnlich. Mir ist etwas durch den Kopf gegangen …«

Jakob krempelte die Ärmel seines Pullovers hoch und trat noch näher an die Karte heran.

»… dahin kommt man ja nur mit dem Boot.«

Hildur nickte. Mit dem Auto kam man nicht in das Naturschutzgebiet, und Kleinflugzeuge oder Hubschrauber durften dort nur im äußersten Notfall landen.

Sie verstand, worauf Jakob hinauswollte.

»Verflixt noch mal, du hast recht!«

Lísa hatte in einer Wanderhütte übernachtet. Im Naturschutzgebiet gab es nur einige kleine Hütten, die Schlafplätze anboten, und im Hochsommer, wenn isländische Urlauber dorthin strömten, waren sie voll belegt. Mit einiger Sicherheit hatten dort auch andere übernachtet. Sie mussten befragt werden.

»*Segler*, *Gunnars Bootsrouten*, *Seetrip* und *Polarlicht*. Diese vier Unternehmen organisieren den gesamten Schiffsverkehr zwischen dem Dorf und dem Naturschutzgebiet«, sagte Hildur, schrieb die Nummern der Bootsfirmen aus dem Gedächtnis auf einen Zettel und reichte ihn Jakob.

»Bitte sie um die Namenslisten aller Passagiere in den Tagen vor Lísas Tod. Dann rufen wir die Touristen an. Mit Sicherheit hat irgendwer sie gesehen.«

Die nächsten anderthalb Stunden verbrachten sie am Telefon. An dem fraglichen Tag im Juli hatten den Passagierlisten nach ungefähr fünfzig Touristen im Naturschutzgebiet übernachtet. Hildur und Jakob riefen sie alle an. Die meisten berichteten, dass sie die gleiche Reise unternommen hatten wie Lísa. Sie waren mit dem Schiff ans Ufer von Fljótavík gefahren und über den Pass nach Hesteyri gewandert, wo sich die größte Ansammlung von Häusern befand. Diese Häuser waren seit Jahrzehnten nicht mehr bewohnt. Die letzten Anwohner hatten das Gebiet schon in den 1950er Jahren verlassen. Heute wurden die kleinen Holzhäuser als Sommerhütten genutzt. Es gab weder Strom noch fließendes Wasser und auch kein Mobilfunknetz.

Fast alle, mit denen Jakob und Hildur sprachen, erinnerten sich an den Fall. Die Nachricht vom Tod der Touristin hatte unter den Wanderern die Runde gemacht. Die meisten sagten jedoch, sie hätten gezeltet, und erinnerten sich nicht, Lísa begegnet zu sein.

Das Festnetztelefon auf Jakobs Schreibtisch klingelte. Hildur nahm den Hörer ab.

»Polizei von Ísafjörður.«

»Hallo, hier ist Margrét. Polizei? Sie hatten gerade angerufen.« Im Hintergrund waren Kinderstimmen zu hören. »Ich bin mit meinen kranken Kindern zu Hause und konnte nicht sofort abnehmen.«

Hildur stellte sich vor und erklärte, sie untersuche den Fall der Frau, die im Sommer in Hornstrandir gestorben war.

»Den Passagierlisten nach waren Sie zu der Zeit in der Gegend.«

Am anderen Ende blieb es einen Augenblick still. Offenbar ging die Frau in ein anderes Zimmer, damit die Kinder nicht hörten, was sie sagte. Sie erzählte, sie habe mit ihren Schwestern eine Wanderung gemacht, wie jeden Sommer.

»Wir wollten die Steilklippen sehen«, fügte sie hinzu.

»Sind Sie dort Lísa begegnet, also der Toten?«

»Ja. Wir haben in derselben Hütte übernachtet wie sie. Meine Schwestern und ich. Wir haben gemeinsam zu Abend gegessen, Fischsuppe. Das heißt, sie hatte schon gegessen, als wir ankamen. Die Suppe ist mir in Erinnerung geblieben, weil sie so unglaublich lecker war«, erzählte Margrét.

Die Schwestern waren am frühen Morgen aufgebrochen und zum nächsten Fjord gewandert. Erst später hatten sie gehört, dass das Mädchen, das in derselben Hütte übernachtet hatte, in der Nacht gestorben war. Die vier Frauen hätten sich ein Vierbettzimmer teilen sollen, in dem es zwei Etagenbetten, einen kleinen Nachttisch und einen Kleiderschrank gab. Am Abend war die Wirtin gekommen und hatte gesagt, in einem der Betten seien Wanzen und man solle es nicht benutzen. Es war Lísas Bett gewesen.

»Wir fanden das ein bisschen seltsam, wollten uns aber nicht einmischen.«

»Was war seltsam?«, fragte Hildur.

»Na, dass die Frau Lísa einen Platz am anderen Ende des Hauses anbot, in ihrem eigenen Schlafzimmer. Lísa war froh, vor den Wanzen gewarnt zu werden, aber in unseren Ohren klang es etwas merkwürdig.«

Lísa war der Frau ans andere Ende des Hauses gefolgt, und die Schwestern hatten sie danach nicht mehr gesehen.

»Erinnern Sie sich, wie die Wirtin aussah?«

Margrét bejahte und machte dann eine kleine Pause. Allem Anschein nach versuchte sie, ihre Erinnerungen an den Sommer zusammenzukratzen.

»Für eine Frau in ihrem Alter war sie überraschend stark. Sie zog das Boot ganz allein an Land und hatte große Steine als Mauer um das Grundstück aufgeschichtet. Meine Schwestern und ich haben uns darüber gewundert, wie kräftig sie wirkte. Ich glaube, sie war ungefähr so alt wie unsere Mutter, um die sechzig. Groß war sie, und sie sah so ein bisschen, na ja, schludrig aus. Wirre Haare und nicht ganz so gepflegte Kleider.«

»Erinnern Sie sich an ihren Namen?«

»Ja. Sie hieß Marta.«

50

Hildur spürte, wie der Wind an ihrem Wagen rüttelte. Der Kapitän, den sie für die Überfahrt gewonnen hatten, hatte versichert, der Wind werde spätestens gegen zwei Uhr am Nachmittag nachlassen, dann könnten sie ablegen. Die Fahrt über das Meer nach Hesteyri würde gut eine Stunde dauern.

Hildur, Beta und Jakob hatten herauszufinden versucht, wo Marta sich aufhielt, aber seit ihrer Entlassung aus der Klinik hatte die Frau keine feste Adresse mehr gehabt. Sie hatte keinen Stromvertrag abgeschlossen und auf ihren Namen war kein Auto zugelassen. Sie hatte keine Kreditkarte, kein Online-Banking und kein Handy. Es war, als hätte Marta nach der Zeit in der Klinik nicht mehr existiert.

Margrét hatte von einer Wanderhütte für vier Personen gesprochen. Dort mussten sie möglichst bald hin. Der im Hafen wartende Kapitän hatte die Abfahrt wegen des starken Windes verschoben. Sie hätten die Küstenwache um Hilfe bitten können, doch das schien ihnen übertrieben, denn sie hatten keinen Grund zu der Annahme, dass sich jemand in akuter Lebensgefahr befand. Der Kapitän hatte erklärt, in zwei Stunden könnten sie ablegen. Damit mussten sie sich abfinden. Die Wetterverhältnisse hatten immer das letzte Wort.

In der Zwischenzeit fuhr Hildur mit Jakob zu ihrer Tante. Tinna kannte Hesteyri gut. Hildur war 13, als sie zum ersten Mal in ihrem

Leben mit Tinna in das Naturschutzgebiet Hornstrandir gereist war. Diesen Sommer würde sie wahrscheinlich nie vergessen. Es war der erste Sommer nach dem Verschwinden ihrer Schwestern. Mit der Reise nach Hesteyri hatte für sie und ihre Tante eine alljährliche Tradition begonnen, die angedauert hatte, bis Hildur zum Studium nach Reykjavík ging.

In dieser Ferienwoche hatte Hildur sich auf den ersten Blick in die Umgebung verliebt. Als sie am Rand des grünen Tals stand, das sich wiegende Gras betrachtete und die Präsenz der majestätischen Berge spürte, hatte die Natur sie angesprochen und sie hatte zuhören wollen. Inmitten der melancholischen Landschaft hatte sie sich nicht mehr einsam und unglücklich gefühlt. Es war ein persönliches Empowerment gewesen, das alles andere nebensächlich machte.

Tinna und Hildur waren mit dem Schiff von Ísafjörður in das Naturschutzgebiet gefahren. Sie hatten bei einer Freundin von Tinna übernachtet, die ein altes Haus am Ufer besaß. Tinna kannte die Häuser in dem Gebiet besser als Hildur.

»Hallo, Tante Tinna, wir sind da«, rief Hildur. In der Diele roch es nach frischem Kaffee.

»Kommt rein. Ich stelle gerade die Tassen auf den Tisch.«

Tinna schaltete die Kaffeemaschine ein und nahm Hildur in die Arme. Dann umarmte sie auch Jakob und legte beide Hände an seine Wangen.

»Du bist ja ein richtig hübscher Bursche«, stellte sie fest und machte keinen Versuch, ihre Bewunderung zu verbergen.

»Das ist mein Kollege Jakob, der Finne«, erklärte Hildur.

»Na, das weiß ich doch. Ich mache nur Spaß. Setzt euch.«

Hildur sah, dass ihre Tante das bessere Kaffeegeschirr gewählt hatte. Tinna goss den Kaffee ein und bot ihren Gästen Weihnachtskuchen an. Der nach Zimt schmeckende Sandkuchen war mit einer weißen Creme gefüllt und mit Zuckerguss bedeckt. Man bekam ihn nur im Mittwinter. Die Verkaufssaison begann immer im November.

Der Kuchen, der in einer grünen Verpackung verkauft wurde, war ein sichereres Zeichen dafür, dass Weihnachten näher rückte.

»Was führt euch her?«, fragte Tinna.

Hildur erklärte, dass sie über Hesteyri sprechen wollten.

»Erinnerst du dich zufällig an eine Frau namens Marta?«

Tinna tastete über den Tisch, schien etwas zu suchen. Jakob half ihr, indem er den Tortenheber zu ihr hinschob. Sie schnitt sich eine dicke Scheibe Kuchen ab und zog grübelnd die Stirn kraus.

»Es hat mit unserer Arbeit zu tun. Wir versuchen sie zu erreichen«, erklärte Hildur.

»Marta ... Ja, ich erinnere mich an sie. Das Haus ihrer Familie war direkt neben dem meiner Freundin. Sie haben sich das Wasserrohr geteilt.«

Nachdem die letzten Einwohner in den 1950er Jahren aus Hornstrandir weggezogen waren, wurden die Häuser als Sommerhütten genutzt. Die meisten hatten kein fließendes Wasser. Einige Hausbesitzer hatten ein oberirdisches Wasserrohrsystem gebaut, das Wasser aus den Gebirgsbächen in die Häuser brachte.

»Nach dem Tod ihrer Eltern hat Marta das Haus geerbt. Sie hat jeden Sommer dort gewohnt und schon in jungen Jahren angefangen, Schlafplätze an Wanderer zu vermieten.«

Tinna erinnerte sich, dass die Unterkunft großen Anklang gefunden hatte, obwohl nie Werbung dafür gemacht worden war. Irgendwie wussten alle von der Hütte und buchten Schlafplätze über die Bootsfirmen.

Sie stand auf und ging ins Wohnzimmer. Im Fernsehen lief gerade die Wiederholung einer Reality-Show, deren Schauplatz irgendeine tropische Insel war. Tinna öffnete die Schublade am Fernsehtisch, bückte sich und schien etwas zu suchen.

Jakob beugte sich vor und fragte leise, fast flüsternd:

»Warum hast du mir nicht gesagt, dass deine Tante blind ist?«

Hildur verstand die Frage nicht. Warum hätte sie es erwähnen sollen? Sie hatte sich längst daran gewöhnt, dass ihre Tante nichts sah. Vor ungefähr zwanzig Jahren hatte Tinnas Sehkraft plötzlich stark nachgelassen, und innerhalb kurzer Zeit war sie erblindet.

»Ich weiß nicht. Hätte ich dir auch sagen sollen, dass sie braune Haare hat?«

Jakob schien den leichten Seitenhieb zu verstehen. Er lächelte Hildur versöhnlich zu, goss Kaffee nach und ließ das Thema fallen.

»Vielleicht möchtest du dir die ansehen«, sagte Tinna von der Tür her. Sie hielt ein braunes Fotoalbum in der Hand, dessen Einband ein silbernes Rosenmuster und die Jahreszahl 2000 schmückten.

Tinna setzte sich auf ihren Platz, reichte Hildur das Album und forderte sie auf, die Aufnahmen vom Sommer 2000 zu suchen.

Im Lauf der Jahre hatten sich die Seiten des Albums verklebt. Hildur löste sie voneinander und achtete darauf, dass die dünnen Schutzblätter über den Bildern nicht einrissen. Es war lange her, seit sie zuletzt traditionelle Fotos auf Papier betrachtet hatte.

Die Sommerbilder fanden sich am Ende des Albums. Hildur sah sie sich genauer an. Die sommerliche Sorglosigkeit, die sie verströmten, war mit Händen zu greifen. Die Sonne schien, der Himmel war blau, alle Menschen wirkten entspannt und gut gelaunt. Einige Fotos waren überbelichtet, aber sie erkannte sich selbst und Tinna darauf.

»Wow, bist du das?«, fragte Jakob und zeigte auf das Foto, das Hildur sich gerade ansah.

Auf dem Bild trug sie eine Jeans, deren Beine über dem Knie abgeschnitten waren, und ein blau-weiß gestreiftes Flanellhemd, das sie über dem Nabel verknotet hatte. Ihre Haare hatte sie zu zwei seitlichen Knoten aufgesteckt.

Hildur musste lächeln.

»Eindeutig von den Spice Girls beeinflusst.«

Sie blätterte weiter. Tinna und sie auf dem Schiff nach Hesteyri, Tinna und sie in T-Shirts beim Sonnenbad vor der Hütte.

»Da müsste ein Bild dabei sein, auf dem wir zu viert auf dem Hof sitzen«, sagte Tinna. »Wir haben Rhabarber klein geschnitten, als irgendwer, der gerade vorbeikam, uns mit deinem Fotoapparat knipsen wollte.«

Hildur fand das Foto. Sie saßen auf einer Bank, und vor ihnen standen zwei große Plastikeimer voller Rhabarberstücke. Die dicken, großen Rhabarberblätter waren neben der Bank aufgehäuft. Hildur hatte die Ärmel ihres Flanellhemds hochgekrempelt und riss gerade ein Blatt vom Stängel. Tinna, die neben ihr saß, hielt zum Schutz vor der Sonne eine Hand über die Stirn.

»Wer sind die beiden anderen?«, fragte Hildur.

Auf der Bank saß eine Frau in Tinnas Alter. Sie lachte fröhlich und blickte direkt in die Kamera. Das ärmellose Shirt betonte ihre muskulösen Arme. In der einen Hand hielt sie zwei lange Rhabarberstangen, in der anderen ein scharf aussehendes Messer. Die Frau wirkte gleichzeitig ungeheuer stark und freundlich. Auf dem Rasen zu ihren Füßen saß ein kleines Mädchen, das sich ein Rhabarberblatt wie einen Regenschirm über den Kopf hielt und breit grinste.

»Das sind Marta und ihre Tochter Valgerður. Sie waren in einem Sommer gleichzeitig mit uns in Hesteyri. Es war ein glücklicher Sommer für uns alle«, sagte Tinna und hob die Kaffeetasse an den Mund.

Hildur überlegte. Sie erinnerte sich nicht an die beiden Personen auf dem Foto, aber das war nicht verwunderlich, denn in Hesteyri waren im Sommer viele isländische Touristen unterwegs. Tinna erzählte, dass Marta und Valgerður sich sehr nahegestanden hatten.

»Sie waren irgendwie mehr als Mutter und Tochter. Ihr Verhältnis war wirklich sehr innig. Beim Sprechen ergänzten sie sich gegenseitig, und man hatte den Eindruck, sie wären zusammengewachsen.«

Hildur konnte den Blick nicht von den wunderschönen Haaren

des kleinen Mädchens lösen, die bis auf den Rücken reichten. Sie waren dicht wie ein Wasserfall und hell wie reifer Hafer.

Es klirrte leise, als Tinna ihre Kaffeetasse auf die Untertasse stellte. Sie wurde ernst.

»Später ist diese schreckliche Sache passiert. Ich glaube, du hast damals in Reykjavík gewohnt. Du erinnerst dich sicher nicht daran.«

Im Lauf eines Jahres war viel geschehen: Valgerður hatte von einem Mann aus Reykjavík ein Kind bekommen. Der Mann war verheiratet, hatte aber nach der Geburt des Kindes versprochen, seine Frau zu verlassen. Doch das Kind starb sehr jung, es wurde nicht einmal zwei Jahre alt. Man stellte fest, dass es eine seltene Erbkrankheit gehabt hatte, die das Gehirn schädigte. Die junge Mutter kam über den Tod ihres Kindes nicht hinweg. Valgerður beging Suizid.

»Marta hat nach dem Tod ihrer Enkeltochter und dem Selbstmord ihrer Tochter den Verstand verloren. Sie musste für lange Zeit in die psychiatrische Klinik. Danach habe ich nichts mehr von ihr gehört. Ihr Haus in Hesteyri stand leer.«

Eine Weile saßen sie still am Tisch. Die Uhr tickte. Die Paradiessendung war zu Ende, im Fernsehen kam gerade die Wettervorhersage. Am späten Abend Sturmwarnung für die nordwestlichen Meeresgebiete.

Eine seltene Erbkrankheit, die das Gehirn schädigte, wiederholte Hildur in Gedanken. Valgerðurs und Heiðars Kind. In dem Moment bekam der Nachruf, über den sie sich den Kopf zerbrochen hatte, eine neue Bedeutung.

Meine Augen und deine Augen,
oh, welch schöne Steine,
mein ist dein und dein ist mein,
du weißt, was ich meine.

Es tut mir leid, alles. Wir sind uns nie begegnet.

Nun verstand Hildur die Formulierung, die ihr so seltsam vorgekommen war. Heiðar hatte nicht Valgerður gemeint, sondern das Kind! Heiðar hatte sein Kind nie gesehen. In seinem Nachruf bat er um Entschuldigung dafür, dass er den Tod des Kindes verursacht hatte. Durch seine Gene.

Hildur stand rasch auf und zog ihre Jacke an. Es wurde Zeit, nach Hesteyri zu fahren.

51

NOVEMBER 2019 HESTEYRI

Der Kapitän öffnete das Fenster ein paar Zentimeter weit, damit frische Luft in die Kajüte gelangen konnte und die Fenster nicht beschlugen. Das Schiff war sehr klein. Hildur, Jakob und Beta saßen dicht nebeneinander auf der kunstledernen Sitzbank, die an die Wand der Kajüte geschraubt war. Zwischen der Bank und dem Kapitän befand sich ein schmaler Tisch, auf dem mit Klebefolie eine Karte des Meeresgebiets vor Ísafjörður befestigt war.

Hildur öffnete den Reißverschluss ihrer Steppjacke, um sich ein wenig Erleichterung zu verschaffen. Beta erzählte, sie unternehme im Sommer oft mit ihrer Familie Wanderungen im Naturschutzgebiet Hornstrandir. Ihr Mann war Hobbyfotograf und besonders interessiert daran, die Polarfüchse, die dort lebten, vor die Linse zu bekommen.

Auch wenn es in der Kajüte viel zu warm war, lockte ein Decksplatz niemanden. Während das Schiff sich bei Gegenwind über das Meer kämpfte, warfen selbst kleine Wellen eiskaltes Wasser auf das Deck.

»Wir haben schätzungsweise vier Stunden, bevor der Wind wieder auffrischt«, sagte der Kapitän, der in einen dicken Pullover, Jeans und Basecap gekleidet am Ruder saß.

Je weiter sie sich aus dem Hafen entfernten, desto heftiger schaukelte das Boot. Die wogende Bewegung schlug auf den Magen. Zum

Glück würde die Fahrt nur etwas mehr als eine Dreiviertelstunde dauern.

»Hätten wir das Muster früher erkennen können?«, überlegte Hildur laut. Die Wege aller Opfer hatten letzten Endes zu Jón geführt.

»Am meisten ärgert mich, dass ich Freysis Rolle nicht sofort verstanden habe«, seufzte sie und zeichnete mit dem Zeigefinger Muster auf die Tischplatte.

Hildur hatte gewusst, dass Freysis Eltern ihr einziges Kind in relativ hohem Alter bekommen hatten und dass beide schon vor längerer Zeit gestorben waren, als Hildur und Freysi sich kennenlernten. Das war alles, was er ihr über seine Familie erzählt hatte. Hildur verfluchte sich selbst, weil sie nicht früher begriffen hatte, dass Freysis Vater Gunnar und Jón Brüder gewesen waren. Es war keineswegs überraschend, dass Dorfbewohner untereinander verwandt waren. Seltsam war nur, dass niemand davon gewusst hatte.

»Mach dir keine Vorwürfe. In diesem Fall gab es so viele Verwicklungen. Vielleicht haben Freysis Eltern bewusst Abstand zu Jón gehalten, weil er als komischer Kauz bekannt war«, sagte Jakob und schaute aufs Meer.

Hildur warf einen Blick auf ihren blass aussehenden Kollegen. Jakobs verständnisvolle Worte taten ihr gut.

»In Lísas Akten stand ja, dass sie unter Schlafapnoe litt. Ich habe vorhin auf die Schnelle Informationen über Schlaganfälle gesucht und eine Untersuchung gefunden, nach der Schlafapnoe bei Schlaganfallpatienten überdurchschnittlich häufig auftritt. Wahrscheinlich trug auch Lísa dasselbe Gen in sich wie Freysi«, fuhr Jakob fort. »Das Gen, das auch Heiðar und Valgerðurs Kind hatten.«

Urplötzlich wurde Jakobs Gesicht kreidebleich. Das Schaukeln des Bootes wurde zu viel für ihn, der nicht an Seefahrt gewöhnt war. Er nahm eine Tüte aus der Schachtel auf dem Tisch, öffnete sie hastig und übergab sich. Bald darauf verlangsamte das Boot seine Fahrt und näherte sich dem Ufer.

»Endhaltestelle«, verkündete der Kapitän lakonisch und zog sich die Kappe tiefer in die Stirn.

Sie wollten Martas alte Sommerhütte untersuchen, die sie auf Tinnas Foto gesehen hatten und in der Lísa im Sommer gestorben war.

Hildur und Jakob folgten Beta auf den Anlegesteg. Seetang hing wie ein Fell an dem grau gewordenen Holz. Ganz in der Nähe lag ein kleines Motorboot. Es war an Land gezogen und mit Seilen an den großen Uferfelsen befestigt worden.

Eine Weile standen sie einfach da und blickten sich um. Der flache Streifen Land, der zwischen dem Ufer und den schneebedeckten Bergen lag, war nur einige hundert Meter breit. Die Umgebung war baumlos und nackt. Der Wind hatte den Schnee zusammengeweht, und einige der Häuser waren unter einer dicken Schneeschicht begraben. Sie ragten wie kleine Pickel aus dem Boden.

Die Häuser schienen willkürlich hingewürfelt am Ufersaum zu stehen. Bei den meisten handelte es sich um weiß gestrichene Holzhäuser mit rotem Blechdach.

Tinna hatte erzählt, dass Martas Hütte schwarz war und an einer sanft abfallenden Anhöhe stand. Hildur betrachtete jedes Haus genau, bis sie das gesuchte fand.

»Das dritte von rechts«, sagte sie und lief den anderen voraus durch den Schnee.

Als sie näher kamen, flogen hinter dem Haus zwei große Raben auf. Sie hatten an Essensresten herumgepickt. Im Schnee waren Kartoffelschalen und Möhrenstücke zu sehen.

Vor dem Haus waren noch Fußspuren zu erkennen. Abdrücke von großen Wanderschuhen. Keiner der drei war bewaffnet. Sie waren davon ausgegangen, dass sie keine Waffen brauchen würden. Falls sich jemand in der Hütte aufhielt, waren sie immerhin zu dritt. Hildur wusste, dass Waffen hier überflüssig waren.

Sie griff nach der dicken hölzernen Türklinke, warf den beiden anderen einen Blick zu und drückte die Klinke herunter. Die Tür öffnete sich knarrend. Die Diele war klein und schmal. An einer Wand hingen ein Fischernetz und mit den Riemen an einen Nagel gehängte langschäftige Watstiefel. Auf einem gelben Hocker waren ein Foto, eine Blechdose und eine Bibel arrangiert, als sollten sie die Ankömmlinge empfangen.

Das Foto war mit den Jahren verblasst und brüchig geworden. Hildur nahm es in die Hand und betrachtete es genauer. Eine Frau um die zwanzig blickte lächelnd in die Kamera und blinzelte. Es war Sommer. Die Sonne schien mit voller Kraft. Sicher war das Foto vor der Südwand der Hütte gemacht worden, die blonde Frau stand vor einem schwarzen Hintergrund. Sie hielt ein etwa einjähriges Mädchen auf dem Arm. Mit ihren langen blonden Haaren sahen die beiden sich ähnlich. Für sein Alter hatte das Mädchen ungewöhnlich lange Haare. Wunderschöne, lange blonde Haare, die mit einer roten Schleife zum Pferdeschwanz gebunden waren. Beide lachten fröhlich.

Hildur erkannte Valgerður sofort. Es war dasselbe Bild, das sie in der Todesanzeige gesehen hatte. Dort war es allerdings so beschnitten worden, dass nur Valgerðurs Gesicht zu sehen gewesen war.

Hildur reichte Jakob das Foto und nahm die Blechdose zur Hand. Sie enthielt eine Karte aus der Entbindungsklinik, auf der die Hebamme handschriftlich Geschlecht, Geburtszeit, Gewicht und Größe des Babys eingetragen hatte. Auf der anderen Seite der Karte befand sich ein Fußabdruck des Neugeborenen. Er war klein und zart, aber alle fünf Zehen waren zu erkennen. Ganz unten in der Dose lagen blonde Kinderhaare, die mit einer roten Schleife zusammengebunden waren. Zarte, blonde Haare.

Hildur nahm die Bibel vom Hocker und blätterte sie schnell durch. Zwischen den Seiten steckten viele Lesezeichen. Hildur schlug das Buch beim letzten Lesezeichen auf und las den Text. Er gehörte zum Matthäus-Evangelium. Nach den letzten Zeilen wusste sie mit Sicherheit, was sie auf dem Schiff bereits geahnt hatte. Hier würden sie niemanden finden, der ihnen gefährlich werden konnte.

Denn wer sein Leben retten will, wird es verlieren; wer aber sein Leben um meinetwillen verliert, wird es gewinnen.

Hildur hätte nicht erst durch das Fenster der Dielentür zu schauen brauchen, um zu wissen, was passiert war. Nach dem Aufenthalt in der psychiatrischen Klinik war Marta hierher zurückgekehrt. In ihr altes Sommerhaus. Auf der Höhe von Hildurs Augen hingen schwere Wanderschuhe. Vor langer Zeit waren sie schwarz und glänzend gewesen. Jetzt waren sie zerkratzt, schiefgetreten und an den Spitzen grau. Man sah ihnen an, dass mit ihnen weite Strecken gelaufen worden waren. Nun hingen sie frei in der Luft. Sie schaukelten sacht und leise wie Lupinen im Sommerwind. Auf dem Fußboden lag eine umgekippte Aluminiumleiter.

Hildur öffnete die abgedichtete Tür und betrat die Stube. Schon auf der Schwelle schlug ihnen ein widerwärtiger Gestank entgegen. Nach dem Geruch zu schließen hing die Leiche schon seit einiger Zeit am Dachbalken. Hildur ging an ihr vorbei in das halbdunkle Wohnzimmer, wo sie ein leises Rascheln gehört hatte.

Das Lüftungsfenster, das hoch oben, über der Schneegrenze, angebracht war, stand offen. Der Luftzug ließ die an der Wand befestigten Papierbögen flattern. Hildur hörte, wie Beta das Haus verließ, vermutlich, um zum Schiff zu gehen. Sie brauchten Hilfskräfte für den Transport der Leiche.

Alle Möbel in dem kleinen Wohnzimmer waren von der linken Wand weggerückt worden. Der Anblick ließ Hildur erstarren. Über die ganze Breite der Wand waren in schnurgeraden Reihen Dutzende DIN-A4-Bögen mit Heftzwecken befestigt. Sie enthielten kurze Texte und Bilder. Hildur erkannte bald, dass die einzelnen Sätze, Uhrzeiten und Daten eine Art Zeitschiene bildeten.

Freysi joggt abends nach 20 Uhr. Wann allein?
Tiefgarage Hverfisgata, Reykjavík + Schlüssel
17 Uhr Ísafjörður mit Auto
Montags Pizzalieferung (Uhrzeit prüfen!)
22 Uhr Ankunft Reykjavík
Kameras (erledigt)

Unterhalb der Zeitschiene waren Zettel mit Namen befestigt. Von jedem führte ein Pfeil zu anderen Zetteln. Hildur erinnerte sich an das, was Lian am Telefon gesagt hatte: Marta hatte in ihrem Zimmer in der Klinik detaillierte Stammbäume gebastelt. Die Zettelsammlung an der Wand war genau das. Ein Stammbaum.

Hildur sah ihn sich genauer an.

Bei Jón standen zwei Pfeile und der Text: *zwei Kinder*. Heiðar und Lísa. Der Vater und seine Kinder. Alle tot.

Neben Jón sein Bruder Gunnar und unter Gunnar ein Namenszettel, bei dessen Anblick Hildur zusammenzuckte. Freysi. Brüder und Sohn, beziehungsweise Neffe. Ein jeder tot.

Auf der Zeichnung war Heiðar mit Valgerður verbunden, von beiden führten Pfeile zu dem kleinen Kind. *Vater* und *Mutter*. Valgerður hatte von Heiðar ein Kind bekommen, das schon früh an einer genetisch bedingten Durchblutungsstörung im Gehirn gestorben war. Valgerður hatte Selbstmord begangen und der Genträger Heiðar war ermordet worden.

Beim Anblick des Stammbaums verstand Hildur das Muster. Die ganze Erblinie, von Jón angefangen, war ausradiert worden, Stück für Stück. Marta hatte jeden ermordet, der mit Jón verwandt war. Jeden, der mit fünfzigprozentiger Wahrscheinlichkeit das Gen in sich trug. Sie hatte sichergestellt, dass niemand dasselbe durchmachen musste wie sie. Den vorzeitigen Tod des eigenen Kindes und Enkelkindes.

Jakob war leise hereingekommen. Er blieb neben Hildur stehen und starrte auf die Zettel an der Wand. Hildur schluckte vernehmlich.

»Letzten Endes war es gar nicht so kompliziert. Im Gegenteil. Alles ist ganz einfach, siehst du? Es gab eine Frau, der alles genommen wurde und die darüber den Verstand verlor«, sagte Hildur und beendete Martas Geschichte.

52

NOVEMBER 2019 ÍSAFJÖRÐUR

Einige Tage später lief ein goldbraunes Getränk in die Biergläser. An der Oberfläche bildete sich weicher Schaum. Das neue Bier der örtlichen Brauerei, mit Orangen gewürztes dunkles Lager, war gerade in den Handel gekommen. Auf Empfehlung des Barkeepers hatten sie es bestellt.

»Ich zahle«, erklärte Beta an der Theke und hielt ihre Visa-Karte an das Kartenterminal.

Jakob brachte die vollen Gläser an den hintersten Tisch der Kneipe. Hildur folgte ihm mit einem Korb voll Nachos und einer Schale Dip-Sauce.

Das Lokal in dem weißen Holzhaus an der Hauptstraße war das einzige Restaurant im Dorf, das jeden Tag geöffnet hatte. Auf der Speisekarte standen frischer Fisch, saftige Burger und Salate. An den Wochenenden traten im hinteren Teil des Restaurants lokale Bands auf. Jetzt kamen aus den Lautsprechern Songs vom dritten Album der Band Sigur Rós. In den Lokalen der kleinen Dörfer dröhnte oft der Fernseher, damit die Sportfans beim Bier Fußballspiele verfolgen konnten. In diesem Restaurant herrschte jedoch eine ruhige Stimmung, denn der Fernseher stand in einem Anbau des Gebäudes, wo alle möglichen Spiele über den großen Bildschirm flimmerten und die Fans den Sport in voller Lautstärke genießen konnten.

Die drei hängten ihre Mäntel an die aus alten Hufeisen gestalteten Kleiderhaken neben ihrem Tisch.

»Prost«, sagte Hildur und hob ihr Glas. Sie stießen an.

Das Winterbier war gut. Die säuerlichen Orangen verliehen ihm eine angenehme Note. Eine Weile blickten sie schweigend durch das Fenster in den dunklen Novemberabend. Draußen regnete es. Der Schnee auf den Straßen war wieder geschmolzen. Schnee kam, Schnee ging, es war ein ewiger Kreislauf, der sich den ganzen Winter hindurch fortsetzen würde.

Hildur sah sich um. Hier waren die Menschen, die ihr am nächsten standen. Diejenigen, mit denen sie am meisten Zeit verbrachte. Nur Tinna fehlte. Freysi gab es nicht mehr.

Gerade jetzt waren sie alle müde. Die Reise nach Hesteyri hatte mehr als vierundzwanzig Stunden gedauert. Für den Abtransport der Leiche hatten sie einen Hubschrauber gebraucht, der jedoch nicht sofort verfügbar war. Er musste zuerst zwei Patienten zu einer eiligen Operation bringen. Also hatten sie zu dritt Marta vom Strick genommen, eine erste Untersuchung der Todesursache durchgeführt und die Leiche mit einem Laken zugedeckt.

Marta hatte verhindern wollen, dass irgendwer dieselbe Qual ertragen musste wie sie selbst. Sie hatte alles genau geplant und dafür gesorgt, dass niemand mehr einen solchen Verlust zu erleiden hatte.

Als der Hubschrauber Martas Leiche endlich abgeholt hatte, war der Sturm so heftig geworden, dass die Fahrt mit dem Schiff zu riskant gewesen wäre. Also hatten sie zusammen mit dem Kapitän in der Hütte übernachtet. In den Küchenschränken hatten sie Konservendosen mit Fischklößchen gefunden, die sie auf dem Gasherd aufgewärmt hatten.

Die Verbindung zwischen Lísa, die im Sommer in Hesteyri gestorben war, und den anderen Morden war durch die Unterlagen, die sie in Martas Sommerhütte gefunden hatten, bestätigt worden. Aus Lísas Geburtsurkunde ging hervor, dass Jón auch ihr leiblicher

Vater war. Lísas biologische Mutter war bei ihrer Geburt erst 16 gewesen, also selbst noch ein Kind. Sie wussten nicht, wie Marta an die Geburtsurkunde gekommen war. Ein Rätsel blieb auch, wann Jón, der zwei Kinder gezeugt hatte, zum Pädophilen geworden war, der halbwüchsige Jungen missbrauchte. Lísa und Heiðar waren Halbgeschwister gewesen. Sie hatten gelebt und waren gestorben, ohne voneinander zu wissen.

Einiges blieb im Dunkeln. Man fand nie alles heraus. Es gab Fragen, auf die man keine Antwort mehr bekam.

Sie hatten aus Martas Hütte alles erdenkliche Beweismaterial mitgenommen, bis hin zu Büroklammern, und im Besprechungsraum der Polizeistation aufgestapelt. In den nächsten Tagen würden sie alles durchgehen und die Berichte fertigstellen. Am Vormittag hatte Beta einen Anruf aus dem Kriminallabor in Reykjavík bekommen. Die Ergebnisse der DNA-Tests bestätigten, was sie bereits wussten: Jón, Heiðar und Freysi waren miteinander verwandt.

In Feierlaune war zwar keiner, aber von der Idee, in der Kneipe gemeinsam ein Bier zu trinken, waren alle angetan.

Hildur dachte an Freysis Trauerfeier, die am Samstag der nächsten Woche in der Kapelle des Dorfes stattfinden sollte. Beta hatte angeboten, mitzukommen, wenn sie Unterstützung brauchte. Hildur wusste diese Geste zu schätzen, wollte aber allein hingehen, obwohl ihr klar war, dass es schwierig sein würde. Sie hatte vor, sich in die letzte Reihe zu setzen. Dort würde sie alles sehen, ohne die Blicke der anderen ertragen zu müssen. So war es am leichtesten für sie.

Hildur zog die Schale näher zu sich heran und dippte Nachos in die Käsesauce. Sie war am Nachmittag eine kurze Runde gelaufen, hatte aber keine Zeit gehabt, danach etwas zu essen. Die Maischips und das Bier waren ein ganz guter Ersatz für das Abendessen.

Jakob hatte sein Glas geleert und bot sich an, eine neue Runde für alle zu holen. Bevor er zur Theke ging, nahm er ein kleines Paket aus seiner Schultertasche.

»Ich bin gestern fertiggeworden. Und weil ich das Modell Hildur genannt habe, gehört dieses erste Probestück dir. Ich glaube, es wird dir stehen.«

Hildur nahm das Geschenk entgegen und packte es gleich aus. Sie freute sich sehr. Es war der Pullover, den sie schon früher bewundert hatte: hellbraun, mit einem vielfältigen, beeindruckenden Muster. Jakob hatte ihn selbst entworfen. Er war fantastisch. Sie faltete das Kleidungsstück auseinander und strich über die glatte Oberfläche.

»Vielen, vielen Dank, der ist ganz toll«, sagte sie gerührt und zog den Pullover gleich an.

Jakob stellte sich an der Theke an, um für Getränkenachschub zu sorgen. Hildur betrachtete ihren Kollegen. Sie kannten sich noch nicht lange, aber er war ihr schon jetzt ein guter Freund geworden. Sie fühlte sich in seiner Gesellschaft wohl. Der Umgang mit Jakob war wie ein Glas frisches, klares Wasser: keine ständigen Missverständnisse, keine unterschwelligen Botschaften, keine Überraschungen. Jakob versuchte nicht pausenlos, witzig zu sein oder alle Aufmerksamkeit auf sich zu ziehen. Die Gelassenheit, die er ausstrahlte, kam vermutlich daher, dass er schon einiges erlebt hatte. Wenn man wusste, was alles passieren kann, sah man kleine Rückschläge im richtigen Maßstab. Hoffentlich würde Jakob nicht so bald nach Finnland zurückkehren.

»Hast du schon Pläne für den Weihnachtsurlaub?«, fragte Hildur, als Jakob mit vollen Biergläsern zurückkam und sich wieder auf die Bank setzte.

»Ja, habe ich. Ich fliege nach Norwegen.«

Das norwegische Gericht hatte Jakob beaufsichtigte Treffen mit seinem Sohn in den Tagen zwischen Weihnachten und Neujahr zugesprochen.

»Ob etwas daraus wird, weiß ich nicht, aber ich will es jedenfalls versuchen«, erklärte er und trank einen Schluck aus seinem bis zum Rand gefüllten Glas.

»Danach komme ich natürlich zurück. Mein Praktikum dauert ja noch einige Monate.«

In dem Moment wurde die Tür zum Restaurant aufgerissen. Guðrún. Die blonden Haare, die unter der lockeren Mütze hervorquollen, waren vom Wind zerzaust. Der lange Wintermantel stand offen, und die Lippen waren perfekt geschminkt. Guðrún schloss die Tür hinter sich und nahm die nasse Mütze ab.

»Ich war auf dem Weg zum Laden und habe durch das Fenster Bekannte entdeckt. Ich störe doch nicht?«, fragte sie und setzte sich zu Jakob auf die Bank, bevor irgendwer antworten konnte.

Guðrún rutschte eng an Jakob heran und streichelte besitzergreifend seinen Bart. Jakob wandte ihr das Gesicht zu und küsste sie zart auf die Lippen.

Natürlich störte Guðrún nicht, im Gegenteil. In Jakobs Augen zuckte ein Lächeln. Hildur fand es schön, ihn so fröhlich zu sehen.

»Der Pullover passt übrigens zu dir wie ein Holzsplitter zum Hintern«, lobte Guðrún.

Mit dieser uralten örtlichen Redewendung brachte man zum Ausdruck, dass zwei Dinge perfekt zueinander passten.

Hildur bedankte sich und nickte zu Jakob hin.

»Er ist wirklich ein guter Stricker.«

»Er ist ein echtes Goldstück«, sagte Guðrún, legte eine Hand auf Jakobs Oberschenkel und drückte zu.

Hildur lachte auf, krempelte die Ärmel des nach ihr benannten Pullovers hoch und ging zur Theke. Dort sah sie sich in dem Spiegel, der hinter dem Tresen hing. Sie warf noch einen zweiten Blick in den Spiegel und war zufrieden mit dem, was sie sah. Dann winkte sie dem Kellner. Sie wollte die nächste Runde ausgeben.

53

NOVEMBER 2019 ÍSAFJÖRÐUR – HNÍFSDALUR

Hildur versuchte die Augen aufzuschlagen, doch das erwies sich als schwierig. Die Augenmuskeln funktionierten zwar, aber die Wimpern leisteten Widerstand. Sie waren verklebt. Sie tastete nach dem Glas auf dem Nachttisch, tauchte zwei Finger in das Wasser und wischte einige Mascara-Klümpchen weg. Das eine Auge öffnete sich, und sie konnte einen Blick auf das Display ihres Handys werfen. Sieben Uhr fünfzehn. Sie ärgerte sich. Eigentlich hatte sie vorgehabt, bis neun zu schlafen.

Ihr Körper war müde, aber sie wusste aus Erfahrung, dass sie keinen Schlaf mehr finden würde. Wenn ihr Gehirn aufwachte, konnte sie es nicht mehr zur Ruhe bringen. Ächzend schlug sie die Decke zurück und horchte in sich hinein. Ihr Kopf schmerzte ein wenig. Im Mund hatte sie den Geschmack von Nachos und Käsesauce.

Der Pullover, den Jakob ihr geschenkt hatte, lag zusammengerollt unter ihrem Kopf. Sie roch die Schafswolle. Es war ein anheimelnder Geruch, er gefiel ihr.

Beta hatte das dritte Glas abgelehnt und war nach Hause gegangen, die familiären Pflichten riefen. Hildur war mit Guðrún und Jakob noch eine Weile geblieben. Nachdem sie alle Biersorten – zum Glück gab es nur fünf – durchprobiert hatten, waren Guðrún und Jakob eng umschlungen zu Jakobs Mietwohnung gegangen. Hildur war allein nach Hause zurückgekehrt und offenbar eingeschlafen, ohne sich abzuschminken und die Zähne zu putzen.

Sie schaltete die elektrische Zahnbürste ein, trank anschließend ein großes Glas kaltes Wasser und aß eine Banane. Zur Arbeit musste sie erst in drei Stunden, ihr blieb also genug Zeit, um eine Runde zu laufen. Sie spürte einen beißenden Schmerz, als sie merkte, dass sie automatisch nach dem Handy griff. Wem wollte sie eine Nachricht schicken? Sie würde allein joggen müssen.

In der halbdunklen Diele zog Hildur Sportkleidung und Turnschuhe an, befestigte die Spikes an den Schuhen und setzte die Stirnlampe auf. Eine langsame, lange Runde in der frischen Luft würde ihr Befinden zumindest nicht verschlechtern. Zehn Kilometer konnten die Ereignisse der letzten Wochen nicht ungeschehen machen, würden ihr aber ein wenig Erleichterung verschaffen können. Wenn man den Aufprall nicht verhindern konnte, musste man dafür sorgen, dass die Unterlage möglichst weich war.

Hildur wusste, dass sie einen leichten Kater hatte und dass es nicht ganz ungefährlich war, in diesem Zustand zu trainieren. Aber wenn in der einen Waagschale das minimale Risiko eines Herzinfarkts und in der anderen massive Bedrückung lag, wählte sie die erste.

Als sie das Haus verließ, blickte sie bewusst in die andere Richtung. Freysis Wohnung war jetzt leer. Sie beschleunigte das Tempo und blickte entschlossen nach vorn.

Weil ich nichts dagegen tun kann, will ich nicht weiter daran denken.

Die Spikes gruben sich ins Eis und hielten sie aufrecht. Das zerbrechende Eis knirschte in einem Rhythmus, der mit jedem Schritt schneller wurde.

Der von den Straßenlaternen beleuchtete Fußgängerweg verlief entlang der Straße. Auf der linken Seite ragte der Berg Eyrarfjall auf. Er hatte sich seinen Platz nicht ausgesucht. Er war einfach da. An seinem Platz, bei Wind, Regen und Schneesturm. Auf der anderen Seite der Straße brauste das dunkle Meer. Hildur konnte die Wellen nicht sehen, hörte aber, wie sie sich an dem Steinwall brachen, der die Straße schützte. Sie entdeckte zwei zitternde Lichter, die sich auf dem Meer vorwärts bewegten. Schiffe. Vor zwanzig Jahren wären es bescheidene Fischtrawler gewesen, die am frühen Morgen ausfuhren, um nachzusehen, ob das Meer etwas hergab. Jetzt waren sie Speisetaxis. Sie transportierten Futter für die Zuchtfische, die in den Netzgehegen im Fjord schwammen.

Hildurs Puls beschleunigte sich. Nachdem sie einige Kilometer im ansteigenden Gelände gelaufen war, wurden ihr die Beine schwer, aber innerlich fühlte sie sich leicht. Sie würde fünf Kilometer zusammenbekommen, wenn sie um die Ortschaft Hnífsdalur herum lief und am Tor des kleinen Friedhofs Halt machte. Dann würde sie umkehren und es noch vor zehn Uhr zum Arbeitsplatz schaffen.

Nach einer guten Viertelstunde stand sie vor dem Friedhof. Die nächtliche Dunkelheit hielt noch an. Man konnte nicht erkennen, wo die Grabsteine endeten und das Meer begann. Es gab einen starken Scheinwerfer, der auf eine Seemannsstatue am Rand des Friedhofs gerichtet war. Sie war zum Gedenken an alle ertrunkenen isländischen Seeleute errichtet worden. Der Seemann stand mit dem Rücken zum Meer und sah jeden, der zum Friedhof kam, streng an. Vor dem dunklen Hintergrund zeichnete sich das vom Scheinwerfer angestrahlte, zerfurchte Gesicht unter dem Fischerhut deutlich ab.

Hildur starrte eine Weile auf die düstere Miene der Statue und wandte sich dann ab, um zurückzulaufen. Da spürte sie, wie ihr Handy in der Tasche vibrierte. Auf dem Display blinkte Axt-Hákons Nummer.

»Guten Morgen. Habe ich dich geweckt?«, fragte er mit ruhiger Stimme.

»Ich bin auf dem Weg zur Arbeit«, antwortete Hildur und ging den Hügel hinter dem Friedhof hinauf, von dem aus sie den Fußgängerweg zum Dorf erreichen würde.

»Ich rufe wegen dieser Tüten an.«

Hildur fühlte sich einen Moment lang schwerelos. Sie hatte die Plastiktüten und Knochen, die sie in der Grube in Ögurvík gefunden hatte, per Kurier zur Untersuchung nach Reykjavík geschickt. Da sie nichts mit der aktuellen Ermittlung zu tun hatten, war die Angelegenheit nicht eilig. Dennoch hatte Axt-Hákon versprochen, sich die Funde anzusehen, sobald er dazu kam. Hildur hörte, wie er in seinen Papieren blätterte, während er über die Ergebnisse berichtete.

In den Tüten hatten sich ein Rucksack und einige Kleidungsstücke befunden. Die Fasern waren sehr brüchig, aber aufgrund dessen, was sich an ihnen noch erkennen ließ, vermutete Axt-Hákon, dass es sich um zwei verschiedene Garnituren handelte. Am Rucksack hing ein altes Namensschild, auf dem noch das Wort *Rúnarsdóttir* zu erkennen war. Rúnars Tochter. Hildur hörte mit geschlossenen Augen zu.

Axt-Hákon machte eine kleine Pause, bevor er fortfuhr.

»Hildur. Ich erinnere mich natürlich an den Fall. Rúnar. So hieß doch auch dein Vater, oder?«, fragte er, ohne eine Antwort zu erwarten.

»Und die Knochen? Was ist mit den Knochen? Hast du sie untersucht?«, fragte Hildur mit kaum hörbarer Stimme. Sie umklammerte das Handy so fest, dass seine Ränder schmerzhaft gegen ihre Finger drückten.

»Ja. Es sind keine Menschenknochen, sondern Stücke vom Schienbein eines Kalbs. Ich schätze, dass sie sehr alt sind. Man müsste sie natürlich eingehender untersuchen, um sie genauer zu datieren, aber auf den ersten Blick habe ich den Eindruck, dass die Knochen erheblich älter sind als der Inhalt der Tüten.«

Axt-Hákon sprach weiter, aber Hildur hörte ihn nicht mehr. Ihre Hand mit dem Telefon sank nach unten. Sie öffnete die Augen und blickte über das Meer zu den Bergen im Osten. Der Himmel über den Gipfeln war nicht mehr schwarz, sondern violett.

NACHWORT DER AUTORIN

Hildur trat überraschend in mein Leben. Ebenso überraschend wie Island.

Vor zwanzig Jahren zog ich aus Finnland nach Island. Ich studierte damals Betriebswirtschaft an der Handelshochschule in Helsinki und hatte die Möglichkeit, als Austauschstudentin ins Ausland zu gehen. Aus ganz und gar selbstsüchtigen Gründen wählte ich Island. Ich wollte in einer heißen Quelle baden und auf einem Islandpferd reiten! Statt Makroökonomik studierte ich die Kultur und die Volkssagen Islands. Meiner Professorin in Helsinki musste ich ein wenig erklären, warum ich diese seltsamen Kurse belegte, aber sie war zum Glück verständnisvoll und meinte, Neugier sei eine gute Eigenschaft.

Auf diesem besonderen Weg bin ich immer noch. In einer Bar in Reykjavík lernte ich einen gut aussehenden Mann kennen, überredete ihn zu einer Zweierbeziehung, zog mit meinem Hab und Gut zu ihm nach Island, wo wir jetzt mit unseren beiden gemeinsamen Kindern wohnen. Ich sollte vielleicht noch ergänzen, dass ich meinen Mann nicht als Geisel halte. Auch er hat sich zum Glück allmählich für meine Zweierbeziehungsidee erwärmt.

Vor zwei Jahren bekam ich eine Fantasiefreundin. In meinem Kopf formte sich eine Isländerin namens Hildur. Sie kam einfach zu Besuch und wollte nicht mehr gehen. Ich stellte mir vor, wie Hildur auf den Wellen des Atlantiks surfte, ich sah sie an den Berghängen laufen. Sie wurde zu einer Bekannten, mit der ich Zeit verbrachte, wenn ich allein war. Sie war ein Mensch, in dessen Gesellschaft man sich wohlfühlte. Schließlich konnte ich nicht anders als ihre Geschichte aufzuschreiben. Während des Schreibprozesses wurde mir bald klar, dass ich so viel über Hildur zu erzählen hatte, dass ein einziges Buch nicht ausreichen würde. Ich würde mehr über sie schreiben müssen.

Die Spur im Fjord ist Fiktion. Auch wenn einige Schauplätze dieses Buches wirklich existieren, sind alle Ereignisse und Personen erfunden. Eventuelle Übereinstimmungen zwischen der Geschichte und der Wirklichkeit sind reiner Zufall.

Ich möchte allen hilfsbereiten Menschen danken, die mich während des Schreibprozesses unterstützt haben. Danke, Ingibjörg Elín Magnúsdóttir und Aldís Hilmarsdóttir, für eure Bereitschaft, geduldig meine Fragen über die Polizeiarbeit zu beantworten. Ich danke meinen Instagram-Followern, die mir bei Fragen zu Suchhunden weiterhelfen konnten. Meiner Bürofreundin, der Pulloverdesignerin Sigríður Sif Gylfadóttir, danke ich dafür, dass sie Jakob geholfen hat, einen Pullover für Hildur zu stricken. Er wurde wunderschön. Falls sich Fehler in das Buch eingeschlichen haben, gehen sie allein auf mein Konto.

Ich danke meinem fantastischen Verlag WSOY. Anna-Riikka Carlson, Verlegerin für finnische Literatur: Danke, danke, danke, dass du die Kraft und die Zeit aufgebracht hast, meine überlangen Sprachnachrichten und Mails anzuhören und zu lesen, und dass du meine Begeisterung für Hildur geteilt hast. Verlagsleiterin Hanna Pudas – den allergrößten Dank der Welt! Ich weiß nicht, was ich ohne dich täte. Jedenfalls würde das Schreiben nicht so viel Spaß machen. Verlagslektorin Lea Peuronpura, danke für deine fachkundige Hilfe bei der Fertigstellung des Manuskripts. Den Umschlag der finnischen Ausgabe hat Ville Laihonen entworfen. Danke, Ville!

Das Cover ist unglaublich schön. Meiner Namensvetterin Satu Sirkiä, Brand Managerin bei WSOY, danke ich für das glänzende Marketing.

Die wichtigsten Danksagungen zum Schluss: Ich danke meiner Familie und meinen Freunden.

Ísafjörður, im April 2022
Satu Rämö